DU MÊME AUTEUR

Aux Éditions Gallimard

COUPLES

BECH VOYAGE

RABBIT RATTRAPÉ

DES MUSÉES ET DES FEMMES ET AUTRES NOUVELLES

UN MOIS DE DIMANCHES

ÉPOUSE-MOI

LA VIE LITTÉRAIRE

LE PUTSCH

LA CONCUBINE DE SAINT AUGUSTIN ET AUTRES NOUVELLES

RABBIT EST RICHE

BECH EST DE RETOUR

NAVIGATION LITTÉRAIRE

LES SORCIÈRES D'EASTWICK

TROP LOIN (collection Folio, n° 1757)

LA CONDITION NATURELLE

Du monde entier

JOHN UPDIKE

CE QUE PENSAIT ROGER

roman

Traduit de l'anglais
par Maurice Rambaud

GALLIMARD

Titre original :

ROGER'S VERSION

NOTE DU TRADUCTEUR

« Je ne crois pas, dit quelque part John Updike, au livre qui veut aider le lecteur à tuer le temps ; un écrivain, c'est quelqu'un qui répond à la vie. » Aussi le romancier moderne se doit-il de renouveler le roman en élargissant le champ de son inspiration. Ce champ s'élargit ici aux dimensions de l'univers tout entier et de ses mystères. D'où de multiples références aux récentes avancées de la science dans des domaines tels que la cosmologie, la physique nucléaire et l'informatique, avec, en toile de fond, la religion, la théologie et les préoccupations mystiques de l'auteur.

On ne s'étonnera pas de constater parfois, dans l'usage d'un vocabulaire hautement spécialisé et de considérations d'une authentique technicité (dont la pertinence écarte toute suspicion de vulgarisation) une certaine *dérive*, reflet du *délire* verbal et mental qui s'empare des personnages. Ces bizarreries, ou anomalies par rapport aux stricts critères scientifiques, sont indissociables du charme d'un roman dont l'auteur manifeste, plus que jamais, son goût pervers de la mystification ; un roman qui, par ailleurs, ne prétend pas être autre chose qu'une œuvre de fiction.

Cependant le traducteur émet toutes réserves sur la terminologie et les développements techniques contenus dans la version originale du livre. Il s'est efforcé de les rendre le plus exactement possible en français, en utilisant au maximum, et par principe, les équivalents des termes techniques anglais, dès lors qu'ils existent, tout en sachant que ces termes sont souvent, et souvent par facilité, employés tels quels par les scientifiques de langue française.

Deux éminents spécialistes des sujets qui sous-tendent ce roman, Patrick Lebrun, ancien élève de l'Ecole Polytechnique, et le professeur Bruce Allen, de l'Université de Tufts (Massachusetts), ont bien voulu s'y intéresser et procéder aux multiples vérifications et mises au point qu'en exigeait la traduction. Le traducteur tient à leur exprimer ses vifs remerciements pour leur amicale et patiente coopération, ainsi que pour le réconfort qu'ils lui ont apporté dans une entreprise parfois ingrate et périlleuse.

Quel est le sens de ce désert ?

MATTHIEU 26,8.

Ô majesté infinie, même si tu n'étais pas amour, même si dans ton infinie majesté tu étais froide, je ne pourrais cesser de t'aimer, j'ai besoin de quelque chose de majestueux à aimer.

KIERKEGAARD, *Journals* XI^2 A 154.

Et si le résultat du nouvel hymne à la majesté de Dieu devait être une nouvelle confirmation de la vanité de toute œuvre humaine ?

KARL BARTH, « The Humanity of God ».

dieu le souffle aussi morne que l'univers derrière l'écran d'un ordinateur

JANE MILLER, « High Holy Days ».

CHAPITRE I

1

J'ai été heureux à la faculté de Théologie. Les horaires sont supportables, le cadre élégant, mes collègues inoffensifs et spirituels, accoutumés qu'ils sont aux ombres. Maîtriser quelques langues mortes, exposer en épisodes séquentiels l'histoire opiniâtrement énigmatique du christianisme primitif devant des classes remplies d'optimistes, de crédules et de dociles — il est des moyens plus frauduleux de gagner sa vie. A mes yeux les années que j'ai consacrées à l'exercice du ministère, avant de rencontrer et d'épouser Esther, voici quatorze ans, furent sinon tout à fait un gâchis, du moins une forme de préexistence, dont le souvenir me déprime.

Pourtant quand le jeune homme me téléphona à la faculté et, pour m'extorquer un rendez-vous, mentionna Verna, la fille de ma demi-sœur Edna, comme une de ses amies, et expliqua que, comme moi, il venait de la région de Cleveland, ma curiosité l'emporta sur mon envie de lui raccrocher au nez. Je lui fixai un après-midi et une heure, et il vint. Octobre tirait à sa fin, un octobre de Nouvelle-Angleterre, une saison de feuilles dorées, de grands ciels lumineux et tumultueux.

C'était, je le vis à peine s'encadra-t-il sur le seuil, ce type de jeune homme que je ne peux souffrir : grand, beaucoup plus grand que moi, et pâle, la pâleur de ceux qui aiment vivre cloîtrés. Sur le dessous de sa mâchoire, un semis d'acné ponctuait sa pâleur cireuse, comme deux traits de pinceau, et au fond des orbites creuses ses yeux étaient bleu pâle, un bleu pâle étrange et timide, d'une froideur indicible, pâle à en être quasi incolores. Il était arrivé coiffé d'un bonnet en tricot bleu marine, qu'il fourra dans la poche de sa veste léopard en provenance des surplus de l'armée, tandis qu'il restait gauchement planté là, occupant trop d'espace et, dans son embarras, clignant des yeux et examinant les lieux, mes rayons bourrés de livres et, derrière moi, par la fenêtre en ogive, l'extérieur. Ses cheveux bruns et vaguement bouclés commençaient déjà, je le vis sur ses tempes, à se clairsemer.

— Magnifiques, ces bâtiments, dit-il. Je n'étais jamais venu dans ce coin de l'université.

— C'est plutôt à l'écart, fis-je, regrettant que cela ne le fût pas davantage encore. Et vous, d'habitude, où est-ce que vous, euh, perchez ?

— Au laboratoire d'informatique, monsieur, le Cube ; je travaille comme assistant-chercheur à un programme d'infographie commandité à la fois par le gouvernement et le privé. A vrai dire, ce qui les intéresse, nos patrons, c'est l'intelligence artificielle — vous savez, atteler des centaines de minis pour modulariser le problème, essayer d'établir des règles pour empêcher l'arbre de se développer exponentiellement, en utilisant des heuristiques pour engendrer de nouvelles heuristiques, et ainsi de suite. Mais en attendant, c'est le traitement des données, la bionique et maintenant l'infographie qui font bouillir la marmite, ou disons, mettent du beurre dans les épinards.

Je suis du genre dépressif. Il est d'une importance cruciale pour mon bien-être mental que j'empêche mes pensées de dériver vers des sujets de méditation où je risquerais de m'empêtrer et de couler à pic. Et précisément, avec son jargon informatique, le jeune homme venait de faire surgir un de ces sujets. Le Cube est le surnom facétieux donné chez nous au Centre de Recherches informatiques, installé dans un bâtiment flambant neuf dont les côtés sont tous d'égale longueur. Jamais je n'y ai mis les pieds, et j'espère bien d'ailleurs ne jamais avoir à le faire. J'eus un sourire et dis :

— Nous ne nous sommes pas encore présentés. Je suis, bien sûr, Roger Lambert.

— Dale Kohler, monsieur. Je vous suis très reconnaissant de me recevoir, très.

Sa poignée de main était en tout point conforme à ce que j'avais prévu : osseuse, froide comme de la cire, trop de vigueur et d'avidité dans l'étreinte. Il ne semblait pas disposé à lâcher prise.

— Asseyons-nous. Ainsi, vous connaissez Verna, la fille de ma sœur. Je suis très curieux de savoir ce qu'elle devient. Très. Une série d'événements odieux, cette histoire.

En s'asseyant en face de moi dans un des fauteuils standard en bois dont l'université gratifie ses innombrables bureaux et salles — chaque élément, proclame fièrement une brochure explicative, taillé dans un bois différent —, sièges en chêne inflexible, barreaux en érable au grain fin, bras galbés en cerisier rougeâtre, le jeune homme accrocha malencontreusement une des poches de sa veste léopard et, avant de parvenir à s'installer, se livra à nombre de tiraillements et contorsions vaguement honteuses. Ses phalanges et ses poignets paraissaient énormes, morbidement hypertrophiés. Je ne lui donnai pas loin de trente ans ; rien d'un étudiant en herbe. On en voit beaucoup dans nos villes universitaires, de ces gens qui se coulent dans la défroque désinvolte et la candeur fourbe de l'étudiant juvénile comme dans une carrière permanente et dûment rémunérée. Certains se retrouvent avec des cheveux gris et des flopées de rejetons faméliques alors qu'en toute innocence ils s'obstinent encore à courtiser le savoir.

— Odieux, selon vous, mais qu'est-ce qui était odieux ? demanda le jeune homme qui, malgré son apparente candeur, avait quelque chose de belliqueux, quelque chose qui frisait l'insolence et la perfidie. — Il m'offrit le choix : — La race du père, le fait que le père s'est tiré, ou la façon dégueulasse dont ses parents l'ont traitée ?

Je me sentis offusqué. A l'université, nous sommes tous libéraux en matière de race.

— La race, bien entendu, était et reste toujours super, toutes choses étant par ailleurs égales. Mais comme, manifestement, égales, elles ne l'étaient pas, *j'ai été surpris*, je l'avoue, de voir que la petite s'obstinait à vouloir garder l'enfant.

Le jeune homme se trémoussa sur son siège, comme gêné par un portefeuille bourré à craquer dans sa poche-revolver, ce qui me rappela que je n'avais pas sorti ma pipe.

— Eh bien... commença-t-il.

Les plaisirs de la pipe. Tapoter, piqueter, fourrager, curer, bourrer, allumer : ces premières bouffées qui creusent les joues, la flamme de l'allumette qui spectaculairement s'engloutit dans le tabac pour, libérée, jaillir et de nouveau s'engloutir. Puis l'arôme qui remplit la bouche et, impérieux, les nuages de fumée. Chose étrange, les expressions faciales et les maniérismes des autres fumeurs de pipe ont à mes yeux un côté théâtral, bégueule, complaisant, voire grossier. Mais depuis qu'en guise de vaine remontrance à l'adresse d'Esther, j'ai il y a quelques années renoncé à la cigarette, la pipe n'a cessé d'être mon réconfort, ma sangle de sécurité, ma prise sur la falaise abrupte de la vie.

— Du moment où elle était enceinte, poursuivit Dale, toujours affalé de traviole, il s'agissait d'un choix religieux.

Son visage — son visage bizarrement allongé avec ses bancs d'acné et un curieux duvet follet tout en haut des mâchoires, un soupçon de fourrure rehaussé par la lumière qui pénétrait par la haute fenêtre en arrière-plan — trahissait le déplaisir que lui causait ma fumée. Cette génération, qui dans l'ensemble a perdu tout instinct atavique pour le rituel judéo-chrétien, a reporté une bonne part de sa religiosité sur l'antipollution, qui va de la revendication pour imposer des sections non fumeurs dans les restaurants aux manifestations violentes devant les centrales nucléaires.

— Religieux ?

J'encadrai le mot par une série de bouffées moites et agressives.

— Bien sûr. Le choix de ne pas tuer.

— Ainsi, vous êtes de la même école que notre président ?

— Je ne dis pas ça, je dis seulement que, lorsque Verna a refusé de se faire avorter, son choix n'était dépourvu ni de logique ni de sentiment, mais maintenant...

— Maintenant ?

Le tabac s'obstinait à se consumer d'un seul côté du fourneau. Je commençais à me sentir loucher — encore un de ces maniérismes qui m'irritent chez mes compères fumeurs de pipe.

— Maintenant ça ne tient plus, monsieur. La petite a environ dix-huit mois, un âge difficile, paraît-il, du moins à en croire Verna, la gosse la fait tourner en bourrique à force de jacasser et de se cogner partout. Un vrai petit *crampon,* d'après Verna, et moi je lui dis, non mais tu espères quoi, qu'elle va sortir pour se chercher du boulot ? J'essaie de faire un saut là-bas, une ou deux fois par semaine au moins : mais cette cité où elle vit... je ne voudrais pas avoir l'air raciste, mais...

— Oui ?

— Moche comme coin. Et puis, elle n'a pas de vrais amis.

— Bizarre, insinuai-je (la pipe fonctionnant enfin sans à-coups), qu'elle ait choisi de venir s'installer précisément *ici.*

— Eh bien... j'ignore ce que vous savez au juste.

— Pas grand-chose. Quand mon père a divorcé pour se remarier, j'étais encore tout gosse — de toute évidence l'histoire qui a tout déclenché avait pris de l'importance alors que ma mère était enceinte de moi — et sa nouvelle femme lui a donné cette petite fille, cette autre enfant, presque aussitôt ; ma sœur, ma demi-sœur devrais-je dire, en général je la voyais uniquement quand j'allais lui rendre visite à *lui* — parfois, je l'admets, pendant un mois entier en été au moment des vacances. Ce qui fait qu'Edna et moi n'avons pas été élevés ensemble au sens habituel du terme ; quant à sa famille à elle, je la connaissais à peine, surtout du jour où *elle* s'est mariée, vu qu'ils étaient tous de Cleveland.

Son mari, le père de Verna donc, mais peut-être vous l'aura-t-elle déjà décrit, est une espèce de brute épaisse, un type sectaire et inflexible d'origine norvégienne, Paul Ekelof, un vague ingénieur devenu cadre dans une aciérie de chez Republic, là-bas dans les Flats, en bordure du fleuve... mais pourquoi vous raconter tout ça ?

— Parce que ça m'intéresse, fit Dale Kohler ; son sourire benoît était intolérable.

— J'ai presque fini. Edna a eu Verna plutôt sur le tard — à trente ans bien sonnés ; et moi, je suis resté longtemps sans les voir du temps où j'étais pasteur, et aussi après, quand je suis devenu professeur. Du coup, oui, je n'ai vu l'enfant que très rarement, et je n'avais pas la moindre idée de ce qu'on me voulait quand ma sœur, ma demi-sœur, m'a écrit voilà plus d'un an pour me raconter tous les ennuis que leur avait causés Verna, et qu'elle était venue s'installer *ici,* ici, vous vous rendez compte.

— Ma foi, dit Dale, ici on est dans l'Est, et comme le gosse est à moitié noir, elle se sera peut-être dit que les gens auraient l'esprit plus large vu que c'est une ville universitaire, et puis aussi je crois que Verna s'imaginait qu'il y aurait un tas de choses à faire — des films d'art, des conférences gratuites, etc. Tenez par exemple, elle et moi, on s'est rencontrés à une espèce de symposium sur le Nicaragua organisé par une église congrégationaliste. On s'est mis à bavarder en sirotant leur fichue limonade, et on a découvert qu'on venait tous les deux de l'Ohio ! Je crois aussi qu'elle avait envie de s'éloigner le plus possible de ses parents, vu qu'elle leur en voulait tellement. Non que Cleveland soit le bout du monde désormais ; il y a un tas de vols directs, autrefois on était obligé de faire escale à Pittsburgh, et en standby, ça ne coûte guère plus que de prendre le bus.

Difficile d'attribuer une valeur à son temps : manifestement et inévitablement, on en gaspille une grande partie sans espoir de profit immédiat, et l'une des consolations chrétiennes, telles que je me les imagine, est que le Seigneur, par Son inlassable vigilance et Sa comptabilité rigoureuse, sauve de l'inanité la moindre fraction de temps, tout comme Son Fils, par Son sacrifice, a, dans un sens plus large et en quelque sorte historique, racheté le Temps. Mais *mon* temps à *moi,* sans conteste, j'étais proprement en train de le gaspiller en restant là à écouter les louanges des services aériens avec Cleveland, Cleveland de toutes les grandes cités de l'acier la plus lugubre et la plus désolée, Cleveland où trente ans durant, hormis les funérailles, rien n'a pu m'inciter à remettre les pieds. Pourquoi semblait-il insinuer, ce jeune homme, que je devrais y faire un saut, replonger dans cette contrée à l'atmosphère lourde et suffocante ? Et puis, qu'est-ce donc qui l'amenait ici ? Comment en étions-nous venus à nous empêtrer ainsi, dans cette soudaine intimité guindée ?

— Comment est-elle, lui demandai-je, dans son rôle de mère ? Pas Edna, Verna ?

La façon dont Edna avait assumé le sien, j'avais pu, à intervalles éloignés, m'en faire une idée ; comme pour pratiquement tout, que ce fût jouer au tennis ou piloter le coupé Studebaker que mon déplorable père lui avait offert pour ses dix-huit ans, elle se montrait impétueuse et souillon, d'une insouciance et d'une étourderie sereinement égoïstes qu'elle espérait bien voir le monde lui pardonner et excuser, eu égard à sa « chaleur », à son charme animal. Depuis l'enfance, le corps d'Edna avait toujours eu une âcreté charnelle, une spongiosité odorante ; à l'époque où, petite pimpêche de treize ans, et moi grand nigaud de quatorze, condamné à passer tout le mois d'août à Chagrin Falls chez mon père et mon insipide belle-mère (son nom, Veronica, paraissait aussi fané et bégueule que sa personne, le petit côté vamp qui avait gâché ma vie avant même ma naissance englouti dans une morne respectabilité conjugale), à l'époque, disais-je, où Edna s'était mise à avoir ses règles, j'avais eu l'impression impérieuse que les journées de ses « règles » inondaient la maison de leur arôme poisseux, un arôme d'animal fier de ses blessures, qui s'insinuait dans les moindres recoins de ma chambre imprégnée d'une juvénile puanteur de chaussettes et de colle à maquettes. Edna avait alors des cheveux naturellement ondulés et un visage têtu et rondelet où, quand elle choisissait de sourire, surgissait une fossette.

— Ma foi, concéda le jeune homme, se dire à dix-neuf ans à peine que le monde entier vous laisse tomber, n'avoir pour réconfort que cette gosse et le chèque des allocations, je me demande bien qui tiendrait le coup. Ce qu'elle regrette le plus, c'est de ne pas avoir décroché son bac, mais quand je lui parle des cours qu'elle pourrait prendre, des tests d'équivalence et autres trucs, elle fait la sourde oreille.

— Si elle était tellement douée pour écouter, peut-être ne se serait-elle pas laissé piéger par ce jeune Noir au point d'avoir la gosse ?

— Sans vouloir vous vexer, monsieur, quand vous parlez ainsi, on croirait entendre sa mère.

Un blâme sous-jacent, et une pointe d'agressivité dans son obstination à me donner du « monsieur ». J'en éprouvai du ressentiment. *Ressentiment :* selon Nietzsche, le fond de la morale chrétienne. J'ai un côté sombre, je le sais, une nature maussade, de brusques bouffées de hargne qui obscurcissent ma clairvoyance et chargent ma langue de propos venimeux ; une manifestation extérieure de ma tendance à la dépression. Dans le rôle du professeur, j'ai trouvé plus facile de la maîtriser (peut-être parce que moins souvent stimulée) que dans celui de l'homme d'Eglise. J'émis un peu plus de fumée en guise de pesticide pour neutraliser mon visiteur et, sans relever son parti pris de m'associer à cette écervelée d'Edna, lui demandai à l'abri de ma douillette armure de tweed :

— Selon vous, y a-t-il quelque chose que je puisse faire pour Verna ?

— Faites comme moi, monsieur. Priez pour elle.

Mon nuage intérieur s'assombrit. L'actuelle génération de fanas de Jésus, sans être, à l'inverse de leurs prédécesseurs des années soixante, follement intoxiqués par de capiteux mélanges tels que le LSD et le NLF[1], affichent une mansuétude amorphe de zombies et une innocence historique irréductible qui tendent à me rendre fou de rage. Je souris.

— Bien entendu, c'est la moindre des choses, lui dis-je. La prochaine fois que vous la verrez, embrassez-la pour moi.

— Et aussi, si je puis me permettre, peut-être pourriez-vous passer la voir. Voici au moins un an qu'elle est installée dans votre fichu patelin, et...

— Et pas une seule fois elle n'a essayé de me joindre. Sûr que ça signifie quelque chose. Bon, y avait-il un autre point dont vous souhaitiez me parler ?

— Oui.

Il se pencha en avant, de façon mélodramatique. Ses cornées brillaient comme des écailles de poisson, harponnées verticalement par la silhouette reflétée de la haute fenêtre en ogive dans mon dos.

— De Dieu.

— Oh, vraiment ?

— Monsieur, êtes-vous au courant des récentes découvertes de la physique et de l'astronomie ?

— Oui, mais très vaguement. Les clichés de la Lune, et aussi les photographies assez merveilleuses d'ailleurs de Jupiter et de Saturne.

— Permettez, mais ces trucs-là n'ont pas le moindre intérêt. Même notre galaxie tout entière, relativement parlant, est un cas banal, bien que, pourrait-on dire, symptomatique. Professeur Lambert...

Une longue pause tandis qu'il me contemplait, une lueur d'affection dans ses yeux pâles.

— Oui, me sentis-je contraint de répondre, comme Lazare tiré de son sommeil.

— Il se passe une chose tout à fait miraculeuse, proclama mon visiteur avec une sincérité douloureuse, sans doute un

1. NLF : National Liberation Front : mouvement américain de soutien idéologique aux révolutionnaires vietnamiens dans les années soixante. (*N.d.T.*)

peu trop mise au point. Enfin les physiciens touchent au cœur du problème, cette fois ils ont pratiquement fini de débroussailler pour en arriver à l'essentiel, et voilà que la dernière chose à laquelle ils auraient pu s'attendre est en train de se produire. Dieu est en train de transparaître. Ce qui les horrifie, mais ils n'y peuvent rien. Les faits sont les faits. Et je ne crois pas que les professionnels de la religion, si l'on peut dire, en soient réellement conscients — conscients que leur théorie, si invraisemblable qu'elle ait toujours paru, se trouve enfin en passe d'être *prouvée.*

— Vraiment tout à fait charmant, monsieur...

— Kohler. Comme les accessoires de plomberie.

— Kholer. Et, très précisément, quelle espèce de Dieu transparaît ?

Le jeune homme parut offusqué. Ses sourcils touffus, d'aspect plutôt miteux, se haussèrent.

— *Vous* le savez, me dit-il, il n'existe qu'une seule espèce de Dieu. Dieu le Créateur, l'Architecte de la Terre et du Ciel. Il les a créés, nous le voyons enfin, en ce premier instant et avec une précision telle que, par comparaison, une montre suisse n'est qu'un amas de petits cailloux.

Tout en tapotant ma pipe sur mon cendrier aux arêtes carrées et aux angles ébréchés, j'en profitai pour me retourner et jeter un coup d'œil par la fenêtre ; son panneau néogothique à la transparence agrémentée de petits vitraux englobait, de haut en bas, l'herbe longue et terne et les chênes de la grande cour qui viraient de couleur, et, au-delà, un chantier d'où jaillissait un nuage de poussière derrière une palissade faite de chaînes (notre voisin, l'Annexe du Laboratoire de Recherches chimiques, qui s'agrandissait), et en toile de fond un ciel automnal bourré de nuages baroques et rayonnants. Etranges, les nuages : parfois ils évoquent de gigantesques sculptures, boursouflées de formes en trois dimensions comme ces Bernins de marbre aux muscles athlétiques qui gesticulent accrochés aux murs de Saint-Pierre, et à d'autres moments les copies exactes de ces mêmes nuages, simples traînées de vapeur, virtuellement dépourvues d'existence. Ils sont avec nous, sans pourtant l'être vraiment.

Mon visiteur attendit que mon regard se pose à nouveau sur lui pour me demander :

— Que savez-vous de la théorie du Big Bang ?

— Pas grand-chose, dis-je avec j'imagine un rien de suffisance agnostique, sinon qu'elle est de toute évidence correcte.

Il feignit d'être ravi de ma réponse — un truc éculé de prof, le coup de l'encouragement positif pour stimuler l'étudiant apathique.

— Très bien ! Et croyez-moi, monsieur, elle a donné du fil à retordre aux savants : depuis Lucrèce, ils s'obstinent à parier sur la matière éternelle et immuable. Mais il leur a bien fallu avaler la pilule, et maintenant ils s'aperçoivent qu'elle est plus amère qu'ils ne l'imaginaient.

Comment m'étais-je donc laissé piéger, ne cessai-je de me demander, par l'effronterie sirupeuse, le sérieux agressif et verbeux de ce jeune homme ? Verna, oui cela me revenait, et dans son sillage, un nuage de souvenirs odorants, Edna, ma demi-sœur, mon ombre par le sang.

— Il y a trois problèmes majeurs avec la théorie du Big Bang, m'informa mon visiteur, ses mains trop grandes esquissant des traits comme une craie sur un tableau. Le problème de l'horizon, le problème de l'homogénéité, et le problème de la courbure spatiale. Uniformité : on l'a constaté, la micro-onde primordiale de trois K découverte en 1964 était uniforme à un pour dix mille près, mais ici, il s'agit de portions du ciel séparées par des distances de plus de quatre-vingt-dix fois supérieures à celle de l'horizon, la distance qu'aurait pu parcourir la lumière au moment où fut émise la radiation. Aussi comment ces zones auraient-elles pu communiquer entre elles pour atteindre à l'uniformité ? La chose paraît impossible. Homogénéité : pour que les galaxies existent aujourd'hui, il a fallu qu'existent des inhomogénéités dans la boule de feu originelle, mais très proches de l'homogénéité absolue — avec une homogénéité parfaite, il n'y aurait pas eu agglomération ; un peu trop d'homogénéité, il y en aurait eu trop. Là-dessus, il existe des chiffres, mais j'ai peur de vous ennuyer. En fait, que des galaxies vieilles de milliards d'années existent encore, est statistiquement très étrange. Courbure spatiale : il a fallu que l'énergie globale, ce qui veut dire *tout* dans l'univers, et la vitesse d'expansion du Big Bang se trouvent à l'origine dans un état d'équilibre absolu, virtuellement, pour que le rapport soit ce que l'on constate qu'il est de nos jours, entre zéro virgule un et deux virgule zéro. Ce qui peut paraître une large fourchette, entre un dixième et deux, mais signifie en fait ceci : pour que le rapport se situe dans un intervalle si réduit aujourd'hui, il fallait qu'à l'instant du Big Bang, la densité d'énergie soit égale aux taux d'expansion avec une précision de dix puissance moins cinquante-cinq : autrement dit, un divisé par dix suivi de cinquante-quatre zéros. Eh bien, si cela n'est pas là un miracle, je me demande bien ce qu'est un miracle ? Un petit peu, vraiment tout petit peu moins de force d'expansion, et l'univers se serait effondré sur lui-même en tout au plus deux millions d'années — en termes cosmiques, ça ne compte pas. Après tout, l'espèce humaine existe depuis tout aussi longtemps. Un tout petit peu *plus,* et jamais les étoiles ni les galaxies ne se seraient formées : la matière se serait dispersée trop vite, aspirée par la fenêtre, si l'on peut dire. Il y avait à peu près autant de chances pour que ça se passe comme ça s'est passé, que d'atteindre au moyen d'une espèce de super-canon une cible haute de trois centimètres située de l'autre côté de l'univers, à vingt milliards d'années-lumière.

Le jeune homme pointait ses doigts en l'air pour figurer trois centimètres. L'intervalle ressemblait à la mire d'une arme dans l'axe de nos deux paires d'yeux.

Je demandai, vaguement :

— Ce n'est pas la même chose qu'un univers ouvert par rapport à un univers fermé ? Il me semble avoir lu récemment que l'on avait tranché en faveur de l'univers ouvert.

— C'est ce que tous ces gens sont enclins à dire ; mais

personne ne sait quelle quantité de matière sombre existe dans les galaxies, ni si le neutrino a une masse. Ça peut se discuter, tellement la différence est infime. Et pour qu'elle soit infime de nos jours, il fallait qu'elle soit extraordinairement infime tout au commencement. Pourquoi ? Et pourquoi ainsi ? Ces valeurs sont arbitraires, elles auraient pu être *n'importe quoi*. Et il faut que des douzaines et douzaines de valeurs analogues soient très exactement ce qu'elles sont pour que la vie ait le temps d'évoluer. Tenez, par exemple, les interactions fortes qui soudent les nucléons. Réduisez-les de cinq pour cent, le deutéron ne pourrait pas se former et il n'y aurait pas de deutérium, ce qui signifie que la principale chaîne de réactions nucléaires utilisée par le Soleil ne pourrait pas fonctionner ; deux pour cent plus fortes, deux protons risqueraient de s'agglutiner et l'existence des diprotons rendrait l'hydrogène tellement explosif que notre univers serait exclusivement constitué d'hélium. Dans un cas comme dans l'autre, nous ne serions pas ici, pas vrai ? Il n'y aurait même pas d'ici pour nous permettre d'être *ici*.

— Mais, si l'on admet que votre Dieu...

— Ou prenons les interactions faibles. Vous savez ce qu'on entend par interactions faibles, monsieur, n'est-ce pas ?

Dans l'enthousiasme de sa démonstration, il avait depuis un bon moment omis le « monsieur ».

— Elles provoquent la dégénérescence des atomes ? risquai-je.

— En gros, si l'on veut. Elle sont environ dix puissance dix fois plus faibles que les autres, les fortes, ce qui représente une faiblesse considérable ; mais si elles étaient encore plus faibles, les neutrinos ne pourraient exercer suffisamment de pression sur la coquille extérieure des étoiles mourantes pour donner naissance aux supernovæ, et sans explosions de supernovæ, il n'y aurait plus d'éléments lourds éparpillés dans l'espace, des planètes telles que la Terre n'existeraient pas, des structures telles que vous et moi, avec le carbone le calcium et le fer indispensables à nos corps, n'existeraient pas elles non plus. Ou encore, tenez, la masse du neutron : si elle n'était que zéro virgule neuf cent quatre-vingt-dix-huit fois de sa valeur réelle, c'est-à-dire zéro virgule zéro zéro deux fois moins, moins que *ça* — cette fois, ses doigts délimitèrent un espace si petit que du bleu irréel de ses yeux seul un filet ténu filtrait à travers — les protons libres se désintégreraient en neutrons par suite de l'émission d'un positron, et il n'y aurait pas le moindre atome !

Ses mains osseuses et luisantes virevoltaient avec une telle vélocité pour ponctuer cette ultime révélation, qu'on eût dit, dans la lumière au déclin plombée mais encore radieuse qui filtrait à travers les stores, qu'il venait bel et bien de faire surgir le lapin divin du chapeau cosmique. J'inspirai un bon coup pour formuler quelques objections évidentes.

Il se pencha en avant, davantage, et je vis des photons jaillir des petites bulles de salive qui perlaient aux commissures de ses lèvres. Il insista :

— Le Soleil. Des étoiles jaunes telles que le Soleil, pour pouvoir émettre, et avec tant de régularité, tant de lumière pendant environ dix milliards d'années, sont en équilibre comme sur le fil d'une lame entre l'attraction gravitationnelle et la répulsion engendrée par la réaction thermonucléaire. Si la constante de couplage de la gravitation était tant soit peu inférieure, elles enfleraient et toutes seraient des géantes bleues ; un rien inférieure, elles se ratatineraient et seraient des naines rouges. Une géante bleue ne dure pas assez longtemps pour que la vie évolue, et le rayonnement d'une naine rouge est trop faible pour qu'elle parvienne à prendre naissance. Où que l'on regarde, m'instruisit-il encore, on tombe sur ces constantes ajustées avec une extraordinaire précision qui ne peuvent qu'être ce qu'elles sont, sinon le monde tel que nous le connaissons n'existerait pas, et il n'y a aucune raison intrinsèque pour que ces constantes soient ce qu'elles sont, sinon *que Dieu les a faites ainsi*. Dieu a fait le Ciel et la Terre. Voilà sur quoi débouche la science. Croyez-moi.

— Ce n'est pas mon affaire de vous mettre en doute, Mr. Kohler, dis-je, voyant qu'il en avait provisoirement fini.

Comme il se carrait de nouveau dans son fauteuil, j'eus l'impression que même à cet apogée d'éloquence, qui avait rougi ses joues à la pâleur maladive (son visage était à la fois osseux et pâteux, un visage nourri de mauvaise bouffe) et embrasé son acné, ses yeux flottaient plus ou moins au-dessus de ces faits passionnés. Il y avait comme une forme de joie dans leur pâleur, mais également une froideur, une dérobade. Il me faudrait revenir plus d'une fois à la charge si je voulais l'ébranler. Je posai ma pipe et pris sur le bureau un crayon — hexagonal, vert, marqué au sceau de l'école privée, EXTERNAT DU PÈLERIN, que fréquente mon fils âgé de douze ans ; de toute évidence je le lui avais chipé — et, me concentrant sur la pointe, je me lançai :

— Ce qui par contre me préoccupe un peu, c'est ce concept de probabilité. En un sens, toute série de circonstances est hautement improbable. Il est tout à fait improbable, par exemple, qu'un spermatozoïde donné parmi les millions de spermatozoïdes éjaculés par mon père en ce jour donné (mon père, qui nous avait plaqués, ma mère et moi, pour bourlinguer de boulot en boulot comme petit cadre dans les compagnies d'assurances du Midwest, dont la conception d'une conversation agréable était de raconter des histoires scabreuses glanées le matin même chez le coiffeur, qui jusqu'au jour de sa mort, provoquée par embolie cérébrale, s'était aspergé d'eau de Cologne et avait arboré des boutons de manchettes et la fausse et fragile jovialité d'un ex-sportif ; d'où venait-il, catapulté dans ces immenses problèmes philosophiques ?), que ce spermatozoïde, donc, se soit frayé un chemin jusqu'à l'ovule maternel pour réaliser la combinaison de gènes qui me caractérise ; mais telle ou telle *autre* combinaison du même ordre, considérant leur jeunesse, leur attitude en matière de contraception, etc., eût été vraisemblable, et par conséquent la mienne *aussi* probable que tout autre ? Non ?

— Parfait, eut le culot de dire mon visiteur, sinon que,

vous-même le dites, des bébés, il en naît tous les jours, mais il n'existe qu'un seul et unique univers, à notre connaissance. C'est là l'obstacle que les savants, dans l'espoir de préserver leur bon vieux matérialisme athée, s'efforcent de contourner. Plutôt que d'admettre l'évidence, à savoir qu'une Intelligence réfléchie a fignolé les constantes physiques et conditions initiales, ils proposent une théorie démente suggérant des univers multiples, parmi lesquels le nôtre est tout bonnement celui qui, par hasard, se trouve doté des conditions adéquates pour qu'une vie douée d'intelligence finisse par apparaître. En réalité certains *ne disent pas* que là-bas, très loin, ou ailleurs, quelque part, existent tous ces autres univers, qui s'effondrent, se dispersent ou tourbillonnent sans que l'on puisse les observer ; ce qu'ils disent, sans plus, c'est que sous prétexte que nous, nous sommes ici à les observer, forcément l'univers est ce qu'il est, ce qui dans leur idée rend la pilule moins amère, exactement comme si on disait, « d'accord notre Planète Terre a de l'eau et de l'oxygène, parce que nous y sommes ». Ça, c'est le principe anthropique, qui, dans sa forme faible au moins, revient tout simplement à éluder le problème. Une autre théorie soutient que l'indétermination de la théorie quantique mène à une arborescence infinie des possibilités. Vous me suivez, quand un électron entre en collision avec un proton, l'onde diffuse à la fois à gauche et à droite ; si une mesure indique qu'en fait la particule est allée à droite, alors le pan gauche de l'onde s'effondre. Pour aller où ? Selon cette théorie, il est passé dans un autre univers, et l'observateur aussi, un double de lui à cette petite différence près, et aussi ses instruments, la pièce où il se trouvait, le bâtiment, et ainsi de suite. En outre — je le répète, c'est dingue — inutile pour la fragmentation d'avoir un observateur, elle se produit chaque fois qu'une transaction quantique s'opère quelque part, sur n'importe quelle étoile : l'univers se fragmente en deux, sans cesse, à tout moment. Aucun moyen de vérifier, mais ils sont là-bas, tous ces autres univers au nombre d'un million de millions chaque microseconde. Je vous assure, *c'est vrai*. Un autre type, tout récemment, pour contourner ces ambiguïtés à vrai dire redoutables — redoutables à moins d'admettre tout simplement que Dieu est le Créateur —, suggère que, dans une fraction ridiculement brève de la première seconde du Big Bang et sous l'effet de certaine force théorique antigravitationnelle que personne n'a jamais vu agir, l'univers s'est dilaté exponentiellement, doublant environ toutes les dix puissance moins trente-quatre secondes environ, augmentant le diamètre de l'univers, plus petit au tout début que la pointe de ce crayon, d'un facteur de dix puissance cinquante avant d'en revenir en refroidissant à une expansion normale ; aussi avons-nous non des univers multiples mais un seul gros univers, l'univers *gras*, pour ainsi dire, dont cet univers que nous voyons, et qui s'étend là-bas jusqu'aux quasars situés à dix milliards d'années-lumière et au-delà, est une minuscule, je dis bien, minuscule fraction, comme une balle de ping-pong au Shea Stadium. Et ils s'imaginent que les croyants manipulent les faits. Ils sont aux abois, ces types-là, ceux qui ont conscience du problème. Ils sont au *supplice*.

Il en paraissait trop heureux — fort peu chrétien, même.

— Je suppose qu'un problème fondamental, risquai-je, concernant toutes les tentatives modernes pour établir un lien entre le cosmos tel qu'on peut l'observer et la religion traditionnelle, finit par être purement et simplement l'odieuse extravagance du problème. Si Dieu avait voulu, comme la Genèse et maintenant vous-même le dites, construire le monde comme un théâtre destiné à l'homme, pourquoi l'avoir fait d'une immensité rédhibitoire, d'une turbulence à ce point horrible et, ah, tellement écrasant à contempler ? Le système solaire, avec en toile de fond une séduisante éclaboussure d'étoiles, aurait, j'en suis sûr, fait amplement l'affaire. Alors par-dessus le marché la galaxie, et cette multitude de galaxies...

La pointe de mon crayon lançait d'infinitésimales lueurs, plus grosses par des magnitudes que l'univers originel... En scrutant d'assez près dans la lumière grise, on distinguait les facettes laissées par l'aiguisage sur le graphite, et les mouchetures des granules de carbone. Depuis mes huit ans, époque où l'ophtalmologue de la famille me félicitait de mon aisance à débiter en gazouillant la toute dernière ligne de son tableau, j'ai toujours tiré un orgueil innocent de l'acuité de ma vision, que les lunettes de lecture, acquises voici sept ans lors de mes quarante-cinq ans, amplifient sans pour autant la corriger.

— Je sais. C'est sensationnel, acquiesça le jeune homme, par un de ses irritants glissandos de sérénité inattendue et d'aimable capitulation. Peut-être est-ce un genre de démonstration. De ce qu'est l'infini. Aussi n'aurons-nous pas la désinvolture de dire : « Dieu est infini. » Mais, après tout, il ne s'agit que de chiffres, par vrai ? Et certaines choses ne se mesurent pas. Par exemple, on ne peut mesurer son moi...

— Ni l'amour, alliez-vous ajouter.

— Vraiment ?

— Je le crois. Mr. Kohler. Depuis que j'ai renoncé au ministère, soutenu un doctorat en théologie à Union et trouvé ici un poste de maître de conférences, je n'ai cessé d'avoir affaire à votre génération. Vous êtes tous des fanatiques de l'amour, du mot amour, sinon de la réalité qu'il recouvre. La réalité, j'en ai l'impression, est, disons, épineuse.

— Monsieur, je crois être probablement plus âgé que la génération à laquelle en général vous avez affaire. J'ai vingt-huit ans. Je suis originaire d'Akron. J'ai obtenu ma licence en informatique à Case Western Reserve, puis, histoire de faire le point, j'ai passé une année comme garde forestier dans l'Idaho, dans les montagnes au-dessus de la Salmon River. Ensuite je suis venu dans l'Est, et depuis mon arrivée, je n'ai pas arrêter d'étudier en vue du doctorat et de travailler à divers programmes de recherche informatique.

— Donc, vous n'êtes pas physicien ?

— Non, pas du tout : disons qu'à cause de ma philosophie personnelle, je me suis réfugié dans la cosmologie. Les physiciens, seuls les chiffres les intéressent, ces trucs-là ils ne veulent surtout pas que ça se sache, on est forcé de les déterrer, les meilleurs cerveaux, ceux qui travaillent sur les vraies implications — Carter, Hawking, et sans doute faut-il y ajouter Hoyle — tous se trouvent là-bas en Angleterre ; les Américains, il n'y a que GUT qui les intéresse, GUT ou la Grand Unified Theory [1] ; et ça, c'est uniquement des chiffres. Des chiffres à propos d'un tas de foutaises, de l'air chaud, en fait. Et croyez-moi vraiment *chaud,* dans les dix puissance vingt-six degrés Kelvin, et puis aussi les interactions fortes et électrofaibles et leurs combinaisons théoriques, les problèmes de symétrie qui découlent de la congélation, et aussi des défauts à une dimension spatiale qui, assez longs pour traverser un atome, pèseraient un million de tonnes, et puis tellement d'autres trucs que mieux vaut ne pas en parler, des trucs pour lesquels ils n'ont pas l'ombre d'une preuve. D'après GUT, les protons sont condamnés à dépérir, mais personne n'a encore trouvé un proton en désintégration, et si la vie d'un proton était tant soit peu inférieure à un million de fois l'âge de l'univers, à cette minute même vous et moi serions aussi radioactifs que le cœur d'un réacteur nucléaire. Je le répète, de l'air chaud. Surtout ne me poussez pas trop là-dessus ; je me retiens pour ne pas être vache. Seulement, ces athées, ils sont d'une telle *suffisance* ; jamais l'idée ne les effleurerait qu'il puisse y avoir une *objection.*

Il commençait à se décontracter, et ses jambes se faisaient si longues que dans leurs Hush Puppies éraflés ses pieds s'étaient glissés sous mon bureau.

— En fait, vingt-huit ans, c'est souvent l'âge où l'on en revient à la religion.

— Jamais je ne m'en suis écarté.

Les dévots ont souvent, je l'ai remarqué, un côté catégorique qu'ils jugeraient grossier chez les autres.

— Je suis resté tel que j'ai été élevé. Intellectuellement parlant, mon père et ma mère avaient si peu à me donner que je ne pouvais m'offrir le luxe de renoncer à rien. Chez

1. GUT, ou Grand Unified Theory : en français, Théorie du Champ Unifié. (*N.d.T.*)

nous, les cloisons étaient si minces que souvent je les entendais prier ensemble.

Qu'est-ce qui me prend de lui raconter tout ça ? croyais-je l'entendre se demander. Ses mains commencèrent à s'agiter, prêtes à la contre-offensive.

— D'ailleurs, ce que vous, ici, vous appelez religion, d'autres appelleraient ça sociologie. C'est de cette manière que vous l'enseignez, pas vrai ? Tout depuis les Evangiles jusqu'au *Golden Bough,* de Martin Luther à Martin Luther King, tout est arrivé, ce sont des faits historiques, de l'anthropologie, une somme de textes anciens, du point de vue humain ça présente de l'*intérêt,* d'accord ? Mais c'est tellement *sûr.* Comment pourrait-on se tromper ? Même le pire des athées ne peut nier que les gens ont toujours été croyants. Ces temples qu'ils ont édifiés, les interdits qu'ils se sont imposés, toutes ces traditions qu'ils ont créées, tant d'autres choses. Alors quoi ? Pour l'incroyant moyen, normal, enjoué, rigolard, tout ça c'est de la poésie, de pathétiques niaiseries, comme tant d'autres aspects de l'histoire de l'humanité, comme *tous* ses aspects, à dire vrai, si l'on considère que tout être finit par mourir et jusqu'au jour de sa mort consacre la plus grande partie de son énergie à essayer d'assurer sa subsistance, à se tenir au sec et au chaud, et, zut, le mot m'échappe... ?

— A se reproduire ? suggérai-je.

— Bien sûr, dit-il, en s'avachissant un peu plus. J'ai jeté un coup d'œil sur votre brochure avant de venir, et l'étude de tous ce fatras ne dit *rien,* ne vous *engage* à l'égard de *rien,* sinon d'une vague histoire culturelle parfaitement humanitaire et anodine. Ce dont je viens vous parler, moi, c'est de Dieu, Dieu considéré comme un *fait,* un fait à la veille de nous sauter aux yeux, surgi tout droit de la Nature.

— Vous vous répétez, fis-je, en reposant le crayon bien aiguisé de mon fils et en jetant un coup d'œil discret sur ma montre.

Mon séminaire, d'une durée de deux heures, était consacré à l'hérésie ante-nicéenne et débutait à trois heures. Aujourd'hui, nous devions parler de Marcion, le premier des grands hérésiarques. Marcion qui soutenait fort plausiblement que le Dieu de l'Ancien Testament et celui du Nouveau étaient deux dieux différents — un dithéisme qui fusionnait avec le gnosticisme et annonçait le manichéisme. Il accablait de son mépris le Dieu Créateur hébraïque, qui avait créé le mal, choisi comme chouchous de licencieuses et perfides canailles telles que le Roi David, et était responsable, ce Dieu ignorant et velléitaire, d'humiliantes et cruelles fonctions, dont la copulation, la grossesse et l'accouchement, un bilan qui plongeait Marcion dans l'écœurement. Ses arguments étaient solides.

— Quoi qu'il en soit, dis-je avec fermeté, que puis-je exactement pour vous, Mr. Kohler ?

Une certaine roseur d'émoi envahit de nouveau la peau malsaine de mon visiteur, et sa voix faiblit, au point que je dus tendre l'oreille.

— Je me demandais, monsieur, si je pourrais obtenir une bourse. Si la faculté de Théologie aimerait me voir explorer... vous savez, ce dont nous venons de parler. Ces faits qui prouvent que Dieu existe.

— Eh bien. Du moins qu'il mérite d'être prouvé, disons. Mais, vu avec quelle perspicacité vous avez décrit le contenu de notre programme, je doute que nous puissions trouver un sou. A vous entendre, nous nous contentons parfaitement de soutenir que de pseudo-religions ont jadis bel et bien existé et d'enseigner Jésus et l'araméen aux fanatiques que cela intéresse.

— Monsieur, je vous en prie, inutile de vous froisser. Je n'ai aucune idée de ce que personnellement vous croyez.

— Je crois suffisamment de choses, à mon avis. Bien qu'il y ait quatorze ans déjà que j'ai servi ma dernière paroisse, je suis toujours consacré pasteur méthodiste et fort bien considéré, comme on dit. De plus, permettez-moi de vous le dire, mon cours commence dans précisément dix-sept minutes.

— Docteur Lambert, ce que j'ai essayé de vous décrire ne

vous paraît pas excitant ? Dieu est en train de *transparaître*. Voici des siècles que l'on s'obstine à fouiller la réalité physique, et la couche dont le sens nous échappe encore est devenue si mince que le visage de Dieu est là devant nous, qui nous contemple dans le blanc des yeux.

— Franchement, je trouve ça macabre. Comme un visage à travers le panneau en verre dépoli d'une cabine de douches. Ou encore, suggérai-je, en arrachant à mon subconscient une image qui me tarabustait depuis des mois, comme cet infortuné jeune marin de l'expédition Franklin que l'on a découvert là-bas au Canada, l'été dernier, joliment préservé par la glace. Lui aussi nous contemplait dans le blanc des yeux.

Kohler se pencha vers moi de manière inquiétante, sa mâchoire mouchetée comme déjetée par la force de sa conviction.

— Si Dieu, dit-il, a de fait créé l'univers, il est en tant que fait contraint de se montrer, tôt ou tard. Laissez-moi formuler ça autrement : Dieu ne peut plus se cacher.

— S'il est omnipotent, je croirais qu'il est parfaitement en Son pouvoir de continuer à se cacher. Et je me demande s'il n'est pas un brin hérétique de votre part de jeter le fait de Dieu en vrac au milieu d'un tas d'autres faits. Même saint Thomas d'Aquin, si j'ai bonne mémoire, n'a jamais postulé un Dieu qu'il était possible d'extirper gigotant et hurlant d'un placard de laboratoire, relégué tout au fond derrière le tableau noir.

— Vous parlez de façon satirique, dit le jeune homme. Mais savez-vous ce qui vous pousse à être satirique ?

— A : le suis-je ? Et B : Non.

— Vous avez peur. Vous *ne voulez pas* que Dieu transparaisse. La plupart des gens ne le veulent pas. Ce qu'ils veulent, c'est tout simplement continuer à vivre leurs vies de larves, à être sales, sournois et à rigoler, à passer leurs week-ends à siroter de la Michelob[1], et que surtout Dieu reste

1. *Michelob :* marque de bière très connue, fabriquée dans le Midwest. (*N.d.T.*)

planqué dans les églises au cas où l'envie les prendrait de s'y arrêter, et peut-être aussi pour les tirer d'affaire au bout du compte en les extirpant de ce tunnel de lumière dont font état tous les cas de NDEs[1]. Tenez, un autre exemple, là aussi. Il est en train de transparaître, toutes ces quasi-morts, et tous ces bienheureux qui en reviennent pour témoigner. Avant, avant d'avoir tous ces équipements médicaux modernes, il était impossible d'arracher comme de nos jours les gens au tombeau. Mais je ne veux pas gaspiller mes dix-sept minutes.

— Douze. Disons dix. Je dois jeter un coup d'œil à mes notes.

Elles étaient là sur mon bureau ; je les attirai à moi et y jetai un coup d'œil. *Marcium excomm. Rome 144*, lus-je pour moi-même en silence. *Tertullian wr. Adversus Marcionem C. 207*. Ce jeune homme me donnait envie d'être grossier.

Il s'obstina :

— N'ai-je pas raison, pourtant, monsieur. Vous êtes horrifié à l'idée qu'il est possible de prouver Dieu.

— Je suis horrifié, à supposer que je le sois, de vous entendre débiter avec tant de sérénité tant de blasphèmes.

— En quoi est-ce du blasphème ? Pourquoi à notre époque est-ce toujours du blasphème de soulever l'hypothèse que Dieu est peut-être un fait ?

— Un fait dans nos vies, oui, un fait spirituel...

— Pareil à une vraie particule. Un morceau d'air chaud.

Je laissai fuser un soupir, souhaitant sincèrement le voir mort. Cet enchevêtrement d'hypothèses au sujet de l'absolu et de l'inconnaissable qu'il avait fébrilement esquissées, me remit en mémoire mes morts, les morts qui me permettent de gagner ma vie, ces siècles lointains et obscurs peuplés d'ardents anachorètes et d'intraitables prélats dont les subtiles exégèses déferlèrent longtemps comme des tempêtes d'Athènes à l'Espagne, et d'Hippone à Edesse.

1. *Near Death Experience* : état de « mort clinique » ou « coma dépassé », dans lequel, par suite de l'arrêt des fonctions vitales, la survie doit être assurée par des moyens artificiels, et qui entraîne des phénomènes d'ordre parapsychique. (*N.d.T.*)

Homoousios versus *Homoiousios*, le *logikoi* versus l'*alagoi*. Montanisme, modalisme, monarchianisme, hypostase et patripassianisme. Discriminations saturées de sang maintenant redevenues poussières comme leurs ossements, ces grandioses, ces pieux efforts pour écorcher, désarticuler, anatomiser la divine substance.

— L'Eglise chrétienne, me lançai-je, puis m'interrompis aussitôt pour lui demander : — Vous vous considérez comme un chrétien, n'est-ce pas ?

— Mais bien sûr. Le Christ est mon Sauveur.

La ferveur glacée que reflétait son regard me fit horreur. Jadis chez nous ce genre de platitudes étaient peintes sur les portes des granges ou brodées sur les oreillers.

Je repris :

— L'Eglise prêche, je crois, et l'Ancien Testament décrit, un Dieu Qui agit. Qui *vient à nous,* par la Révélation et la Rédemption, non pas un Dieu Qui un jour mit l'univers en branle pour aussitôt se cacher. Le Dieu Qui nous intéresse dans cette faculté de Théologie est le Dieu vivant, Qui s'avance vers nous mû par Sa volonté et Son amour, et Qui se gausse de toutes les tours de Babel que nous Lui avons érigées.

Je perçus là un écho de Barth et l'exacte citation voleta un instant à l'orée de mon esprit. Où ? Je portais sous ma veste un pull de cachemire à col en V (couleur « chameau », à en croire l'étiquette, au grand amusement d'Esther pour qui les Pères du Désert sont ma spécialité académique, le jour où elle me l'avait offert à Noël dernier, aux Bermudes, chez Trimingham's), et tout à coup j'eus trop chaud, me mis à transpirer. Je m'obstinais à exhumer des certitudes que jadis j'avais acquises et depuis longtemps déjà enterrées, pour les protéger.

— Je sais, je sais, merveilleux, disait mon inquisiteur, alerte, intéressé, mais nullement ébranlé par ma profession de foi. N'empêche, s'Il se comporte comme vous le dites, s'Il est dynamique, donc Il existe, d'une façon qu'une description physique complète de l'univers fondamental, dont une décennie tout au plus nous sépare dans le domaine de la science, ne peut manquer de déceler. Je ne prétends rien d'autre. Nous touchons presque au port, professeur Lambert, mais la science, pour si longtemps avoir été athée, refuse d'en convenir ; il faut quelqu'un comme moi, disposé à proclamer la nouvelle — pour collationner les preuves et les confier à un ordinateur. Un ordinateur, vous savez, est une invention fondamentalement simple, mais capable de refaire inlassablement des tâches simples, et très vite...

Je le coupai :

— Il est assurément *trop* simple, au fait, de dire que tous les savants étaient des athées. Ce n'était pas le cas d'Eddington, et Newton, si j'ai bonne mémoire, était un ardent dévot. Pascal, Leibniz. Einstein aimait dire que Dieu ne se contentait pas de jouer aux dés.

— Oh, il y en a eu, bien sûr. Mais dans l'ensemble — ces types, vous ne les pratiquez pas de la même façon que moi, tous les jours. Eux, cette idée qu'en dehors du hasard et de la matière il puisse exister autre chose, leur paraît totalement aberrante. Cette idée leur fait horreur. Une dernière chose, avez-vous encore une minute ? Je le vois, vous commencez à être à cran. Il y a cinquante ans environ, un physicien du nom de Paul Dirac s'est demandé pourquoi le nombre dix puissance quarante revient constamment. Le carré du même nombre, dix puissance quatre-vingts, représente la masse de l'univers visible évaluée par rapport à la masse du proton. Le nombre lui-même, dix puissance quarante, désigne l'âge actuel de l'univers, l'unité correspondant au temps qu'il faut à la lumière pour traverser un proton. Et, attention, la constante qui mesure la force de la gravité par rapport à la force électrique entre deux protons montre que cette même gravité est dix puissance quarante fois plus faible ! Et aussi, dix puissance quarante à la puissance un quart, ou si vous préférez dix puissance dix, représente à quelque chose près le nombre de galaxies dans l'univers, et l'inverse de la constante structure fine faible ! Si vous...

— Peut-être devriez-vous réserver tout ça pour votre ordinateur.

— Ainsi, vous me donnez le feu vert pour mon projet ?

— Pas du tout. Ce n'est pas à moi de vous donner le feu, quelle que soit sa couleur. Si vous voulez poser votre candidature à une bourse dans cette faculté — qui dispose de fonds très modestes, devrais-je préciser, les ecclésiastiques ne constituant pas une catégorie d'anciens très fortunés et leur charité se trouvant déjà en butte à une foule de sollicitations —, si vous voulez poser votre candidature, je répète, les bureaux du rez-de-chaussée vous fourniront tous les formulaires appropriés. Le président de la Commission des Bourses, Jesse Closson, est quelqu'un de très sympathique, de très affable. Pour ma part, je dois avouer que, tant sur le plan esthétique qu'éthique, votre idée me paraît parfaitement répugnante. Esthétiquement elle décrit un Dieu Qui intellectuellement Se laisse piéger, et éthiquement elle élimine la foi de la religion, elle nous prive de notre liberté de croire ou de douter. S'il existe un Dieu que l'on pourrait prouver, toute la chose en devient immensément, disons, *inintéressante*. Que Dieu soit tout ce qu'on voudra, il ne devrait pas être « pratique ».

— Mais, monsieur, pensez au soulagement de tous ceux qui veulent croire mais n'osent pas, parce que intellectuellement on les a terrorisés. Pensez au soulagement de tous ceux qui, par le malheur ou la douleur, aspirent à prier.

— Je doute, dis-je, que, dans ce domaine, la raison ait jamais empêché quelqu'un d'assez désespéré de faire exactement ce dont il avait envie.

Il accusa le coup. Ses sourcils et ses paupières se soulevèrent, et ses yeux s'éclairèrent comme de minuscules chambres dont les stores viennent de remonter avec un cliquetis.

— Sauf votre respect, je n'en jurerais pas. Je crois que les gens mettent un point d'honneur à se tenir au courant — tenez, cette profusion de nouvelles scientifiques dans les journaux, par exemple, tous ces programmes sur les insectes mimétiques à la télé. Vous avez parlé de la foi, du risque de supprimer la foi et le reste, mais rappelez-vous, nous n'essayons pas de prouver quoi que ce soit au sujet de l'Incarnation, ni de la Trinité — un hindou pourrait accueillir cette nouvelle avec joie au même titre qu'un chrétien ; Fred, le bras droit de Hoyle, est en fait un hindou, Chandra Wickramasinghe. La foi, les différentes formes de culte resteront libres de s'épanouir. C'est simple, ce que nous avons ici, ce sont les éléments de base, l'idée de départ, pour ainsi dire. A chacun de compléter les détails. Bien sûr subsisteraient forcément tous ces problèmes de foi. Mais, il ne faut pas l'oublier, la foi n'a jamais été conçue pour être une vertu éternelle, seulement une forme de dérivatif dans l'attente du jour où le Christ reviendrait pour proclamer le Royaume et où tout deviendrait clair. Ni Paul ni les autres ne nourrissaient l'espoir que le monde leur survivrait.

— Il y a eu, bien sûr, des doutes sur ce point, à savoir ce que les disciples espéraient exactement. Et aussi sur ce qu'ils ont vu exactement. Mais cette fois, Mr. Kohler, je dois partir, mon cours m'attend. Je *tiens* à dire...

Il se rua sur l'ouverture, la soudaine petite lueur.

— Oui m'sieur ?

— Sans doute ferais-je mieux de ne rien dire, concédai-je — me demandant, en vérité, pourquoi je favorisais cette collusion, adoptais ce ton flagorneur et aguichant avec ce jeune homme blême et prétentieux — mais ce serait un soulagement, pour ma part, d'encourager ici autre chose que des recherches sur les Noirs ou le féminisme. Ou ces pathétiques mémoires sur « la religion des rues », qui reviennent à débiter la bonne aventure et des sornettes à partir de numéros de plaques d'immatriculation et de voitures de métro. Si vous persistez et posez votre candidature, libre à vous de faire état de notre entretien et de mentionner que j'ai trouvé vos idées et vos données... comment dire ?

— Impressionnantes ?

— Amusantes.

Je rassemblai mes notes et me levai, en y jetant un coup d'œil. *Marcion, un nouveau Paul, plus fanatique. Galates.*

Circoncision. Légalisme, exclusivisme du Judaïsme. Christologie docétiste de Marcion : dokein, decent. Que voulait dire tout cela ! Je me sentais ébloui, emporté par une sensation irréelle de totale ignorance, comme un voyageur étranger qui a oublié la langue du pays.

— Je ne demanderais pas grand-chose, juste de quoi payer mon temps. — le jeune homme se levait, ses mots se précipitaient. — Je compte utiliser en douce les ordinateurs du laboratoire. Comment formuler ça dans la demande ?

— C'est simple, dites que vous volez ceux qui ont le pouvoir au profit de ceux qui ne l'ont pas. Mes amitiés à Verna. Demandez-lui si son oncle peut quelque chose pour elle.

— Oh, elle ne s'attend à rien de votre part. Au portrait qu'elle m'avait fait de vous, je vous imaginais beaucoup plus coriace.

— Coriace ? Elle me voit donc ainsi ? Dans ce cas, je crois vraiment qu'il est temps que j'aille la voir. Pas question de la laisser s'imaginer qu'elle a un méchant oncle ?

Nous nous séparâmes sans nous serrer la main, le jeune homme ployant la partie supérieure de son corps avec une gaucherie crispée, de sorte que sa main aurait pu jaillir si la mienne avait esquissé un geste analogue. Comme il n'en fut rien (en Amérique les gens ne cèdent déjà que bien trop à l'habitude de se serrer la main, et aussi de souhaiter stupidement à de quasi-inconnus une bonne journée, un merveilleux week-end, d'agréables vacances, une excellente nuit), ses yeux se portèrent machinalement sur mes murs garnis de livres — ouvrages aux dos sages des presses universitaires consacrés aux moindres niches de l'histoire de l'Eglise, recueils pastel, au papier jaunissant, d'études médiévales et ecclésiastiques, gros livres allemands aux robustes reliures, et éditions de poche françaises aux jaquettes joviales, séries complètes et uniformes d'œuvres théologiques pareilles à des rangées d'orgues trapus, le tout moucheté de lambeaux de papier, de signets, qui donnaient aux rangées serrées et massives un aspect moussu non sans analogie avec ces buissons qui parsèment les sanctuaires shintô au Japon, affublés d'innombrables rubans de prière, ou avec ces petites suppliques fourrées dans les interstices du mur des Lamentations. Au milieu de ces livres et de leurs pieux signets effilochés, dans ce bureau haut de plafond criblé par la lumière grise d'automne, tandis qu'au-delà des fenêtres en ogive roulait la houle des cieux, Dale et moi ressemblions à ces âmes telles que les concevaient les gnostiques, des éclats de Divinité fracassée captifs dans les ténèbres de la matière, abasourdis au milieu de ces rayons bourrés de livres, comme fraîchement lâchés en liberté au milieu des échelles des anges, les impalpables hiérarchies dont inexplicablement, voici vingt siècles, le gnosticisme triomphant s'avisa de surcharger son dualisme plein de bon sens. (Est-il rien de plus bizarre dans l'élan religieux que cette passion de la complexité, cet amour du fatras qui fait que la plupart des églises sont hideuses, et grotesques toutes les croyances ?) Nous semblions flotter, Dale et moi, dans des immensités d'espace esquissées à l'eau-forte d'une main légère.

— Bonne chance, dis-je.

— On garde le contact.

La chose paraissait improbable et, de plus, nullement souhaitable. Déjà mon esprit se propulsait vers mon cours, son immuable conclusion. Dans l'histoire de l'Eglise primitive, Marcion est un négatif géant. C'est d'après les œuvres des autres qu'il convient de développer son image : Tertullien, Irénée, Epiphane dans leurs pamphlets antimarcionites. Les Eglises marcionites connurent un essor alarmant, certaines subsistaient encore dans la Syrie du dix-septième siècle. Pas facile de mesurer la fascination exercée par Marcion. Marcion qui interdisait le mariage. Niait la résurrection du corps. Qui par ailleurs, c'est vrai, offrit à ses disciples, fait intéressant, les premiers textes fixes des saintes Ecritures, en l'occurrence dix épîtres de Paul sévèrement expurgées et un Evangile proche de saint Luc. Cette compilation poussa Valentin, Justin le Martyr et Tatien à établir le canon du Nouveau Testament, avec son allègre fouillis de contradictions. *Point essentiel :* Par opposition à Marcion, Rome se réfugia de plus en plus derrière l'armure de l'autorité et du dogme. Bien que pas un seul mot de sa main ne survive, il fascine toujours : voir par exemple les deux volumes passionnés de Harnack. Et Paul Tillich détecte du marcionisme dans la sévérité révélationniste de Karl Barth, ce vaurien que, faut-il l'avouer, j'adore.

Le séminaire se mettrait à glousser. Parler Barth, dans ce séminaire libéral dominé par des unitariens et des quakers élégamment ébranlés dans leur foi, revenait à parler sexe au lycée : la moindre allusion titillait. En automne, les étudiants sont encore suffisamment ouverts et angoissés pour accueillir avec gratitude les moindres coquetteries de leurs supérieurs : le sinistre prof poivre et sel qui soulève sa haire pour exhiber un bout de ventre croquignolet.

Prévoyant mon avenir ainsi, je fus déconcerté par une étrange vision nullement provoquée. Je prévis également l'avenir de Dale. Par un de ces petits miracles nullement souhaités qui infestent la vie, comme cette sensation ouatée d'énormité qui nous afflige quand on se lève après être resté un long moment assis, ou les absurdes courts métrages en technicolor que se passe l'esprit avant de glisser dans le sommeil, mon esprit désincarné se mit à suivre comme par empathie Dale Kohler dans le couloir, le long couloir de notre faculté, flanqué par les portes en verre dépoli des salles de cours, au sol garni d'un lino marron chocolat. Il se retrouve devant le large escalier de chêne sculpté, tourne sur le palier surplombé par la haute fenêtre en ogive, presque une fente, granit taillé en biseau et losanges de verre gris, et s'engage, sanglé dans sa veste léopard dont le tissu crisse, dans le couloir principal, au rez-de-chaussée. Derrière les portes des classes, fusent, sur le mode binaire, le rire ou le silence. Des résidus poisseux de vieux posters, bribes de ruban scotch et papier Xerox constellent les murs. De nouveaux posters, agressifs, submergent les panneaux officiels, rallies contre la pollution dans le Maine et l'intervention en Amérique centrale, ou encore colloques sur « la prise de conscience de la faim » et « la théologie de la divinité féminine ». Grisé par un éphémère soulagement à la pensée que son entretien avec moi — moi, le monstre — est enfin terminé, Dale poursuit son chemin pour regagner les bureaux qui occupent la façade, ce labyrinthe de tables et de cloisons basses où déjà il est venu se renseigner sur l'emplacement de ma tanière. Il s'adresse de nouveau à l'hôtesse d'accueil, une jeune Noire menue, les cheveux coiffés en fines tresses aussi régulières, serrées et luisantes que des petites bobines magnétiques. Elle s'appelle Noreen Davis, ce que moi je sais, pas lui. Ses lèvres au sourire radieux sont peintes d'un rouge électrique, inattendu et atroce, plaqué sur le marron pourpre mat de sa peau. En guise de maquillage, elle arbore aussi du fard à paupières et une poudre violet libellule. Il est troublé. (Je ne le vois pas comme un pédé.) A regret, il sent que le sourire n'a aucun rapport avec sa personne, mais plutôt avec une plaisanterie qui plane dans l'atmosphère de la vaste pièce, où tous — un homme chauve debout près du mur, une femme frisottée occupée à trier un plateau rempli de dossiers — sourient, impatients de le voir partir pour que reprenne leur hilarité anonide. Un jour, pense Dale, cette jeune Noire repensera à cet instant avec une stupéfaction émerveillée, se souviendra de lui, sa timidité, son aspect miteux, son acné et son air ébahi. Car, dans les années à venir, elle vivra dans un monde qu'il a, lui, découvert et annoncé, le monde du Dieu évident, dont les surfaces insaisissables auront, enfin apaisées, retrouvé la légitimité roide et raide de leur évidence. Planté là devant elle, acceptant les formulaires qu'elle lui tend avec un sourire profane et méfiant si moqueur et pourtant aguichant, il les voit elle et lui comme tous deux enfermés dans cette perspective future, dans la transparence de la révélation qu'il apportera bientôt, comme deux minuscules figurines de plâtre enfermées dans une boule de verre.

Mon esprit remonta le courant : je le vis en rapide rétrospective, rebrousser chemin le long du couloir, remonter l'escalier, en direction de mon bureau, et comme il ouvre la porte je me vois comme sans doute il m'a vu, cheveux gris et veste grise, les demi-lunes de mes lunettes projetant leur double trait de lumière et, en arrière-plan, le ciel gorgé de nuages aveuglants, du vermeil dissous dans du vermeil, moi le porche obscur qui mène à l'argent et, ses théories se révéleraient-elles justes, à l'immortalité.

2

Plus tard, rentrant à pied chez moi dans le crépuscule, débarrassé de mon séminaire et d'une consultation avec un étudiant difficile, j'eus la sensation de le suivre à la trace. En quittant Hooker Hall[1] (le nom, objet d'innombrables plaisanteries, de notre bâtiment principal — Thomas Hooker étant, comme de juste, un distingué théologien puritain qui en raison de ses vues relativement libérales sur l'efficacité du baptême et la préparation intérieure à la grâce s'était vu banni du Massachusetts et relégué dans le désert du Connecticut), Dale avait nécessairement emprunté les mêmes rues que moi, les rues de mon quartier. J'habite un quartier ombragé à trois cents mètres environ de mon lieu de travail, dans une petite rue résidentielle aux maisons relativement retirées et de plus en plus chères, Malvin Lane. Les trottoirs sont en brique et, sur de rares portions, en ardoise, le dallage plaisamment soulevé par les racines tumescentes d'arbres qui, à cette heure du jour, existaient là-haut comme des abîmes béants alternativement lumineux et ténébreux au gré de la lueur des réverbères — îles de lumière dans un océan de frondaisons déchiquetées. Le quartier est composé de grandes maisons de bois, dont beaucoup protégées par des clôtures d'environ trois mètres, elles aussi en bois, toutes plantées sur une fraction du terrain tout au plus, qui, dans une banlieue résidentielle, eût convenu à leurs prétentions

1. *Hooker* : familier pour « prostituée ». (*N.d.T.*)

et leur taille, à leurs lucarnes et cheminées, aux colonnades de leurs portiques, fenêtres cintrées et avant-toits tarabiscotés. De vénérables arbres acclimatés — hêtres, érables, caroubiers et chênes — remplissent à déborder les cours exiguës, leurs branches empiétant sur les fils du téléphone et les balustrades des vérandas. A cette époque de l'année, fin octobre, un matelas de feuilles humides recouvrait le trottoir d'un somptueux brocart. Ma consultation avait été arrachée à force d'insistance par l'étudiante, une candidate à une maîtrise de théologie, exceptionnellement sérieuse et exceptionnellement dépourvue de charme, qui avait imaginé d'appliquer à son mémoire (Hélène et Monique : Deux femmes de l'Eglise primitive) une théorie sexuelle complexe et agressive qu'à mon grand ennui, il me faut explorer avec mon tact coutumier. Cette maîtresse potentielle du visage divin — trapue, têtue, avec au bord d'une narine une fascinante verrue incolore et, perpétuellement frémissantes sur ses lèvres elles aussi incolores, de timides et pourtant inflexibles objections — hantait de façon déprimante mon esprit, tandis qu'à pas traînants je poursuivais ma route sous l'or des hêtres, la rouille des chênes. Je remarquai à mes pieds, prisonnière d'un brillant chiffon de lumière tombé à terre entre les ombres de deux arbres, une feuille rose d'érable pareille à l'éventail d'une petite main agrippée au trésor des feuilles de hêtre qui jonchaient le sol ; et, je le savais, le grand intrus à la pâleur cireuse l'avait, lui aussi trois heures plus tôt, remarquée cette étrange feuille emblématique alors que, coupant à travers mon quartier, il regagnait le sien, sinistre et lointain.

Ces maisons sont pour la plupart occupées par des enseignants de l'université, ou de vieilles demoiselles filles de défunts professeurs de lettres, ou encore de souffreteux rejetons de familles dont la fortune remonte si loin que l'argent est devenu une pure abstraction, une simple affaire de chiffres et de papier. Il règne dans ces rues une distinction ombreuse et narcotique qui encalmine la vie et insuffle l'idée que nulle part ailleurs on ne saurait être mieux, aussi le jeune homme n'avait-il pu qu'être séduit et bercé par cette atmosphère, s'efforçant d'imaginer, tandis qu'il poursuit sa route, à partir des livres, lampes et bibelots entrevus au passage par les interstices des rideaux, la forme et le goût de nos vies, convoitant nos possessions avant d'émerger du quartier. Peut-être Dale ne retourne-t-il pas chez lui, mais se prépare-t-il à rendre visite à Verna, ma peu recommandable nièce, dans la cité carcérale où elle demeure avec sa petite fille âgée de dix-huit mois. Grilles aux fenêtres du rez-de-chaussée, graffiti dans les vestibules d'entrée, sur les parois de l'escalier de métal aux marches branlantes. Verna ouvre sa porte et accueille Dale, sans enthousiasme. Elle le connaît, sait ce qu'il peut et ne peut pas faire (peut-être après tout est-il pédé). Mais elle feint d'être ravie de le voir. Ils parlent, de moi, de la façon dont j'ai accueilli son projet de prouver Dieu au moyen d'un ordinateur. Je l'entends dire quelque chose, « oncle Roger a toujours été un con. Je voudrais que tu entendes ma mère parler de lui », me semble-t-il. Elle a une voix aigre et crâneuse, presque encore une voix d'enfant. Et aussi la chair douce semi-fluide et terne d'Edna, une chair dotée du pouvoir morne et âcre d'altérer l'atmosphère d'une maison tout entière. La petite fille de Verna, à la peau café au lait, s avance en vacillant sur de délicieuses petites jambes cagneuses et, le doigt tendu vers Dale, répète « Pa ». Elle s'obstine jusqu'à ce que Verna explose : « Non c'est pas Pa, sale gosse ! » et, se penchant en avant, gifle l'enfant avec une brutalité prosaïque. Dale reste planté là gauchement, contemple la scène, mijote l'idée de fuir, pour se réfugier à l'autre bout de la ville, dans ses recherches.

Vraiment, quelle outrecuidance, quelle désinvolture, cette ambition d'extraire Dieu des statistiques de la physique nucléaire et de la cosmologie du Big Bang. A peine la théologie frôle-t-elle la science, elle se brûle. L'astronomie au seizième siècle, la microbiologie au dix-septième, la géologie et la paléontologie au dix-huitième, la biologie de Darwin au dix-neuvième, toutes ces sciences ont de façon grotesque repoussé les limites de l'univers et contraint les hommes d'Eglise à chercher abri dans des niches de plus en plus exiguës, de plus en plus obscures, petites cavernes ténébreuses et ambiguës logées dans le psychisme où de nos jours encore la neurologie les harcèle cruellement, les extirpant des innombrables replis du cerveau comme des cloportes tapis sous un tas de bois. Barth disait vrai : *totaliter aliter*. Ce n'est qu'en situant totalement Dieu au-delà de l'humainement compréhensible que l'on peut espérer le mettre définitivement à l'abri. Le positivisme de la révélation, telle que Bonhoeffer l'a décrite. Tout le reste n'est que simple philosophie, acharnée à baratter le néant dans l'espoir de fabriquer du beurre, selon la formule d'Oliver Wendell Holmes junior, le président de la Cour suprême, qui légua tous ses biens terrestres au gouvernement des Etats-Unis : un des plus sinistres testaments jamais rédigé par un homme sain d'esprit.

Ma voisine Mrs. Ellicott s'avançait d'un pas chancelant vers moi dans la pénombre, son petit chien tibétain au bout d'une longue laisse rouge. Avec ses poils filasse qui lui retombaient sur les yeux et les flancs au point de lui cacher complètement les pattes, l'animal semblait se déplacer sur des roues minuscules tandis que d'un museau pointilleux il humait le pied des arbres et des piquets de clôture en quête d'un endroit digne d'accueillir son urine.

— Bonsoir, professeur, croassa la vieille dame.

Dans la fleur de l'âge, elle avait eu un don remarquable pour pousser ses maris au suicide ; deux d'entre eux au moins s'étaient supprimés, lui léguant meubles et maisons, de sorte que ses actuelles possessions évoquaient des couches de sédiments tassées par la pression des ans, les fluctuations de l'économie au fil des dernières décennies toutes décelables dans la composition de son portefeuille d'actions.

« Ça ne s'annonce pas tellement bien pour notre camp, n'est-ce pas ? » ajouta-t-elle.

Je déduisis laborieusement qu'elle voulait parler de l'élection imminente. Je m'étais attendu à une question sur le temps.

— Pas des plus chauds, dis-je, toujours branché sur le temps.

Comme la plupart des gens du quartier, c'était une libérale de choc, qui militait pour qu'on lui soutire son argent. Malgré tous ses efforts, jamais cela n'arrivait.

— N'est-ce pas affreux, lança-t-elle dans mon dos, épinglée sur le trottoir à demi effondré par la brusque décision de son chouchou d'octroyer son clapotis ambre à certain fragment de troène déjà consciencieusement bruni.

J'espérais bien qu'elle mettrait mon absence de réponse au compte de sa dureté d'oreille. Mais, après tout, ces Brahmins [1] sont tellement blindés par leur muflerie qu'ils ne réagissent guère à la muflerie d'autrui.

Ma grande maison et ses chaudes lumières surgirent soudain. Parvenu devant ma haie d'ifs, j'entrai et, avec un grognement satisfait de propriétaire, me baissai pour ramasser divers prospectus éparpillés sur mon allée de brique et le demi-cercle de mon perron aux quatre colonnes ioniques et à la frise joliment ciselée au ras du toit de cuivre. Je l'adorais cette maison, bâtie au début de notre siècle vieillissant, du temps où les classes laborieuses et l'éthique du travail étaient encore en harmonie et la main-d'œuvre qualifiée bon marché, comme en témoignait une sereine débauche de petits raffinements — les hautes et gracieuses fenêtres latérales aux multiples petits vitraux, par exemple, à travers lesquelles, me penchant en quête d'un peu de lumière pour sélectionner la clef de ma porte d'entrée dans la bonne livre de métal que l'on doit hélas trimballer en ces temps pervers, j'eus une brève vision de ma femme qui, sortant du séjour, traversait le couloir pour passer dans la salle à manger, silhouette svelte et menue et crinière bouffante de cheveux roux flamboyant ramenée en chignon,

1. *Brahmins :* surnom attribué à la vieille bourgeoisie cultivée de la Nouvelle-Angleterre, et visant son esprit de caste. (*N.d.T.*)

se déplaçant avec une voussure soucieuse, tenant à demi penché un verre contenant un liquide indéterminé, du sang ou du bourgogne peut-être.

Même aussi inoffensives, ces visions secrètes de la vie qui chemine, inconsciente d'être épiée, m'ont toujours passionné. De l'époque de mon ministère, je garde un souvenir vivace des fenêtres éclairées de mes paroissiens confiants, tandis qu'à pas furtifs, dans ma défroque noire digne d'un cambrioleur, je remontais leurs allées pour les gratifier d'une visite impromptu, fondant sur eux au milieu de leur confusion vespérale armé des exigences de l'Absolu. Les fenêtres m'évoquaient des yeux — vulnérables, douces, brillantes — et, à l'intérieur, les courbes du canapé, du fauteuil et du socle de la lampe, les rondeurs ouatées de la chair secrète. Esther, épiée à son insu, m'évoquait une proie — un être à rejoindre subrepticement et à violer, la précieuse épouse d'un autre homme à souiller, en guise de message à lui destiné, griffonné dans le sperme. Sa bouche remuait avec indolence, formant des mots que je ne pouvais entendre mais que je supposais adressés à notre fils, qui sans doute se trouvait dans la cuisine, au fond de la salle à manger, occupé à faire ses devoirs à la table où plus tard nous prendrions place pour dîner. Pourquoi, avec une salle de séjour, une bibliothèque et sa propre chambre aux dimensions honnêtes à sa disposition, Richie s'obstinait-il à faire ses devoirs précisément à l'endroit où sa mère s'efforçait de disposer napperons et assiettes, tandis qu'un Sony de vingt-cinq centimètres crépitait et jacassait à trente centimètres à peine de son visage, je n'en avais aucune idée. Du moins le lui disais-je, en guise de réprimande souvent réitérée. Bien sûr, secrètement je comprenais : la fascination atavique du foyer. La télévision est — c'est là son charme irrésistible — un feu. Pénétrant dans une pièce déserte, nous l'allumons, et un visage qui parle jaillit soudain plein de vie : mieux que le buisson ardent. Par constraste avec la chaleur et l'activité de la cuisine, le reste de la maison ne pouvait à un enfant de douze ans que faire l'impression d'un désert, peut-être même d'un lieu hanté, sinon par ces fantômes auxquels dans les ténèbres de mon enfance ignare je croyais quasi pieusement, du moins par ces cambrioleurs, agresseurs et envahisseurs bourrés de drogue tous eux bien réels dont pour se protéger chacun dans cet aimable et respectable quartier trimballait une trousse en cuir remplie de clefs, aussi efficace que le missel d'un prêtre. Car aucune partie de la ville n'était par le bus ou le métro à plus d'une heure d'aucune autre, et les idéaux de la démocratie, ainsi qu'une authentique et pragmatique démocratie vestimentaire, interdisaient d'en limiter l'accès. A notre époque, une défroque de criminel et d'étudiante BCBG se ressemblent beaucoup, et dans ces rues ombragées, un étudiant boursier africain idéaliste et polyglotte et un dingue ivre de vengeance surgi du ghetto étaient des chats de même race. A ce propos, dix ans plus tôt, la fille de Mrs. Ellicott, trente ans à l'époque, avait été empoignée sur le trottoir et entraînée dans un joli petit parc, à deux rues de là tout au plus où, au milieu des rhododendrons prodigieusement en fleur, elle avait été violée et étranglée tandis que les voisins confondaient ses cris avec le bruit de la circulation, ou les hurlements de la télé. On avait eu beau rebaptiser le parc en son honneur, jamais son agresseur n'a été retrouvé.

Je pénétrai doucement dans le vestibule. Les bancs intégrés aux murs, conçus pour recevoir vêtements et paquets, disparaissaient sous une pile de revues et de livres. Depuis le succès commercial qui dernièrement avait salué les récentes réflexions de je ne sais quel rabbin sur les raisons qui font que de bonnes choses arrivent à de mauvaises gens (à moins que ce ne soit l'inverse ?) les ecclésiastiques, semble-t-il, pondent des livres avec autant de célérité que les écrivains du Sud, et j'en reçois beaucoup, en même temps que le tout dernier traité doré sur tranche et subventionné sur Athanase et les Pères de Cappadoce. J'accrochai mon écharpe et mon *bog hat*[1] (ça sonne pompeux, je sais, n'empêche, j'ai coupé à

1. *Bog hat :* sorte de bonnet ou béret irlandais. (*N.d.T.*)

maints rhumes de cerveau depuis que, sur une brusque impulsion, je l'ai raflé à l'aéroport de Shannon le lendemain d'un décevant coup d'œil au livre de Kells) à un portemanteau de chêne bistre, et, pipe entre les dents et serviette à la main, passai dans ma bibliothèque, sur la gauche. J'ai été heureux dans ma bibliothèque.

Je l'aurais parié, Esther entendit claquer la porte et s'avança à ma rencontre dans le couloir. Pourquoi les pas des femmes résonnent-ils toujours plus agressifs que ceux des hommes ? Impossible que ce soient uniquement leurs talons hauts ; c'est plutôt une affaire d'énergie, d'élan vital, qui tient au genre. Elle s'approcha de moi, une centaine de livres, au bas mot, de femme pour moi sans mystère, et, sur-le-champ, se dissipa le sentiment qu'elle était la précieuse épouse d'un autre. L'ennui émanait de sa personne comme une odeur de sueur rance, un ennui si intense qu'il avait le pouvoir de provoquer l'ennui chez les autres ; les jointures de mes maxillaires me tiraillèrent comme je m'efforçais d'étouffer un bâillement de compassion.

Esther, trente-huit ans, est de quatorze ans ma cadette — une différence d'âge qui loin de se réduire s'est accrue, au fil des quatorze années écoulées depuis que nous nous sommes rencontrés, accouplés et, après mon divorce, épousés. Bien que je fusse à l'époque pasteur titulaire d'une paroisse, Esther ne comptait pas au nombre de mes paroissiennes ; en vérité, un de ses charmes à mes yeux était l'indifférence sereine, une indifférence au-delà du mépris, qu'elle portait aux choses de la religion. Son scepticisme tranchant était comme une longue gorgée de Tonic limpide après un abus de vin aigre. Une amie de sa tante l'avait un jour amenée pour étoffer notre chorale de Noël. Esther, qui, à juste vingt-quatre ans, travaillait comme secrétaire chez un conseiller fiscal, adorait le chant, cette offrande de soi-même au vent, cette transformation magique du corps en un tuyau creux, un mécanisme doté de valves musculaires. Quant à sa voix, c'était un mezzo-soprano d'une puissance surprenante, une voix plus grosse que son corps minuscule et plus chaude que l'expression de son visage. A peine se mettait-elle à chanter, sa bouche, pincée au repos par une moue blasée, se transformait en un immense trou joyeux. Elle avait livré la maison, en mon absence, à la voix de Luciano Pavarotti, qui se répandait en meuglements et sanglots pour se frayer un chemin à travers l'inintelligible rengaine d'une pseudo-aria. Je me le représentais avec son smoking, son mouchoir blanc flasque, sa barbiche répugnante qui mouchetait l'immensité de ses bajoues tremblotantes. Autrefois mes parents, là-bas à South Euclid, se branchaient fidèlement le samedi après-midi sur WHK, pour suivre le programme du Metropolitan Opera House de New York City, un rituel que j'avais toujours trouvé déprimant. Les voix emplissaient alors la grande maison de leurs complaintes et protestations, me poursuivant à l'étage quand je me réfugiais dans mon roman policier, ou encore à la cave, où ma maquette d'avion attendait d'être délicatement assemblée ; à l'apogée du troisième acte, le plancher et la tuyauterie tremblaient au-dessus de ma tête, la poussière saupoudrant la colle fraîche tandis que, dégageant cette inoubliable odeur d'éther, elle s'efforçait de durcir à la jointure de deux nervures en bois de balsa. Pour ma part, mes goûts en matière de musique me portent vers les quatuors à cordes discrets, les délicats ensembles Renaissance, les concertos pour hautbois quasi inaudibles, et les petits orchestres mozartiens aux vieux instruments fragiles. « *A te, o cara* », beuglait Pavarotti, et les vitrines de mes bibliothèques en vibraient.

— Chéri, fit Esther d'un ton sec, en offrant son visage pour un baiser.

Si moi je suis loin d'être grand, elle est plus petite que moi. Ce qui n'était pas le cas de ma première épouse, Lillian, qui cependant portait toujours des chaussures plates et même, par égard pour moi, cultivait une légère voussure. Mon impression de surplomber Esther, aux jours enivrants de nos amours illicites, avait été confortée par le modelé de son visage — son front large et pur, ses grands yeux verts qui semblaient rapetisser pour rejoindre la petite bosse tavelée du nez, la bouche à la moue blasée, et la petite mâchoire en retrait, au point qu'elle donne l'impression d'être, même contemplée à niveau, raccourcie. Elle est intelligente ; un trop-plein d'acuité bombe ses yeux, d'où leur expression presque angoissée, que cherche à désavouer la bouche sardonique. La lèvre supérieure a quelque chose de bouffi ; l'inférieure s'escamote dessus. Sa bouche est d'une indicible complexité ; un flou l'effleure par instants, une bouffée de joie ou de chagrin pareille à une buée à la surface d'un miroir, et j'ai alors l'impression, même encore, bien que notre mariage ne date pas d'hier, qu'elle est sur le point d'exprimer quelque chose de tout à fait extraordinaire.

— Comme tu es en retard.

Le bourgogne lui chargeait un peu l'haleine, une âcreté mêlée d'une odeur de fumée de cigarette. Je me demandais à combien de verres elle en était, en compagnie de Pavarotti, et de sa *cara*.

— Une consultation, lui dis-je. *Au diable* Corliss Henderson et ses saintes héroïnes ! Aujourd'hui elle a essayé de me convaincre que même si Monique n'avait pas été la mère de saint Augustin, elle serait célèbre. Désormais trop avancée dans sa thèse pour pouvoir se défiler, elle comprend enfin que l'unique titre de gloire de ces deux femmes est d'avoir eu ces fils, à part ça il n'y a pas grand-chose à en dire.

— Toujours la même histoire, fit la mère de mon fils.

— Et Richie, ça va mieux son rhume ?

— Il a l'impression que ça lui descend sur la poitrine. Pas étonnant, à voir comme on les fait cavaler sur le terrain de foot après la classe.

— Il ne pouvait pas se faire dispenser ?

— Il ne veut pas se faire dispenser. Il préférerait tomber malade. Je crois, poursuivit-elle, sur un timbre railleur et modulé, qu'il se croit plutôt bon au foot.

— Et à ton avis, ce n'est pas vrai ?

La méfiance que lui inspiraient les hommes s'étendait à son fils, maintenant qu'il n'était pas loin d'être un homme.

Elle leva les yeux vers moi, ma chère féministe manquée,

et son regard se ternit : un poisson blanc aux gros yeux était remonté à frôler la paroi verte de l'aquarium et, exaspéré de tourner du matin au soir dans son bac, avait lâché un éclair d'ennui.

— Non, mon cher Roger, je ne dis pas cela, énonça-t-elle de sa belle voix chaude de femme, à peine durcie par le temps et le tabac. J'espère qu'il est bon au foot. Pourtant je ne vois pas pourquoi il le serait. Moi, pour les sports, j'ai toujours été minable, par ailleurs jamais je n'ai entendu dire, mon chéri, que tu étais toi un champion.

— De mon temps au lycée, on ne jouait pas au foot, dis-je. On ne connaissait que le rugby, un jeu de brutes. Je ne jouais pas et mon père me méprisait, tant pis si j'y avais laissé la peau. Si j'avais joué au foot, peut-être aurais-je été bon. Qui sait ?

— Qui sait jamais rien ? dit Esther.

— Tu parais déprimée.

— L'automne, admit-elle. Je suis allée en ville aujourd'hui en me disant qu'il nous fallait des branches de sapin pour protéger cet hiver les feuilles de chêne sur les parterres le long de la clôture. Où, dans cette fichue ville, peut-on acheter des branches de sapin ? Tous les ans, c'est la même rengaine.

— Si tu pouvais attendre que Noël soit passé, on pourrait toujours débiter l'arbre.

— Tu dis ça tous les ans. Et moi, je dis quoi ?

Je réfléchis, portai les yeux sur mes rayons, et me souvins que j'avais projeté de vérifier quelque chose dans Barth.

— Toi, tu dis qu'il serait trop tard. Une fois de plus les feuilles se seraient envolées aux quatre coins de la cour.

— Tout juste. Bravo, Rog.

— Et pour les branches de sapin, en fin de compte, que *faisons-nous,* chaque année ? Ça, j'*ai* oublié.

— On prend la voiture et une fois dans la campagne on repère une aire pour camions au milieu des bois, et on en vole dans les sapins. Seulement d'annee en année les basses branches se font rares ; on ferait bien d'emporter la cisaille à long manche qui est en train de rouiller là-haut sous les poutres du garage.

— Je crois me souvenir que Richie l'a cassée, en essayant de fabriquer une cabane de rondins.

— Tu accuses tout le temps Richie.

Mais, à la vérité, j'accusais Richie sans raison ; il était évident à mes yeux que, sans le garçon, Esther et moi n'aurions pratiquement plus aucun sujet de conversation, et qu'entre nous la froideur n'aurait fait que croître. Je me creusais la cervelle pour trouver quelque chose à dire, n'importe quelle fadaise à lui lancer tandis qu'elle me contemplait avec son expression d'ennui bovin.

— J'ai eu une autre consultation, lui dis-je. Plus tôt. Un dingue, un jeune type vraiment dingue, parfaitement répugnant en un sens, bien que physiquement il m'ait paru plus ou moins normal, un informaticien du département des sciences. Dieu sait ce qui l'a conduit à la faculté de Théologie. En fait, je sais. Apparemment il est très copain avec Verna, l'horrible fille de l'horrible Edna, tu te souviens, celle qui a un gosse de père illégitime sur les bras et habite je ne sais où dans une cité de taudis...

— Continue, dit Esther, j'ai des brocoli sur le feu, faut que je coure voir si l'eau ne déborde pas.

Elle se précipita dans le couloir, tourna à droite pour franchir l'arche de la salle à manger, puis traversa la pièce et s'engouffra dans la cuisine, tandis que je la regardais, savourant d'elle mon image favorite, l'image postérieure : petite tête bien droite, croupe ronde et ferme, chevilles nerveuses. Rien n'avait changé depuis le temps où je la contemplai avec désir tandis qu'à l'église elle descendait en froufroutant la travée après la répétition du chœur, secouant la poussière de mon église accrochée à ses pieds. En ce temps-là, le temps des minijupes et du pacifisme, elle portait longs ses cheveux drus d'un roux pâle qui tressautaient librement dans son dos ; on eût dit que leur masse égalait celle de son corps tout entier. Depuis, au fil des années, sont apparues quelques mèches blanches, plus fournies sur les tempes, et elle tord, pince et épingle la parure frisotante de son crâne en une variété infinie de chignons et de coques et aussi de rouleaux plus ou moins sévères et guindés style *Frau Professor.* La nuit, sa crinière défaite est un spectacle encore plus osé que sa nudité toujours efficace. Esther garde une silhouette svelte grâce à une procédure très simple : elle grimpe chaque matin sur sa balance et, si elle dépasse cinquante kilos, ne mange que des carottes et du céleri arrosé d'eau jusqu'à ce que la bascule rentre dans le rang et en revienne au chiffre idéal. Elle est forte en maths. Autrefois, elle aidait l'expert fiscal à truquer ses chiffres.

Plutôt que de la suivre, je profitai de l'instant pour vérifier la citation de Barth. Elle concernait, si j'avais bonne mémoire, une série de *vias,* toutes récusées comme ne pouvant mener à Dieu. Selon toute vraisemblance elle devait se trouver dans *The Word of God and The Word of Man* ; je sortis mon vieux manuel, un Torchbook en édition de poche lu et relu au point de tomber en lambeaux, la colle de la reliure toute desséchée et les marges inlassablement annotées par le crayon d'un jeune homme qui s'était imaginé que là, irrévocablement et à jamais, il avait trouvé la voie, le style, et aussi la méthode pour préserver en lui et offrir aux autres la foi chrétienne. Rien que de parcourir les pages, je sentais l'airain superbe des paragraphes de Barth, la magnificence de son intégrité et de son énergie sans failles dans ce domaine de la prose — la prose spécifiquement chrétienne — en général célèbre, hélas, par sa mollesse et sa malhonnêteté intellectuelles. « L'homme est une énigme et rien d'autre, et son univers, quand bien même vu et senti de façon si précise, est une question... La clef de l'énigme, la réponse à la question, la satisfaction de notre besoin est l'événement intégralement *nouveau...* A cet événement, *aucune* voie ne mène » : ici je crus bien l'avoir, dans « The Task of the Ministry », mais non, le passage, bien que retentissant, n'avait pas tout à fait le retentissement imprimé trois décennies plus tôt à mon oreille interne en émoi. Plus avant dans l'essai, je tombai par hasard sur une phrase, marquée en rouge d'un astérisque, qui paraissait conférer au raisonnement de Dale Kohler une certaine pertinence : « En référence au royaume de Dieu, toute pédagogie peut être aussi bien bonne que mauvaise : un tabouret peut être suffisamment haut et l'échelle la plus longue trop courte pour prendre d'assaut le royaume des cieux. » *D'assaut*, bien sûr : c'était là son blasphème, comme je l'avais qualifié. Le jeune homme n'hésiterait pas à traiter Dieu comme un objet, Qui n'avait pas voix au chapitre quant à Sa propre Révélation. Impatient je cherchai, au hasard ; je sentais encore l'ennui d'Esther me tirailler, m'aspirer, me sommer de la rejoindre là-bas dans la cuisine, pour que nous puissions nous ennuyer de concert. Enfin, à l'instant où je venais d'abandonner tout espoir, les feuillets fatigués et couverts de gribouillis s'ouvrirent à la page où, en triple ligne au crayon dont la profondeur du sillon dénotait une épuisante empoignade spirituelle, mon moi juvénile avait marginalement noté, dans « The Problem of Ethics Today », là où il y avait peu de chances qu'on s'attendît à le trouver :

> Il n'existe aucune voie qui mène de nous à Dieu — pas même une *via negativa* — pas même une *via dialectica* ni *paradoxa*. Le dieu qui se tiendrait au bout d'une quelconque voie humaine — même de celle-ci — ne serait pas Dieu.

Oui. Je refermai le livre et le remis en place. *Le dieu qui se tiendrait au bout d'une quelconque voie humaine ne serait pas Dieu.* J'ai une secrète honte : je me sens toujours mieux — purifié, revitalisé — quand je viens de lire de la théologie, même de la mauvaise théologie, la théologie qui effleure et sonde les moindres fissures de l'inconnaissable. De peur que vous ne me preniez pour un petit saint, je puise un réconfort et une inspiration analogues dans la pornographie, la représentation détaillée, et ô combien navrante, d'organes humains invraisemblablement longs, profonds, roides et extensibles, toujours étroitement enchevêtrés, taraudant et suintant. Même l'*Opus Pistorum* du défunt Henry, tellement ignoble qu'il était posthume, ne parvenait pas à me rebuter, avait même à mes yeux des vertus rédemptrices, exaltant comme il le faisait et le font toujours ce genre d'ouvrages notre pire côté, le côté visqueux de notre cléricale insomnie, grouillante de démons dotés de multiples jambes. Hélas ! On a soulevé la roche. Et que voit-on surgir de ces cloaques soupirants de notre être, de nos désirs aberrants et sincères ? Des cathédrales, des enfants.

Richie était accroupi les yeux brouillés devant ses devoirs, tout en s'efforçant de ne rien perdre d'une rediffusion de *L'Ile de Gilligan.* J'ébouriffai la nuque du gosse, ses cheveux brun foncé comme jadis les miens avant que le gris ne contamine tout hormis mes sourcils, qui restent drus, sombres, longs et sévères.

— Alors ? L'école, ça marche ?

— Ça va.

— Et ton rhume ?

— Ça va.

— A en croire ta mère, ça ne va guère mieux, au contraire.

— Papa ? Je fais mes devoirs. Vingt-sept en base six, ça donne quoi ?

— Aucune idée. De mon temps à l'école, il n'était pas question de bases.

A dire vrai, j'avais essayé d'y comprendre quelque chose en même temps que lui et, en suivant de près son manuel, avais cru y parvenir ; mais le côté élusif de l'exponentialité me rebutait, et la révélation que la base dix n'avait rien de sacré fora, dans mon univers, un trou parfaitement inutile. Quand je pense aux mathématiques, je vois des courbes soumises à certaines lois mystérieuses et inévitables qui évoluent dans l'espace, engendrent la beauté des trajectoires, grandissent, emportent la vérité sur le dos de leurs arcs, comme des chérubins sur le dos des dauphins, plus loin toujours plus loin, plongent et s'élèvent. Les hiérarchies d'anges et de degrés humains de prédisposition aux pléromes chères aux gnostiques, et le « mesurage du corps de Dieu » exposé à grand renfort de laborieuse arithmétique alphabétique dans le mysticisme de Merkabah, anticipaient sans doute et ambitionnaient à représenter ces majestueuses formules immatérielles qui s'interposent entre nous et les absolus de la matière et de l'énergie. Je poursuivis, à l'adresse d'Esther :

— Et il a eu le culot, ce scientifique dont je te parlais tout à l'heure dans la bibliothèque, de plus ou moins me sommer de lui obtenir une bourse pour l'aider à prouver sur son ordinateur l'existence de Dieu.

— Pourquoi es-tu si farouchement contre ? Tu crois en Dieu, tu y croyais du moins.

Devinant son humeur, je me demandai s'il était bien souhaitable que Richie entende ce qui ne manquerait de sortir de la bouche de sa mère ; mais nous nous trouvions tous réunis dans la cuisine, où, plus que tout le monde, elle avait le droit de se trouver. Ses repas, son humeur, tout ça allait de pair.

— Je suis certain d'y croire encore, dis-je non sans raideur. Mais sûrement pas parce qu'un ordinateur m'y invite. Du coup l'idée devient parfaitement banale.

— Qui sait si, pour ce jeune homme, Dieu n'est pas autre chose qu'une simple idée.

— On croirait l'entendre, extraordinaire !

— Il était grand comment ?

Etrange question, pourtant je répondis :

— Un mètre quatre-vingt-dix, au moins. Trop grand.

— Tu vas l'aider à dégoter sa bourse ?

La petite Esther donnait dans l'argot, la voix traînante et l'air désinvolte tout en allumant une cigarette au serpentin rouge-orange d'un des brûleurs du fourneau. Elle se pencha, le visage à trois centimètres au plus de la plaque, au risque de se mutiler affreusement : un faux pas, un simple coup de coude, elle aurait été marquée à jamais.

— Vraiment, je voudrais bien que tu cesses de fumer, la chapitrai-je.

— A qui ça fait-il du mal ?

— A toi, chérie.

— A tout le monde dans cette maison, maman, souligna Richie. A l'école l'autre jour, on nous a expliqué qu'il suffit de vivre sous le même toit que des fumeurs, pour avoir les poumons presque aussi malades qu'eux.

Sur l'île de Gilligan, un petit homme à la voix glapissante et vêtu d'un sarong s'efforçait d'éviter un grand blond costaud en maillot de bain à motifs criards qui d'un hélicoptère le bombardait de ballons remplis d'eau.

— Pas la moindre chance que je lui dégote une bourse, dis-je. Rien à voir avec mon département.

— Moi je le trouve plutôt émouvant, ce jeune homme, me dit Esther, sans la moindre preuve.

Richie l'interrompit de nouveau :

— Maman, vingt-sept en base six, ça donne quoi ? Papa veut pas me le dire.

— Quarante-trois, fit-elle. C'est évident. Vingt-sept contient quatre fois six, et il reste trois dans la colonne des unités. Regarde dans ton livre, Richie, bonté divine. Je parie que tout y est ; c'est justement pour ça qu'on commence par te donner un livre.

Devinant qu'elle se rangeait du côté du jeune inconnu pour le simple plaisir de m'agacer, la moutarde me monta au nez. Je me demandai s'il était sage de me verser un bourbon en guise d'apéritif. Esther avait empoigné le pichet vert rempli de Gallo et s'était octroyé une nouvelle rasade de gros rouge, et rien qu'à voir la façon dont ses cheveux s'étaient défaits, leurs coques en bataille, il était manifeste qu'elle était d'humeur belliqueuse. Un verre de trop m'aiderait au cours de la querelle, mais me mettrait hors d'état de consacrer ma soirée à lire comme je l'avais espéré — le livre, entre autres, sur Athanase et les Pères de Cappadoce dont l'auteur, un ancien étudiant, m'implorait de lui donner ma bénédiction et un coup de pouce pour gravir l'échelle de Jacob des promotions universitaires. Je transigeai, me refusant le bourbon mais versant un doigt de Gallo dans un autre verre, à moi destiné. Le vin avait un goût âcre, un goût de moisi. Je préfère le blanc. A vrai dire je préfère le champagne.

— Depuis quand, demandai-je d'un ton affable à ma femme, es-tu aussi férue de théologie ?

— Moi, mais pas du tout, dit-elle. Tu sais ce que je pense. Je ne pense rien ; ou plutôt, je pense que tout ça n'a pas le moindre sens. Je pense que c'est une absurdité. Mais je trouve cocasse de te voir défendre avec tant de vigueur ton propre style d'absurdité contre le style d'un autre. Tous pareils, ces rois nus, ils ont tous leur territoire à défendre. Ce type s'amène et propose de prouver l'existence de Dieu, et toi, tu retrousses ta lèvre supérieure, tu fronces les sourcils, et, manifestement, tu voudrais le voir mort, disparu, chassé de l'Eglise. A tes yeux, c'est un hérétique.

— Une dignité que je ne voudrais surtout pas lui conférer, dis-je, moi-même en toute dignité. Il est très jeune, et je suis prêt à parier que d'ici à un mois, il lui sera venu une autre idée géniale. Il utilise Dieu comme un truc pour décrocher une bourse. Cette nouvelle génération, ils ont tous l'obsession des bourses. Une classe d'assistés, l'Université-Providence.

Le vin était âcre ; l'haleine d'Esther n'était pas seule à blâmer. Bien sûr, la fermentation est une forme de pourriture, exactement comme la vie, considérée sous l'angle de l'énergie, est une forme de décrépitude. Il y avait, pourtant, une beauté, une douceur pareille au chatoiement d'une bulle, à sentir les premières gorgées se mêler à mon sang et précipiter sa course dans mes veines tandis que mon regard demeurait rivé sur les petites lèvres boudeuses et chagrines d'Esther, déjà tendue pour décocher la prochaine flèche de son argumentation. Elle avait fait allusion à ma lèvre supérieure mais c'était la sienne qui était complexe ; un nuage mélancolique passait sur sa bouche, un flou triste et doux, une expression « blessée » à peine perceptible, l'indice d'une chanson triste et tendre sur le point de jaillir pour modeler le cercle d'un *O*. Autrefois, elle ne se faisait pas prier pour me tailler des pipes ; en fait, quand nous étions encore neufs l'un pour l'autre et qu'elle était possédée par la passion du flirt, la passion bien féminine de chasser une autre femme pour s'assurer un protecteur, j'avais peine à écarter ses lèvres de ma braguette. Dans les voitures, pendant que je conduisais : sa tête duveteuse martelait le volant et rendait la conduite dangereuse. A l'église, dans mon bureau, tandis que je me prélassais dans le fauteuil simili-cuir réservé en général à mes ouailles en proie à la confusion spirituelle : mes globes oculaires se révulsaient à l'instar de ceux de sainte Thérèse (qui, soit dit incidemment, lors de la communion, se languissait d'une hostie plus substantielle — *más, más, Dios !*). Au lit, lorsque nous avions joui, Esther posait sur mon ventre le charmant petit pot de miel de son crâne et me prenait doucement dans sa bouche comme pour me mettre à l'abri, de sorte que je redevenais dur dans mon sommeil. Désormais la chose était exceptionnelle, et jamais elle ne manquait de manifester sa répugnance. En toute bonne foi, je ne pouvais l'en blâmer : nos émotions changent, et, avec elles, l'alchimie de nos impulsions.

— Pourquoi ne pas l'inviter un de ces jours ? demanda-t-elle comme en toute innocence, ses yeux — l'idée m'effleura — inondés comme tout à l'heure ceux de mon visiteur par la lumière tombée de la fenêtre, bien que leur bleu tirât vers la frange verte du spectre et non vers la grise.

Mes yeux à moi, pour compléter le tableau, sont d'un brun chocolat plutôt fondant, un marron-noir mouillé et bourru digne d'un ours, qui dit-on me donne l'air, au gré de la sensibilité des témoins, furibond ou au bord des larmes. Esther ajouta, sarcastique :

— Il y a des années que je n'ai pas entendu une idée de génie.

En filigrane à notre joute aigre-douce, Richie laissa fuser son exaspération :

— Stupide ce bouquin, y fait que parler d'ensembles et arrête pas de montrer ces fichus petits paquets de *x* qu'ont rien à voir avec les chiffres.

D'un geste gracieux de soudain acquiescement, Esther se pencha, comme quelques minutes plus tôt elle s'était penchée au ras du serpentin brûlant du fourneau, et se mit à lire par-dessus l'épaule de Richie.

— Quand on écrit vingt-sept, expliqua-t-elle, c'est une façon d'exprimer en abrégé deux ensembles de dix plus sept unités. Pour faire la même chose en base six, tu dois te demander combien de fois six contient vingt-sept. Réfléchis un peu. Un chiffre avec un *q*.

— Cinq ? fit le malheureux enfant, l'esprit exténué.

— Non, quatre.

Sa voix avait du mal à déguiser son dégoût. D'un grattement d'ongle excédé, elle lui désigna quelque chose dans le livre.

— Quatre fois six, vingt-quatre. Avec un reste de trois, ça fait quarante-trois. Pigé ?

Pigé. Provisoirement *L'Ile de Gilligan* avait fait place à une pub. Une pub de nourriture pour chats. Un beau chat couleur caramel, un chat acteur affublé d'un nœud papillon, nous fut exhibé dédaignant un steak cru et du poisson frais, pour aussitôt enfouir voracement son museau jusqu'au manchon de sa gorge dans une assiette remplie de boulettes brun-gris. Dans le lointain, Pavarotti se hissait vers un des paliers supérieurs de l'émotion synthétique. Au-dessus de nos têtes, dans notre cuisine à l'ancienne conçue pour une nombreuse domesticité, le plafond révélait des fissures et une jaunissure inquiétante, à croire que sous le plancher du premier la tuyauterie laissait sournoisement suinter de l'ectoplasme. Par la grande baie « panoramique » — une amélioration infligée dans les années cinquante — je pouvais voir à travers la cour et par-dessus la clôture ce qui se passait dans la salle à manger de nos voisins, les Kriegman. Myron enseigne la bactériologie à la faculté de Médecine et Sue écrit des livres pour enfants, et leurs filles, toutes trois adolescentes, sont ravissantes en triple exemplaire. Leurs cinq têtes étaient réparties sous la lumière de la lampe Tiffany qui surplombe leur table, et je parvenais même à voir s'agiter la bouche de Myron — son visage avachi, la voussure de ses grosses épaules, les gestes tranchants de la main qui ne tenait pas la fourchette — et les coiffures auréoles de ses femmes qui dodelinaient en cadence, comme subjuguées par une extase faite d'approbation et d'adoration. Myron et moi nous rencontrons souvent au hasard des mondanités ; c'est un incorrigible bavard, avide de ragots, toujours « à la coule » pour tout, que jamais rien n'ennuie, sinon peut-être la discipline qu'il enseigne. Bien que nous ayons échangé des milliers de mots et passé des heures coincés ensemble, une main encombrée de whiskies coupés d'eau et l'autre de hors-d'œuvre poisseux, jamais il ne m'a rien dit de l'unique sujet, les bactéries, sur lequel il pourrait être authentiquement instructif ; de même jamais ne m'a-t-il soutiré la moindre information sur les hérésies chrétiennes.

Par contraste avec l'atmosphère aigre et belliqueuse, et le plafond abîmé de notre cuisine, qu'ils avaient l'air heureux les Kriegman dans leur coin-salle à manger, la lueur de leur lampe psychédélique illuminant discrètement les murs plongés dans la pénombre, qu'ils ont, comme la plupart des familles d'universitaires, parsemés d'amas d'objets éclectiques — masques et tambours africains, cornes de bergers des Carpathes, croix éthiopiennes, balalaïkas soviétiques — exhibés comme autant de preuves de lointains voyages, comme les trophées de kudus[1] ou de léopards dans une autre classe sociale, en d'autres temps et dans un autre empire. J'enviais aux Kriegman leur évidente félicité, leur occupation en tous points douillette de leur niche écologique, à laquelle rien ne manque, ni le couple de locataires au deuxième, histoire de rogner les impôts et de dissuader les cambrioleurs, ni une résidence d'été sur une petite île du Maine adéquatement sous-développée, ni les petits amis intolérablement tapageurs des filles — ce genre de copains propres à rien et ratés (certains sont devenus des maris) représentant, je suppose, à notre niveau de consommation

1. *Kudu* : grande antilope d'Afrique. (*N.d.T.*)

exhibitionniste, ce que les yachts et les « cottages » d'été représentaient pour les riches de Veblen. Esther et moi, vu notre second mariage, notre unique enfant et mon poste relativement minable dans le bras mort de la faculté de Théologie, ne remplissions pas notre niche aussi douillettement que les Kriegman la leur, et ne prenions même pas, au mépris de la mode, la peine de transformer le deuxième en appartement, préférant utiliser les vieilles chambres de bonnes comme grenier et atelier à l'usage d'Esther quand, de moins en moins fréquemment, elle entrait en transe et se mettait à peindre. Au cours de la décennie que nous avons passée ici, elle avait peint des perspectives de toits marquées par l'abstraction, plutôt atroces, observées de toutes les fenêtres et dans tous les azimuts, et avait ainsi épuisé son univers. Son style de peinture s'était, au fil des années, fait de plus en plus violent — grandes traînées glaireuses du pinceau et du couteau, avec des dégoulinages de térébenthine et de malheureuses mouches intégrées à la texture. Les albums pour enfants de Sue Kriegman, bizarrement, représentaient des familles en déroute : scindées par les divorces, assiégées de difficultés financières, ou comiquement emportées dans une frénétique pagaille, avec trop de chats et de meubles vomissant leur rembourrage, tout à fait incongrus pour ceux d'entre nous qui fréquentions sa maison toujours impeccablement tenue — à une rue de chez nous, bien que nos fenêtres se fissent face.

— Eh bien, pourquoi ne le fais-tu pas ? demandait Esther, qui cherchait toujours à purger son énervement, à couronner, par une querelle, l'atrocité de sa journée d'ennui.

Depuis quelques années, d'abord comme bénévole puis promue assistante sous-payée, elle travaille dans une crèche installée à l'autre bout de la ville, quatre jours par semaine, mais, dirait-on, cette activité ne fait qu'exacerber son sentiment d'inutile vitalité, de l'irrémédiable gâchis de sa vie.

— Pourquoi ne fais-je pas quoi ? J'épiais les Kriegman, envieux de leur bonheur.

— C'est ainsi qu'ils nous voient eux aussi. Te fais pas de souci. A travers les fenêtres, les familles ont toujours l'air merveilleuses.

— Cora Kriegman est une garce, contribua Richie.

— C'est quoi une garce ? lui demandai-je.

— Allons, papa, tu sais.

De nouveau il se réfugia dans *L'Ile de Gilligan* où, semblait-il, se déroulait une espèce de réconciliation, à grand renfort d'embrassades collectives sous les faux palmiers du décor. Le soleil du Pacifique, fabriqué par les éclairages du studio, ne projetait aucune ombre.

— Pourquoi ne l'invites-tu pas à venir prendre le thé, précisa Esther, avec ta nièce ?

— Pourquoi irais-je inviter cet affreux petit prodige de l'ordinateur sous mon toit béni des dieux ? Son affaire, je la réglerai dans mon bureau, en même temps que mes autres corvées.

— N'empêche, je n'ai pas l'impression que tu l'as réglée, son affaire. A te voir, on dirait que ça t'agace et te tracasse drôlement.

— Pas du tout.

— Ses idées me paraissent beaucoup plus amusantes que tu ne sembles disposé à l'admettre, je me demande bien pourquoi.

— Tu me rebats les oreilles à son sujet, et ça ne me plaît pas. Et lui, la façon dont il m'a rebattu les oreilles au sujet de Verna, ça ne me plaît pas non plus. A l'entendre, je devrais m'en occuper davantage.

— Qui sait, il a peut-être raison. Depuis plus d'un an qu'elle est ici, en ville, tu n'es pas allé la voir une seule fois, tu ne trouves pas ça un peu anormal ?

— Edna m'a bien recommandé de ne pas le faire. Au téléphone. A l'entendre, la petite s'est déshonorée, et a déshonoré toute sa famille, moi y compris. Y compris toi et Richie, du même coup. Y compris les Kriegman et Mrs. Ellicott, pourrait-on dire.

— Ne divague pas, Rog. Ce que dit Edna, tu t'en fiches. Tu n'as jamais fait grand cas d'Edna.

— Je ne peux pas la sentir, pour être précis. Elle a toujours été bordélique, superficielle, une emmerdeuse. Et je parie que sa fille lui ressemble.

— On peut dire que j'ai épousé un type moche, gémit Esther.

Sous l'effet de sa dernière gorgée de vin, ses yeux verts hyperthyroïdiens avaient basculé dans une transparence vitreuse. Tout un pan de sa coiffure s'était effondré et retombait comme un nœud coulant sur ses épaules.

— Pas de risque que tu te mouilles, espèce de salaud.

Je réagis vivement, comme l'on coupe un étudiant volubile emporté par son baratin :

— Ma chère, depuis que je suis rentré, tu cherches un prétexte pour m'agresser, et je n'ai pas l'impression que tu l'aies encore tout à fait trouvé. Je ne suis pas chargé de veiller sur ma nièce. Alors, bon sang, ça vient ce dîner ?

Richie, indigné par notre querelle — les enfants prennent trop au sérieux nos amicales engueulades d'adultes —, coupa brutalement la télé et lança :

— Ouais, maman. Ça vient ce dîner ? Je *crève* de faim, moi.

Simultanément, Pavarotti, là-bas dans le lointain séjour, avait épuisé son chapelet de mélos et s'était automatiquement débranché.

Depuis quatorze ans nous avons le même minuteur blanc de pacotille, un cadeau de mariage don d'une de mes ex-paroissiennes, une vieille dame qui apparemment ne s'était pas rendu compte qu'en me déshonorant, j'avais plongé dans des ténèbres extérieures bien au-delà de ce type d'objets domestiques. L'engin avait un petit cadran docile pourvu d'un long nez qu'il fallait tordre en fonction du nombre de minutes requises ; les minutes écoulées, il émettait sa sonnerie morne et hystérique. Pareille à un de ces sveltes travestis de Shakespeare, à un jouvenceau à poitrine plate coiffé d'une perruque rousse en bataille, Esther salua d'une révérence le minuteur, comme elle eût salué un autre acteur sur scène. Sur quoi, une main tendue en un geste pathétique, paume en l'air, elle annonça à son public de deux personnes :

— *Voilà** [1]. *Le* meat*loof.*

— *O mia cara,* dis-je, en pensant, *más, más.* J'adore la tourte à la viande ; pas besoin de mâcher.

Son poignet, jailli de son pull ample, avait la maigreur d'une patte de chien. L'effronterie vaguement désespérée de cette burlesque parodie de la bonne ménagère déclencha soudain en moi la vieille magie, ce sentiment vieux de quatorze ans que dans son voisinage l'espace était sacré, chargé d'électrons irritants pour ceux des autres. La cathexis n'est jamais, Freud ne cesse de le dire (mais où donc ?), perdue, simplement égarée, comme une poupée manchote reléguée dans un grenier parmi les rouleaux de tapis usés et les cadres vides.

3

Puis quelques jours plus tard je me trouvai refaire, tel que je l'imaginais, le chemin suivi par Dale Kohler cet après-midi-là en quittant mon bureau. Les arbres avaient quelques feuilles en moins mais, sinon, le temps restait le même, avec des hauts et des bas, les nuages à trame bleue se tordant et se fragmentant dans leur course à travers l'océan aérien, les drapeaux américains étincelants de lumière dans les échappées de soleil. Mon itinéraire longeait des casernes de pompiers, des écoles et autres bâtiments abritant les services publics de l'Etat et du pays. J'avais cherché Verna Ekelof dans l'annuaire, et l'y avais bel et bien trouvée, surpris de constater qu'une fille à ce point démunie de ressources et de raisons valables pour habiter

1. Les mots ou expressions en italiques et suivis d'un astérisque sont en français dans le texte original *(N.d.T.)*

notre ville avait obtenu le droit d'avoir un téléphone.

Notre ville, il convient de le préciser, est en réalité deux villes, ou même davantage — une masse ou congère urbaine divisée par le fleuve dont les eaux sales se déversent dans le port qui jadis donna à la colonie sa *raison d'être**. Depuis l'époque où des villages s'agglutinaient çà et là dans cette contrée, que déjà les Indiens avaient en partie défrichée, surgirent des petites municipalités chacune dotée de son hôtel de ville et de conseils jaloux de leurs prérogatives ; mais, au cours de notre siècle, les automobiles et leurs grand-routes ont amalgamé la région tout entière. Les poteaux de signalisation défilent si rapidement qu'on ne parvient plus à les lire. Des ponts, certains en acier peint, d'autres faits d'arches en pierre, relient les deux rives. Emergeant soudain d'un passage souterrain sur l'un des ponts — un vieux pont, disons, fait de blocs de grès grossièrement taillés et empilés là comme par une race de Titans, avec des piliers, de pittoresques tours coniques au charme vieillot et des réverbères rococo —, les usagers du système de transports urbains tressaillent au spectacle de la splendeur qui soudain s'offre à eux, hôtels et grands magasins de verre et de métal anodisé qui scintillent dans le centre commercial, gratte-ciel rose et bleu poudre dans le quartier des affaires, dont la masse semble planer au-dessus des silhouettes de brique des vieux quartiers résidentiels édifiés il y a un siècle sur l'emplacement d'un marécage comblé, entrepôts et églises désaffectées depuis peu transformés en copropriétés, le ruban du parc Olmstead le long des berges, le kiosque à musique, le planétarium et les voiliers de louage qui gîtent sur la nappe étincelante du fleuve, tous ces miracles œuvre de l'homme soudain parés d'une éclatante netteté par les imperturbables rayons obliques de notre vedette locale, le soleil.

L'université est située sur la rive la plus morne, la plus moche du fleuve. A quelques rues de la faculté de Théologie, une fois traversée l'enclave ombragée où nichent de grandes demeures bâties au début du siècle, qui toutes, y compris la mienne, ont doublé plusieurs fois de valeur au cours de la dernière décennie, je parvins à l'avenue baptisée Sumner Boulevard en l'honneur de ce Yankee fanatique abolitionniste qui, s'il a échappé à l'oubli, le doit surtout au fait d'avoir été matraqué sur son crâne chauve par l'un de ses collègues du Congrès aussi sûr que lui de son bon droit, bien que de convictions opposées ; cette artère large et laide marque les confins du territoire de l'université. Un gros jeune homme vêtu d'un loden sale, affublé d'une volumineuse crinière aux boucles hirsutes jaune sciure et d'une barbe à la Mormon qui laissait vierge de poils le pourtour de sa bouche, se tenait planté là, immobile, comme pour marquer une borne ; il aurait pu s'agir d'un de ces perpétuels étudiants en théologie, ou d'un réparateur de télés dans l'attente de son collègue occupé à garer la camionnette, ou tout aussi bien d'un fou prêt à m'étrangler pour faire taire les voix qui retentissaient dans sa tête. A la façon dont ce gros type ambigu se tenait planté là, pétrifié au milieu du trottoir, on eût dit qu'une vague menace envahissait le quartier.

Sumner Boulevard filait tout droit sur près de deux kilomètres, se dirigeant en diagonale vers la rivière. Un supermarché avait occulté de planches les panneaux inférieurs de ses vitrines en verre dépoli, pour compliquer la tâche des casseurs. Une enseigne fluorescente morte signalait la présence d'un drugstore. Les honnêtes bardeaux avaient disparu, remplacés par des revêtements en vinyle ; les maisons prenaient cet aspect chancelant des immeubles de trois étages. Les hêtres et les chênes luxuriants des arrière-cours de Melvin Lane avaient fait place à des arbres citadins plus robustes, sycomores à l'écorce croûteuse et ginkgos quasi préhistoriques qui jalonnaient le trottoir à intervalles aussi réguliers que des poteaux téléphoniques. En bordure du trottoir s'entassaient non les dodus oreillers de plastique bourrés de feuilles mortes proprement disposés au pied des clôtures dans l'attente des éboueurs, mais des sacs poubelles éventrés par les chiens et des piles de cartons aplatis. On ne voyait plus ni Volvo, ni Honda, mais uniquement des Chevrolet, des Plymouth et des Mercury, aux carrosseries rouillées et zébrées d'éraflures. Les vieux cuirassés de Detroit maintenus à flot par les pauvres. Trans Am. Gran Turino. Sunoco. Amoco. Détergents. Boulevard Bottle. Pédicure professionnel. Un croisement à trois voies portait le nom d'un soldat tombé au Viêt-nam, un nom italien. De la fausse pierre, d'aspect bizarrement artistique par le jeu de ses teintes artificielles, s'enroulait autour des petites fenêtres d'une épicerie d'angle. Sur l'aire goudronnée d'une station-service, une flaque d'un vert étonnamment pur signalait l'emplacement où une voiture avait été saignée de son antigel ; mais j'eus l'intuition que, pour Dale, cette nuance de vert eût été un miracle, un signifiant d'un autre type, un signal venu du ciel. Pour un croyant de son espèce élémentaire, une gloire eût plané dans l'air : la largeur même de cette avenue au mercantilisme grossier, et certains terrains dont les bâtiments avaient été rasés, inondaient les yeux de lumière. Au second plan, au-dessus des innombrables toits plats et des cheminées patinées par les intempéries, se découpant sur la toile des nuages tourmentés, luisaient les ourlets argent émeraude agrafés au sommet des gratte-ciel, délimitant le cœur d'acier de la ville sur l'autre rive du fleuve.

Une entreprise de plomberie, ses réclames vantant non les accessoires Kohler mais les accessoires Crane, abritait dans sa vitrine poussiéreuse un arbre chargé de sièges de W.-C., simples ou rembourrés, blancs ou pastel, ceux du bas ornés d'un motif montrant des Japonaises nues, représentées, détail décevant, sans bouts de seins ni toison pubienne. A mesure qu'insensiblement la pente de l'avenue obliquait vers la rivière, sa tonalité se dégradait, son animation augmentait. Kung-Fu. Serrures : Master Protection. Santo Cristo Center. Todo Para Casa. Dans ce secteur, les Irlandais et les Italiens avaient été supplantés par les Portugais et les Hispano-Américains, à leur tour peu à peu refoulés par les Vietnamiens, qui monopolisaient de plus en plus les petites épiceries et avaient ouvert plusieurs restaurants, offrant leurs mets relevés et subtils. Les Vietnamiennes n'étaient pas plus grosses que des enfants, et les hommes avaient d'antipathiques têtes plutôt carrées juchées sur des cous frêles, des mèches serpentines coiffant en guise de moustaches les commissures de leurs bouches, et des cheveux noirs d'un mat ni tout à fait chinois, ni japonais, ni indien. Nous avions barboté outre-mer et, en nous extirpant, avions ramené ces immigrants comme de la peinture collée à un bâton à touiller. Ils avaient, ces vestiges d'une vieille aventure, quelque chose d'antipathique et d'érotique, et pourtant aussi quelque chose de noble, ce malaxage global, l'anthropologie vivante de cette multitude de peaux bigarrées qui se bousculaient ici, sur cette grande artère rude, peuples venus du monde entier participant pour l'amplifier au dynamisme de nos vitrines et de nos cités, de nos fabriques de parpaings et de nos ateliers de carrosseries. Un couple approchait, illégitime sans doute mais indiscutablement bien assorti : un grand Noir au teint blême et sa petite amie latino quasiment de la même couleur café, exactement de la même taille, tous deux en jeans étroits trop longs de jambes et blousons de cuir noir très courts, tous deux les cheveux cardés en hautes crêtes huileuses et ornés de minuscules boucles d'oreilles, arpentant la chaussée du même pas, un, deux, bras entrelacés, un spectacle émouvant. Les élections étaient imminentes, et, rouge-blanc-bleu, des autocollants surgissaient partout, sur les boîtes aux lettres, sur les pare-chocs de voitures, sur les panneaux de contre-plaqué obstruant les porches abandonnés et sur les fenêtres enfoncées. Une vieille dame poussait péniblement un chariot de supermarché où s'entassaient, semblait-il, toutes ses possessions, dont une radio en plastique ivoire ; avec son visage rose, sa casquette bleue au crochet et ses tennis blanc cru, elle ressemblait à un énorme bébé, qui avançait en titubant. Je suivais cette route sur les traces de quelqu'un d'autre, quelqu'un dont je sentais l'esprit envahir le mien, cette avide, aveugle béatitude de la jeunesse, alors que le monde paraît agencé par nos impulsions et rempli de présages commodes, de signes encourageants. Un poivrot décharné, coiffé d'une casquette à la russe munie d'oreillettes de fourrure, marmonna quelques mots hargneux à mon passage, indigné de l'innocence étrangère peinte sur mon visage et de la joie sans fard plus jeune que mon âge.

Ici les blocs de maisons étaient fragmentés en étroites boutiques à l'ancienne mode. Un fleuriste, un salon de beauté, une laverie automatique, et un magasin qui proclamait ARTICLES de PÊCHE et APPÂTS, la vitrine remplie de leurres et d'hameçons qu'à bien des kilomètres à la ronde, il eût été impossible de lancer à l'eau. En grandes lettres rouges bancales, un chemisier annonçait LIQUIDATION POUR CAUSE DE FERMETURE. Au carrefour, une petite boutique de confection proposait *Déguisements de Halloween pour Adultes Espiègles* : les mufles des animaux — des cochons, un sanglier avec ses défenses, un loup babines retroussées — gisaient au milieu d'articles de lingerie et de dessous à dentelles comme des morceaux de viande sur des éclats de glace étincelants. GROS ŒUFS — *49 cents la douzaine! Pour 10 dollars d'achat, 1 douzaine par Client.* On essayait de séduire la pauvreté ambiante par cette assurance que des douzaines et douzaines d'œufs ne pourraient être usurpés grâce à cette magouille. MEGA DOLLARS *Notre Prochain Millionnaire, Pourquoi pas vous!* Et pourtant ceux qui au bout du compte gagnaient, je l'avais constaté, semblaient tous, lors des interviews qu'ils donnaient aux journalistes, abasourdis par le brusque fardeau de l'argent, au point que certains hésitaient pendant des jours avant de réclamer leur butin, qui rapetisserait et ridiculiserait les vies qu'ils avaient jusqu'alors menées.

Les magasins disparaissaient, et leur succédait un vide dans le boulevard que coupait une voie de chemin de fer, rails désaffectés et criblés de mouchetures d'un tronçon d'aiguillage qui s'engloutissait dans une zone aux grandes bâtisses aveugles, une poche couleur gypse d'immenses usines pas encore converties en ateliers d'artistes ou en laboratoires pour technologie de pointe. Au-delà de cette zone industrielle, s'étendaient les récentes installations du département des sciences de l'université. L'université et son argent imprègnent la ville ; partout les immeubles et les cours sont enchâssés dans des bâtiments propriété de l'université, et il existe même, à des kilomètres de là, une réserve au sommet d'une colline, léguée au siècle précédent, où, coiffés de casques de chantier et jambes gainées de cuir, les étudiants de l'Institut forestier étudient, taillent et mâchouillent pensivement des brindilles afin de décrocher leurs diplômes.

Je voyais par les yeux encore religieux de Dale. De l'autre côté de la voie, j'aperçus sur le trottoir ressuscité une crotte de chien d'une extraordinaire noirceur, une crotte lovée noire comme du goudron. Une race particulière, ou un repas inhabituel ? Ou encore un authentique prodige, un auspice, comme la flaque au vert intense ? Je longeai alors une entreprise de pompes funèbres, un bureau à la grande vitrine en façade jouxtant un terrain gravillonné rempli de dalles de marbre taillé et poli. Une pierre tombale couleur rose abritait, dans une niche coincée entre les colonnes du bas-relief, un livre ouvert avec simplement six mots gravés au burin sur ses deux pages :

MON	PRIEZ
JÉSUS	POUR
MISÉRICORDE	MOI

Le texte avait une indéniable élégance typographique, car les mots de gauche s'allongeaient tandis que ceux de droite rapetissaient. Dale Kohler, après avoir quitté mon bureau, s'était selon toute probabilité arrêté ici pour rêvasser, se torturant l'esprit pour établir le lien entre cette supplique glacée mécaniquement gravée dans cette pierre métamorphique et la fournaise cosmique du Big Bang où, enfouie dans ses grotesques et imposantes statistiques, était prisonnière l'irréfutable preuve de la vigilance divine. Les irrégularités spontanées dans la texture pommelée du marbre n'étaient pas sans analogies avec ces minuscules mais indispensables dérives de l'homogénéité au sein du cosmos originel, quand toute la matière maintenant figée entre cette terre et les plus lointains quasars était plus compactée qu'un ballon de basket et si chaude que les quarks eux-mêmes n'étaient pas encore agglutinés, les monopoles plus qu'hypothétiques, la matière et l'antimatière plongées de nanoseconde en nanoseconde dans une fureur d'annihilation mutuelle qui en vertu d'une mystérieuse et étroite marge de prépondérance laissa subsister suffisamment de matière pour former notre vieil univers rabougri.

Les irrésistibles combinaisons du réel ! Un jeune Noir très grand, élancé, crâne rasé et une calotte multicolore plaquée sur sa calvitie, portait en équilibre sur cette tête, aussi impressionnante qu'un turban fantastique, une de ces demi-chaises rembourrées, pourvues d'un dossier et de bras mais privées de jambes, qu'utilisent les gens pour s'adosser dans leur lit ; l'objet, à la rutilance jaune pêche, était enveloppé d'une feuille de plastique transparent qui crépita comme nous nous croisions, traversant en sens inverse les voies affaissées et recouvertes de goudron. Etait-il par hasard ce Noir exotique, n'en déplaise aux études démographiques, un lecteur nocturne invétéré ? Ou allait-il par pure bonté d'âme porter cet accessoire à quelque vénérable grand-mère ou grand-oncle ? La famille noire, bien qu'atomisée à en croire les statistiques, a préservé ses réseaux ; en résumé jamais les faits ne correspondent tout à fait aux faits dans la réalité ; chaque nouvelle génération offre à l'Amérique la chance de renouveler ses promesses. Ces pensées optimistes et patriotiques envahissaient mon esprit, surgies tout droit de l'âme naïve de Dale.

Une caserne de pompiers en brique, édifiée à l'angle d'une rue, arborait très haut sur l'un de ses murs latéraux une fresque peinte où George Washington recevait, sans plaisir apparent, ce qui était sans doute un nouveau serment d'allégeance d'une délégation composée de notables en knickerbockers uniformément figés. Contigu à la caserne, se dressait un vieil édifice municipal, une énorme construction en meulière deux tons style palazzo vénitien ; les porches profonds de ses entrées byzantines étaient constellés d'affiches électorales, les marches de pierre avaient été creusées comme des auges par un siècle de quémandeurs. Dans le voisinage de ces édifices publics, la rue témoignait d'une velléité de rénovation bourgeoise : une rangée de maisons à trois étages peintes de couleurs bohèmes, lavande ou citron, abritaient une boutique, un magasin de nourriture diététique et, audace suprême, un magasin à l'enseigne PÂTISSERIES POUR ADULTES, avec, en guise de publicité dans la vitrine, *Gâteaux érotiques et bonbons bizarres.* Quelles formes pouvait assumer cette bizarrerie, l'esprit de Dale, je le devinais, n'y accordait guère d'intérêt. La forme, les plissements de la structure mucilagineuse de nos génitoires ridées ne le frappaient pas, de toute évidence, à l'inverse de tant d'autres phénomènes, comme un argument en faveur de l'existence de Dieu. Je me représentais son visage cireux, envahi de boutons dus à la masturbation. Sexuellement sain depuis qu'Esther avait pris le relais de la pauvre Lillian, disgracieuse et stérile, je me sentais supérieur. Ma seconde femme s'était révélée avant notre mariage une merveilleuse liane au lit, mes yeux se rassasiant de ses parties intimes comme de massepains rose tendre dans la grande lumière de nos après-midi illicites.

Après ce dérisoire prurit de prospérité, Sumner Boulevard dégringolait la pente et ses piétons avaient l'aspect pathétique de réfugiés. Sur l'un des trottoirs, stationnait un homme à l'air ahuri, si gros qu'on aurait dit un paquet de vêtements accrochés en plein air et gonflés par le vent sur le fil. Le frôlant au passage, je constatai que la peau de son énorme visage soucieux, affligée par une sorte d'ignoble eczéma, se décollait par couches comme un papier peint. A ce même coin de rue un immeuble, le rez-de-chaussée regarni de bardeaux aux teintes gracieusement contrastées, avait survécu à l'incendie qui avait ravagé les étages, laissant les embrasures des fenêtres vides de châssis ; mais au niveau de la rue le bar demeurait ouvert, et les sons qui en sortaient — commotions synthétiques d'un jeu vidéo, rires étouffés d'hommes et de femmes — indiquaient que les affaires marchaient, bien que l'on fût encore loin de Happy Hour[1]. Dans l'axe de l'avenue en pente, la vue englobait maintenant des poutrelles d'acier barbouillées de minium orange : une rampe menant à l'un des ponts jetés sur le fleuve où, dans les tourbillons pollués, j'avais des raisons de le soupçonner, des poissons attendaient les pêcheurs locaux.

Prospect Street. Ainsi nommée en raison d'une perspective depuis longtemps éclipsée. Ici je tournai car, selon l'annuaire, l'adresse de Verna se trouvait dans cette rue sans perspective d'avenir, quelques centaines de mètres plus loin. Certaines des maisons avaient encore la prétention d'être des homes, petites pelouses bien tondues sur le devant, statues pieuses peintes (la robe de la Vierge bleu céleste, le visage de l'Enfant beige argile) et parterres encore enluminés par les têtes rondes et rutilantes de chrysanthèmes rouges et jaunes. Mais, pour la plupart, les maisons avaient abdiqué toute prétention : les cours étaient envahies d'herbes folles à hauteur de genou, jonchées comme des décharges publiques de bouteilles et de boîtes de conserve vides. Les façades étaient vierges de peinture, même là où des rideaux, une jardinière accrochée à la fenêtre d'un étage, indiquaient que les lieux étaient encore habités. Les propriétaires avaient filé, victimes de revers de fortunes ou de comptables indélicats, laissant les bâtiments à l'abandon, pareils à des malades mentaux lâchés marmonnant dans la rue. Certains avaient sombré plus profond encore dans la décrépitude, manifestement désertés et vraisemblablement démolis à l'intérieur, portes et fenêtres condamnées quand bien même encore subsistaient probablement des portes de service et des soupiraux que les drogués et les clochards

1. *Happy Hour :* heure où les bars pratiquent des tarifs réduits pour racoler la clientèle. *(N.d.T.)*

pouvaient forcer. Ici même les arbres, les ailantes entre les maisons et les rares caroubiers chétifs qui jalonnaient le trottoir paraissaient craintifs, branches basses brisées et écorce balafrée sans raison.

Je poursuivis ma route, et cinq minutes plus tard me retrouvai devant la cité où habitait Verna. J'avais bien dû passer devant une douzaine de fois en voiture depuis dix ans que nous habitions la ville. Dans un rayon de quatre cents mètres, tout un quartier de maisons ouvrières vétustes avait été rasé à l'époque de JFK au bénéfice d'un paradis de logements bon marché en brique jaune. La rigueur architecturale des ensembles enchevêtrés — structures en U adossées les unes aux autres, chaque U englobant une aire de parking, ou un terrain de jeux pour les gosses ou encore un petit espace vert muni de bancs pour les personnes âgées — avait survécu, mais, par de multiples détails, le rêve sanitaire des urbanistes avait capitulé devant l'érosion humaine. De vagues sentiers coupaient en raccourcis les étendues des pelouses ; les haies avaient été défoncées et les bancs tailladés ; çà et là des poteaux de basket avaient été ployés à toucher le sol comme par la main de géants vandales. Emanait de tout cela une impression de surpopulation, d'énergie humaine anarchique trop forcenée pour se laisser brider par la moindre structure. Insensiblement les terrains de jeux, équipés à l'origine de balançoires et de manèges relativement fragiles, s'étaient mués en déserts de l'indestructible, caractérisés désormais par de vieux pneus de camion et des tuyaux en béton vaguement agencés en portiques. Une neige scintillante de verre brisé frangeait l'asphalte des trottoirs, le ciment des fondations. SE PROHIBE ESTACIONAR. Un autre panneau annonçait : *Les propriétaires* de VÉHICULES ABANDONNÉS OU DÉPOURVUS D'IMMATRICULATION *feront l'objet de poursuites.* En cette heure du milieu de l'après-midi, le lieu semblait désert. Comme protégé par un charme magique, je pénétrai sans attirer l'attention dans un vestibule dont le numéro, 606, correspondait à l'adresse de Verna qui figurait dans l'annuaire. A l'intérieur, des serrures fracassées ou démontées avaient été remplacées par des chaînes cadenassées enfilées dans des trous. Les cages d'escalier s'élevaient à travers une odeur composite de cave, relents d'urine, effluves humides de ciment et de peinture — une peinture inlassablement appliquée et inlassablement souillée. TEX LE ROI DU BROUTE-MINETTE, proclamait un bombage encore frais, signé d'un MARJORIE ponctué de fioritures. Sur le palier suivant, le même bombage, avec une calligraphie identique, proclamait fièrement MARJORIE LA REINE DES PIPES, signé TEX, avec un X raffiné qui à sa façon témoignait des grandes espérances que nourrissait le signataire quant à son avenir.

J'avais vu le nom Ekelof gribouillé au crayon sous la fente 311, sur l'envers de la porte d'entrée, à côté des boîtes ternies. Parvenu au second, j'enfilai un long couloir. Il était nu, mais çà et là, dans les murs, des trous et irrégularités rappelaient comme autant de vestiges les choses — ornements, accessoires — qui jadis y avaient été accrochées. Je commençai par me tromper de côté ; les numéros augmentaient par séries paires. Je rebroussai chemin et parvins à une porte où les chiffres 311 subsistaient comme des fantômes flous, criblés de vieux trous de clous, dans la peinture vert céleri. Ma main se levait pour frapper quand de l'autre côté du panneau un petit enfant babilla, babilla au seuil moite et enjoué du langage. Ma main se figea, puis s'abaissa, sans trop de fermeté. Toujours de l'intérieur, filtrait de la musique, une voix de chanteuse flûtée et claironnante. Elle chantait sur un rythme rapide, indigné. Je frappai de nouveau.

Il y eut un raclement, suivi d'un bruit de gifle, le babillage cessa, je sentis des yeux m'observer par le minuscule judas. Pas mal d'années s'étaient écoulées depuis que j'avais vu la petite Verna.

— Qui est-ce ?

Sa voix ; une voix rauque, tendue, un peu cacardante, comme si un tuyau de métal avait contribué à l'engendrer.

Je m'éclaircis la gorge et annonçai :

— Roger Lambert. Ton oncle.

A voir l'aspect du panneau peint et lisse, si les flics de la criminelle étaient venus y relever des empreintes, ils y auraient trouvé une mine de preuves. Verna ouvrit la porte, libérant une bouffée d'air chaud chargée d'effluves, une odeur vieillotte de cacahuètes ou d'épices éventées, une odeur morne et familière du Midwest. J'en restai abasourdi. J'avais devant moi ma sœur, Edna, du temps où tous deux nous étions jeunes.

Mais non, Verna faisait deux ou trois centimètres de moins qu'Edna, et avait un gros nez mal dessiné qu'elle tenait du crétin blond qui était son père. Celui d'Edna était plutôt fin autrefois, avec des narines aux ailes bien sculptées qui s'évasaient quand elle jouait les coquettes, et prenaient des coups de soleil à longueur d'été. Je devinais en Verna un côté risque-tout qui, chez ma demi-sœur, avait toujours été corseté par une prudence très petite-bourgeoise. Edna avait toujours été forte en gueule et vicelarde, mais finissait toujours par se plier aux règles. Cette fille, là devant moi, avait été refoulée au-delà des règles. Ses yeux, bizarrement bridés, paraissaient dépourvus de cils. Une longue seconde figée, elle me contempla, puis soudain me gratifia d'un sourire désarmant. Un sourire enfantin qui révélait une multitude de petites dents rondes et plantait une fossette dans une de ses joues pâles.

— Salut, Tonton, fit-elle, très lentement, comme si mon arrivée, depuis longtemps attendue, représentait pour elle, mystérieusement, quelque chose d'exquis.

Verna avait le visage trop large, le teint trop cireux, ses yeux marron clair étaient trop bridés et la peau qui les entourait trop bouffie pour qu'elle pût prétendre être une beauté ; mais elle avait quelque chose, quelque chose qui, pris au piège, était en passe de se gâcher. Elle avait des cheveux drus et bouclés, châtain clair avec de fausses mèches platine et ne portait rien d'autre qu'un peignoir en tissu éponge. Sur sa gorge et le haut de son buste, sa peau était rose et encore humide.

— J'aurais dû passer un coup de fil, dis-je, tenant à montrer qu'il ne m'avait pas échappé qu'elle sortait de son bain. Mais disons que j'ai cédé à une impulsion, mentis-je. Je me suis retrouvé dans les parages.

— Bien sûr, dit-elle. Entre donc. C'est la pagaille ici, fais pas attention.

La pièce était meublée de façon pathétique, le plancher recouvert d'un affreux tapis violet à longs poils qui sans doute faisait partie des lieux, mais elle donnait sur le centre de la ville : en plans successifs, un des angles opposés de la cité, des immeubles de trois étages aux murs couverts de tuiles d'amiante et aux toits hérissés d'antennes, un panneau publicitaire pour une lotion solaire, une des coupoles du campus au bord du fleuve, le sommet d'un gratte-ciel, terrasse panoramique et restaurant pivotant en plein ciel, et en toile de fond les nuages affairés de cette journée printanière, noyaux gris plomb et franges lumineuses effilochées par le vent. A la verticale de ce panorama, posée sur une caisse en plastique, une télé marchait, son coupé, les pitoyables acteurs d'un feuilleton diurne réduits à une vague pantomime. Plus loin, quelques chaises dépareillées entouraient une table de bridge : quelqu'un, à en juger par le bariolage de taches sur l'espèce de carton noirâtre qui la recouvrait, faisait de la peinture.

— J'étais dans la baignoire en train de fumer un joint, disait la jeune fille de sa voix menue, plutôt sympathiquement flûtée, et je m'attendais à voir se pointer quelqu'un d'autre.

Cela pour expliquer l'impudeur de son peignoir qui lui arrivait à peine à mi-cuisse. Ses jambes, qui avaient perdu leur bronzage d'été, me parurent dans mon souvenir plus galbées que celles d'Edna, avec des pieds plus petits, plus roses, et des chevilles plus fines.

— Ferme-la, Poops, tança-t-elle avec indolence sa petite fille qui, le doigt pointé vers moi, croassait un embryon de mot, « Baa » ou « Paa ».

L'enfant, le buste nu, ne portait que des couches en papier.

Un chuintement de vapeur montait des radiateurs et le logement semblait surchauffé. Peut-être la puanteur douceâtre de nourriture gâchée émanait-elle de la pièce que masquait un rideau de toile bordeaux accroché par de gros anneaux en plastique à une barre imitation or. Avec mes gants de daim gris, ma veste Harris Tweed aux coudes garnis de cuir et mon écharpe de cachemire gris, je me sentais vaguement inhibé.

— Je disais donc, dis-je, et de nouveau je dus m'éclaircir la gorge, que comme ça, une impulsion, l'envie m'a pris de passer, plutôt tardivement, j'en conviens, pour voir ce que devient ma petite nièce.

De la musique, à plein volume, montait de la pièce voisine : « *She bop — we bop — a-we bop.* »

— Cyndi Lauper, dis-je.

Elle accusa le coup.

— Tu sais ça, toi ?

— Mon fils. Il a douze ans et est en train de se brancher sur la culture pop. Toi, Verna, à ton âge, j'aurais cru que tu étais en train de te *dé*brancher.

Elle me vit parcourir du regard la pièce sinistre et eut un petit geste vague, attendrissant, ses petites mains roses se tendant grandes ouvertes pour lisser, comme un drap fripé sur un lit, le décor de sa vie.

— Possible. Si je n'avais pas Bozo sur le dos, je pourrais sortir et, qui sait, me dégoter un boulot ou commencer des études, j' sais pas. Mais voilà, c'est ici que je passe mon temps et à ne rien faire, sauf les jours où on enfile nos anoraks pour aller troquer nos bons d'alimentation contre leurs saloperies de trucs cancérigènes.

Comme la plupart des jeunes aujourd'hui, elle use d'un vocabulaire qui déjà intègre et neutralise tout espoir de discipline. Le jour où Esther découvrit, caché sous le lit de Richie, un numéro de *Club* emprunté à l'un de ses camarades de Pilgrim, il eut cette remarque désarmante :

— Mais maman, c'est jamais rien qu'une *phase.*

— Pa. Pa-pa.

La minuscule petite fille était rondelette, d'une jolie couleur plus pâle encore que le moka ou le café crème, une teinte miel. Son visage promettait d'être le théâtre d'une lutte subtile entre l'influence négroïde et l'influence blanche ; pour l'instant, on remarquait surtout les immenses yeux noir d'encre, non pas marron comme on eût pu s'y attendre, mais bleu nuit profond — une vie insondable, de purs globules d'une sombre essence. Leur lustre montrait qu'elle venait tout juste de cesser de pleurer. Des traînées de larmes noircissaient la peau de ses joues.

— Comment s'appelle le bébé, déjà ? Je devrais le savoir, mais je ne m'en souviens pas.

— Paula. Mon paternel, c't minable, y s'appelle Paul, aussi quand le vieux salopard m'a flanquée à la porte, histoire de lui apprendre à vivre j'ai décidé de donner son nom au bébé.

Son inexorable père, me rappelais-je, du jour où d'ingénieur il avait été promu cadre, adorait pérorer sur ses efforts pour rationaliser et dépoussiérer la gestion de son usine ; mais jamais l'idée ne l'avait effleuré, par souci d'efficacité, de démissionner pour restituer son salaire pléthorique aux caisses de la sidérurgie agonisante.

— Je n'arrive pas à croire, dis-je, qu'il t'a vraiment flanquée à la rue avec cette brutalité.

Cela, bien entendu, uniquement pour m'entendre confirmer ladite brutalité.

— Oh, fit Verna, il laisse maman me refiler un chèque de temps en temps, mais il jure que tant que nous serons de ce monde, jamais il ne nous reverra, Poopsie et moi, et il blague pas. Mon assistante sociale pense que son problème, outre le racisme qui là-bas travaille tout le monde, c'est sa religion. Tu sais, quand j'étais gosse, il a eu la trouille d'avoir un cancer de la prostate, ou un de ces trucs qu'attrapent les hommes, et il s'est embringué dans c'te espèce de secte qui fait de la pub à la radio et à la télé, et le plus drôle, c'est que ça a *marché,* je veux dire, le cancer a disparu. Un vrai miracle ; faut bien le reconnaître, à mon avis, c'était un vrai miracle. Aussi, faut le dire, sur le chapitre du bien et du mal selon ses vues à lui et celles des types qui dirigent sa secte, il est *vraiment* rigide ; un drôle de truc qui m'avait frappé, ils avaient tous des fausses dents. Et les hommes, ils avaient tous ces immonstrueuses boucles de ceinture. Même à la maison, on était forcés de dire des bouts de prières avant de boire notre lait et de manger nos biscuits, et moi, en grandissant, j'en ai eu marre de toutes ces bondieuseries et je voyais bien que maman, ça lui faisait le même effet, mais elle pouvait rien dire. C'est vrai qu'elle est lâche, tu le savais ? — Verna renversa la tête en arrière et me regarda comme si je devais me sentir particulièrement concerné. — C'est triste, à l'entendre on croirait qu'elle a drôlement du cran. Enfin, peut-être que je devrais pas tout mettre sur le compte de sa religion vu qu'en un sens, toi aussi tu t'occupes de religion.

— Une autre filière, dis-je, en retirant un de mes gants. Rien à voir avec la distribution. Disons plutôt qu'il s'agit de contrôle de qualité. Tu parlais de ton assistante ?

— Mon assistante sociale. Elle est grosse et noire, *très* intelligente et vieux jeu. Elle te plairait. D'après elle, j'ai des dons artistiques et devrais essayer de faire l'Ecole des Beaux-Arts, à l'université. Assieds-toi si tu veux.

« *I bop — you bop — a — they bop !* »

— Donc, selon toi, c'est moins d'argent que tu as besoin que de faire des études. Je pourrais peut-être t'aider, qui sait.

— Ouais, mon vieux pote Dale m'a raconté qu'en fait de l'aider à décrocher cette bourse qui lui l'aiderait à trouver Dieu grâce à son ordinateur, t'avais été un sacré zéro. Tu l'as renvoyé à l'accueil où ils lui ont filé leurs formulaires à la con. J'y connais pas grand-chose, Tonton, mais depuis un an et demi, des formulaires, j'ai dû en remplir des tas et, sans blague, ceux-là c'était des formulaires à la con. Je lui ai dit de les flanquer à la poubelle mais ça m'étonnerait de lui, une vraie couille molle, ce mec. N'empêche, il est plein de bonnes intentions. Ce qu'il veut, c'est nous épargner de nous ronger à la pensée de ce qui nous attend quand on sera tous morts. Moi c'est ce qui m'attend pendant ma vie qui me ronge.

Je retirai mon autre gant, doigt par doigt. Au-delà des extrémités surpiquées des doigts, mon champ visuel englobait le flou de ses jambes blanches. Quelqu'un, peut-être l'assistante sociale, l'avait encouragée à parler d'elle-même. Intarissables, les nouveaux pauvres.

— Quand on s'est quittés, lui dis-je, il me semblait que nous étions convenus que je n'étais pas hostile à son projet, mais il devait commencer ses démarches en empruntant les filières habituelles. Je n'ai aucun pouvoir en ce qui concerne les attributions de fonds à la faculté de Théologie, je ne suis qu'un simple employé, comme ton père dans son aciérie, ajoutai-je, convaincu qu'une référence à son père ne manquerait pas de l'irriter.

— Pa ? Iiya Pa ? demandait la petite Paula, son mignon petit bras rond, avec son petit pli auxiliaire entre poignet et coude, tendu dans ma direction.

Un petit bras dodu que Verna empoigna avec fureur ; décollant l'enfant du plancher, elle se mit à la secouer d'avant en arrière comme un récipient pour mélanger des produits chimiques.

— Je t'ai dit de la fermer, petite salope ! assena-t-elle de toutes ses forces au minuscule visage décomposé. C'est pas Pa !

Sur quoi brusquement elle lâcha le bras du bébé, avec une poussée qui propulsa Paula sur son petit derrière langé, durement. Le souffle coupé par le choc, elle haletait en quête d'air pour se remettre à brailler, sa poitrine nue aux tétons minuscules pompant comme des ouïes de poisson échoué sur le sable.

En se penchant pour s'imposer cet effort maternel, Verna avait relâché son peignoir, et un sein avait soudain jailli tout entier, lumineusement libre. Sans la moindre hâte, elle le refourra sous l'un des revers et resserra sa ceinture.

— Elle me porte sur les nerfs, expliqua-t-elle. Et ces

temps-ci mes nerfs ne sont pas ce que j'ai de plus solide. D'après mon assistante, à dix-huit mois c'est dur, quand ils attrapent deux ans on peut leur parler, et ça c'est délicieux. J'étais ravie à l'hôpital, quand on me l'a montrée toute mouillée, rose lavande, on aurait dit, j'avais aucune idée de la couleur qu'elle aurait, mais depuis, on dirait que c'est toujours la dégringolade. C'est vrai quoi, ils sont toujours *là*, dans vos jambes. Ah, les gosses !

« *Be bop — be bop — a lu — she bop* » jaillissait avec allégresse de la pièce voisine. Le lit et la salle de bains se trouvaient derrière le rideau, avais-je déduit ; à mon arrivée Verna se prélassait dans son bain en tétant son joint pendant que cette musique juvénile explosait à l'intérieur de son esprit pâteux. Je me frayais à tâtons un chemin dans sa réalité et étais prêt à m'asseoir ; des sièges disponibles, le plus confortable me parut un fauteuil en osier d'un style à la mode une décennie plus tôt, une espèce de corbeille juchée sur de minces pattes noires faites de tubes.

— Impressionnant, pas vrai ? me demanda Verna, ses yeux curieusement bridés, quasi dépourvus de cils, se fermant en hommage à la musique. Attends que je tourne la bande, le prochain orchestre a beau *être* en tête sur leur connerie de hit-parade, il est plutôt fadasse.

Paula avait maintenant retrouvé l'usage de ses poumons, et se mit à brailler. Me jetant à l'eau, je posai mes gants sur la rallonge d'une petite table basse bancale qui avait bien dû coûter au moins dix dollars à l'Armée du Salut et m'assis dans le fauteuil-corbeille, puis me penchai et pris sur mes genoux le bébé qui hurlait. Elle était plus lourde que je ne m'y attendais, plus saturée, et en outre commença à se débattre, se tordant dans mes bras et tendant les mains, petits poignets plissés, doigts dodus et fuselés arqués par l'effort, en direction de sa mère. Elle se tortillait, elle couinait ; j'eus envie, par représailles, de secouer ce petit récipient fauve rempli de sangs mêlés. Je me contentai de le faire sautiller sur mes genoux, en disant :

— Tout doux tout doux, Paula.

Me revint alors une rengaine qui ne manquait jamais de calmer Richie quand il était bébé :

— « Voici comment vont, vont, vont les belles dames, au pas, au pas, au pas. »

Verna passa dans la salle de bains chercher son lecteur de cassettes, un gros Hitachi gris tourterelle à haut-parleurs incorporés, le posa sur la table basse sur mes gants, enfonça la touche rejet, et inversa la cassette.

— « Voici comment vont, vont, vont les beaux messieurs, continuai-je de ma voix pédagogique la plus grave, au trot, au trot, au trot. »

Devant un public d'étudiants, le truc est de régler d'emblée sa voix sur un registre vaguement menaçant.

— « Et *maintenant,* susurrai-je impérieusement dans la minuscule oreille, compacte et complexe, littéralement plaquée sur le crâne, voici comment vont, vont, vont les *groos* fermiers. »

Une petite sueur de fièvre humecte toujours la peau des bébés, si tentante que je lui posai un baiser sur l'oreille. Sa douceur complexe me laissa stupéfait.

— Allez c'est parti, annonça Verna qui, se tortillant dans son peignoir-éponge, se mit à osciller légèrement sur place au rythme vaguement calypso de *Girls Just Want to Have Fun.*

— Au galop, au galop, au galop, me hâtai-je de conclure.

La voix de la chanteuse était jeune, prématurément durcie, et montait transportée d'extase dans un domaine enivrant au-delà de l'émotion. « *But girls they want to have fun, oh girls just want to have...* » La voix fut brusquement coupée par un gazouillis électronique, le bonheur inhumain et très compétent d'un synthétiseur, une rapide explosion de bulles.

Verna recueillit Paula dans ses bras et toutes deux, comiquement, se mirent à rebondir en cadence. La joue gauche de Verna arborait sa fossette. Les yeux révulsés de l'enfant débordaient d'un bleu sombre.

Assis là, à les regarder, j'eus la sensation d'être Dale Kohler, sérieux, gauche et, lui aussi, nécessiteux, lors d'une de ses visites de charité. Ce moment d'allégresse, d'harmonie apparente entre la mère et la fille, provoqua un revirement en moi ; le désespoir m'envahit. Mon regard vacilla pour se réfugier dans la contemplation cafardeuse des murs, que Verna avait tenté d'égayer par de mauvaises reproductions d'impressionnistes et des aquarelles de son cru, gauches et frustes, natures mortes de fruits arrangés sur la table, et le paysage vu de la fenêtre, ses multiples fragments d'immeubles couronnés dans le lointain par les tours ; éclairé par le soleil qui de jour en jour baissait davantage, leur scintillement penchait vers la frange dorée du spectre. L'heure d'été allait bientôt disparaître de notre firmament national. La télé avait renoncé à son torpide feuilleton quotidien et, son coupé, s'abandonnait à l'animation plus dynamique, aux clignotements plus violents d'une pub. Pour la Préparation H : grimages et rictus de douleurs anales, puis un visage illuminé par un soulagement lénifiant, le tout mimé par un pharmacien-acteur.

Qu'était donc cette désolation qui emplissait le cœur de Dale, songeai-je, sinon la nostalgie de Dieu — cette nostalgie qui, lorsque tout a été dit et fait, demeure notre unique preuve de Son existence ?

— *I want to be the one to walk in the sun,* chantait Verna au rythme de la musique, tandis que le bébé mi-noir gargouillait de joie dans ses bras.

Pourquoi ce sentiment de perte en nous, si ce n'est qu'il y avait Quelque Chose à perdre ?

La chanson se termina, le chœur enfin à bout de forces ; Verna déposa Paula sur le tapis violet à longs poils, puis me proposa :

— Si on prenait quelque chose, Tonton ? Une tasse de thé ? Un verre de lait ? J'ai donné une petite fête l'autre soir, tout le monde a apporté quelque chose, il reste peut-être un peu de whisky.

— Rien, merci. Il est grand temps que je rentre, on doit sortir ce soir, une invitation, comme on dit. Mais dis-moi, Verna : tu le vois souvent, Dale ?

Je voulais savoir s'ils couchaient ensemble. Au gré de ses évolutions, aussi électriques, stylisées et inaccessibles que la pub de la télé, l'intérieur blanc d'une cuisse n'avait cessé de surgir de la blancheur au grain différent de son peignoir.

— Oh, bien assez, dit-elle. Il passe voir si je me suis pas fait sauter la cervelle ou si j'ai pas assassiné la gosse, est-ce que je sais. Il veut que je prie avec lui.

J'en gloussai de surprise.

— Vraiment ?

Préparation J pour le soulagement lénifiant de la vie future.

Elle se fit son avocat ; la traînée boudeuse de sa bouche se rétrécit tandis que son petit menton rond se crispait de façon adorable, comme celui d'Edna quand, dans notre commune enfance, j'essayais de contrôler ses pensées.

— Je sais pas ce qui te fait flipper, Tonton, dit-elle. En tout cas, c'est encore plus dégueulasse que l'héro. Il est chouette, Dale.

— Vous vous êtes rencontrés à une assemblée paroissiale, paraît-il.

— Oh, ouais, un de ces machins où tout le monde se lamente en chœur. Mais, lui, il voit pas les choses comme ça. Pour Dale le Jour du Jugement Dernier, sinon avant, tout deviendra merveilleux.

— Et il prend vraiment ça au sérieux ?

— Oh, et comment. A moi, il parle pas tellement de ses histoires de chiffres, ni de ce qu'il fait au Cube, il se contente de passer une ou deux fois par semaine, histoire de voir ce que je deviens, et comme toi tout à l'heure, il reste un moment à jouer avec Poopsie.

— Est-ce que vous — dirais-tu que c'est du sérieux entre vous ?

— Tu veux dire, est-ce qu'on baise ? Demande toujours, Tonton, ça regarde que moi. Non, en fait, faudrait pas me baratiner beaucoup, n'importe quoi pour tuer le temps, mais, chose bizarre, je le laisse froid. Il est comme mon assistante, pour lui, je suis un cas. Je parie que l'humanité tout entière, c'te putain d'humanité, me voit comme un cas.

C'est vrai, personne n'aime être étiqueté. Il m'est arrivé de penser que le secret de l'irrésistible avance du christianisme à travers l'Empire, au cours des premiers siècles, n'était autre que la lassitude qu'éprouvaient les Romains à être étiquetés : soldat, esclave, sénateur, *scortum*. Avoir une fonction ne suffit pas pour être une personne. Que faut-il donc alors ? Je me posais la question.

— Que peut-on faire pour t'aider à décrocher un diplôme d'études secondaires, et un emploi ?

— Tu vois — tu parles comme Dale. J'arrête pas d'être forcée de lui dire, me harcèle pas. Je supporte pas qu'on me harcèle, vrai, ça m'emmerde. Maman et papa, ils arrêtaient pas de me harceler. Ils me harcelaient tout le temps. Et pourquoi ? Pour que je me dégote un mari et que je finisse dans la peau d'une de ces petites poupées à double rangée de perles qui tortillent du cul aux cocktails de Shaker Heights.

— Ce n'est pas ce que nous voulons, pas forcément. Mais, Verna...

— J'aime pas ta façon de dire « Verna ». Tu n'es pas mon patron. Et puis t'es pas mon père ni ma mère non plus.

Elle avait la tête près du bonnet. C'était excitant, comme une voiture au moteur gonflé qui risque de vous tuer ou de se démantibuler.

— Exact, fus-je contraint de concéder.

Ses bizarres yeux bridés aux cils pâles se plissèrent.

— Maman t'aurait-elle contacté ?

Je laissai échapper un rire, un rire de pitié à l'idée excessive qu'elle se faisait de la sollicitude de sa mère. Malgré sa carapace, elle était tellement puérile qu'elle se représentait sa mère comme Dieu dans le ciel, toujours à veiller tendrement sur elle.

— Non, lui dis-je sincèrement, et je dus réprimer mon envie de rire, dans la mesure où de toute évidence elle allait me soupçonner de mentir, et d'anticiper son soupçon ma réponse sonna comme un mensonge à mes propres oreilles.

J'examinai l'ongle de mon pouce ; j'avais taillé trop profond avec la face courbe de la pince, creusant une petite encoche où des fils avaient tendance à se coincer. Justement, une bribe microscopique y était prise au piège. Je m'efforçai de la libérer.

— Je sais tout sur vous deux, continuait la fille, du ton morne et déterminé de ceux qui se sentent piégés ; elle avait lu mes pensées ; elle le devinait, je l'avais prise en flagrant délit de naïveté.

— Oh ?

Le fil minuscule coincé dans l'encoche était violet, me sembla-t-il, pourtant ma veste et mon écharpe étaient grises.

— Elle me racontait souvent un tas de choses, le soir dans la cuisine, en attendant le retour de papa. Vous vous en êtes payé du bon temps, elle et toi, pas vrai Tonton ?

— Tu crois ?

Je ne me rappelais rien de semblable et me demandai qui fantasmait, Edna ou Verna.

— Alors pas la peine de te pointer pour me faire ton numéro de grand prof, j'en ai rien à foutre, tu perds ton temps.

— Tu as besoin de sortir d'ici, fis-je calmement.

Mes années de directeur spirituel me revenaient soudain : malgré ses fanfaronnades, cette enfant ne me faisait pas peur. Il suffit de dire si peu de chose, il suffit d'avoir l'air d'écouter, pour que tout l'écheveau du chagrin se déroule aussitôt. Le moulin à prières de la sempiternelle complainte de l'humanité : le dessein que nourrit pour nous la Nature n'est pas celui que nous nourrissons pour nous-mêmes.

— Ouais, et dis-moi donc comment ?

— Comment font les autres mères célibataires ?

— Elles ont des amis.

— Tu dois te *faire* des amis.

— Ouais, bien sûr, essaie donc un peu, *toi.* Dans cette fichue cité, y a que des vieux métèques ou des connards de Noirs à la redresse, suffit de dire « salut » dans le couloir, ils s'imaginent aussitôt qu'on cherche à se faire sauter. Ces mecs-là, si une fille s'est fait mettre en cloque, ils le sentent, pas besoin de voir Paula. Du coup, ils veulent te coller sur le trottoir ; dans leur petite tête, réussir dans la vie, c'est faire le mac pour une écurie de filles blanches. Rien d'autre. — Ses yeux bridés s'humectèrent. — Mes parents avaient raison, finalement : je suis allée me fourrer dans un horrible cul-de-sac. Je suis solitaire je suis tout le temps solitaire pas question de discuter le coup avec le premier venu, comme vous les hommes, ça devient tout de suite du marchandage. Et comme hier c'était le soir de *Dynasty* j'ai même plus ça pour tuer le temps et va falloir que je patiente toute la semaine.

Elle essayait de se moquer d'elle-même à travers ses larmes, de son chagrin, de sa vie déjà gâchée.

— Tu ne devrais pas t'en prendre à Paula, dis-je.

Son humeur vira à la colère ; ses émotions se côtoyaient en une sorte de pellicule liquide frémissante d'énergie nerveuse.

— Cette visite de charité, alors c'est pour ça. La pauvre petite chérie, hein ? Tu peux la garder ta charité, Tonton. La petite chérie est capable de se débrouiller toute seule. Mais cette petite salope, elle m'emmerde à longueur de journée. Je passe des heures entières là dehors sur le terrain de jeux à la regarder bouffer des bouts de verre. Mais oh non, pas de risque qu'elle en meure, sa merde scintille, voilà tout.

Elle s'esclaffa de nouveau, de sa propre plaisanterie. Je m'autorisai un sourire. Elle essuya son petit bout de nez luisant. Sans ce nez, et à condition de perdre cinq bons kilos, elle aurait pu être jolie.

— Et par-dessus le marché, je couve une saloperie de rhume. Y a des fois on se demande ce qui vous retient de se suicider.

— C'est vrai, on se le demande, fis-je, avec un soupir, et me levai.

J'avais fini par oublier les odeurs qui imprégnaient la pièce, la vague senteur de beurre de cacahuètes, les relents d'ammoniaque qui montaient des couches imbibées de l'enfant. Une atmosphère qui m'enveloppait aussi lâche et légère que le peignoir de Verna lui enveloppait le corps. Je commençais à me sentir trop bien.

— Un petit prêt, ça te rendrait service ? demandai-je.

Ses larmes, ses paroles, tout se fondait dans un nasillement.

— Non, l'entendis-je dire, sur quoi elle secoua la tête pour annuler le mot, et sanglota : — Oui. — Elle se crut obligée d'expliquer : — Cette foutaise d'AFDC[1] suffit à peine à couvrir le loyer, et le WIC[2], c'est juste pour les bons de nourriture. Un peu de liquide, ça me permettrait d'acheter une chaise correcte ou un truc pour quand j'ai de la visite. C'est vrai, tout ça c'est du bric-à-brac.

Je sortis deux billets de vingt de mon portefeuille, puis pensai à l'inflation et en sortis un autre, et les lui tendis tous les trois. Je pourrais faire un crochet par la banque en rentrant et me ravitailler en liquide au distributeur automatique, le petit ordinateur dont l'écran ne manque jamais de vous dire poliment MERCI, PATIENTEZ S'IL VOUS PLAÎT, OPÉRATION EN COURS. Quand elle tendit la main, sa paume dodue et plutôt menue était striée de lignes mauve lavande, comme le nouveau-né dont elle m'avait fait la description.

Notre transaction nous refroidit tous deux. Fourrant l'argent dans la poche de son peignoir dont simultanément elle tira un mouchoir, Verna renifla un dernier coup, torcha son gros nez, et me regarda d'un œil sec, avec le calme arrogant d'un malfaiteur. Une extraordinaire plasticité morale semblait s'offrir là à mes yeux, en harmonie avec sa chair pâle et souple.

— Et maintenant, quoi encore ? demanda-t-elle.

— Je vais me renseigner au sujet des tests d'équivalence et des cours du soir, promis-je.

1. *Aid to Families with Dependent Children :* allocation-logement pour familles nombreuses. (*N.d.T.*)

2. *Women, Infants, Children :* allocation d'aide alimentaire pour familles déshéritées. (*N.d.T.*)

— Ouais, dit-elle, comme tu t'es renseigné pour aider Dale à décrocher sa bourse.

Je ne relevai pas ; il était grand temps que je réaffirme un peu de dignité.

— Et puis, j'aimerais t'inviter à la maison, tu ferais la connaissance d'Esther et de notre fils, Richie. Pourquoi pas à Thanksgiving, ce serait une bonne occasion.

— Thanksgiving, Jésus, merci, railla-t-elle.

— Ou, si tu préfères, Verna, on peut laisser tomber. Si je suis venu, c'était pour savoir comment tu t'en tirais, et je sais ce que je voulais savoir, me semble-t-il.

Elle courba la tête. En baissant les yeux je pouvais entrevoir dans l'entrebâillement de son revers presque toute la courbe de son jeune sein, sa masse soyeuse marquée de veines bleu pâle. Elle était plus petite que moi, comme Esther.

— Thanksgiving, ce serait parfait, fit-elle d'un air contrit.

Comme nous nous séparions, je fis un effort pour voir en elle non une enfant mais une jeune femme, solide et dans une certaine mesure capable, un succès biologique du moins, dont la vie n'était aucunement plus inquiétante que la plupart de nos vies animales telles qu'un Esprit hypothétique pouvait les voir de là-haut, leurs allées et venues frénétiques et en apparence anarchiques ne se soldant que rarement par des collisions.

— C'est gentil d'être passé, Tonton, ajouta-t-elle, en m'offrant sa petite joue dodue ponctuée d'une fossette pour que j'y pose un baiser.

Comme je l'en gratifiais (sa peau avait un grain étonnamment fin, comme de la farine quand on y plonge la main), je vis que la petite Paula se tenait coite sur le plancher, tout entière absorbée par ses efforts intenses pour extirper quelque chose qu'elle avait découvert entre les poils du tapis. Ses lèvres étaient couvertes de minuscules fils pourpres. Levant les yeux, elle me décocha un sourire extasié. Je me penchai pour lui caresser la tête, stupéfait et un rien dégoûté par la tiédeur de son crane.

Pourtant, quand je m'éloignai, la misère confinée de ce logement anonyme s'obstina à me tirailler. Son arôme de moisi faisait resurgir de lointains souvenirs de Cleveland, peut-être le sous-sol où ma grand-mère rangeait ses bocaux de pêches sur des étagères poussiéreuses, et où chaque semaine elle faisait la lessive au moyen d'une essoreuse à manivelle, dans une odeur de soude caustique qui piquait les yeux. Pour moi, le logement de Verna avait ce que certains théologiens appellent une intériorité. Ma maison à moi, dans sa rue « bien » au milieu de ses voisines pareillement chic, me donnait parfois le sentiment que la vie que nous menions, Esther, Richie et moi, derrière nos grandes fenêtres, n'était qu'une simple façade.

Refermée la porte au panneau vert souillé d'empreintes de pouces, je fis halte le temps d'entendre Verna hurler :

— Vas-tu *cesser* de les bouffer, ces saloperies de peluches.

Suivit un bruit de gifle, puis un crescendo de gémissements qui se mua en un irrépressible torrent de cris indignés.

Du bon temps. Je n'avais aucune idée de ce qu'Edna avait raconté ; mes seuls souvenirs d'avoir jamais porté la main sur ma demi-sœur se limitaient à ceux de nos empoignades furieuses, des histoires de jouets ou d'injustices. Je la haïssais et ne m'en faisais pas mystère, me plaignant souvent à ma mère de devoir partager avec elle quelques semaines de mes étés. Je la surnommais alors, cela me revint, face de Tarte ; une méchanceté dont ma mère s'amusait, de plus le surnom était approprié, comme il le serait pour la fille d'Edna. Des visages larges, plats, un rien empâtés.

A mesure que nous grandissions tous les deux, nos empoignades se firent plus rares, du moins dans mes souvenirs ; et si parfois mes pensées pubescentes s'étaient portées sur elle, séparés que nous étions à Chagrin Falls par une mince cloison lors de ces nuits chaudes de « moisson », les pensées ne sont pas des actes, du moins pas sur ce plan humain.

Bizarre qu'Edna soit allée raconter ça, ou que Verna l'en ait accusée.

Deux souples jeunes Noirs gravissaient trois à trois les marches d'acier, par bonds totalement silencieux. Ils s'élevèrent à ma rencontre à grande vitesse, moulés dans leurs jeans râpés et leurs blousons de basket luisants, chaussés d'énormes chaussures de jogging silencieuses, m'encadrant au passage comme des phares qui se révèlent être des motocyclettes. Mon cœur eut un raté et je les gratifiai d'un brusque hochement de tête, une seconde trop tard. Avec ma veste de tweed et la coupe plutôt juvénile de mes cheveux gris, c'était moi qui détonnais dans ce décor.

Dans Prospect Street, les ombres des maisons à demi abandonnées couvraient toute la chaussée, quand bien même là-haut dans le ciel les nuages blancs pressés et les négatifs de bleu profond évoquaient encore une journée lumineuse. Au fond d'un terrain vague se dressait une merveille que je n'avais pas remarquée au passage trente minutes plus tôt : un superbe et grand gingko, dont chacune des feuilles frissonnantes en forme d'éventail avait viré, avec une uniformité que n'avait jamais le virage anarchique des arbres caducs moins préhistoriques, à un retentissant jaune homogène. Là parmi ces immeubles vétustes, dans une fugitive zébrure de soleil, l'arbre avait quelque chose d'une immense clameur. En même temps qu'une lueur d'érudition fugitive concernant le gingko — il existait déjà avant les dinosaures ; jadis en Chine on le plantait autour des temples comme arbre sacré ; comme l'espèce humaine il était dioïque, autrement dit, divisé en mâle et femelle ; les gousses femelles puent — me revint plus étrange cette certitude que Dale, après la visite qu'il avait faite à Verna une semaine plus tôt en me quittant, avait lui aussi remarqué ce même arbre, et en avait été frappé, comme par la flaque verte, et la crotte noire. Sa réaction mystique se communiqua à moi. Une paix m'envahit, cette félicité muette qui semble participer de la condition cosmique fondamentale. J'allai jusqu'à m'arrêter, sur le trottoir de ce quartier peu ragoûtant, pour méditer plus avant sur ce grand gingko et sa patine dorée de gong ; elles sont si rares les choses qui, lorsqu'on les contemple, ne s'ouvrent pas comme de fragiles trappes sous le poids de notre attention, pour nous précipiter dans l'insondable puits qui bée en contrebas.

CHAPITRE II

1

La deuxième fois que Dale vint me voir à mon bureau, se glissant dans la pièce avec son habituel mélange d'effronterie et de gêne, ses phalanges rougeaudes et son acné, les seules imperfections de sa pâleur uniformément cireuse, je le trouvai moins antipathique. Verna m'avait assuré qu'il n'était pas son amant, et ce n'était pas sans influer sur mes dispositions bienveillantes : ces jeunes gens se ruent sur vous, brandissant le glaive de leur jeunesse, qui se révèle bientôt un simple accessoire en caoutchouc, une épée de théâtre. Ils ne sont pas plus doués que nous-mêmes jadis pour tirer du bonheur de leur saine animalité. Cette fois encore il portait son bonnet bleu marine mais, le temps s'étant mis au froid, il avait renoncé à son blouson de para — remplacé par une veste de treillis doublée de mouton, dont les touffes blanc sale soulignaient les coutures d'une auréole miteuse. Une dégaine de cow-boy, mais il lui manquait la Marlboro.

— J'ai rempli et remis mes formulaires, et j'ai pensé que vous aimeriez peut-être en avoir des photocopies.

— Certainement.

Mon œil glissa sur ses statistiques pour s'arrêter sur l'exposé de son projet : *Démontrer à partir des données physiques et biologiques existantes, au moyen de modèles et de manipulations sur ordinateur digital électronique, l'existence de Dieu, c'est-à-dire d'une intelligence agissante et souveraine derrière tous phénomènes.*

— Biologiques ? me bornai-je à demander.

Dale se tassa dans le fauteuil aux placages disparates disposé face à mon bureau et expliqua :

— J'ai creusé un peu toutes ces histoires d'évolution, darwinisme et autres ; je n'y avais guère réfléchi depuis le lycée. Vous savez, on vous montre un tas de diagrammes avec tout en bas les algues bleu-vert et les primates qui descendent de la musaraigne arboricole, et on se dit, voici des faits aussi indiscutables que la carte du Mississippi. Mais, en réalité, ils ne savent rien, ces types, disons presque rien. Ça, c'est le dogme. Ils se contentent de relier par des traits des fossiles qui n'ont rien en commun, et ils vous baptisent ça évolution. Il n'y a pratiquement pas de liens. Pas la moindre gradation, et toute la théorie de Darwin sur les modalités de l'évolution suggère bien entendu qu'elle s'est produite par accroissements progressifs, la sélection naturelle consolidant chacun des infimes progrès.

— Le dogme, fis-je, en m'agitant avec embarras dans mon fauteuil.

La Commission d'Attribution des Bourses, qui se bornait jadis à pratiquer un tri de pure forme parmi les candidats au ministère issus des familles distinguées et en majorité unitariennes de Nouvelle-Angleterre, est désormais contrainte d'accéder aux demandes émanant de frustes créationnistes originaires du Nebraska et du Tennessee ; une engeance peu sympathique en général, avec une bizarre propension physique au strabisme et aux oreilles en chou-fleur, et, chez les femmes, aux seins énormes, qu'elles trimballent le long de nos couloirs comme des boulets de forçats accrochés à leur cou, évoquant ces infortunés dans le quatrième cercle de Dante « roulant fardeaux à la force du pis » (« *voltando pesi per forza di poppa* (Canto VII, line 27), selon la traduction de Pezard).

— Ouais, dit Dale. Tout au début, ces boniments faciles au sujet de la « soupe originelle », dans laquelle des éclairs mijotent des acides aminés, puis des protéines, et enfin une chaîne d'ADN autoreproductible à l'intérieur d'une sorte de bulle qui était en fait la première cellule, ou la première créature — ça paraît formidable, mais voilà, ça ne tient pas, c'est du même acabit que ces histoires de mouches et d'araignées surgies par génération spontanée du fumier, des meules de foin, bref partout où au Moyen Age les gens croyaient dur comme fer que ça se passait. En premier lieu, cette théorie repose sur l'idée que l'atmosphère de la Terre primitive était réductrice, c'est-à-dire à base de nitrogène et d'hydrogène, mais pauvre en oxygène libre. Mais si on examine les premières roches, on constate qu'elles sont pleines de rouille, donc, de l'oxygène *il y en avait*. Et aussi, la somme de données nécessaires pour créer le fragment de vie le plus élémentaire, un virus par exemple, est si énorme que toutes les chances de les voir rassemblées par hasard son exclues. D'après un biologiste, elles sont de l'ordre de dix puissance trois cent un ; à en croire un autre, l'univers compterait dix puissance vingt planètes capables de permettre la vie, n'empêche qu'il estimait à dix puissance quatre cent quinze contre un la probabilité de la voir surgir ailleurs qu'ici. Wickramasinghe, je vous en ai parlé la dernière fois, évalue cette probabilité à un contre dix puissance quarante mille, ce qui fait des pages et des pages de zéros ; mais ça, c'est pousser un peu loin.

— Et il n'en est pas question, dis-je, en changeant une nouvelle fois de position ; il était le petit pois, et j'étais la princesse. Je repris : — Vous vous obstinez à me débiter ces probabilités infimes comme si les atomes et les molécules devaient nécessairement entrer dans ces combinaisons en vertu d'un hasard purement mathématique ; mais supposons qu'à ce niveau microscopique il existe un quelconque principe de cohésion ou d'organisation, comparable, disons, à l'instinct de conversation au niveau de l'organisme humain, ou de la gravité au niveau cosmique, qui tendrait à permettre l'assemblage et la complexité. Du même coup, ces probabilités s'effondreraient, sans la moindre intervention surnaturelle.

— Pas mal, pas mal du tout, monsieur, pour un non-scientifique ; mais réclamer une nouvelle loi moléculaire, c'est réclamer bien davantage que vous ne le soupçonnez sans doute. Et puis, il existe une foule d'autres problèmes additionnels dont les tenants de la « soupe originelle » se désintéressent carrément. Le problème de l'énergie, tenez : pour que ce microscopique petit Adam survive, il a bien fallu qu'existe un système d'énergie pour le maintenir à flot, et là, précisément, on se trouve dans un tout autre système d'organisation. Autre exemple, les enzymes. Impossible d'obtenir des protéines sans ADN mais impossible de faire des ADN sans enzymes, et les enzymes sont des protéines. Comment faire ? On mélange ces soupes électrifiées en laboratoire depuis 1954, sans jamais avoir obtenu rien qui ressemble à la vie. Pourquoi non ? Si malgré tous leurs moyens de contrôle ils ne réussissent pas, comment l'aveugle nature a-t-elle pu réussir ?

— La Nature, soulignai-je, disposait d'éternités de temps, et d'océans de matière.

— C'est ce que moi aussi je pensais autrefois, fit le jeune homme, avec cet aplomb confiant, exaspérant, qui le caractérisait. Mais si on examine les chiffres, ça ne colle pas. Nous avons l'intelligence agissante que, selon nous, la nature n'a pas, et si d'après nos critères c'était faisable, il y a beau temps que nous aurions réussi. Ce qui se passe est pathétique, un magma de polymères sans aucun lien entre eux. La soupe engendre la soupe. Ça bouffe de la merde, ça chie de la merde, comme on dit, nous autres informaticiens. Là-bas en Californie, ils essaient de faire s'auto-assembler des nucléotides, et d'accord, ils y arrivent, mais si lentement, là est le problème, rendez-vous compte : une unité s'ajoute chaque quart d'heure, contre une à chaque fraction de seconde dans la nature.

— Ma foi, c'est tout de même l'indice que le phénomène auquel nous avons affaire est d'ordre naturel et non surnaturel ?

J'examinai l'ongle de mon pouce. J'avais soigneusement

limé l'irritante petite entaille qui avait accroché mon regard, et maintenant cet ongle était infinitésimalement, presque microscopiquement plus court que l'autre, avec un liséré blanc pas tout à fait suffisant, à croire que je me rongeais les ongles. Verna avait des ongles très courts, des ongles d'enfant, croyais-je me rappeler ; alors que ceux d'Esther étaient trop longs. Révélateurs, les ongles. Dans moins d'une heure, j'attaquerais mon séminaire sur l'hérésie ; le premier de deux séries complètes consacrées aux pélagiens. Une fois de plus (commencerais-je non sans malice pour réchauffer l'atmosphère) on doit bien constater que rétrospectivement les hérétiques apparaissent infiniment plus sympathiques, plus raisonnables et plus accommodants que les censeurs qui s'opposèrent à eux au nom de ce qui devint plus tard l'orthodoxie de l'Eglise catholique et romaine. Qui ne préférerait, par exemple, le grassouillet Pélage (ce « chien corpulent », vitupérait Jérôme, « bourré de porridge écossais ») et son affable émissaire Caelestius ou encore Julien d'Eclane, son apologiste à la voix d'or, mus par l'inoffensif espoir que l'Homme parviendrait à faire *un peu* de bien, à faire *quelque chose* de lui-même, *quelque chose* pour précipiter la grâce rédemptrice — qui ne préférerait ce genre d'humanistes à l'irascible Jérôme et au romantique Augustin, avec sa dénonciation hystérique du fléau de la concupiscence (la sienne enfin repue) et de la propension des nouveau-nés au dam ? Manichee un jour, Manichee toujours, avait souligné avec perspicacité Julien, à propos de notre ami l'Algérien, l'évêque de Hippone.

Le jeune homme tenta de me réfuter tandis que mon esprit distrait repassait mon cours :

— On croirait entendre un inconditionnel du néodarwinisme, dit Dale. Ils en ont plein la bouche des courants, des tendances, et des inévitables imperfections du dictionnaire fossile. Imperfections ! En fait il n'y a presque rien, sinon des espèces entières qui apparaissent et disparaissent. Les pseudo-hiatus ne sont pas des hiatus, ce sont des trous énormes, des trous immonstrueux.

Où avais-je déjà entendu ce mot, tout récemment ?

— Et où se placent les fossiles précambriens ? poursuivit Dale. Voilà que brusquement des animaux multicellulaires, il y en a partout, on dénombre sept souches, et environ cinq cents espèces — arthropodes, brachiopodes, éponges, vers. Presque tout, en fait, sauf ce que l'on aurait pu attendre — les protozoaires. Comment les cellules ont-elles appris à s'agglutiner ? Et puis, au fait, comment les cellules procaryotiques, ce qu'étaient précisément les algues bleu-vert, se sont-elles transformées pour devenir nos actuelles cellules eucaryotiques, non seulement pourvues d'un nucléus mais de mitochondries, de nucléoles, de l'appareil de Golgi, et d'autres trucs dont personne n'a encore découvert la fonction. Entre les deux espèces de cellules il y a autant de différences qu'entre une chaumière et une cathédrale.

— Ma foi, dis-je, en tout cas il s'est passé quelque chose, mais, pour ma part, je ne jurerais pas que j'y vois le doigt de Dieu. Tous ces raisonnements à rebours, à partir des conditions actuelles, pour conclure qu'elles sont hautement improbables — est-ce que vraiment ça nous donne une telle longueur d'avance sur l'homme des cavernes, qui ne comprenait pas pourquoi chaque mois la lune changeait de forme dans le ciel et en conséquence inventait un tas d'histoires sur les dieux, les blagues et les cabrioles auxquelles ils se livraient là-haut ? Vous vous imaginez, dirait-on, que par pure obligeance Dieu est disposé à se précipiter pour combler le moindre vide, la moindre lacune de la science. Le savant moderne n'a pas la prétention de tout savoir, il prétend uniquement savoir plus de choses que ses prédécesseurs, et aussi que les explications naturalistes paraissent se vérifier. Impossible d'avoir tout le bénéfice de la science moderne et, en même temps, de s'accrocher à la cosmologie de l'homme des cavernes. Vous gardez Dieu prisonnier de l'ignorance humaine ; selon moi, Kohler, il y a trop longtemps qu'Il en est prisonnier.

Je l'avais poussé à se redresser, ses yeux bleu pâle maintenant grands ouverts.

— Vraiment, vous croyez ? fit-il. Je garde Dieu prisonnier de l'ignorance ?

J'ouvris ma main affligée de son ongle toujours imparfait et la plaquai sur mon bureau.

— Tout à fait. Et moi je dis, libérez-Le !

Ainsi Dale avait lui aussi fait mouche ; il avait provoqué en moi la colère. Ce point me tenait à cœur. Libérez-Le, devrait-Il en mourir.

Dale se cala de nouveau contre le dossier, un petit sourire satisfait ou incertain sur les lèvres et, en éventail derrière son cou, la doublure laineuse de sa veste.

— Voici ce que, *moi,* je crois être en train de faire, professeur Lambert ; l'homme moderne a été amené à croire qu'il était entouré par une explication athéiste hermétique de la réalité naturelle. Et moi je dis, hé, minute, il se passe ici bien plus de choses que l'on ne vous le laisse entendre. Les astronomes, les biologistes sont en train de contempler en face quelque chose dont ils ne disent rien, parce que eux-mêmes refusent d'y croire. Mais cette chose est là. C'est à prendre ou à laisser, car c'est la liberté que Dieu nous a donnée, mais, intellectuellement parlant, vous ne devez rien au Diable, pas ça.

— Oh, vous voyez le Diable à l'œuvre.

— Parfaitement. Partout. Tout le temps.

— Et qui est-il, selon vous ?

— Le Diable, c'est le doute. Le Diable est ce qui nous pousse à rejeter les dons de Dieu, nous pousse à mépriser la vie que nous avons reçue. Saviez-vous que, parmi les causes de mort chez les moins de vingt ans, le suicide vient en deuxième position, aussitôt après les accidents de la route, qui sont souvent eux aussi une forme de suicide ?

— Bizarre, dis-je. J'aurais cru, compte tenu de l'histoire récente et aussi, bien sûr, de certains ayatollahs et Führers de notre époque, j'aurais cru le contraire. Le Diable est l'absence de doute. C'est lui qui pousse les hommes aux bombardements-suicides, à ouvrir des camps d'extermination. Le doute peut donner un drôle de goût à votre dîner, mais c'est la foi qui pousse à l'action et qui tue.

— Ecoutez, monsieur. Nous dérivons passablement loin du sujet, et je sais que dans un moment il va vous falloir parler des hérétiques à vos étudiants. Ce que je tiens à souligner à propos de l'évolution, ce n'est nullement que nous ne savons pas tout, mais que plus nous savons de choses, plus ces choses ressemblent à des miracles. On cite toujours l'œil humain comme un exemple d'épouvantable complexité. Mais tenez, même l'œil tribolite, là-bas tout au début du dictionnaire fossile. Il était composé de centaines de colonnes, appelées ommatidia, avec, comme l'a découvert un savant suédois seulement en 1973, des cristaux de calcite alignés avec une extrême précision et une moitié inférieure ondulée faite de chitine, le tout agencé en conformité parfaite aux lois de la réfraction qui ne furent découvertes qu'au dix-septième siècle. Hallucinant, hein ?

Il me regarda comme dans l'attente d'une contradiction et, posément, je dis :

— Ça ne signifie nullement que les trilobites comprenaient les lois de la réfraction. Cela signifie simplement que certains trilobites y voyaient un peu mieux que d'autres et qu'ils ont eu tendance à survivre et à transmettre leurs gènes.

Mais le ton de ma voix manquait de combativité ; j'avais décidé de le laisser argumenter jusqu'à épuisement. Une tactique de survie qui porte un nom : assouvissement prédateur. J'allumai ma pipe, tétai, l'allumette s'embrasa entre mes doigts, chaque aspiration ponctuée d'un petit râle, comme pour marquer les étapes d'une petite mort.

— Où que l'on regarde en ce qui concerne l'évolution, argumentait Dale, on bute sur ce problème de mutations *coordonnées* qui auraient *dû* s'accomplir ; c'est la coordination qui a fait basculer le handicap. Dans *notre* œil, la rétine, le diaphragme de l'iris, les muscles, les cônes et les bâtonnets, l'humeur vitrée, les conduits lacrymaux, même les paupières : impossible de croire que tout ça est le résultat du hasard, le résultat d'une série d'erreurs fortuites accumulées au fil du temps. Par exemple, pour fabriquer la lentille, il a bien fallu que d'une façon ou d'une autre la peau pénètre à l'intérieur des méninges. Cela aurait-il pu se faire à moitié ? Partout, dans les phénomènes de ce genre, il existe des phases intermédiaires où l'adaptation ne mènerait à rien et se solderait par un handicap. On achoppe sur ces points d'impossibilité où le tracé de l'évolution tel qu'il faudrait le reporter, eh bien, ne prend pas le virage. Du point de vue de l'évolution, l'oreille du mammifère est encore plus invraisemblable que l'œil. Des os qui chez le reptile étaient des maxillaires rigides ont émigré pour devenir le malleus et l'incus, le petit marteau et l'enclume là tout au fond. Pendant que les maxillaires devenaient l'oreille moyenne, avec quoi mâchaient donc ces créatures intermédiaires ? Autre exemple, la queue de la baleine : le mouvement s'opère selon un axe vertical, alors que chez tous les animaux terrestres le mouvement de la queue est latéral. Une différence plus importante qu'il ne paraît ; il a fallu que le pelvis devienne plus petit, sinon il se fracturerait sous l'effet d'un mouvement ascendant ou descendant. Mais si vous imaginez cette évolution dans le cas de la baleine, il y aurait forcément un stade où le pelvis serait trop petit pour supporter le poids des pattes postérieures tout en restant trop gros pour permettre la musculature de la queue ! Ou prenons même l'archéoptéryx, dont les évolutionnistes sont tellement fiers. Peut-être sont-ils incapables de nous montrer quoi que ce soit entre les gastéropodes et les cordés, ou les poissons et les amphibiens, ou les amphibiens et les grenouilles, mais, pour ce qui est de montrer comment les reptiles se sont transformés en oiseaux, ça, chapeau. Tout de même, il y a un ou deux petits problèmes. Primo, de vrais oiseaux existaient à la même époque que l'archéoptéryx, et, secundo, il était, cet oiseau, incapable de voler. Il avait bien des plumes et des ailes, mais aussi un sternum trop faible et trop creux pour ancrer les muscles indispensables à la sustentation ! Au mieux il aurait pu battre des ailes pour se propulser sur une branche basse.

— Comme les poulets à notre époque, dis-je. Trouveriez-vous les poulets invraisemblables eux aussi ? Et n'ai-je pas lu quelque part que les ingénieurs en aérodynamique ont établi la preuve indiscutable que le bourdon est incapable de voler ?

Voyant le jeune homme sur le point de remonter sur le ring, je me raclai vigoureusement la gorge, avalant par inadvertance un peu de fumée. Il était urgent de faire preuve de fermeté : subir un cours avant d'en donner un, c'est aux affres de l'enfantement ajouter celles de l'ennui.

— L'impossibilité du réel, l'informai-je, ne constitue pas une preuve totalement originale de l'existence de Dieu. Les chrétiens du deuxième siècle, sommés de présenter leurs références surnaturelles, étaient enclins à se rabattre sur deux arguments. *Non pas*, fait intéressant, sur les miracles et la Résurrection du Christ tels que solennellement attestés par les Apôtres, mais, primo, l'accomplissement par Jésus des prophéties de l'Ancien Testament, et, secundo, l'existence même de l'Eglise autour d'eux. Comment, interrogeaient-ils, une petite troupe de pêcheurs syriens ignares auraient-ils pu proclamer dans un coin perdu de l'Empire une foi qui en un siècle à peine allait se propager de l'Inde à la Mauritanie, de la Caspienne jusqu'aux tribus barbares de Grande-Bretagne ? Manifestement, il fallait voir là l'œuvre de Dieu. L'Eglise, donc, sa propagation rapide, représentait en soi la preuve la plus convaincante quant à la vérité de ce qu'elle proclamait. En outre, selon ce type de raisonnement, à supposer que le Christ eût été un imposteur ou un fou, et la Résurrection une fiction, pourquoi les Apôtres seraient-ils allés, au risque de leur vie, propager la Bonne Nouvelle ? Ici encore, pourrait-on dire, nous avons un « point d'impossibilité » qu'on ne saurait contourner, dans l'évolution qui à partir d'une obscure hérésie juive et d'une minuscule échauffourée criminelle devait donner naissance à la religion impériale de Constantin. Je ne trouve pas l'argument dérisoire ; par contre, je crois qu'il existe des façons plausibles de le tourner, à condition de posséder une certaine *intuition* historique du premier siècle. Inutile de poser comme postulat une imposture délibérée de la part des Apôtres, où des auteurs de l'Evangile ; au premier siècle, les gens n'avaient pas le même sens du factuel que nous, ni d'ailleurs de l'écriture. Ecrire était une forme de magie par transfert, ne l'oublions pas : coucher quelque chose sur le papier était, dans une certaine mesure, lui donner corps, un acte créateur plutôt que mimétique, et les flagrantes falsifications que l'on relève dans les documents non canoniques contemporains aux Evangiles — comme aussi d'ailleurs toute la légende de la naissance fabuleuse dans Luc, ou encore le passage dans l'Evangile selon Jean au sujet de Jean-Baptiste le Verbe de Dieu — étaient simplement, pour les coupables, un moyen d'accommoder la vérité, d'affubler la vérité des atours et ornements qu'elle *devrait avoir*. Ainsi, compte tenu du niveau moyen de crédulité, de l'existence d'innombrables mouvements religieux parallèles, gnosticisme, essénisme et aussi mithriacisme, sans parler de parallèles historiques postérieurs, entre autres au dix-septième siècle lors du grotesque épisode juif de Sabbatai Zebi, la prétendue apostasie du Messie en faveur de l'Islam qui ne parvint pas à démystifier les croyants, ou encore, en Islam, la métamorphose du Mahdi ou de l'Aga Khan en sybarites obèses qui pourtant ne réussit pas à ternir leur prétendue divinité — compte tenu de ces faits, nous pourrons enfin nous faire une idée de la façon dont, en réalité, les choses se passèrent, comment le mythe de la Résurrection, en particulier, prit racine. Non qu'à notre époque où les histoires d'ovnis sont chaque semaine fourguées dans les supermarchés aux gens qui font la queue devant les caisses, nous ayons besoin de leçons en fait de crédulité humaine.

— Oh, allons donc, s'exclama mon jeune visiteur d'une voix haut perchée, comme s'il se chamaillait avec un camarade de chambre. Les Apôtres étaient fichus. En déroute. Leur chef était mort. Puis tout a changé. C'était pure illusion, à votre avis ?

— « Si ce fut dans son corps, je ne sais, si ce fut hors de son corps, je ne sais », a écrit Paul ; ses épîtres sont les plus vieux textes du Nouveau Testament, les plus proches en l'occurrence de ce « point d'impossibilité ».

— Mais il a également écrit, contra mon jeune adversaire novice : « Si Christ n'est pas ressuscité, votre foi est vaine. » Sur ce point, Paul était tout à fait dénué d'ambiguïté, parlant du Christ tel qu'il était apparu à Cephas, puis aux douze, et ensuite à plus de cinq cents frères dont certains sont morts, et par la suite à Jacques, et à tous les Apôtres, et enfin à Paul lui-même, comme à un avorton.

— Mais un peu plus loin il dit encore — plutôt tristement, m'a-t-il toujours semblé — « que si nous mettons notre espoir en Christ uniquement dans cette vie, nous sommes de tous les hommes les plus misérables ». Mais inutile de nous assener des citations de la Bible ; ce n'est que trop la mode ici ; si j'en juge par ma modeste expérience, cela prouve uniquement que la Bible était une anthologie très mal révisée.

— Monsieur, c'est vous qui avez commencé.

— En état de légitime défense. J'essayais d'établir que, quand on ne connaît pas et ne peut espérer jamais connaître les tenants et aboutissants exacts d'un événement ou d'un phénomène, une certaine *intuition* est tout ce que l'on peut suivre pour juger de ce qui est plausible. Quand je lis le *National Enquirer*, que je vois toutes ses histoires de petits hommes verts décrits dans les moindres détails qui émergent des ovnis, ou la dernière preuve irréfutable qu'Elvis est toujours vivant, il me vient une vague *intuition* de ce qui s'est peut-être passé tout au début du premier siècle. Quand au musée d'histoire naturelle de l'université, je regarde les vitrines remplies de fossiles, et tout autour de nous et en nous les animaux vivants, les oiseaux, les insectes, les vers et les microbes, mon *intuition* me souffle que l'évolution, en dépit de ses lacunes et de ses mystères, constitue une explication raisonnable de cet abominable embrouillamini.

Ma pipe s'était éteinte. Je tétai un néant vide d'étincelles.

— Mais c'est tellement bordélique, explosa le jeune homme. Vous raisonnez à coup d'impressions, c'est tout, sans tenir compte du mécanisme. Soutenir qu' « Elvis vit » prouve que « Jésus vit » est de la foutaise, ignore le fait que l'un est une parodie de l'autre et que tout le monde le sait, y compris les adorateurs d'Elvis. Dire que l'évolution colle *plus ou moins* bien, ignore le fait que des biologistes confirmés s'avouent troublés par tout ce qu'elle n'explique pas. Tenez, il y avait un type, un certain Goldschmidt, un généticien. Vous en avez entendu parler ?

Je secouai la tête.

— Le seul Goldschmidt que je connaisse, c'était le rédacteur en chef d'une revue danoise qui a attaqué Kierkegaard.

— Mon type à moi, reprit Dale, a fui l'Allemagne de Hitler et a échoué à Berkeley. Plus il travaillait sur les mutations de la drosophile, la mouche du vinaigre, plus il avait la conviction qu'elles n'expliquaient rien : jamais on n'obtenait une espèce nouvelle ni un changement vraiment significatif. Les mutations ponctuelles — c'est-à-dire les changements isolés dans les longues chaînes du code génétique — ne riment à rien. Elles se produisent, puis sont englouties par la génération suivante, et une espèce demeure une espèce. En 1940 Goldschmidt publia un livre dans lequel il énumérait dix-sept caractéristiques du monde animal et mettait quiconque au défi d'expliquer comment elles s'étaient développées selon un processus graduel de petites mutations. Poils. Plumes. Dents. Yeux. Circulation sanguine. Fanons. Crocs venimeux chez les reptiles. Segmentation chez les arthropodes. Coquilles des mollusques. Squelette interne. Hémoglobine. Et ainsi de suite, pour aboutir à d'autres qui pour moi n'avaient aucun sens. Eh bien, depuis 1940, qui a suggéré une explication ? Personne. Personne n'en est capable. Même quelque chose que vous croyez vous représenter, le long cou de la girafe, par exemple, est beaucoup plus complexe, beaucoup plus coordonné qu on ne le pense.

Dale paraissait on ne peut plus ravi de ce dernier exemple.

Ses mains glissaient et remontaient le long du cou imaginaire, se fermant en coupe et se rouvrant vivement pour illustrer des problèmes de pression hydraulique.

— Pour pomper le sang à trois mètres de haut jusqu'à sa tête, il faudrait à la girafe une pression sanguine tellement forte que lorsque l'animal se penche pour boire il perdrait connaissance, à cela près qu'il est doté d'un mécanisme spécial réducteur de pression, un réseau de veines, le *rete mirabile*. De plus, dans ses pattes, le sang serait expulsé (à travers les capillaires, aussi les intervalles entre les veines sont-ils remplis par un autre liquide, lui aussi sous pression, ce qui explique que sa peau est extraordinairement coriace et, comment dit-on, imperméable). Chez les baleines — pensez aux baleines, professeur Lambert. En paléontologie, elles surgissent pratiquement du néant, et en moins de cinq millions d'années elles ont mis au point des yeux capables de corriger la vision sous l'eau, et aussi cette queue dont nous parlions, et du blanc en guise de glandes sudatoires pour réguler la température, et même un mécanisme sophistiqué pour permettre aux petits de téter sous l'eau sans se noyer. Et puis regardez l'autruche. L'autruche possède des espèces de cals...

— Mr. Kohler, j'en suis convaincu, coupai-je, vous pourriez passer des heures et des heures à me régaler de ces merveilles de la nature. Les merveilles de la nature sont, bien sûr, un argument classique pour prouver l'existence de Dieu, comme on le lit dans le Livre de Job.

— Mais ce n'est pas *seulement* qu'elles sont *merveilleuses* ces merveilles, c'est *comment*...

— Précisément la question que Dieu a posée à Job. Comment ? Je n'en sais rien, Job n'en savait rien, et vous n'en savez rien, pas plus que manifestement ne le savait Mr. Goldschmidt, mais, sur le plan théologique, l'enjeu est bien autre chose que cette, cette approche mécanique-statistique qui est la vôtre. Si Dieu est tellement ingénieux et déterminé, comment justifier la difformité et la maladie ? Comment expliquer le carnage qui à tous les niveaux régit le royaume de la vie ? Pourquoi la vie donne-t-elle le *sentiment*, à nous qui la vivons, d'être si tragiquement intense en même temps que si totalement absurde ? Il existe d'innombrables questions subjectives de nature existentielle que vous passez sous silence. Les hommes ont cessé de croire en Dieu bien avant que l'on sache expliquer scientifiquement le tonnerre ou les phases de la Lune. Ils ont cessé de croire pour les mêmes raisons qui font que les hommes d'aujourd'hui cessent de croire : ce monde qui les entoure, il leur semble indifférent et cruel. On ne sent plus la présence d'un Etre derrière..., derrière cette jungle d'ingéniosité dont, dites-vous, les phénomènes naturels offrent le spectacle. Quand les gens hurlent leur souffrance, les cieux gardent le silence. Les cieux gardaient le silence quand les Juifs passaient à la chambre à gaz, comme ils gardent le silence devant la famine qui ravage l'Afrique. Les malheureux Ethiopiens sont des chrétiens coptes, le savez-vous ? L'autre soir à la télé, on disait que le seul bruit que l'on entend dans les camps où les gens meurent de faim, c'est celui des hymnes qu'ils chantent en s'accompagnant de tambours et de cymbales. Ce n'est pas parce qu'Il est vraisemblable ou invraisemblable que les gens s'adressent à Dieu ; c'est poussés par l'adversité la plus extrême, à l'encontre de toute raison.

— *Toute* raison ?

Dale me regardait avec dans ces yeux pâles une lueur déplaisante, un brasier optique que nous amènent beaucoup de nos étudiants : la flamme missionnaire, la volonté de convertir, de transformer l'eau en vin, le vin en sang, le pain en chair — de convertir l'opposition en obéissance, d'aplatir tout ce qui est non-ego pour le réduire en ego lisse comme un miroir. Au fil des années, cette éternelle présomption des étudiants me lasse et me répugne.

— En fait vous avez un intérêt dans cette affaire, pas vrai ? dit Dale. Vous n'êtes pas seulement neutre, vous appartenez à l'autre camp.

— Le camp du Diable, bien sûr ? Pas du tout. J'ai mon

propre style de foi, que je n'ai aucunement l'intention de discuter ni avec vous ni avec quiconque s'aviserait de se pointer ici avec des allures de cow-boy. Mais ma foi, dérisoire ou non, me pousse à m'insurger avec horreur contre votre tentative, votre *grossière* tentative, ai-je failli dire, pour réduire Dieu au statut de fait, un fait parmi tant d'autres, pour L'induire ! J'ai l'absolue conviction que mon Dieu à moi, que le vrai Dieu de n'importe qui, ne sera pas induit, ne sera *jamais* tributaire de statistiques, de fragments d'ossements desséchés et de vagues lueurs au bout d'un télescope !

Je ne m'aime pas quand je me laisse emporter. Toute passion de nature rhétorique me fait me sentir moite et fiévreux, piégé dans une trame d'outrances et de contre-vérités. La précision des choses mérite, du moins, une certaine courtoisie de silence, de réserve silencieuse. J'aurais bien voulu rallumer ma pipe, mais le temps manquait vraiment pour sacrifier au rituel. Mes mains, remarquai-je, tremblaient de façon pathétique. Je les joignis fermement et les posai sur le bureau. Jadis, lorsque je montais en chaire, elles tremblaient toujours ainsi, quand je feuilletais la Bible sur le lutrin en quête de la page où se trouvait le texte du jour. Sacrément minces, ces pages des grosses Bibles.

En fin de compte, cet étrange jeune missionnaire avait triomphé de moi. Je le sentais rien qu'à voir l'air calme, froid, dont il m'observait, par-dessus son sourire de traviole et sa longue mâchoire mouchetée, en prenant tout son temps pour me répondre. Il m'avait amené à lui faire une profession de foi, et pour cela, je le haïssais.

— Votre Dieu me fait l'effet d'un gentil Dieu bien sage et introuvable, dit-il enfin d'une voix posée.

— Verna, ça va ? lui lançai-je, en rassemblant mes notes. *Pélage pas authentique pélagien. Révolté par propensions de saint Augustin à antinomianisme, pessimisme manichéen. Péché transmis depuis Adam donc indissociable processus de reproduction. Corruption et impuissance, antinomiques dans l'esprit de P.*

Voyant que je fuyais le débat, le jeune homme se carra de nouveau avec suffisance dans le fauteuil standard, allant jusqu'à coiffer d'une jambe un des bras en cerisier.

— Ouais. Vous êtes passé la semaine dernière, il paraît ?

Le regard dont il me gratifia, chez quelqu'un à l'esprit moins élevé, aurait pu être interprété comme sournois.

— Je voulais voir son installation, avouai-je. Pas tellement moche.

— Tant qu'elle ne met pas le nez dehors, d'accord, ce n'est pas trop moche. Elle sort, on l'emmerde.

— Qui ça... ?

— Les frères. Une fille blanche de cet âge avec une enfant noire, elle s'expose à n'importe quoi.

— Vous pensez qu'elle devrait déménager ?

— Elle n'en a pas les moyens.

Cette sèche réponse était-elle un défi, pour me pousser à donner à Verna assez d'argent pour déménager ? Peut-être savait-il que déjà je lui avais donné soixante dollars. Jusqu'à quel point, me demandai-je, mon jeune et pieux visiteur faisait-il partie d'une petite bande, lui-même et Verna, résolus à me filouter ? Sous prétexte de pauvreté, cette génération des années quatre-vingt avec son prétendu mépris des biens de ce monde est capable de toutes sortes d'hypocrites arnaques. *Non-attachement,* dit Bouddha, *Fais aux autres* dit Jésus, et les possessions des autres commencent bientôt à se détacher. Ma foi, qui pourrait les blâmer ? De l'instant où ils ouvrent les yeux, la télévision les invite à mendier des saloperies. Le système éducatif les maintient dans une dépendance infantile jusqu'à leur quatrième décennie. Nous vivons dans un monde de gaspillage, industries de services et emballages rembourrés. Le génie du calvinisme avait été de faire de la propriété un signe manifeste, un symbole sacré ; à ma façon vieux jeu, j'essayais de sonder le jeune homme, l'étendue de ses prétentions à la propriété de Verna. Je l'enviais d'avoir libre accès au logement surchauffé et mal tenu qui abritait cette jeune captive sortie toute rose de son bain. Elle avait eu beau m'assurer que leur relation était chaste, je n'étais pas totalement convaincu. Toujours vieux jeu, je ne parvenais pas à m'imaginer deux jeunes gens de sexe opposé longtemps enfermés dans la même pièce sans se livrer à la copulation, ou du moins se toucher aux endroits érogènes.

Je contemplai mon visiteur assis là en travers du trait de lumière qui pénétrait par la fenêtre néogothique dans mon dos, et tentai d'y voir clair dans les sentiments qu'il m'inspirait. Ils revenaient à ceci :

a) une répulsion physique, due à sa pâleur cireuse, à l'insondable luminescence de ses yeux, immuable comme une veilleuse bleu pâle allumée au fond de son crâne ;

b) une répugnance à l'égard de ses théories, qui ne pouvaient avoir grand-chose de sérieux, quand bien même il aurait fallu un expert pour en réfuter certaines ;

c) une envie suscitée par sa foi et son espoir absurde de parvenir à empoigner le problème éculé de la croyance en Dieu par une queue toute neuve ;

d) une certaine attirance, écho de l'obstination qu'il paraissait mettre à me coller, rien de précis ne motivant sa deuxième visite à mon bureau ;

e) une intuition reconnaissante qu'il était en passe d'injecter un nouvel élément à ma vie, à mon existence plate et studieuse ;

f) une bizarre et sinistre empathie : il ne cessait d'inviter mon esprit à sortir des sentiers battus pour lui emboîter le pas à travers la ville. Il avait mentionné, par exemple, que durant le week-end il travaillait dans une scierie, et il me suffisait de penser à ce fait pour qu'aussitôt l'odeur noble du sapin fraîchement coupé envahisse mes narines et que s'abatte sur mes paumes, avec une menace très palpable d'échardes, la masse au grain mi-lisse mi-rugueux des planches rabotées de frais aux extrémités tachées de résine.

J'eus un sourire et demandai :

— Suis-je le gardien de la fille de ma demi-sœur ? Jusqu'à quel point suis-je censé me mêler de ses affaires ?

Sa réponse me surprit par sa véhémence :

— Le moins possible. Du moins pas dans un premier temps. C'est sa vie, elle l'a elle-même inventée, il faut laisser aux autres la dignité de leurs choix. L'important, à mon avis, c'est qu'elle sorte un peu, et qu'elle étudie un peu.

— D'accord, fis-je, ravi de constater que nos esprits, dans des domaines moins que cosmiques, se retrouvaient sur les mêmes longueurs d'ondes.

— Verna réagit toujours de façon très négative la première fois qu'on lui propose quelque chose, dit-il, mais la fois d'après, quand on passe la voir, elle a changé d'avis du tout au tout.

Nous étions en train de faire d'elle, constatai-je, un lointain objet de respect, de conjectures prudentes. Cette petite fugueuse de Cleveland, avec ses dix-neuf ans, et rien dans la tête sinon ce qu'y avait fourré la musique pop. Je me jetai à l'eau :

— Un geste avunculaire dont l'idée m'est venue, dis-je, serait de suggérer à ma femme de l'inviter à venir passer Thanksgiving en notre compagnie, notre fils et nous. Nous serions heureux de vous avoir, vous aussi, à moins que vous n'ayez d'autres projets.

J'étais prêt à parier que tel n'était pas le cas : un dîner communautaire, paroissial peut-être, devant de longues tables dressées dans un grand sous-sol d'église, en compagnie d'une horde jacassante et pittoresque de charitables illuminés et de dingues sans abri.

Ses yeux étranges s'écarquillèrent.

— Ce serait très gentil, dit-il. J'avais simplement l'intention d'aller dans une cafétéria, ces jours-là ils ont un menu spécial avec de la dinde, à vrai dire ce n'est pas mal du tout, une atmosphère bon enfant, j'aime ça. Franchement, monsieur, les jours fériés ont tendance à me flanquer le cafard. Mais ça serait formidable, de faire la connaissance de votre dame et de votre fils.

Loin des passions de l'exégèse scientifique, son discours retombait dans un sans-gêne très Midwest.

Par ailleurs, il était indiscutablement moins porté vers la

religion organisée que je ne m'y serais attendu chez quelqu'un d'aussi fervent. Thanksgiving dans une cafétéria? Noël dans un bordel? Bien sûr, l'Eglise a toujours été ragaillardie de façon non orthodoxe. Augustin était un païen, avant de devenir manichéen. Tertullien était juriste. Pélage lui-même n'avait aucun statut ecclésiastique, et n'était peut-être venu à Rome que pour étudier le droit. Si le sel perd sa saveur, où va-t-on? Jésus Lui-même, Jean le Baptiste : des inconnus en haillons. Les initiés ont tendance à être des fourbes. Comme moi, confierais-je avec un sourire à mes étudiants incrédules, et admiratifs.

2

La répugnance qu'inspirait à Dave Kohler les jours fériés était entre nous un autre lien secret; dans mon enfance, de cahotantes et protoxodieuses incursions en voiture dans le plat pays de l'Ohio, sur une autoroute hélas trop pertinemment baptisée Kinsman Pike[1], furent ma toute première initiation aux fêtes tribales de la chrétienté américaine. Abandonnée, privée de mari, pathétique, ma mère m'emmenait rendre visite aux « siens », les hommes placidement asexués, parcheminés, visages chevalins, mais les femmes, d'énormes monticules de graisse pentus frémissant, me semblait-il, à l'extrême limite de l'indécence, avec leurs éclats de rires intimidés, leurs mains qui jaillissaient à chaque hurlement pour se plaquer sur leurs bouches, leurs petites dents cariées et tordues, et les nourritures fumantes qu'elles empilaient sur la table, un malodorant *double-entendre,* quelque chose qui les titillait, servi dans une atmosphère lourde d'allusions graveleuses mais aussi de piété lugubre.

Dans la maison de ma grand-tante Wilma, un Jésus en

1. *Kinsman Pike :* nom d'une autoroute de l'Ohio et jeu de mots : *kinsman :* proche parent. (*N.d.T.*)

prière, barbouillé de couleurs écœurantes et fondues, était accroché dans la cuisine, sur fond de papier mural profondément jauni, derrière le tuyau noir du poêle si chaud qu'on ne pouvait le toucher, tandis que, dans le petit salon, l'unique livre, qui trônait solitaire sur une petite table aux pattes noueuses, était la Bible de famille ; des nervures rugueuses comme un cartilage en bosselaient le dos sous l'horrible cuir, plissé comme la dépouille d'un animal abattu, avec cette même puanteur douceâtre de tannerie, et un signet mauve lavande fané, telle une large langue fourchue, jaillissait d'entre les pages à la tranche dorée. Je me souvenais d'une odeur de coaltar et, traîné par les chaussures des hommes, d'un relent moisi de pâtée, de nourriture pour bétail. Ces excursions campagnardes me déprimaient pendant des jours avant et après, dans l'anticipation et dans le souvenir ; et, pendant l'événement lui-même, ma dépression était telle qu'on eût dit que je sombrais sous la table, au point que mes souvenirs visuels se concentrent sur la frange de la nappe brodée, les genoux, les grosses chevilles et les chaussures mangées de plis qui se cachaient et s'agitaient au-delà dans la pénombre de l'étrange caverne. Tout petit, peut-être même m'est-il arrivé de me faufiler là, au milieu des chaussures et des genoux.

Le 4 juillet, se répétait le lugubre tableau de fête, par une température de trente-trois degrés plus élevée, et parfois en plein air, sur des tables grossières dressées sous les grands tulipiers de l'arrière-cour, pyramides d'épis de maïs luisants de beurre et d'immenses platées de côtelettes de porc arrivant toutes calcinées du gril au milieu de cris qui aussi bien auraient pu saluer une danseuse du ventre turque ou le Messie sur sa croix.

Le silence des animaux dont ils prenaient soin, opaque, timide, menaçant, avait déteint sur mes cousins de la campagne et, comme les bêtes, ils avaient tendance à se cogner aux choses, afin de mieux les sentir. Affublés de cotonnades fanées par le soleil, ils se cognaient par jeu contre moi, et piteusement je leur rendais la pareille, ou me cachais, ou encore en de rares occasions me laissais passivement entraîner dans une languissante partie de palets ou une vaine visite à quelque ruisselet engorgé de cresson, muni d'une gaule, d'un hameçon et de vers de terre rosâtres dont, une fois empalés, le martyre laissait placidement indifférents les petits péquenauds dont je partageais les plaisirs. Le poisson ne mordait jamais. L'après-midi, tandis qu'à l'ombre des tulipiers, les grandes personnes s'abandonnaient à l'hilarité, n'en finissait jamais, mais s'effilochait pour se fondre à la blême soirée d'été et enfin à l'obscurité du Pike, tandis qu'au volant de notre vieille Buick, ma mère, fragile et blessée, se plaignait d'une migraine et de ne rien y voir la nuit.

Edna ne nous accompagnait jamais lors de ces sorties, douillettement à l'abri auprès de mon père déshonoré et de ma perverse belle-mère dans la banlieue de Chagrin Falls, où, au « club », ses leçons de tennis et de golf devaient battre leur plein : là, dans un grandiose complexe de bâtiments style Tudor et de courts ceints de clôtures au bout d'une longue allée courbe, se trouvait une piscine où des garçons aux cheveux en brosse exécutaient avec force éclaboussures des plongeons boulets en hommage aux formes naissantes d'Edna, et où elle et ses invités, au nombre desquels je comptais pendant mon mois d'exil, se procuraient comme par miracle d'inépuisables Cokes et hot-dogs au bar de la piscine, sans autre formalité que la mention d'un numéro, le code personnel de notre père. J'avais beau ne guère aimer Edna, qui, à mesure que se confirmait la pubescence, ajoutait à ses défauts une vanité enfantine et un snobisme pétillant, cette parenté campagnarde m'incitait à penser à elle avec affection. L'étouffante tyrannie du sang, de la lignée, de la morne tradition et du passé momifié, ce passé rural où sans les galipettes périodiques des humains, jamais les esprits de la terre, stupides, apathiques, simulateurs, n'auraient eu l'idée de se brancher sur la saison nouvelle — voilà ce que pour moi signifiaient les vacances.

Avec une seconde épouse, comme l'avait avant moi découvert mon père, les obligations sociales se font plus légères. Esther et moi au début, dans l'élan de mon émancipation de tous les conformismes attendus des ecclésiastiques, ignorions complètement Thanksgiving, et allions jusqu'à nous passer d'arbre de Noël, célébrant la naissance sous une mauvaise étoile de Notre Sauveur (uniquement selon saint Matthieu) la veille, par un pâle souper de sole arrosé de champagne, et un échange expéditif de cadeaux au petit déjeuner. Ma première épouse, Lillian, elle-même fille de pasteur, avait été une ardente adepte des tables ployant sous des monceaux de victuailles, des levers à l'aube pour fourrer la dinde farcie dans le sinistre four, et d'une hospitalité anarchiquement dispensée. Ces épreuves mondaines compensaient et flattaient ce qui était en elle mortellement outragé par son incompétence biologique — une croix spirituelle que nous portâmes de concert jusqu'au jour où mon sperme, obtenu par masturbation à l'abri d'un rideau oscillant dans l'ersatz de vagin plastique tout poisseux fourni par l'hôpital (en même temps que quelques numéros de *Penthouse* pour stimuler la prouesse, et quelques pornos en loques. Je lisais, lisais, à m'en retrouver tout mou, des passages d'un classique mineur intitulé *L'Institutrice Feu au Cul*), se trouva microscopiquement innocenté. Etudiants paumés, paroissiens en deuil, vagues cousins — nous les régalions tous, en une étouffante parodie d'abondance. Dinde de Thanksgiving, oie de Noël, gigot de Pâques, cuissot de Labour Day — trancher la viande me valait une tendinite. Pauvre grande Lillian docile et stérile. Le cœur fugitivement brisé par ma défection, elle décrocha après notre divorce un diplôme de secrétaire et disparut au quartier général d'une grande firme installée quelque part au-dessus de White Plains, un de ces trucs avec lacs artificiels, fontaines abstraites tout aluminium et parkings en terrasse ; sur quoi elle épousa, incroyable mais vrai, le gros fric, un type corpulent nanti d'une demi-tonne d'enfants, fruits de précédents accouplements. Il l'idolâtre et l'emmène telle une Perséphone du Nouveau Monde passer quatre mois chaque année en Floride.

Comme Richie et ses pairs commençaient à comparer leurs sorts, Esther et moi avons dû remettre en vigueur certaines observances rituelles. La maison, à vrai dire, avec ses lambris seigneuriaux, ses cheminées à manteaux carrelés et ses hauts plafonds, réclame à grands cris fêtes et réceptions. Et lorsque nous en donnons une, en général fin mai pour célébrer la clôture de l'année universitaire, l'assistance paraît, à ma sensibilité peut-être trop en éveil, maigrelette ; je ne peux me défaire du soupçon que chacun à leur façon les Kriegman et les Ellicott sont plus dans le ton de ce quartier que nous, Esther et moi, dont les instincts tendent vers une austérité bohème — le vestibule étouffé par les livres, le grenier imprégné d'une odeur de toiles. D'avoir quatorze ans plus tôt scandalisé une paroisse, nous en demeurons, peut-être, timides. Mais j'avais aujourd'hui préparé et allumé un feu dans le séjour, et son ballet crépitant enflammait de rouges échos aux angles prismatiques de notre table en verre et dans les vitres galbées de notre grande baie. Bien qu'il fît froid dehors, où une pellicule de neige recouvrait les feuilles mortes et les briques du mur, une chaude odeur de feu de bois et de cuisine emplissait la maison, et Richie, attiré par le mystère de nos invités, s'était laissé arracher aux défilés et aux matches de foot de la télévision.

Ils arrivèrent séparément, ce qui affaiblissait d'autant leur liaison dans mon esprit, et me ravit. Le premier, Dale s'encadra sur le seuil, incongru avec son costume gris et sa chemise à col boutonné ; seule sa cravate, un contraste violent de vert et de violet, dénotait la petite touche de gaucherie que l'on attend des scientifiques. Il tenait à la main un petit cornet de zinnias, le genre de bouquets que vendent de nos jours les jeunes drogués sur les ronds-points des carrefours, et il l'offrit à Esther qui, en tablier, s'était vivement portée à sa rencontre dans le vestibule.

— Que c'est gentil ! s'exclama-t-elle.

— C'est gentil à vous de m'inviter, Mrs. Lambert, renchérit-il.

Il avait, ce jeune homme, un aplomb que je ne cessais d'oublier. En outre, sa haute silhouette, que dans la lumière tamisée de mon bureau il se hâtait d'escamoter dans le fauteuil placé face à ma table, ici dans mon vestibule se manifestait soudain, dûment bichonnée, comme un habit plein de grâce, une forme de puissance. Il ne portait pas de chapeau. Copieusement mouillées et ramenées en arrière, les boucles brunes de ses cheveux clairsemés semblaient presque noires, dégageant son front qui semblait, lui, d'une surprenante blancheur, de la même pureté surnaturelle que ses yeux.

— Oh, mais pas du tout, protesta Esther, en proie à un léger trouble, comme immanquablement les femmes, diraiton, quand elles tiennent des fleurs, nous sommes ravis ; Rog nous a beaucoup parlé de vous, vous lui avez fait grosse impression.

Elle portait un tablier à franfreluches sur une robe de velours vert à col serré.

— Grosse, mais négative dans l'ensemble, je crois, fit-il, en la gratifiant d'un sourire que jamais je ne lui avais vu dans mon bureau, où sa bouche était nerveuse et, dans son avidité à me convertir, prédatrice, avec parfois, aux commissures des lèvres, de petites bulles de salive.

Le sourire qu'il adressait à Esther n'étirait pas ses lèvres, mais les modelait et les entrouvrait légèrement, comme dans l'attente sereine de sa prochaine initiative. Je la vis par ses yeux, ma petite épouse, sa silhouette nerveuse et pimpante raccourcie plus encore de son angle visuel que du mien. Ses cheveux rouquins et leur coiffure sage s'étaient défaits et ébouriffés tandis qu'elle s'affairait dans la cuisine surchauffée, ses yeux légèrement globuleux très verts dans la lumière qui entrait par la porte. Esther affichait une vivacité, l'enjouement potentiel empreint d'aplomb et d'ironie d'une femme plus mûre.

— Pas du tout, intervins-je. En fait, l'autre jour encore, je parlais à Closson de votre bourse, et il estime que si le bruit venait à se répandre que la faculté cautionnait la théologie informatique cela pourrait nous valoir une publicité amusante.

Dale prit un air gêné.

— Je ne vois pas en quoi la publicité nous serait d'une grande utilité.

— Ce que Rog veut dire, lui expliqua Esther, c'est que la faculté estime que ça lui serait utile *à elle*. Je vais mettre vos jolies fleurs dans un vase.

Elle s'éclipsa, dans un cliquetis de talons ; ses hanches tiraillaient le velours iridescent de sa robe verte de Thanksgiving, lui imprimant de rapides oscillations, la lumière gribouillant des zigzags dans les plis.

A propos de publicité, je risquai une plaisanterie :

— « Prêche l'Evangile à toutes les créatures. »

— « Quand tu pries, cita-t-il en retour, enferme-toi dans ta chambre. »

Il ne portait pas de manteau, aussi n'avais-je pas à l'en débarrasser. Je le précédai dans le séjour.

— Salut, fit Richie assis au coin du feu en se levant d'un air coupable ; il avait branché le petit Sony et depuis un moment regardait de minuscules hommes en rouge se battre contre d'autres petits hommes en bleu.

— Tiens, salut. Joyeux Thanksgiving. Qui mène, les Pats ou Dallas ?

— Les Pats, c'est tous des minables.

— Pas toujours. Il arrive à Eason de faire des étincelles cette saison.

De nouveau je fus surpris par le savoir-faire du jeune homme, sa promptitude à nouer des contacts humains, et ressentis un inexplicable pincement de jalousie : à croire que j'avais envie, après nos joutes oratoires dans l'arène de la Création, qu'il n'appartînt qu'à moi. Il était immoral, avec sa certitude sereine de sa bonne conscience, et c'était là une raison supplémentaire pour qu'il fût détruit. J'offris de lui servir un verre, en précisant que pour ma part je buvais du vin blanc.

— Ou alors un Bloody Mary ? Un petit bourbon, un Scotch ?

Il refusa, sans hésitation, posément, comme quelqu'un pour qui refuser est une habitude, et me demanda si j'avais du jus de canneberge. Je dis que j'allais voir, et de fait, à ma grande surprise, dénichai une demi-bouteille de ce morne liquide dans le réfrigérateur. Le jus de canneberge me déprime, me rappelant trop de choses tristes, fondrières, nourritures diététiques, enfants au museau barbouillé, et ces vieilles dames qui se rassemblent dans de petits salons poussiéreux pour mettre en commun les titillations de leurs existences au déclin. On dirait une teinture. Lorsque je revins avec un verre, je trouvai Dale et Richie plongés en grande conversation devant la table en verre. Ils avaient trouvé du papier et un crayon, et Dale expliquait :

— Un ordinateur ne raisonne pas comme nous. Montre-moi comment tu fais une racine carrée. La racine carrée de, oh, tiens, cinquante-deux.

Pendant que l'enfant s'absorbait dans le problème et lentement écrivait, Dale leva les yeux vers moi :

— Jolie maison que vous avez là, fit-il.

— La faculté de Théologie elle aussi vous a fait grosse impression, si j'ai bonne mémoire.

— Qui sait, je me laisse peut-être facilement impressionner.

— On dirait que vous me débusquez toujours, clarifiai-je à son intention, dans des endroits chics.

— Je suis sûr que vous les avez bien mérités, fit-il sans sourire, sur quoi il s'adressa à l'enfant assis près de lui, sur le petit canapé de soie qui n'était pas tout à fait assez près de la table pour que l'on puisse y calculer à l'aise.

— Pas vrai, Richie ? Ton père ? Il a travaillé dur.

— Il passe son temps à lire des bouquins que personne d'autre ne lit.

Je m'efforçais de me remémorer le reste de la citation que m'avait assenée Dale. Elle se trouve dans ce passage où Matthieu parle des hypocrites qui prient à haute voix. *Entre dans ta chambre, ferme ta porte, et prie ton Père qui est là dans le lieu secret.* Ton Père qui est dans le lieu secret, que Ton nom soit sanctifié.

— Alors Richie, ça vient cette racine carrée de cinquante-deux ? fit Dale.

Je me demandais bien par quel miracle, en choisissant son nombre, il était tombé sur mon âge.

— Je déteste les racines carrées. Je trouve sept virgule deux et des poussières, et puis encore des poussières...

— Disons sept virgule vingt et un. Bon. Voici comment un ordinateur s'y prendrait. Il fait une hypothèse, puis cette hypothèse il la fourre dans une formule qui a été programmée, ça lui donne un nouveau chiffre qu'il fourre alors dans la même formule, et il continue de la même façon jusqu'à ce qu'il obtienne la réponse, mais bien sûr au nombre de décimales près spécifié à l'avance. Voici la formule.

Il griffonna quelque chose sur le bout de papier auquel je ne me donnai pas la peine d'accorder un regard ; je jetais au même instant un coup d'œil par la baie pour guetter l'arrivée de notre autre invitée. Esther avait eu Verna au téléphone, était revenue nous annoncer que la jeune fille paraissait désorientée, qu'elle n'avait pas eu l'air très sûre de pouvoir se procurer un baby-sitter le jour de Thanksgiving. Mais au cas où elle ne pourrait pas, elle avait promis de téléphoner, ce qu'elle n'avait pas fait.

— Supposons que *N* majuscule soit le chiffre, cinquante-deux en l'occurrence, dont tu veux trouver la racine carrée, et *y* indice un, deux, trois, quatre, et, etc. les approximations successives de cette racine. Bon, tu vois que *y* n'est égal à *N* divisé par *y* que dans un seul cas. Lequel ?

Mon malheureux enfant réfléchissait ; je croyais entendre tourner, tourner, les tendres rouages de son cerveau, sans jamais accrocher.

— Je ne sais pas, confessa-t-il enfin.

— Manifestement, dit Dale, si *y* est devenu la racine carrée exacte. Sinon, il y a une différence, un désaccord entre *y* et *N* divisés par y. Mais si on prend la moyenne des deux nombres — je veux dire si on les ajoute et les divise par deux — on sera un peu plus près de la réponse, n'est-ce pas ? C'est forcé. Tu comprends ?

— Ou-oui, je crois. — Il commençait à y voir clair, ou alors faisait semblant. — Ça y est ! s'exclama le garçon, sa voix se fêlant de façon émouvante sous l'effet d'un enthousiasme vrai ou simulé.

Par moments, il me rappelait ma mère, Alma, qui souvent à mon intuition enfantine paraissait s'évertuer à rattraper, à compenser la dérive d'un monde qui s'était éloigné, continuait à s'éloigner trop vite pour elle.

— Formidable, dit Dale. Donc ce nouvel *y* nous l'appelons « *y* indice deux », et nous le substituons à l'ancien *y* de la formule, et nous continuons ainsi jusqu'à ce que nous commencions à obtenir la même réponse — rappelle-toi, jusqu'à une certaine décimale. Cette fois on a la réponse, et l'ordinateur l'affiche sur l'écran, en infiniment moins d'une seconde. Mais il a dû effectuer des douzaines et des douzaines de toutes petites opérations, toutes en langage binaire. Le langage binaire, tu connais, pas vrai ?

— Plus ou moins.

— Qu'est-ce qu'on t'apprend donc à l'école, Richie ? A quelle école vas-tu ?

— Pilgrim Day, tomba la réponse embarrassée.

— Très chic, annonçai-je au-dessus de leurs têtes. Très traditionnelle. Je crois qu'ils utilisent toujours les chiffres romains.

La vue qu'offrait la baie, dont depuis longtemps Esther avait rembourré la banquette au moyen de coussins garnis d'une étoffe chinoise au panorama fané par le soleil et maintenant réduit à des toits de pagodes et des visages blancs identiquement souriants et bonasses, à peine perceptibles, englobait mon allée de brique, l'arrière hirsute de notre haie, quelques prospectus de supermarché piégés par le gel dans la pelouse saupoudrée de neige, un emballage marron de chocolat Milky Way, un caroubier au bord du trottoir, et, de l'autre côté de la rue, la maison aux volets clos de la veuve, corpulente et paranoïaque, d'un défunt professeur d'araméen, mais toujours pas de petite Verna pataugeant dans la neige ; il faisait froid, son petit visage rondelet et têtu serait emmitouflé, ses yeux sans cils réduits à deux petites fentes larmoyantes cerclées de rouge.

— Terminons-en, Richie. Tu as obtenu la réponse, sept virgule vingt et un. Bon, eh bien soyons tout à fait dingues et prenons dix comme hypothèse de racine carrée dans notre formule, bien qu'il soit évident au premier coup d'œil que la réponse donnera sept et des poussières, et pourquoi ça... ?

— Parce que..., dit Richie, après un silence.

Maintenant il me faisait de la peine, et je suais d'angoisse pour lui, mon enfant sur le gril. Avec d'infinies hésitations, il risqua :

— Parce que la racine carrée de quarante-neuf, c'est sept.

— Piiiiile.

Dale dans son rôle de grand frère, de gentil conseiller de foyer chrétien, avait l'authentique sollicitude, une onction qui me donnaient la chair de poule.

— Donc, si tu introduis dix dans la formule, le nouvel *y* est égal à la moitié de dix plus — que donne cinquante-deux divisé par dix, allons, c'est facile.

— Cinq virgule deux ?

— Exactement.

Flatterie, flatterie. Ce côté putain du pédagogue, qui chatouille pour provoquer l'érection mentale.

— Donc, c'est la moitié de quinze virgule deux, soit sept virgule six, tu vois, on se rapproche de plus en plus de la réponse correcte, qui, nous le savons, est... ?

— Je ne sais plus.

— Comment ça tu ne sais plus ? Tu viens pourtant d'en baver pour la trouver.

— Sept virgule deux ?

— Parfait. Bon. Ce qui fait que, la fois d'après, le nouvel *Y* sera égal à sept virgule six plus cinquante-deux divisé par sept virgule six, ce qui va nous donner, oh, six virgule huit, disons, de sorte que la somme divisée par deux nous donnera — quoi ?

— Euh... sept virgule deux ?

— Ce qui est... ? — il n'eut pas la patience d'attendre que le gosse bouche le trou — ... la réponse, à une décimale près ! Pas magnifique, ça ?

Médusé, mon fils opina poliment.

Esther fit son entrée dans la pièce, sans son tablier et d'autant plus nue. Une petite dame lutin tout de vert vêtue et aux yeux verts. Le lutin du foyer. Les meubles, les lambris eux-mêmes, firent cercle pour lui rendre hommage. La reine Mab de Malvin Lane.

Dale se hâtait vers sa conclusion.

— Ce n'est pas encore *exactement* la réponse, en fait il n'y a pas de réponse *absolument* exacte à moins que *N* ne soit un carré, mais quand la différence entre deux réponses successives pour *Y* est inférieure à la décimale que nous avons programmée — zéro virgule zéro zéro zéro zéro zéro cinq, si nous voulons être précis à la cinquième décimale — la boucle est rompue et l'ordinateur continue ce qu'il est programmé pour faire ensuite. Un processus répétitif comme celui-ci s'appelle algorithme itératif, ou *boucle.* Tu vois, Richie, ce que notre esprit saisit par intuition et en opérant une espèce de moyenne instinctive, l'ordinateur doit laborieusement le calculer au moyen de ces boucles. Mais comme l'électricité circule si vite et que dans les circuits on a maintenant réduit les distances à presque rien, il s'en fiche, des petites étapes. Un ordinateur est beaucoup plus rapide que nous, mais il n'a aucun bon sens, et aucune *expérience.* Quant aux boucles, le plus coton c'est de les faire converger vers la bonne réponse ; sinon, elles risquent de *diverger*, ou, comme on dit, d'exploser, ce qui les rend irréelles.

Dale leva les yeux vers Esther.

— Doué, ce petit, fit-il.

— Pas en maths, j'en ai bien peur. Dans ce domaine, il tient de son père.

Dale me contempla, avec, pour la première fois dans notre

relation antagoniste, une forme de dégoût non dissimulé.

— A l'école, vous n'étiez donc pas bon en maths ?

— Non ! Pas bon, non. Mon psychisme se rebellait. Je trouve les mathématiques — j'en parlais, et m'en rendais compte, de façon plutôt stupidement pompeuse — déprimantes.

Il me fallait encore du vin, et j'enviais à Esther son verre plein.

— Déprimantes, oh, mais pourquoi ? s'étonna le jeune homme avec un grand sérieux. Les maths n'ont rien de menaçant, pas comme tant d'autres sciences. La géologie, par exemple ? Les maths — ses gros doigts amorphes dessinaient de petits cercles en l'air, décrivant un mouvement dépourvu de menace, une allègre musique cinétique —, c'est *propre* les maths, conclut-il, laissant en suspens entre nous, au-dessus de la table en verre, entre le feu crépitant et la bibliothèque sur laquelle Esther avait posé dans un frêle vase craquelé couleur pain brûlé son offrande de zinnias, la masse implicite de tout ce qui est impur, sale, apathique et nous entraîne vers le bas.

Braquant alors une cigarette à filtre pourpre qu'elle venait d'allumer, avec ce qui me parut une désinvolture inhabituelle, elle se poussa du col :

— Moi, j'étais bonne en maths. Mon père me disait qu'à son avis, pour une femme, rien ne pouvait être moins utile. Mais moi j'adorais ça, je m'en souviens encore. La façon dont tout finit toujours par coller, à condition de suivre les instructions du manuel.

Dale lui consacra un regain d'attention.

— Ou alors ne colle pas tout à fait. Il existe maintenant une nouvelle branche de mathématiques, à mi-chemin des maths et de la physique, en fait il est indispensable d'utiliser l'ordinateur ; on bâtit des espèces d'automates cellulaires, de petits carreaux de couleur dont chacun représente un nombre, avec un certain jeu de règles peu nombreuses indiquant comment telle ou telle combinaison de couleurs dans les carreaux voisins donne telle ou telle couleur pour chaque nouveau carreau et, les règles ont beau avoir l'air toutes simples, c'est extraordinaire de voir comment se développent ces combinaisons extraordinairement complexes. Certaines se terminent très brutalement, sous l'effet de leur logique interne, mais d'autres semblent vouloir durer éternellement, sans jamais se répéter. Mon impression personnelle, c'est qu'avec ce type de comportement mathématique, on se rapproche énormément de la texture même de la Création, si l'on peut dire ; les analogies visuelles avec les ADN sautent aux yeux, et puis, il y a un tas de phénomènes physiques, pas uniquement biologiques mais des trucs comme par exemple la turbulence fluide, qui, comme on dit, sont informatiquement irréductibles — en d'autres termes ils ne peuvent se décrire qu'étape par étape. Eh bien, sur un ordinateur, il est possible de simuler tout ça, à condition de trouver les bons algorithmes. Voilà à quoi commencent à servir les ordinateurs, à cette étude du chaos, de la complexité. Les implications sont énormes ; s'il est possible de modeler l'univers physique grâce à un système de calcul et de considérer ses lois comme des algorithmes, dans ce cas, à condition d'avoir une machine suffisamment puissante, et dotée d'une mémoire suffisante, il serait possible de modeler la réalité elle-même, et ensuite de l'interroger !

Il discourait dans le vide. J'étais seul à savoir ce vers quoi il tendait. Je l'interrompis :

— Si le modèle est fidèle, il pourra invoquer le Cinquième Amendement [1], tout comme la réalité.

— Mais Richie *adore* l'histoire, pas vrai, chéri ? demanda Esther à l'enfant, de cette voix un peu forcée qui donne l'illusion que nous nous adressons à quelqu'un, alors qu'en fait nous nous adressons à quelqu'un de tout autre. Du moins à condition que ça ne remonte pas plus loin que l'époque de Buddy Holly.

1. Le cinquième des dix premiers amendements à la Constitution américaine (ou Bill of Rights) garantit les droits de l'accusé en cas de crime capital, dont celui de ne pas s'incriminer par son propre témoignage. *(N.d.T.)*

A mon avis, une taquinerie inutile ; en fait que disait-elle sinon, subliminalement à Dale, vous voyez avec quoi je suis *empêtrée ici ? Deux crétins.*

Il ne m'est pas facile de connaître ou de me représenter la façon dont Esther se comporte avec les autres hommes. Au début, bien sûr, réaction normale après m'avoir arraché au ministère et à mon épouse, à nos tables croulantes de victuailles et à nos enfants qui ne naîtraient jamais, elle s'était refermée comme une huître sur *nous*, Esther et Roger, et pendant quatre ou cinq ans s'était montrée toute ardeur engendrée par la honte, et loyauté engendrée par le remords. Puis Richie entra au jardin d'enfants, mon recyclage me valut mon poste à la faculté de Théologie, et notre vie privée, cette intimité chèrement gagnée et jadis illicite dans laquelle nous étions comme deux gladiateurs dont les empoignades farouches fascinent l'arène entière, lentement, imperceptiblement, se mua en spectacle, un transfert çà et là de représentations grandeur nature de nous-mêmes, tandis que nos deux moi bien réels se recroquevillaient à la dimension de marionnettistes nains, manipulateurs invisibles qui, le spectacle terminé, lorsqu'ils se retrouvaient face à face, n'avaient plus de voix. J'étais suffisamment vieux pour accepter l'affaiblissement de notre vie sexuelle comme inséparable d'une universelle agonie, une déconfiture biologique ; mais Esther ? Son exaspération à fleur de peau et son ennui paraissaient plus intenses à certaines périodes du mois. Il semblait bien que nous en étions à l'une de ces périodes ; ces mouvements de main et de bouche avaient une vivacité électrique, et ses cheveux se hérissaient en une « masse » inhabituelle et anarchique ; on avait l'impression qu'elle serait électrique au toucher, comme un appareil ménager étincelant qui abrite un court-circuit. Ses cheveux étaient si rebelles que, défaisant une barrette et maintenant les branches ouvertes entre ses dents, elle rassembla, torsada, et fourra plus haut sur sa nuque une de ses mèches.

— Moi, le seul de ces mecs préhistoriques que j'aime

vraiment, c'est Fats Domino[1], déclara Dale, après un silence, son regard dérivant vers ma femme.

On eût dit qu'il parlait une langue étrangère apprise dans un manuel et n'était pas à cent pour cent certain que son output était également l'input de ses interlocuteurs. Je commençais à avoir la migraine. Les jours de congé me font cet effet. Un verre rempli de vin blanc avait surgi dans ma main, sans que j'eusse le moindre souvenir de la façon dont je me l'étais procuré.

— Ouais, on le voit dans les extraits de vieux films, réagit, vaillamment, piteusement le cher Richie. — Sauf quand il était rivé à sa télé, il avait plutôt l'air dans le brouillard. — Avec Little Richard et Diana Ross du temps où elle était pas encore Diana Ross.

La sonnette de l'entrée retentit — notre ignoble sonnette, étranglée sous des couches de rouille et qui couinait comme pour faire décamper les innombrables familles de rats domiciliées dans les lattes et les plâtres derrière nos lambris.

— Je le parie, c'est ta petite nièce chérie, me lança Esther. Elle y a mis le temps, la mignonne.

— Je l'ai appelée, précisa Dale, pour lui proposer de passer la chercher, mais elle n'a pas répondu. Hier soir non plus elle ne répondait pas.

Tous deux paraissaient désolés. Tous les deux étaient forts en maths. Ils se méritaient. Je me dirigeai d'un pas ferme vers la porte. La maison est ainsi conçue que, du séjour, il est impossible de rejoindre rapidement la porte d'entrée, il faut passer sous l'arche ornée de sa moulure à cartouche délicatement ouvragé, puis parcourir toute la longueur du couloir. Tout au fond, une porte isole le vestibule ; à travers l'énorme vitre sale, puis dans l'axe à travers l'étroite lamelle de verre sertie de plomb jouxtant la porte d'entrée, j'entrevis Verna qui glissait à l'intérieur un regard incertain, son visage large et cireux aux yeux bridés. Elle avait l'air

1. Fats Domino : chanteur noir, très populaire dans les années 50. (*N.d.T.*)

transie, effrayée. Tandis que j'ouvrais tour à tour les portes pour la laisser entrer, le bois, desséché par la chaudière ressuscitée et l'air âpre de cette fin d'automne, émit une série de crépitements et craquements inquiétants. Qui n'inquiétèrent pas seulement Verna : elle portait dans ses bras Paula, tout emmitouflée, un capuchon en laine de traviole sur son visage dont seuls étaient visibles une tendre joue brune et un œil bleu sombre brouillé de larmes.

— Désolé, Tonton, fit Verna de sa petite voix flûtée. J'ai eu une poisse dégueulasse. D'abord la baby-sitter m'a fait faux bond. Et puis le frère de la fille que la baby-sitter m'avait dit de contacter est passé, et il a essayé de m'emmerder, ce qui fait que j'ai dû me mettre à hurler pour m'en débarrasser. Là-dessus Poops a salopé ses langes et j'ai dû lui refiler une poignée de biscuits pour qu'elle me fiche la paix le temps de la changer. Après j'ai dû la débarbouiller pour enlever les foutues miettes. Et puis sur le boulevard le bus ne venait pas. J'ai cru que jamais il viendrait. Et je me suis mise à pleurer, et alors, les vieux clodos et les vieilles pochardes qui attendaient eux aussi se sont mis à glousser et à se passer la gosse, ce qui fait que j'ai eu la trouille qu'ils la kidnappent ou fassent des trucs dingues. Tous cinglés, vous savez, ces gens qui dorment dans les embrasures de portes sous des cartons ou n'importe quoi. Je me demande bien où ils pouvaient tous aller se balader, sans doute une soupe populaire. Enfin, quand le bus a fini par arriver, j'ai laissé passer mon arrêt et me suis retrouvée devant une espèce de laboratoire de chimie auquel on est en train d'ajouter une annexe, et personne ne savait rien, rien que des demeurés à l'intérieur quand j'ai frappé à la porte. Oh mon Dieu. J'ai l'impression d'avoir marché des heures. En arrivant au bout de la rue, je me sentais si fatiguée que j'ai posé Paula sur le trottoir pour qu'elle marche un peu, à la maison, quand il s'agit de se fourrer dans mes tiroirs et de flanquer la pagaille, elle se débrouille très bien pour marcher; et l'ignoble petite salope, elle est restée là assise sur les briques froides sans vouloir bouger d'un pouce et elle s'est mise à brailler jusqu'au moment où une espèce de vieille cinglée s'est ramenée avec un minuscule petit clebs tout blanc, plein de poils qui lui cachaient le museau et les pattes, et le clebs, il s'est aussitôt mis à renifler Paula et lui a flanqué la frousse, et du coup la gosse a conclu que, des deux maux, j'étais encore le moindre. Depuis que je l'ai reprise dans mes bras je jurerais que sa combinaison pue la pisse de chien. Suffit que je mette le nez dehors pour qu'il m'arrive des trucs pareils, je ferais mieux de renoncer. Désolée d'avoir retardé tout le monde. Y a pas à dire, c'est foiré.

Tout cela débité et ponctué par mes soins de gloussements de sympathie avunculaire, tandis qu'elle se débarrassait et débarrassait Paula de ses vêtements de dessus. Esther, qui nous avait rejoints dans le couloir, entendit la fin du récital et tendit une main svelte en guise de bienvenue. Esther avait des mains d'une minceur intimidante, leur dos tavelé et les ongles si longs, depuis quelque temps, que, chaque fois qu'elle se tourne dans le lit, je crains toujours d'être lacéré par inadvertance.

— Ma pauvre petite. On dirait un cauchemar.

— Toute ma vie est plus ou moins un cauchemar, renchérit Verna, en poussant un soupir, et soudain se rappelant : — Et puis, dans le bus, y avait aussi une espèce de vieux crado qui repoussait du goulot avec une terrible odeur de tord-boyaux et de dents gâtées et il a essayé de me faire du gringue en venant se frotter à ma petite chérie. Elle lui faisait son mignon petit sourire. Un vrai petit tapin, cette gosse, pas vrai, Poops ?

Histoire de ponctuer la plaisanterie, elle secoua l'enfant un peu plus fort qu'il n'était nécessaire. Paula tenait rivés sur moi ses grands yeux bleu nuit brouillés de larmes ; elle me reconnut et sa main dodue couleur miel aux petits doigts coniques recourbés se tendit dans ma direction. Sous l'éclairage cru du couloir, la race du père se voyait nettement : l'évasement des petites narines, et le lustre des fins fils noirs des cheveux encore duveteux. Ses cheveux avaient été tirés en arrière pour former deux petites nattes, à croire que sa mère avait choisi de proclamer : *Regardez-la, ma petite négrillonne.*

— Rog aurait dû vous proposer de passer vous chercher en taxi, dit Esther, bien qu'elle n'en eût pas parlé.

Je me défendis :

— Je croyais que Dale...

A la vérité, seules sont autorisées à stationner dans le quartier les voitures pourvues de macarons ; mais quantité de voitures étrangères au quartier — étudiants de la faculté de Théologie, et un afflux de gens qui viennent faire leurs courses dans Sumner Boulevard — envahissent notre périmètre et si par chance on trouve une place devant chez soi, on a horreur de devoir bouger au risque certain de la perdre.

Je changeai de sujet et m'adressai à Verna :

— Bizarre qu'il y ait eu du monde à l'annexe de chimie le jour de Thanksgiving.

— Oh, bien sûr, y avait des types, mais je ne sais pas trop ce qu'ils mijotaient. En tout cas, je peux vous le dire, personne avait entendu parler de Melvin Lane. Et en fin de compte je suis tombée en plein dessus, ici juste au coin de la rue.

— Les deux cultures, me lamentai-je, hypocritement.

— Entrez donc, que je vous présente notre fils, fit Esther, en nous précédant un instant dans le couloir avant de rebrousser chemin pour s'engouffrer dans la cuisine, d'où, tel l'encens capiteux qui à l'ère préchrétienne accompagnait les prophéties, montait l'arôme de notre repas.

J'entraînai Verna.

— Ça va, Bozo, dit-elle nonchalamment à Dale planté là, ou plutôt pétrifié en posture accroupie.

Ils ne se touchèrent pas. Une nouvelle fois, j'essayai de deviner si oui ou non ils avaient couché ensemble, et conclus que non, sans pour autant me sentir satisfait de ma conclusion.

Elle, par contre, eut un geste en direction de Richie, secouant la main qu'il lui tendait avec cette exaspérante mollesse des adolescents.

— Comme ça, c'est toi qui sais tout sur Cyndi Lauper, fit-elle.

— Elle est super, pas vrai ? renvoya-t-il, stupéfait, ravi.

Il a besoin d'amis. Esther et moi devons lui paraître épouvantablement ringards et lointains. Il s'amusait souvent avec les petites Kriegman autrefois, mais Cora, la plus proche de lui par l'âge, a rejoint à quinze ans les deux autres dans la féminité — est devenue une garce, comme dit Richie.

— Elle est O.K., lui dit Verna, en prenant le ton réfléchi d'une adulte. Ces rockers à vrai dire, c'est pas tellement eux qui comptent, c'est ce qu'on en fait.

Elle avait du charme, je le voyais ; elle avait transposé la vieille nonchalance sirupeuse d'Edna dans une époque où, au lieu de demeurer un courant sous-jacent, elle pouvait devenir un style. Elle portait une robe de lainage rouge brique à grande encolure à festons ; pour une fille de dix-neuf ans, elle avait les seins plutôt bas, de plus elle était lourde et affaissée de hanches. Pourtant, une souplesse et une imprévisibilité de pouliche habitaient implicitement son corps. Elle avait le teint cireux et ses cheveux tortillés aux mèches décolorées retombaient sur ses épaules en grosses boucles négligées à l'aspect mouillé, de sorte qu'une touche préraphaélite, phtisique, éthérée nuançait l'éclat qui émanait de sa personne. Elle tenait sa petite tête penchée en avant sur un cou plutôt fort, large et plat sur la nuque. Ses oreilles, percées plusieurs fois, s'ornaient de deux paires d'anneaux d'or. Elle portait quelques bagues, mais réparties de façon inattendue : un ruban de cuivre à l'index gauche, un gros cabochon de turquoise à l'un de ses auriculaires. Elle avait les ongles coupés court, comme une enfant, ce qui m'émut. Ses caresses ne grifferaient pas.

— Papa ? disait Paula.

On l'avait débarrassée de sa salopette crasseuse dans le couloir ; les petits pieds nus de la bambine agrippaient les poils de notre Boukhara comme si elle craignait de passer à travers. Qui avait-elle interpellé, moi, Richie, ou Dale, la chose n'était pas claire : une vraie petite putain, avait dit

Verna. Coudes délicatement, craintivement levés et pointés en éventail, l'enfant s'avança en vacillant sur ces petits pieds fragiles, menus, lisses, en direction de la table basse, dont triomphante, sitôt arrivée, elle cingla la surface d'une main poisseuse.

— Pa!

Dale, qui s'était assis, tendit les bras et la prit sur ses genoux.

La tête de Verna pivota lentement sur son cou robuste :

— C'est chouette chez toi, Tonton, dit-elle. Vous êtes pas à plaindre, vous autres profs.

— Ce n'est jamais qu'une question d'ancienneté, expliquai-je.

A vrai dire, le père d'Esther s'était montré généreux.

Le feu crépitait et, tout à coup, s'écroula dans un jaillissement d'étincelles. Richie se leva, prit les pincettes et rempila les bûches. Toujours sur les genoux de Dale, Paula se pencha en avant, mains tendues vers un étui à cigarettes en argent que le père d'Esther, de son nom Arnold Prince, nous avait offert pour notre cinquième anniversaire de mariage. Lui non plus, un veuf d'Albany, il n'était « pas à plaindre », comme on dit, et, au terme de cinq années de mariage docile, nous avions eu droit à ce témoignage de félicité ; en outre et à dater de ce jour, de façon princière, il s'était mis à gratifier Esther de fractions de son héritage, lui conférant du même coup une certaine auréole d'indépendance et une plus-value. Nous avions eu un mariage civil à Troy, dans l'Etat de New York, la ville la plus proche de la localité qui avait été le théâtre de notre scandale. Quel plaisir sans mélange, en vérité, que d'affronter alors l'opinion publique : aussi doux que l'acte de tuer, comme l'admettent parfois les soldats au retour, aussi doux, nous le savons, que le goût du chagrin et de l'échec d'autrui. Pourtant, quatorze ans plus tard, j'avais glissé dans un conformisme d'une variété légèrement remaniée, la bénédiction de mon beau-père, symbolisée par son cadeau bien briqué, qu'étreignait la poigne glissante de ma petite-nièce mulâtresse.

— Tu veux quelque chose à boire, Verna ? demandai-je.

— Oh, mon Dieu, oui, oncle Roger, fit-elle. Je me demandais si tu allais te décider à le proposer. Un Black Russian, voilà ce qui me ferait plaisir.

— Euh — et on met quoi là-dedans ? Vodka et...

— Kahlua.

— Tout juste ce que je craignais. Nous n'avons pas de kahlua.

— Bon, un Grasshopper alors, ça va ?

— Et les ingrédients, c'est *quoi... ?*

— Oh, allons. Devine.

Se payait-elle par hasard ma tête ?

— Crème de menthe ?

— Tout juste ; mais j'ai pas la moindre idée de ce qu'on met dedans. De la vraie crème, ça oui, et aussi un doigt d'autre crème de je ne sais quoi. Après, on secoue avec de la glace pilée, on verse dans un verre à cocktail et on pose sur le bar. C'est délicieux, Tonton ; vrai, t'as jamais essayé ?

— Quand trouves-tu le temps de fréquenter tous ces bars à chichis ? demanda Dale, de son canapé.

Il tenait ses grosses mains en coupe, de peur que la gosse ne lâche l'étui à cigarettes sur la table. Paula suçait un des coins du couvercle en argent, qu'elle avait réussi à ouvrir. Un paquet de cigarettes anglaises desséchées, des Ovals multicolores, s'en était échappé ; elles étaient là depuis la soirée que nous avions donnée pour mes collègues en mai dernier.

Verna le contemplait avec un sourire narquois et provocant, ravi qu'il eût posé la question, et devinant mon intérêt me coulait un regard en coin.

— Ils sont pas forcément tous à chichis ; au bout de Prospect, celui où les escaliers ont brûlé, leur Grasshopper est formidable.

— Qui est-ce qui t'emmène dans ces boîtes ? demanda Dale, la question qui m'était montée aux lèvres.

— Oh... des types. Ça te regarde ? Faut bien qu'une fille s'amuse *un peu,* pas vrai ?

— « Comme dit la chanson », glissa Richie, tout content d'y avoir pensé, et tout fiérot de sa compétence pour s'occuper du feu.

— Tout juste, renchérit Verna, à l'adresse de Dale. « Comme dit l'autre, comme dit la chanson. »

Il y avait dans ses manières une trace de vulgarité apprise, imitée, supposai-je, des chanteuses punks et aussi de Cher et Bette Midler — une certaine veine d'insolence bien américaine qui remonte au moins aux Andrews Sisters.

— Je pourrais te faire un Bloody Mary, suggérai-je.

— D'accord, formidable, fit-elle d'une voix traînante, comme à un barman avec lequel elle eût été en train de flirter, histoire d'exaspérer le type qui l'avait invitée.

Un grand vacarme éclata soudain — envahit la pièce, du tapis Boukhara jusqu'aux denticules de la rosette du plafond. Paula venait de laisser choir l'étui sur la table en verre. Dale et Richie prirent un air surpris et coupable : Verna, qui s'employait à allumer une cigarette, poussa un soupir si gros que l'allumette s'éteignit, et elle en ralluma une autre.

— Tu vois, Tonton, dit-elle. Une vraie petite garce.

— Il n'y a pas de mal, fis-je en m'approchant, bien que mon regard aigu eût détecté une griffure en forme d'insecte sur le verre et, dans l'un des coins de la fine plaque d'argent, une bosselure. Je polis de mon mieux l'étui sur ma manche de tweed, y refourrai en vrac les cigarettes teintées, tellement friables que plusieurs se brisèrent entre mes doigts.

Dans la cuisine, Esther se débattait pour préparer les plats ; ses cheveux en bataille semaient leurs épingles.

— Jamais plus ! fit-elle avec une grimace de méduse.

Elle dit ça tous les ans, le jour de Thanksgiving.

Quand je revins porteur du verre destiné à Verna et d'un autre rempli de vin pour moi-même, les jeunes gens s'étaient agglutinés près de la table et marmonnaient dans une langue inconnue de moi. La jeunesse : la chaîne de montagnes qui l'isole dans une vallée aux antipodes de la nôtre se fait de plus en plus raide, selon moi, à mesure qu'avec une férocité accrue le capitalisme l'exploite comme un marché autonome, lui offrant la perspective radieuse de dépenses potentielles sans limites — jeux vidéo individuels, chaussures de ski à fixation arrière et des millions et millions de bits de piaulements quasi musicaux gravés au laser sur disques compacts. Toujours plus de technique informationnelle, toujours plus d'information inepte. Je vis pourquoi ils s'étaient agglutinés, Dale griffonnait sur le dos d'une enveloppe des petites cases reliées par des lignes. L'enveloppe, remarquai-je dans mon humeur sociologique, était celle de la compagnie du téléphone : les démolisseurs de trusts qui veillent sur notre pays ont brisé ATT[1], du coup nos factures sont devenues aussi volumineuses que des lettres d'amour, et à peine décrochons-nous le combiné, la ligne crépite comme des Rice Crispies. Je vis que dans les cases étaient inscrits des mots : OU, ET, NON. Les rudiments du nouvel Evangile.

— Et tu vois, disait Dale, essentiellement à l'intention de Richie, mais que Verna et même Paula semblaient elles aussi écouter tandis que la pointe du crayon cavalait le long des lignes, un courant et un non-courant, un un et un zéro en langage binaire, donneront une sortie chaude avec le OU et rien avec le ET, mais si en sortant du ET ça passe dans un NON, on obtient...

— Une sortie chaude, dit Verna, comme, déconcerté, mon petit Richie gardait le silence.

Ces têtes des petits hommes, vues en surplomb, si ovales, hirsutes, aveugles, leur vulnérabilité donne envie de les ébouriffer. Exaspéré par mon geste paternel, le garçon leva les yeux avec un froncement de sourcils. Il était en compagnie d'un autre adolescent, son aîné, et avait maintenant envie de s'affirmer, de paraître dans le coup. Je tendis à Verna son Bloody Mary.

— Exact, fit Dale. Et, si au lieu d'un simple bit on en met quatre ensemble, un demi-octet, voilà ce que ça donne — il

1. *American Telephone and Telegraph :* entreprise qui jusqu'en 1980 détenait le monopole des télécommunications aux Etats-Unis *(N.d.T.)*.

griffonna une série de zéros et de uns ; il avait une écriture brouillonne et rebutante, comme souvent les scientifiques, à croire que précision de pensée et précision de forme sont incompatibles, et *vice versa,* les ecclésiastiques, surtout les épiscopaliens, arborent invariablement de belles italiques — et puis encore un, qui, lui, ressemble à ceci, qu'est-ce qui va sortir du circuit OU ?

Après un silence qui laissait à Richie une chance de répondre, Verna suggéra de sa voix grinçante :

— Zéro, un un un.

— Hé, mais bravo ! s'exclama Dale. Et à la sortie d'un circuit ET, avec les mêmes entrées ?

— Elémentaire, fit-elle, zéro, zéro zéro un.

— D'accord ! Bon, Richie, et maintenant si on reliait le circuit OU à un circuit NON ?

— Un zéro zéro zéro, laissai-je tomber de toute ma hauteur, quand le silence devint trop pénible.

— Manifestement, acquiesça Dale, sans cesser de griffonner. Et vous le constatez, rien qu'avec ces trois simples bascules, ou portes, on peut bâtir n'importe quelle combinaison de circuits pour analyser ses entrées. Par exemple, on peut traiter ces deux mêmes nombres à quatre bits, dans des portes ET en même temps que leurs propres inverses, engendrés par ces NONS, ici, et ensuite passer ces deux sorties à travers un OU ; ce que nous dit la sortie, zéro un un zéro, c'est là que s'accordaient les entrées de départ : c'est froid si elles s'accordaient, chaud dans le cas contraire.

— Impeccable, dit Verna.

Son Bloody Mary était déjà à moitié englouti. Elle fumait maintenant une des cigarettes anglaises, une Oval mauve.

— Tu devrais suivre des cours, lui dis-je.

— C'est ce que je me tue à lui dire, renchérit Dale.

— Tu ferais mieux de le dire à Poops, fit-elle.

— Iii-pi-pa, articula Poopsie qui, de ses doigts luisants de salive, agrippa le papier de Dale et entreprit de le froisser.

Il récupéra la feuille, la lissa et, de la pointe de son crayon, se prépara à repartir de plus belle à l'assaut de notre ignorance.

— Ce n'est pas pour en rajouter, dit-il, mais voici qui nous plonge en plein dans l'algèbre booléienne, et c'est tellement beau qu'il faut à tout prix que vous en ayez au moins une petite idée. Boole, c'était un type qui au milieu du dix-neuvième siècle a conçu une algèbre pour traiter des concepts logiques, des fonctions du type « vrai faux » fondamentalement, mais en fait ça s'est révélé exactement la mathématique dont on a besoin pour les circuits d'ordinateurs. Une porte OU, par exemple, en réalité ajoute, selon les termes de l'algèbre de Boole dans laquelle un plus un n'est pas deux ni zéro, comme on pourrait le penser à partir du système binaire, mais un, autrement dit, positif plus positif est encore positif. Et une porte ET multiplie, en réalité, quand on pense qu'un nombre quelconque de fois zéro donne forcément zéro, et donc qu'il faut deux positifs pour produire un positif. Quant à la porte NON, en réalité, elle inverse, ce que l'on représente ainsi, par un chapeau au-dessus du nombre : l'inverse de 0 égale un, et vice versa. Et fondamentalement c'est tout ce que fait l'algèbre de Boole, mais de ces principes de base découlent un tas de théorèmes ; extraordinaire ce qu'on arrive à faire. A première vue, ça paraît déroutant, mais dans le fond, c'est simple comme bonjour.

— Oui, tu parles ! fit Verna, un peu vaguement cette fois.

Déjà Richie s'était discrètement éclipsé, pour se remettre à tisonner le feu : des hydrates de carbone réintégraient des atomes de carbone amalgamés voici des millions et des millions d'années dans le cœur d'une étoile. Je repensai à la pointe du crayon de Dale. Se pouvait-il vraiment que l'univers eût été jadis si petit ?

— Ne tisonne pas trop, mis-je mon fils en garde. Tu vas finir par l'éteindre.

— De toute manière, le dîner est bientôt prêt, annonça Esther du seuil de la porte cintrée.

Elle s'approcha dans un grand frou-frou de velours vert et s'adressa à Dale :

— J'ai suivi, enfin un peu, votre leçon. Et j'ai trouvé ça fascinant. Du coup il m'est venu une idée ; que diriez-vous de venir, une fois par semaine disons, faire travailler Richie ? Il ne comprend rien aux bases.

— *Maman,* mais non, *voyons,* protesta l'enfant. Personne pige rien dans la classe. Le prof est minable.

— Le prof est noir, précisa Esther.

— On se demande bien ce que ça y change, fit vivement Verna.

— Je sais, soupira Esther. Une de ces jeunes Noires pourvue d'un diplôme de troisième ordre que les écoles libérales bourrées de fric estiment devoir recruter. En théorie je suis tout à fait pour, à condition que ça ne rende pas les enfants stupides.

— Richie n'est pas stupide, protesta Dale, en s'engouffrant dans le silence stupéfait provoqué par le sectarisme d'Esther. Je serais ravi de le faire travailler, si nous arrivons à trouver un moment. A cause du temps partagé et d'un tas de trucs, mes horaires sont plutôt fantaisistes. Pour mon infographie, je dois partager un VAX 8600 avec une fille qui fait de la reconnaissance de formes.

— Je suis certaine, fit Esther d'un ton léger, que nous réussirons à trouver une heure qui conviendra à tout le monde. Richie, viens m'aider à sortir la dinde.

Péremptoire, impénitente, électrique, elle nous tourna résolument le dos.

— Tonton ? fureta doucement une petite voix flûtée tout près de moi. Tu crois pas qu'on pourrait s'envoyer en douce un autre Bloody Mary avant de commencer à s'empiffrer ?

Tout au long du repas, l'interminable et oppressant festin de Thanksgiving qui vide d'air les poumons et l'esprit de toute marge de manœuvre, j'eus conscience non seulement de Verna, dont la chair jaunâtre tendait avec tant d'indolence confiante le lainage bien rempli de sa robe rouge, et dont les gestes papillonnants et les propos désinvoltes paraissaient, à ma sagacité quelque peu avinée, infiniment bien que très vaguement prometteurs, mais aussi d'Esther, Esther vue par les yeux de Dale Kohler : une femme plus âgée, menue et d'une sagesse un peu désenchantée, avec pourtant sous ses manières tranchantes et crispées une dimension maternelle de tolérance et de sollicitude.

— Quelqu'un veut-il dire le bénédicité ? demanda-t-elle, la table dûment servie.

Elle le savait, je trouvais la chose pénible, quand bien même je pouvais m'y plier. Les vieux mots familiers cascadaient, de l'instant où ma bouche rouillée s'ouvrait mollement. A dire vrai, j'avais déjà composé l'ouverture et courbais la tête quand la voix empressée de Dale rompit le silence :

— Moi je ne demande pas mieux, si personne n'y tient.

Qui aurait pu objecter ? Nous étions ses victimes impuissantes, des cannibales pour sa foi missionnaire. A sa requête nous joignîmes les mains. Son évangélisme devait lui avoir été inculqué par un maître nasillard et bon enfant. Mes oreilles se bouchèrent tandis que ses paroles s'élevaient bourdonnantes, prononcées de cette voix que nous n'entendons que trop à la faculté de Théologie, la mélopée monotone de la piété domestique. Les âmes dévotes nous arrivent du fin fond des campagnes charriées comme des cargaisons de choux terreux et odorants, et trois ans de subtiles distinctions et d'arguties exégétiques nous suffisent pour les hacher menu en une salade de choux vendable dans tous les supermarchés urbains. Nous accueillons des saints et lâchons dans le monde des pasteurs, des tâcherons dans le vignoble de l'angoisse et de l'inéluctable frustration. La mort de la chrétienté est depuis longtemps prévue, annoncée, mais il y aura toujours des églises pour servir d'entrepôts où engranger l'éternelle moisson du malheur humain.

Certaines paroles de Dale s'enfoncèrent dans mon cerveau, une vague réminiscence, avant que nous ne mettions à bâfrer, de tous les affamés et sans-abri qui peuplent le monde, en particulier l'Afrique-Orientale et l'Amérique centrale, et mon esprit dérapa pour se demander si le Dieu de l'UNICEF qui respectueusement accueillerait de telles prières n'était pas un affreux anticlimax par rapport à ces immenses preuves administrées via mégaétoiles et défenses de mammouths, et dérapa plus loin encore pour évoquer d'autres repas et d'autres trahisons — le sel répandu par Judas, l'atroce régime alimentaire de Cronos, les soupers improvisés par Clytemnestre et lady Macbeth, le cercle de trahisons qui s'instaure sitôt que deux ou trois personnes au plus se réunissent quelque part ou qu'une famille se trouve tout entière rassemblée. La main de Verna s'était glissée dans la mienne, la droite, et elle avait le pouls rapide ; celle de Richie était dans ma gauche, et ici aussi il y avait une passion, l'animosité œdipienne, et de mon côté une froideur paternelle, la propension sanguinaire du tigre à considérer le petit, une fois né, comme un rival qu'il est tout autant qu'un autre gratifiant de supprimer. Un rival installé, en outre, au tréfonds de votre propre territoire, qu'il remplit de ses parasites électroniques, chaussettes puantes, et de son grossier, insatiable appétit pour ce que, dans sa débilité, notre culture de masse lui présente comme les bonnes choses de la vie. Emerson disait vrai, nous avons tous le cœur froid. Et mon esprit glacé, tandis que la voix de Dale aspirait, haletante, à déverser son ultime paraphe de bénédiction sur cette chère vouée à être si coupablement ingurgitée, dérapa de plus belle pour échapper tout entier à notre maison, et s'engouffrer dans celle des Kriegman, que je m'imaginais, juifs et athées, en train de vivre leur journée plus frivolement, sans rien de ce cholestérol spirituel implicite dans la bonne conscience de nos ancêtres puritains, et s'amusant sans doute mieux que nous. Les juifs ont probablement raison ; un Testament suffit amplement. Il y eut, en fait, parmi les juifs un nombre considérable de convertis au christianisme, mais quand il s'avéra que le Messie ne réapparaissait pas, malgré la promesse formelle faite à la première génération, et quand, déception supplémentaire, en l'an 70, le Temple fut détruit, ils perdirent fort logiquement courage, et abandonnèrent aux Grecs la haute main sur l'entreprise en plein essor.

La bénédiction de Dale enfin lancée sur orbite et se rapetissant de plus en plus dans la stratosphère, nous dénouâmes nos mains moites de sueur, et inéluctablement s'imposa au centre de mon champ visuel la dinde à découper. Oh, ces petites jointures secondaires diaboliquement élusives, sanguinolentes et rétives ! Et la peau émaillée d'or qui se révèle plus coriace qu'un pansement adhésif ! Esther, comparée à Lillian, fait une dinde sèche, et dans le blanc on ne peut que découper des tranches relativement minces avant que miettes et lambeaux ne gâchent le découpage. Nous étions, autour de la table, placés dans le sens des aiguilles d'une montre, Verna, moi-même, Richie, Dale, Esther, et Paula, installée dans la vieille chaise d'enfant poussiéreuse de Richie, qu'Esther était allée récupérer au second et où la petite, soudain épuisée par le trajet en bus, sa longue marche et son coup de dents sur l'étui en argent, ne cessait de s'affaisser sous le poids du sommeil. Moi aussi, qui pourtant ne m'affaissais pas, perdais par intervalles conscience : du moins y a-t-il d'énormes trous visqueux dans le souvenir que je garde de notre conversation.

Esther, tout en dispensant de grosses louchées orange de courge et des louchées blanches de purée de pommes de terre, demanda à Dale et très sérieusement ce qu'impliquaient exactement ses recherches en infographie. Il expliqua :

— Pas facile à expliquer, dit-il. Pour une bonne part, il s'agit de chercher des astuces de programmation qui rapprocheraient la dynamique de l'affichage raster de l'affichage vectoriel en termes de temps de rafraîchissement d'image et de coût de mémoire. L'affichage vectoriel, vous me suivez, n'est-ce pas, spécifie à l'écran deux points qu'il relie ensuite par une ligne, et bien qu'il y ait beaucoup de lignes et que certaines des instructions soient passablement dures à digérer, tout se passe à la vitesse de l'éclair, dans l'ensemble. Je veux dire, on voit se produire le mouvement. Avec l'affichage raster, c'est comme une photo de journal ;

on a un quadrillage de points, des pixels, peut-être cinq cent douze par cinq cent douze, soit en gros deux cent soixante-deux mille sorties séparées, et donc chaque plan prend des minutes à générer au lieu de microsecondes, ce qui est indispensable pour avoir une animation bien faite. A la télé, on voit trente images par seconde ; pour se faire une idée du rafraîchissement impliqué, il suffit d'agiter les doigts devant un écran en marche. De plus, il n'y a pas seulement la dimension et la perspective, il y a aussi la couleur et la lumière, et la lumière qui ricoche selon certains schémas de textures différentes — tout ça doit être programmé. Regardez cette table, là devant vous, on a là une somme terrible d'information visuelle, je veux dire une somme *terrifiante*, si on prend en compte, disons, le reflet sur la peau de la dinde, la façon dont elle plisse, dont l'eau de ce verre réfracte ce bol, la façon dont l'éclat des oignons diffère de celui du bol, et puis là, un peu de fumée, et puis là, regardez, le pied du verre, cet éclat de rouge réfracté par la sauce à la canneberge à trente centimètres de distance. Les Japonais font des merveilles avec ce genre de truc — des boules de verre qui flottent en rond devant des damiers, des cylindres transparents et un tas d'autres choses. Ce qui fait qu'on est obligé de calculer avec précision au travers de chaque pixel [1], comme si chacun était une fenêtre minuscule dans le plan de vision, la direction exacte que prendrait le faisceau de lumière projeté par cet orifice minuscule, et au cas où il frapperait quelque chose de transparent, la direction qu'il prendrait alors ; peut-être qu'il se scinderait.

Ses deux index, plutôt longs, pointaient dans deux directions différentes pour illustrer son propos. Sa cravate vert et mauve prenait un aspect psychédélique, dans le novembre fauve et bas que laissaient filtrer nos bouleaux dénudés et la résille décorative de nos petits vitraux, un or cuivré et un bleu livide, et le même rouge vénéneux que le jus de canneberge.

1. *Pixel* : terme de micro-informatique : tout point élémentaire sur un écran. (*N.d.T.*)

— Avec certains pixels, poursuivait Dale, il peut y avoir cinq ou six entrées différentes à moyenner. Je veux dire, c'est impressionnant, non, dès qu'on entreprend de reproduire même une série d'objets, strictement définis, de voir comment la complexité du problème explose. Ça finit par vous flanquer la trouille, d'une certaine façon.

— Et de quelle façon ? s'enquit Esther, qui avait fini de manger les morceaux délicats qu'elle s'était octroyés et laissait maintenant filtrer, par ses narines et entre ses lèvres, la fumée de sa cigarette, un panache de volutes jumelles, bleu dans la lumière blafarde, une boule de fumée aussi grosse que sa tête.

— Eh bien, par exemple, simplement en essayant de reproduire la Création sur cet unique et simple plan de l'information visuelle. Vous comprenez, rien à voir avec un photographe installé devant un décor, ni même avec un peintre qui touche à touche reproduit ce qui est devant lui. En infographie, on met en mémoire la représentation mathématique de l'objet, après quoi on peut appeler son image sous n'importe quel angle, en coupe, ou en éliminant les lignes cachées, ou en section droite, disons avec une partie mécanique que l'on veut analyser. Et l'ordinateur le fait — nous parlons maintenant de l'affichage vectoriel — instantanément, pour autant que l'œil puisse dire, même si, comme ça passe mal, on sent que l'ordinateur commence à peiner, et le délai peut atteindre jusqu'à une seconde, ce qui paraît une éternité pour qui a l'habitude des ordinateurs.

Une éternité. Dans un grain de sable. Les yeux me picotaient. Des nuages de particules de nourriture. Nichés tout en haut des narines, des récepteurs sont capables de détecter une particule dans un million. Selon Freud, notre odorat était doté d'une acuité intense au temps où nous circulions à quatre pattes, le nez au ras du sol saturé de merde. Nous sommes vils. Une femme a-t-elle par hasard le cou épais, c'est dirait-on pour un homme une invitation à fondre dessus, puis à rester vautré là comme un lion épuisé par une saillie. La copulation en levrette est la norme dans la nature ; comment en sommes-nous venus à nous retourner ? La nudité frontale, pour adultes seulement. *Par la chute d'Adam tous nous avons péché.* Verna mangeait posément, en silence. Se pouvait-il qu'elle eût faim ? A notre époque, se peut-il qu'hormis un Africain, quelqu'un puisse encore, tout simplement, avoir faim ?

— Moi ce qui me plaît, glissa Richie, c'est cette façon de faire tournoyer sans fin les choses comme dans les logos à la télé, ou encore dans *Superman I*, où les trois traîtres sont condamnés à rester à perpétuité dans l'espace.

— Ouais, fit Dale, la grande culbute. Mais, ce type de déformation, ces effets de perspective, c'est pas tellement sorcier, du moment qu'on a les données ; ensuite, il ne s'agit plus que de permuter et d'étirer les coordonnées selon des transformations relativement simples. Trigo élémentaire.

— Trigo, pouah, fit le garçon.

— Voyons, Richie, c'est formidable la trigo, attends d'y goûter, tu verras.

Attends de goûter au sexe, crus-je entendre dans mon hallucination. Le plus bizarre, Richie, c'est que c'est vrai. Merveilleuse surprise que la nature nous a concoctée là, l'amour avec son accélération du pouls et sa spectaculaire sublimation de l'objet aimé, le rythme de sa montée en puissance et sa retombée ; mais c'est ainsi : la vie n'a pas de régal comparable à offrir, à moins de prendre en compte le bridge contrat et la mort.

— La théorie, bien sûr, disait Dale. Et maintenant, avec les ordinateurs, inutile de faire comme autrefois une foule de recherches dans les tables et ces multiplications interminables, l'ordinateur s'en charge. Même les petites calculettes à dix dollars quatre-vingt-quinze ; en 1950, il aurait fallu une grande salle réfrigérée pour loger tous ces circuits qu'on fourre maintenant dans la poche de son gilet, à condition de porter un gilet. Mais dites donc, il n'y a que moi qui parle, pourquoi ? Professeur, parlez-nous donc un peu d'hérésie, par exemple.

— Oui, vous devriez manger, Dale, tout va finir par être froid, dit Esther avec sollicitude.

— Personne ne s'intéresse jamais à mes malheureux hérétiques, annonçai-je à la ronde. Tertullien, par exemple, que je feuillette ces temps-ci, histoire de dérouiller mon latin. Quel écrivain — un fou du langage, quand il se lance on dirait Shaw, il est capable de dire n'importe quelle folie pour relancer le débat. Ou Kierkegaard, quand il se laissait emporter. Mais en plus, Tertullien avait un côté tendre, humaniste. Il soutenait, par exemple, que par nature l'âme est chrétienne : *anima naturaliter christiana.* Et — attention les mathématiciens — on lui doit certains des calculs chrétiens fondamentaux. Il a inventé la Trinité ; du moins est-ce lui qui le premier a utilisé le mot *trinitas* en latin ecclésiastique. Et c'est lui qui a proposé la formulation *una substantia tres personae* pour Dieu, et, pour le Christ, le concept d'une double essence, *duplex status,* plutôt bientôt tourné, pas vrai, *non confusus sed conjunctus in una persona — deus* et *homo.* Une porte ET, dirait-on je suppose, Dale ?

— En réalité, fit le jeune homme entre deux bouchées et avec un sourire, à mon avis il s'agit d'un « OU ». Un « ET » est plus difficile à franchir qu'un « OU ».

— Laissez manger le petit, dit Esther, très intéressant tout ça, mon cher. Vous remarquerez, Verna, que *nous,* personne ne s'inquiète de *nos* spécialités.

La chère enfant, bénie soit-elle, ignora ma perverse épouse et se tourna vers moi.

— Qu'est-ce qui l'a poussé à devenir hérétique, Tonton ? Moi, je le trouve plutôt conformiste.

— Une question très intelligente, j'essaierai d'y répondre, mais avant, qui voudrait encore un peu de ce volatile, de notre prosaïque Paracelse à moitié massacré.

Richie me tendit son assiette.

— Rien que du blanc, dit-il, et plus minces, les tranches.

— Bonté divine, ce sacré couteau est tout émoussé, pas moyen de découper plus mince, ça tombe en morceaux !

Ma profanité stupéfia tout le monde, même moi : je l'attribuai au troisième verre de vin blanc et au fait que

Richie porte un appareil dentaire auquel s'accrochaient des bribes blanches et orange de nourriture, un spectacle d'autant plus répugnant qu'il n'en soupçonnait rien.

La petite Paula ennattée, qui s'était écroulée de sommeil dans sa chaise, se réveilla à demi et se mit, non à pleurer, mais à émettre ce bruit mécanique de grogne enfantine, ou, plus irritant encore, d'air qui ramone la trachée.

— Pauvre chou, fit Esther, s'endormir dans cette affreuse position, je parie qu'elle a une crampe.

— T'as une crampe, Poops ? Ou tu te dis peut-être que c'est le moment d'emmerder maman ?

Verna, enjouée, railleuse, offrant à mon angle visuel la délicieuse fossette qui marquait sa joue ronde, et se creusait, poussa son visage à moins de trois centimètres de celui de l'enfant.

Effrayée, provoquée, Paula ouvrit des yeux ronds, lâcha un rot, et se mit pour de bon à brailler.

— En deux mots, Verna, répondis-je d'une voix péremptoire, s'il était hérétique, c'est parce qu'il était puritain, un puriste, un montaniste comme on disait de son temps, après avoir combattu le paganisme, le marcionisme, le gnosticisme et le judaïsme, il avait jugé que l'Eglise elle-même était d'une profanité et d'une corruption intolérables. Il était trop bon pour vivre en ce monde.

— Tout à fait comme toi, chéri, glissa Esther, puis s'adressant à Verna : — Passez-la-moi.

— Allez Poops, c'est parti, fit Verna, soulevant, avec la vigueur de sa jeunesse, l'enfant qui braillait de plus belle, très haut sur ses deux bras nus en extension, pour la déposer dans le giron d'Esther avec une secousse qui visiblement ébranla la frêle charpente de mon épouse.

— Cela t'intéressera, Esther, lui lançai-je, de savoir que l'une des œuvres de Tertullien, *Ad uxorem*, est dédiée à sa femme, et l'exhorte à rester veuve lorsqu'il sera mort. Sur quoi, réflexion faite, il écrivit un autre petit traité, précisant que s'il *fallait* qu'elle se remarie, il conviendrait que ce fût avec un chrétien. Puis il réfléchit encore et dans *De exhorta-*

tione castitatis il l'exhorta à rester chaste, à *ne jamais* se remarier, fût-ce avec un chrétien. Par ailleurs, il estimait que les femmes, mariées ou non, devraient toujours porter le voile.

— Les hommes ne vous font pas tout simplement horreur, Verna ? demanda Esther.

— Toi, Miss Chipie, je te troquerais volontiers contre une sèche, disait Verna à Poops.

— Et puis, il estimait aussi que les chrétiens devraient jeûner plus souvent et refuser de servir dans l'armée romaine. Vous voyez, Dale, personne n'écoute. A tous les coups, mes hérétiques font un bide.

— Moi aussi j'en fumerais bien une, réagit Esther. Mais je ne sais plus où est mon paquet, j'ai dû le laisser dans la cuisine.

— Moi je sais où y en a.

— En tout cas, moi je n'en ai pas, me confia Dale, qui, à l'adresse d'Esther, ajouta : — J'adore les petits oignons bouillis. Ma mère en préparait souvent, mélangés à des pois sucrés.

— Oh, ces vieilles saloperies, elles doivent être tellement desséchées depuis le temps, une éternité, lança Esther comme Verna quittait la table, franchissait l'arche ornée de sa moulure à cartouche pour gagner le séjour, et s'approchait de la table basse où était posé l'étui dont le père d'Edna nous avait fait cadeau neuf ans plus tôt.

— Non mais, qu'est-ce qui te prend, *toi* ? demandai-je à Richie, exaspéré de le voir bouder. Cesse de faire des histoires et mange, elles sont minces tes tranches, tu devrais être content, non ?

— Pas la peine de jurer, protesta-t-il, au bord des larmes, le nez dans son assiette.

De nouveau, cette calotte émouvante et hirsute de petit homme. Un animal sans yeux, qui fonce à travers la vie.

— *Notre* spécialité à nous, lança d'une voix d'opéra Esther, par-dessus la tête aux fins frisottis de la petite Poops, comme Verna revenait avec une poignée de cigarettes multicolores, c'est de nettoyer les saloperies des hommes. Leurs saloperies, ils commencent par les faire *en* nous, et puis ils les font *tout autour* de nous.

Elle aussi le vin lui montait à la tête. Quand une femme d'âge mûr cède à la surexcitation, sa gorge devient tendineuse, une harpe dont elle joue elle-même. La tendinosité d'Esther s'atténuerait à condition qu'elle consente à relâcher son régime draconien. A croire qu'elle me refusait quelques grammes de femme au-delà du quota conjugal.

— Peut-être peuvent-ils pas s'en empêcher, dit Verna, se rejetant dans son fauteuil avec un déplacement multiple et moelleux de volumes graphiquement improgrammable, suggérant de façon si précise la masse fluide de son corps que je me sentis soudain l'intérieur de la bouche tout sec. Elle alluma une Oval vert menthe à l'une des chandelles posées sur la table.

— Bonté divine, arrête de bouder, Richie, marmonnai-je du coin des lèvres.

— Fiche-lui la paix à ce gosse, voyons, lança Esther, toujours d'une voix claironnante, comme si sur ses genoux le corps de la bambine était un bouclier à l'abri duquel elle pouvait impunément me décocher ses flèches.

La cigarette que pinçait ses doigts était d'un gris perle soutenu.

— Tu lui as fait de la peine.

— Moi je lui fais de la peine ! C'est Thanksgiving qui le déprime, ça déprime tout le monde.

— Et arrête de nous rebattre les oreilles avec ton horrible vieux bigot ; lui est déprimant, ça oui. C'est pure perversité de ta part, Roger, que d'être allé te spécialiser dans ces gens abominables, ces fanatiques, ces fossiles dont il ne reste pratiquement rien, pas même la peau et les os, rien que de la poussière, et encore. — Sur quoi, d'un ton plus conciliant, elle ajouta : — Si personne n'en veut plus, tu pourrais desservir, chéri.

Elle était coincée par Paula, dont le teint était café au lait.

— Je vais t'aider, proposa Verna, en se levant pour

plonger dans sa fumée dont les volutes s'insinuèrent dans les coquilles de son décolleté, jusque dans le sillon de ses seins.

Dans la cuisine, je ne sais comment, nos croupes se heurtèrent, sans que nous bronchions, mais par deux fois.

— Récure dans le petit bac du milieu, c'est là qu'est le broyeur, dis-je comme marmonnant un ignoble secret.

Allongeant le bras devant elle pour prendre les assiettes à dessert sur la pile préparée par Esther, je frôlai du tweed de ma manche la nudité tiède de son avant-bras qui avait soulevé l'enfant avec une aisance d'Amazone. La fille de ma demi-sœur, rien de plus, calculai-je : notre consanguinité avait été divisée et même subdivisée.

— Je vais prendre les assiettes ; si tu veux, apporte une des tartes qui sont à réchauffer dans le four...

— Oooh, s'exclama-t-elle, tarte à la citrouille ! J'adore la citrouille, Tonton. Et depuis toujours, même quand j'étais toute petite, sans doute parce que c'est si mou. J'ai toujours eu un faible pour les trucs qu'on peut avaler sans mâcher, la crème anglaise, le tapioca, par exemple.

— C'est pourquoi, moi, j'aime la tourte à la viande, dis-je.

Comme je posai devant Esther les assiettes en verre pour qu'elle commence à servir, je lui dis :

— Plus tard, dans *De monogamia,* il arrive à cette conclusion qu'un second mariage est aussi immoral que l'adultère.

Feignant d'ignorer ma présence, elle disait à Dale :

— Le peu que j'ai entendu de vos explications m'a enfin permis de comprendre mieux que tout ce que j'ai jamais lu ou vu à la télé. Vous feriez un professeur *merveilleux*.

— Ma foi, pour tout dire, j'ai enseigné un cours d'initiation au calcul, il y a deux trimestres, mais, pour je ne sais quelle raison, l'université...

Je repassai dans la cuisine pour sortir du four la tarte aux pommes : les pommes, la friandise favorite de mon enfance austère, imbibées de cannelle, leurs peaux dorées striées de « pattes d'oiseau ». Pourtant, dans mes souvenirs, on ne m'en octroyait que rarement, bien que dans l'Ohio il y eût partout des vergers. Ma mère me déniait sans cesse un tas de choses, non qu'il eût été impossible de se les procurer, mais en vertu d'un principe de vie qu'elle avait assimilé non sans peine et, par pur altruisme, tenait à inculquer à autrui. Dans la mesure où je pesais dans son ventre quand mon père avait levé le pied, je me sentais en partie coupable de sa vie de « renoncement » et acceptais sans rechigner ma part de privations.

Dans la cuisine, Verna, avant d'apporter la tarte à la citrouille, versait une bonne dose de vodka dans le verre vide de son Bloody Mary. Le dépôt l'avait teinté en rose.

— Ça non plus, pas la peine de le mâcher, pas vrai, fis-je.

Elle pouffa et vida le verre d'un trait. Elle avait le visage tout rose, ses yeux bridés luisaient.

— Oh ça va, dit-elle d'une voix à la Cyndi Lauper, et cette fois elle projeta délibérément contre la mienne son ample croupe drapée de laine.

— Attention à ne rien lâcher, la mis-je en garde.

Esther, Poops toujours sur ses genoux, expliquait à Dale :

— Ensuite en été, c'est vrai, nous *essayons* de partir quelques semaines, mais l'idée de posséder un *autre* service de couteaux et de fourchettes, *deux* grille-pain, un double jeu de draps et de linge, et des chaises de cuisine, et puis de se ronger les sangs à l'idée que la maison où justement on ne se trouve pas est comme par hasard en train d'être cambriolée, moi c'est simple, ça me paraît un *cauchemar*. Je me demande comment font tous ces gens que nous connaissons. Cher Dale, citrouille, pommes, ou les deux ?

— Un petit bout des deux, je vous prie.

— Un tout *petit*. Disons un bit, mais pas assez pour faire un *byte*[1] ?

Il eut un sourire ; chez lui ces éclairs de suavité m'exaspéraient autant que le reste.

— Non, ça ne laisserait rien pour les autres. Un byte, ça fait en général huit bits.

— Un de chaque. — Elle lui passa son assiette. — Ça fait quoi, ça, un « OU », ou un « ET » ?

1. *Byte*, ou *octet* = huit bits. Jeu de mots. *(N.d.T.)*

De nouveau ce sourire charmant, plus creusé d'un côté que de l'autre.

— S'il n'y en avait qu'un, et que l'absence de l'autre le faisait disparaître, ça serait un « ET ».

— Je vois. Richie chéri ? Tu as l'air tellement fâché contre tout le monde. Pardon, Verna, je m'occuperai de vous quand viendra le tour des dames. Commençons par servir les seigneurs et maîtres.

Voyant dans les petites mains habiles d'Esther étinceler le couteau et la pelle à tarte devant ses yeux, la petite fille couleur miel éclata de rire. Elle se pencha pour revendiquer sa part. Ses doigts plongèrent dans la pointe d'un triangle à la citrouille.

— Celle-ci sera pour moi, fit vivement Verna en se levant pour prendre l'enfant sur les genoux de l'hôtesse. Que le diable t'emporte, Poops ! Ce que tu peux être goinfre, petite salope, dit-elle.

Restituée sans ménagement à la chaise haute, Paula se remit à émettre ce crissement affreux, ce bruit de dérapage interne ; Verna y coupa astucieusement court en attrapant au vol la petite main souillée pour la fourrer dans la bouche chagrine et grimaçante de l'enfant. D'abord de mauvaise grâce, puis avec ravissement, Poops se mit à téter.

— Je t'ai promis de me renseigner pour les tests d'équivalence, rappelai-je à Verna d'une voix posée, quand l'agitation de Poops parut calmée.

— Roger, mon chou, lança Esther. Nous t'avons oublié. Pomme, bien sûr, c'est tout ?

— Je goûterai aussi un peu la citrouille.

— Oh. Je croyais que tu détestais ça, la citrouille.

— Peut-être, mais j'ai oublié, il y a si longtemps que je n'en ai pas goûté. S'il te plaît.

— Bon. Ma parole, on prend le goût du risque avec l'âge, pas vrai ?

Ses yeux verts se plissèrent et se mirent à papillonner, supputant un rapport entre ma voisine et la tarte à la citrouille. Il n'était pas dans la nature méthodique de ma femme de laisser tomber, de laisser les choses à l'état d'embryon ; sinon, jadis, en certaines circonstances sublimées par le remords, elle aurait pu se contenter de coucher avec moi et me tenir quitte, et Lillian et moi continuerions à régaler les orphelins de la paroisse devant une table dépourvue d'enfants. Chère Lillian : jamais je n'aurais cru qu'il était possible de se sentir tant de mois aussi heureux en Floride. Chaque fois que je tentais d'évoquer son image, elle ressemblait à une photo surexposée.

— Et apparemment, continuai-je à l'adresse de Verna, avec en fond sonore le cliquetis des cuillères à dessert, il existe un autre truc, le GED, General Education Development Test, organisé une fois par mois dans toutes les villes d'une certaine importance, et en cas de succès, on accorde le certificat d'équivalence de fin d'études secondaires. Il y a quatre épreuves distinctes — grammaire anglaise, littérature anglaise, sciences humaines, science et maths — et chaque épreuve dure au moins deux heures.

D'une voix retentissante Esther expliquait à Dale :

— Bien sûr, si l'on a le moindre *bout* de jardin, il est absolument impossible de s'absenter plus de quelques jours d'affilée, quel que soit le moment, du moins avant la fin août ; ridicule, je sais, d'être à ce point *esclave* de ces fichues fleurs, mais je crois sincèrement, oui, je sais vous allez me juger absurde, que les plantes ont besoin qu'on leur parle. Elles ont besoin d'être aimées.

De sa main qui ne tenait pas la fourchette à dessert, elle ne cessait de repousser d'un geste machinal quelques mèches rebelles. Ce faisant, sa main frêle visiblement tremblait. Je la voyais, sans pour autant oublier Verna là, près de moi, par les yeux de Dale : une impression de couleur brusquement vivante, de réglage de son sur le canal UHF. Elle débordait de charme et d'éclat, son velours vert chatoyant dans la lumière au déclin de ce jour de fête, ses cheveux cuivrés scintillant en une multitude de petits points brillants, son front bombé et intelligent luisant, ses yeux globuleux passant de l'ironie à la coquetterie avec une rapidité électronique, ses lèvres blasées, débordantes aujourd'hui de rouge sur un bon millimètre comme pour donner à son petit visage espiègle, presque une frimousse, une touche barbouillée, cocassement chiffonnée. L'auréole d'ennui avait été estompée.

Verna mangeait, pensive, mâchant à peine.

— J'ai idée que c'est plutôt ringard, dit-elle. Peut-être ça n'en vaut-il pas le coup.

— Bien sûr ça en vaut le coup, m'obstinai-je. Ça élimine le problème des études secondaires, et tu peux te mettre à faire des plans pour t'inscrire à l'université. Ou dans une école de secrétariat. Ou de mannequins, bref un truc qui te plairait. Tu n'as que dix-neuf ans, tu as une *foule* de possibilités.

L'éternel conseiller en moi, galvanisé, ne se sentait plus.

— En sciences humaines, je suis foutrement nulle, dit-elle.

— L'équilibre des pouvoirs et la Constitution, tout de même, tu sais ce que c'est, et puis tous les trucs dont parlent les journaux.

— Non, justement pas. D'ailleurs je lis pas les journaux.

— Tu écoutes la radio. On donne des nouvelles à la radio.

— Pas les stations que j'écoute, dit-elle. Y a rien que de la musique.

— ... elles me sont un tel *réconfort,* disait Esther à l'autre bout de la table, les fleurs, sur quoi elle tourna la tête.

Je la vis en gros plan, par les yeux de Dale, la traînée de rouge et les filaments diaphanes du duvet sur sa lèvre supérieure, les petits frémissements paisibles des muscles de cette même lèvre pensive, et je sentis entre mes cuisses une bouffée de désir, un soupçon de roideur provoqué par la certitude instinctive en lui, tout pieux et saturé de savoir qu'il fût, que cette femme, au lit, du moment où elle aurait pris la décision de s'y fourrer, serait capable de tout. Cette désinvolture en elle, la fragilité souple et provocante de la charpente d'Esther, le vert avide de ses yeux à la protubérance discrètement hyperthyroïdienne, tout le lui disait. Tout.

— Je sais rien de rien, Tonton, geignit Verna.

— Tu sais beaucoup plus de choses que tu ne le crois, fis-je non sans impatience.

J'avais l'impression d'être devenu une voix inopportune sur les ondes d'une chaîne musicale.

Esther intervint :

— Qu'est-ce qu'il cherche à te faire, Verna ? C'est quoi cette histoire de test ?

— J'ai pas envie d'en parler, fit la jeune femme, d'une voix misérable. J'ai trop honte.

— Le test de niveau d'études secondaires, fit Dale, ça fait un an que je la tarabuste avec ça. Alors tu vas le passer, mais c'est formidable.

— Pas du tout. On discutait, sans plus.

— Je parie que c'est facile, intervint Richie, émergeant de sa maussaderie. Bien plus facile que d'aller en classe tous les jours.

— Le professeur Lambert pourrait t'aider en littérature et en grammaire, dit Dale, moi, je peux te remettre dans le coup en maths et en sciences.

— Oh mais non, protesta Esther, en posant une longue main fuselée sur celle de Dale, sa grosse main noueuse aux phalanges rougeaudes. Vous, vous êtes déjà embauché pour donner des leçons à Richie.

— Te dégonfle pas, Verna ! s'écria Richie, en cherchant le ton juste.

— Allez vous faire foutre, implora Verna. Pourquoi vous mêlez-vous tous de mon problème ?

Suivit un silence, que Paula mit à profit pour lâcher un rot et essayer de téter son autre main, qui elle n'était pas souillée de citrouille écrasée.

— Mais, ma chérie, annonça enfin Esther, parce que nous vous *aimons beaucoup*.

Dans la cuisine, tandis qu'ensemble nous vidions les assiettes et préparions le café pour le prendre au coin du feu (le feu qui, grâce aux bons soins de Richie, avait fini par s'éteindre), ma femme me dit, d'un ton cassant :

— Ma parole, nous voici tous les deux dans l'enseignement.

— Moi j'y suis en permanence, répliquai-je exaspéré de voir qu'elle semblait insister (comme ces vieillards en toge, poussière verbeuse, qui étaient mon gagne-pain) pour que soient rigoureusement explicitées des choses dont il valait mieux préserver l'ambiguïté.

— Comme tout le monde, sans doute, concéda Esther avec un soupir, en portant une main distraite à ses cheveux à demi défaits, tandis qu'un nuage mélancolique passait sur ses lèvres gonflées, lui donnant un petit quelque chose d'un peu fou et de tout à fait ravissant.

3

Tout au long de ce mois de décembre, le temps demeura chaud, comme si les cieux eussent voulu accorder leur bénédiction à notre choix national, notre réélection. Dieu resplendissait à travers le président, semblait-il à beaucoup, et aux yeux des autres, il était une force de la nature qu'il était vain de vouloir défier. Parmi ceux qui avaient voté pour son rival, beaucoup se réjouissaient en secret de sa victoire ; il demandait si peu, il promettait tant. Non, ce n'est pas tout à fait vrai, car les promesses, à bien regarder, se faisaient de plus en plus chiches et vagues : il allait jusqu'à soulager l'électorat du fardeau même de l'espérance et, par là même, mettait l'ultime touche à sa parodie de ce céleste président dont depuis deux millénaires l'inertie monopolise notre fidélité (à vrai dire si, *contra* Marcion, nous estimons que le Dieu des juifs et le Dieu des chrétiens ne font qu'un, et qu'il en sera ainsi deux fois plus de millénaires encore (à supposer que la date retenue par l'archevêque Ussher comme celle de la Création, 4004 av. J.-C., marque également la naissance d'un culte et d'une vénération sub-angéliques actifs (bien qu'en un sens, naturellement, le néant même de l'espace infini proclame Sa louange ; ce à quoi un pieux imbécile tel que Dale pourrait rétorquer que les lois immuables et éternelles des mathématiques sont précisément la forme que revêt cette louange hautement hypothétique))). Suive, qui le peut.

Esther avait quelques années plus tôt décroché un petit emploi à temps partiel symboliquement rémunéré, dans une crèche sise à vingt rues de chez nous, de sept heures trente à quatorze heures trente, trois jours par semaine. Pour couper aux problèmes de parking et au risque, très réel, de vandalisme aux dépens de notre nouvelle Audi à l'impeccable carrosserie si tentante, décrite comme grise dans la brochure mais qui s'était pourtant, à la livraison, révélée d'un subtil bistre germanique qu'aucun mot ne saurait qualifier en anglais, elle s'était depuis quelque temps mise à prendre le bus et laissait en permanence la voiture disponible le long du trottoir devant la maison, ou, plus rarement, dans notre petit garage encombré de tout un bric-à-brac, outils de jardinage, grandes poubelles, et même une balançoire au rebut ; c'est ainsi que je pus sans difficulté, un certain jour sans séminaire, en rentrant à pied de mon cours du matin (lesté d'un verre de lait et d'un reste de la quiche dominicale avalés debout dans le désert glacé de la cuisine, tout en épiant du coin de l'œil Sue Kriegman qui, le visage chagrin, tapait à la machine dans son petit bureau du premier, et tout en caressant la velléité de pousser le thermostat chichement réglé par Esther), prendre la voiture et mettre le cap sur la cité où habitait ma nièce. Je lui avais passé un coup de fil pour la prévenir de ma visite, et m'étais muni d'un gros volume bleu à couverture lisse, une anthologie de littérature américaine qui, dans l'ahurissante profusion accumulée sur les rayons de la librairie de notre université, m'avait paru de niveau secondaire.

En suivant Sumner Boulevard, qu'un mois plus tôt, j'avais descendu à pied, je fus frappé de voir combien il avait perdu de sa majesté. Le ciel ne charriait plus une houle de nuages torturés par le vent ; au contraire, une laine floconneuse jaunâtre, presque une petite bruine, se fondait au flou des arbres maintenant dénudés et avalait le faîte des gratte-ciel, tout là-bas au centre de la ville. Les magasins qui, au pas de promenade, semblaient dégager une rude magie mercantile apparaissaient dans la perspective plus longue et plus fugace qu'offre une voiture, comme les occupants sans espoir et sans avenir de bidonvilles guère plus stables que les paysages urbains que je façonnais jadis à South Euclid, par les samedis après-midi de pluie, au moyen de boîtes de céréales et de cartons à œufs, de ruban Scotch et de fusains. Coincés entre cette période de l'année où les jours raccourcissent et un temps trop mou pour la saison, les passants semblaient désorientés et ne pas savoir comment s'habiller, arborant du coup n'importe quoi, parkas ou shorts de jogging. Deux jeunes Noires aux longues tresses de Méduse et aux minijupes fluorescentes cheminaient d'un pas léger comme des Alices en négatif surgies d'un miroir terni, leur juvénile et désinvolte innocence, un indice, pourtant, très précisément du contraire. Pauvreté et clinquant se bousculaient le long de l'avenue, et la tentation me vint, en quittant mon quartier familier pour passer dans un autre à la misère riche d'un regain de potentialités, de me mettre à chanter. Indifférentes, les spirales des guirlandes de Noël escaladaient les réverbères, et les vitrines, même celles des serrureries et du marchand d'articles de pêche, arboraient les rituelles mouchetures de fausse neige et de carton rouge.

Je mis mon clignotant pour tourner à gauche dans Prospect et me rendis compte, ce qui à pied m'avait échappé, que la rue était en sens unique. Il me fallut continuer jusqu'au carrefour suivant, en dévalant la colline en direction de l'extrémité du pont qui enjambait le fleuve ; ici, à l'aplomb des poutrelles de fer sommairement peintes, s'étendait un enchevêtrement de refuges pour piétons et, en voulant bifurquer à droite, je me retrouvai sur une autoroute numérotée qui m'éloignait de la ville, puis, en quittant cette artère trépidante et pétaradante, me retrouvai entre les murs en brique d'usines, leurs hautes fenêtres condamnées par du contre-plaqué ou fracassées sans rime ni raison, les vitres remplacées au hasard par des tôles rouillées. Il me fallut, sembla-t-il, de nombreuses minutes étirées par l'impatience pour rebrousser chemin et rejoindre Prospect, entre des rangées de maisons étroites dont les perrons surplombaient de six marches le trottoir et dont en façade les fenêtres et les portes arboraient des touches pathétiques et frustes de décoration saisonnière. A la cité, une guirlande bâclée ornée de rubans plastique était accrochée au porche de métal éraflé qui coiffait chaque vestibule. Je me garai, dans un crissement de verre déjà pulvérisé, sous le panneau qui en deux langues intimait aux véhicules non autorisés l'ordre de décamper. Comme je fermais à clef les portières, un petit Noir qui sûrement avait à peine dix ans s'approcha :

— Eh vous m'sieur : vo'te voit'ue, j'la ga'de ?

L'enfant portait un polo de rugby crasseux — larges rayures vertes et jaunes et col blanc. Il faisait chaud pour un mois de décembre, pas à ce point cependant.

— Il est nécessaire de la garder ?

Déconcerté par l'ironie, il cligna des yeux. Puis il reprit, très sérieux :

— V's avez pas le d'oit de stationner ici, mais si moi je la ga'de, tout i'a bien.

— Toi, je parie que tu connais le maire.

De nouveau il cligna des yeux, prêt à s'inquiéter, mais sans cesser de me dévisager.

— Je l'connais pas du tout, mais pou' sû', j'connais des types qui eux l'connaissent.

— Dans ce cas, tiens, te voilà un dollar bien gagné, dis-je, supputant qu'avec ses seules mains nues et un caillou bien tranchant, l'enfant était capable d'infliger mille dollars de dégâts à l'impeccable épiderme gris cassé de l'Audi. Je brandis le billet très haut, hors de sa portée ; je commençais à me sentir dans le bain de cette confrontation et m'échauffais en prévision de la prochaine.

— Dis-moi, comment se fait-il que tu ne sois pas en classe, demandai-je.

Il se demandait toujours à quel point il devait me prendre au sérieux. Mais je n'avais pas lâché le dollar, aussi me répondit-il :

— Les conne'ies qu'on au'ait besoin de connaît'e jamais y vous en pa'lent.

Si perspicace et navrante me parut cette analyse, que je ne me sentis pas le cœur à pousser le jeu plus loin, et lui versai le salaire de la peur.

— Tu vas prendre froid, tu devrais porter un pull, décochai-je en guise d'ultime leçon, mais cette fois j'étais allé trop loin.

Dans un silence solennel et ébahi, l'enfant me fixa pour me contraindre à baisser les yeux et, vaincu, je filai chargé de mon pesant manuel vers l'appartement de Verna. Dans l'escalier, les graffiti qui visaient Tex et Marjorie avaient disparu sous une couche de peinture, un latex rosâtre appliqué au rouleau.

Je frappai à la porte lisse de Verna.

— Tonton ?

Il me sembla que sa voix chevrotait, aussi l'imaginai-je terrorisée ou peut-être, pour une raison quelconque, en larmes.

— Oui.

Mais quand, avec un cliquetis de chaîne, la porte s'ouvrit, je constatai qu'elle avait l'œil sec et, comme les petites Noires entrevues quelques instants plus tôt sur l'avenue, un air désinvolte. Avertie de ma venue, elle ne portait pas son provocant peignoir court, mais une jupe de grosse toile et un douillet jersey blanc à manches longues, et aussi — une touche bizarre, comique, joviale — un foulard de soie à motif cachemire noué autour du cou. Loin de l'atténuer, il eut pour effet d'exacerber ma conscience de sa peau nue au-dessus du décolleté plutôt hardi de son jersey, une nudité maintenant prise en sandwich entre des bandes de tissu comme jadis ces ventres pâles et dénudés que les dessous féminins, au temps où culottes et soutiens-gorge étaient de substantiels accessoires, encadraient de façon si titillante. Il avait, ce foulard, une petite saveur canaille, une vulnérabilité libertine. Un nœud papillon ou un nœud de cravate suggèrent inévitablement qu'ils sont faits pour être dénoués. Les renflements de ses tétons attiraient l'œil, ce qui ne signifiait pas forcément qu'elle fût sans soutien-gorge, mais peut-être portait-elle simplement un soutien-gorge très souple. Au lieu d'être, comme lors de ma précédente visite, nu-pieds, Verna avait complété sa défroque par de petites ballerines ovales, trop fragiles pour marcher dehors en hiver, mais qui, ici, proclamaient qu'elle était sagement vêtue pour l'étude, et prête pour les enseignements de l'oncle.

— Tu es allée chercher tes formulaires d'inscriptions ? J'aimerais y jeter un coup d'œil, dis-je, en retirant la pelisse de mouton que j'avais enfilée sur ma veste de tweed.

Il faisait une chaleur d'enfer dans l'immeuble, et je me débarrassai également de ma veste.

— Eh bien, oui, j'y suis allée, et ils m'ont demandé un extrait de naissance. Tu comprends, au cas où j'aurais moins de dix-huit ans, ils tiennent pas que j'obtienne un diplôme d'un niveau supérieur à celui que j'aurais eu au lycée.

— Tu ne pouvais pas leur montrer ton permis de conduire ?

— Ouais, c'est ce que j'ai fait ; mais mon permis, il a été délivré dans un autre Etat, alors ils peuvent pas l'accepter. La dame a été extrêmement gentille et tout, n'empêche elle a dit qu'ils avaient pas le droit, ils savent pas comment ça se passe dans les autres Etats pour les vérifications ou je ne sais quoi, ce qui fait qu'il lui faut absolument un extrait de naissance. Comme si on en avait toujours un sous la main. Le mien est là-bas à la banque, dans le coffre de maman, à supposer qu'elle soit pas allée le perdre depuis la dernière fois qu'elle l'aura sorti. Je croyais que maintenant tout était sur ordinateur à Washington, qu'il leur suffisait d'entrer votre numéro de Sécurité Sociale pour que la machine refile vos empreintes, votre groupe sanguin, le nom de tous les mecs avec qui vous aviez couché, et tout.

— On n'en est pas encore tout à fait là. Nous ne sommes qu'en 1984. Et Edna, tu lui as téléphoné, ou écrit ?

De prononcer le nom d'Edna, de le charpenter dans ma bouche, était pour moi comme un pan de peau nue, un petit plaisir dangereux et très spécial.

— Pas encore, Tonton, fit Verna.

Ce surnom taquin et pas tout à fait amical était peut-être sa façon de manifester son intuition que le nom de sa mère m'excitait.

— Vraiment j'ai trouvé affreusement déprimantes toutes ces fichues démarches. Je suis rentrée, j'ai pris un bain et je dois l'avouer, jusqu'à ton coup de fil de ce matin, tout ça m'était pratiquement sorti de l'esprit.

Voyant la déception se peindre sur mon visage, elle essaya de se faire pardonner.

— Moi je croyais que l'endroit où fallait que j'aille, c'était juste au bout de la rue, dans ces vieux bâtiments municipaux tout dégueulasses juste en face du Domino — tu sais, le bar qu'a brûlé dans un incendie —, mais y se trouve que j'ai dû me trimballer en poussant la petite Poopsie tout le long bien sûr, dans c'te espèce de landau déglingué à la roue toute tordue qu'un type de l'étage du dessous m'a refilé pour quinze dollars, j'aurais dû l'avoir pour cinq, jusqu'à un foutu lycée dont j'ignorais jusqu'à l'existence, un gros machin immonstrueux avec des colonnes, un truc incroyable, là-bas au diable vert bien après les terrains de sport, les entreprises de pompes funèbres, les librairies pornos pour les gosses bouffés d'acné sans doute, et aussi des terrains vagues pleins de vieilles bagnoles bonnes pour la casse ; en fait on dirait une prison, une prison prétentieuse et incroyablement hideuse, sauf qu'elle est perchée tout en haut d'une colline et qu'y a pas de barbelés en haut des clôtures. Du moins j'en ai pas vu. La dame du bureau, en réalité, je te l'ai dit, elle a été plutôt sympa ; elle m'a dit qu'en fait, à condition de savoir lire, dans le fond tout le monde était à peu près sûr de réussir, mais elle m'a conseillé de pas passer toutes les épreuves le même jour.

— Eh bien, voyons un peu si tu *sais* lire, d'accord ? J'ai apporté ça, une anthologie de littérature américaine.

— Pour moi ? Tonton, t'es trop chou. Ma parole, mais qu'est-ce qui te prend ?

Son logement était moins en pagaille que lors de mon premier passage. Dans le grand saladier posé sur la table de bridge, les pommes et les bananes avaient l'air fraîches, comme prêtes à servir de modèle pour une nature morte. La télé était muette, tout comme le lecteur de cassettes. Dans le silence, des bruits de conversations, ou de conversations télévisées, filtraient à travers les murs.

— Où est Paula ? demandai-je.

— Chut. Pas si fort, son nom. La petite salope a fini par piquer un roupillon. Ce matin elle m'a réveillée à cinq heures et demie, je l'aurais tuée. Tonton, mais il pèse au moins une tonne, ce bouquin.

— Rien ne t'oblige à le lire en entier. Si j'ai bonne mémoire, au lycée, la littérature américaine, ça se limite à *Thanatopsis* de William Cullen Bryant, *The Cask of Amontillado* d'Edgar Allan Poe, et *The Luck of Roaring Camp*, de Bret Harte. On va commencer par *Thanatopsis*. C'est le plus court.

Verna s'installa dans la chaise branlante en bambou et quelque chose d'estival dans le craquement que le siège émit sous son poids, ou dans les ombres qui à ce déclin du jour gris s'accrochaient aux murs de son logement d'angle et se faufilaient dans l'échancrure de son jersey, qu'explorait mon regard tandis que je restais planté derrière elle, évoquait de confus échos d'une certaine journée, ou de journées partagées avec Edna dans l'Ohio, des journées d'été, quand je passais chez mon père mon mois rituel et que nous autres enfants cherchions à échapper au soleil, aux insectes et à l'ennui en organisant des jeux dans le grenier. Nous étions toute une bande, pas seulement Edna et moi, mais aussi d'autres petits voisins, des gosses de treize à quatorze ans, et ce jour-là nous nous étions mis au défi de jouer au strip-poker, là-haut sous les combles, parmi les vieilles malles drapées de toiles d'araignées et les caisses en carton, sur un tapis en loques que nous avions déroulé pour cacher le bois brut du plancher poussiéreux, et Edna joua de malchance, et tour à tour dut se dépouiller de ses chaussures et de ses chaussettes, puis, affirmant que l'on pouvait aussi compter les barrettes, en ajouta deux à son tas. Sur quoi, l'air solennel, ses longs cheveux bouclés défaits, elle plongea la main dans le décolleté de son léger pull d'été pour défaire son faux plastron, un étrange papillon raide d'amidon attiré dans la pénombre mystérieuse du grenier. En formations tourbillonnantes, la poussière traversait les épais rais de soleil qui filtraient par les lucarnes. Maintenant réduite au strict minimum, Edna se mit à ergoter et, me sembla-t-il à quelque chose d'étranglé dans sa voix, à pleurer, et nous votâmes, pour décider si oui ou non le jeu devait se poursuivre, et, dans la mesure où nous étions trois garçons et deux filles, le vote aurait dû pencher en faveur de la poursuite du jeu, mais je votai contre avec les filles, et Edna me gratifia d'un petit baiser impulsif de gratitude. Mais était-ce bien de la gratitude, je devais me le demander tout le reste de l'été, ou une forme de surprise, voire de pitié ? J'avais voté avec les filles.

Et puis, un autre été, ou bien était-ce le même — dans mon souvenir je nous revois de même taille, alors que bien sûr j'étais d'un an son aîné, mais lent à grandir, de toute façon je n'ai jamais été très grand —, je nous revois en train de lutter par jeu dans un champ, et tous deux nous sentions la sueur au milieu d'un océan de cette senteur paresseuse et âcre de l'herbe qui sèche sur pied et monte en graine, et comme soudain proclamée victorieuse par un arbitre invisible, elle se planta devant moi, me dominant de toute sa taille, tandis que, trop paresseux ou trop essoufflé pour me relever, je restais là à reluquer ses jambes jusqu'en haut comme maintenant je reluquais l'échancrure du décolleté de Verna, et mon regard se faufila dans le short d'Edna jusqu'à sa culotte qui tiraillée lors de notre empoignade se trouvait légèrement de traviole, révélant des poils noirs, beaucoup, me sembla-t-il. Moi aussi je commençais à avoir des poils pubiens, mais j'étais plus vieux qu'elle, elle était plus poilue que moi, elle avait le droit de me dominer, cette mystérieuse, impérieuse compagne de jeux et ennemie tout odorante de sueur, qui elle partageait la vie de mon père tandis que moi non. Tandis que je ne pouvais pas la partager.

Par-dessus l'épaule de Verna, je lus en silence :

> A celui qui aimant la Nature aspire
> A communier avec ses formes visibles, elle parle
> Un langage changeant ; pour ses heures les plus gaies
> Elle prend une voix d'allégresse, un sourire
> Et l'éloquence de la beauté, et se glisse sans bruit
> Dans ses rêveries les plus sombres, avec une douce
> Et apaisante compassion qui dissipe
> Leur cruauté, avant qu'il n'en prenne conscience.

Je sentais ses yeux et son esprit suivre le fil du langage, les mêmes corridors lisses remplis de vagues échos.

— Quand il a écrit ça, dis-je, il n'avait pas encore ton âge.

— Ouais, Tonton — moi aussi j'ai lu la petite note au début.

Je me sentis vexé : moi je n'avais pas lu la note et avais puisé dans mon érudition.

— Les premiers vers, qu'est-ce que tu en penses ?

— C'est flou, non ? « Heures plus gaies. »

— Bien sûr, le sens du mot a changé ces dernières années. Dis-moi simplement, avec tes mots à toi, ce que veut dire Bryant.

— Quand on est triste, la Nature paraît triste, quand on est gai, elle paraît gaie.

— Pas mal.

Ma soudaine perception de son intelligence affectait mon épiderme ; l'attirance sexuelle est une affaire de nerfs, comme l'urticaire, à laquelle les êtres doués d'intelligence sont particulièrement prédisposés.

— Regarde, lui intimai-je, les terminaisons du premier et du quatrième vers. Rien ne te frappe ?

— Ça rime presque.

— Tu sais comment on appelle ça ?

— Quand ça rime presque ?

— Assonance. Assonance. Quand ça donne un truc comme *Peter Piper picked a peck of pepper pickled'*, ça s'appelle une allitération ; ça vient des consonnes. Dans l'assonance, des voyelles.

— Tu crois qu'il faudra que je sache ce genre de conneries pour le test ?

— Ça ne fait jamais de mal de savoir les choses, dis-je, frappé ce disant par ce que cela avait de faux.

— Tiens, lis-moi ces vers, à partir d'ici.

J'avançai le doigt, et sur ses cuisses le livre fléchit sous la pression de mon index, puis rebondit. A mesure qu'elle dévalait et échappait à mes yeux, la peau de sa gorge blanchissait dans l'ombre.

— « Encore quelques jours, lut-elle, et toi le soleil qui voit tout ne te verra plus dans toute sa course ; ni dans le sol froid, Où ta pâle silhouette fut couchée, avec tant de larmes, Ni dans l'étreinte de l'Océan n'existera plus Ton image. La Terre, qui t'a nourri, revendiquera Ton renouveau, pour une fois encore qu'il retourne à la Terre ; Et, perdue toute trace humaine, abdiquant Ton être individuel, tu partiras Pour te mêler à jamais aux éléments, être un frère pour le roc insensible et la motte apathique que le grossier pastoureau Retourne de son soc, et foule du pied. »

Sa voix, d'habitude plutôt rauque dans la conversation, grimpa jusqu'à un frémissement de soprano sous la tension de ces vers, sans autre public que moi pourtant.

— Y a-t-il des mots qui te posent des problèmes ? demandai-je. « Insensible ? »

— Hors du coup.

— Bon ? « Soc » ?

Elle devina :

— Soc de charrue.

— Formidable. Et ce que tu viens de lire, qu'en penses-tu ?

— Pas mal. Un peu rasoir. Et toi Tonton, tu trouves ça comment ?

— Horrible. *Je ne veux pas* être « le frère du roc insensible ». Je *ne veux pas* « abdiquer mon être individuel ». L'ennui avec la poésie, c'est que son langage vous laisse peu à peu dériver loin de son véritable sujet : la mort, *thanatos*. Le titre est du grec : « vision de la mort ».

— Ouais, c'est ce que dit la petite note.

— Tellement froid, tout ça. Le poète-enfant voit le problème, mais ne le sent pas. La terreur, la terreur en réalité tout à fait et fondamentalement insupportable. Quelques vers plus haut, là — le livre ouvert eut un nouveau sursaut, sur le coussin moelleux de ses cuisses, comme mon doigt désignait l'endroit — la lugubre agonie, le linceul, le suaire, et les ténèbres haletantes, et l'étroite maison : ça, oui ça le dit bien. « Ténèbres haletantes et l'étroite maison » ? Bryant était si jeune, tu comprends, il était capable d'exprimer ça : plus vieux, un poète aurait senti sa main se figer d'effroi en essayant d'écrire ces vers. Mais l'enfant, lui, que fait-il ? Il parle de ces vieux rois et de ces vénérables prophètes qui sont déjà morts et nous tiendront compagnie, et il nous dit « Tout ce qui respire partagera ton destin », comme si c'était là une consolation, et sans le moindre réconfort de la foi il saute à cette conclusion que mourir revient en fait à s'allonger pour s'abandonner à « d'agréables rêves ». Quelle preuve donne-t-il que cela revient à s'abandonner à d'agréables rêves ? Aucune, dis-je à Verna, la démarche est ici en tous points identique à celle de tous les discours de prix dans les écoles secondaires : des questions lourdes qui se désintègrent dans des réponses ineptes et béates.

La jeune fille se concentrait. Sa tête, vue en surplomb, était un gouffre de boucles mi-brunes mi-blondes, une succession d'anneaux parfaits pareils à ce que les cyclotrons révèlent des profondes collisions de la matière. Un arôme frais de shampoing montait de ces abîmes, mêlé à une subtile senteur âcre plus franchement animale, la tiédeur de son scalp aux relents de poudre.

— Il ne dit pas exactement, Tonton, que cela *reviendra* à s'abandonner à des rêves agréables ; il dit que nous devrions mourir comme si cela *devait* l'être ; nous devrions aller à la mort non « comme l'esclave à la carrière », « condamné à son cachot », mais « soutenu et réconforté par une foi invincible ».

— Une invincible foi *en quoi* ? demandai-je. Dans le fait nullement réconfortant que « la matrone, la servante, Et le doux bébé, et l'homme aux cheveux gris », tous mourront eux aussi ?

Mon doigt martelait sur la page le passage où je puisais ma citation, mais cette fois elle tenait fermement le livre, et il ne rebondit pas.

— A propos de « gai », repris-je, m'efforçant de nuancer mon approche, ici juste au-dessus, n'est-ce pas plutôt épouvantable, les « gais s'esclafferont encore quand tu ne seras plus, les tristes continueront engeance solennelle à cheminer à pas lourds, et chacun comme avant poursuivra Son fantôme favori » ?

— Ouais c'est vrai, plutôt épouvantable, convint-elle, en laissant le livre reposer sur ses cuisses, si bien que les pages mouchetées reflétèrent la lumière et se muèrent en une paire de draps vierges. T'as tort de prendre ça tellement au sérieux, Tonton. On finira tous par mourir un jour, comme dit Bryan, ou Bryant, je suis pas sûre du nom. Si tu veux pas mourir, tu devrais discuter avec Dale. D'après lui, personne meurt, c'est seulement une illusion. Et puis, je croyais que ces histoires de foi, c'était ta spécialité.

— Peut-être ne devrait-ce pas être une spécialité, dis-je, une pensée qui tenait assez d'une révélation damascène pour que je défaille légèrement, baissant mon visage de sorte que sa peau et mes lèvres pincées me picotèrent en plongeant dans la crinière de Verna, les cercles propres et explosifs de ses cheveux.

Au contact elle eut un bond de chat, se perchant à l'extrême bord du fauteuil de bambou et se tordant pour me confronter de ses yeux ambre plus écartés, me sembla-t-il, qu'un instant plus tôt.

— Et maintenant, quoi ? demanda-t-elle. *The Luck of Roaring Camp*, ou alors on baise ?

— Baise ?

Le mot m'évoquait un porche grand ouvert, un brusque et somptueux changement dans ma demeure aux étroites possibilités, aux ténèbres haletantes.

Nouée par la colère et la peur, sa voix s'était faite plus menue que jamais, plus puérilement dépourvue de timbre.

— Je te fous le feu au cul, je le sais, dit-elle, mais au fait c'est pour moi ou pour ma maman que t'as le feu au cul ? Je sais tout sur vous deux. T'avais envie de la baiser et t'as jamais pu te la payer, même si un tas d'autres mecs l'ont eue.

Je respirai un bon coup et dis, posément :

— Je ne jurerais pas qu'elle était vraiment baisable alors. Le monde était différent, Verna. Le monde d'avant la pilule, d'avant tout. Nous étions des enfants, deux enfants qui ne s'aimaient guère.

Au cours des années qui avaient suivi notre partie de poker sous les combles, Edna, prise dans les anneaux de sa propre vie, était devenue pour moi de plus en plus fermée, de moins en moins accessible, tandis que nous grandissions tous deux dans nos secteurs respectifs de la grande banlieue de Cleveland. Dès ses quinze ans, elle avait eu des petits amis, et parfois, oui, cela me revenait, il lui arrivait de me parler d'eux, de me bombarder brusquement de ses secrets, lors de ces fragments d'été de plus en plus courts et guindés que j'allais passer chez mon père et Veronica, ma corpulente et sirupeuse belle-mère —, la pimpante Vamp qui lui avait mis le grappin dessus tandis que je dormais dans le ventre de ma mère, avait été totalement engloutie par une niaise sur le retour confite en bonnes œuvres et férue de canasta. Comme si notre lien de sang m'avait asexué à ses yeux au point de me fourrer dans la jupe, le pull et les socquettes d'une autre adolescente, il arrivait que, cédant à un brusque caprice, Edna me confie à voix haute sa vie amoureuse, quand par exemple nous rentrions en voiture d'une partie de tennis au club ou bavardions sur la longue véranda latérale de Chagrin Falls devant un pichet de citronnade et un paquet de Camels clandestin que nous grillions en douce : elle me précisait ce qu'elle permettait à chacun de ses petits amis, quels vêtements les uns ou les autres avaient le droit de lui enlever, où ils pouvaient la caresser et combien de temps, à croire que le sexe mâle n'était qu'une seule et énorme machine multibras et multi-mains conçue pour administrer un massage compliqué, une espèce de tunnel de lavage dont son corps bien américain émergeait dans sa plénitude de femme, avec pare-chocs étincelants et un coffre profond, un véhicule vierge apte au mariage et à la propagation légale de la race. Edna s'était sans aucun doute mariée vierge, comme moi aussi d'ailleurs.

Je ne parvenais pas à démêler tout à fait si Verna s'offrait inconditionnellement, ou à la condition expresse que je renie toute affection pour Edna. D'un ton maussade, telle une enfant fautive, elle dit :

— Je te crois pas capable d'aimer beaucoup quelqu'un, oncle Roger.

Nous avions repris pied sur un terrain où je me sentais en sécurité : argument et contre-argument.

— Dis-moi donc qui tu aimes, *toi,* Verna. Parle-moi de ces hommes mystérieux qui te harcèlent, qui t'invitent au Domino.

— Eux, oh pas de problème. Quand ils me reluquent, tout ce qu'ils voient, c'est un cul blanc, mais pas de problème. Ils me respectent, parce que j'ai un cul. Tu comprends : un cul ça a de la valeur.

— Un cumul, pourrait-on dire.

— Ha, ha.

Sa voix croassait, et je me rappelai l'impression que j'avais eue, à la porte, qu'elle venait de pleurer.

— Tu as aussi un esprit, tu sais.

— Ça me fait une belle jambe. Tu vas bientôt me dire que j'ai une âme. C'est le truc de Dale, ça. Tout le monde a un truc. Oh, ce que vous pouvez être stupides, vous les intellectuels. Laisse-moi d'abord enlever ces machins-là.

Se baissant, elle retira ses ballerines, l'une après l'autre, tout comme sa mère lors de cette lointaine partie de strip-poker. J'avais le visage en feu, comme fouetté par le vent, comme si je m'agrippais à une cime. Elle avait de petits pieds, mieux tournés que ceux d'Edna, et tout roses sur les côtés, aux talons rugueux couleur miel.

— Parle-moi de Dale.

Ma voix se recroquevillait, avait perdu tout contact avec mon diaphragme.

— Lui, oh ça va, pour un paumé.

Elle se planta, pieds largement écartés, comme un judoka, sur le tapis violet à longs poils.

— Allez, viens Tonton. Viens qu'on se frotte un peu. J'ai envie de baiser.

Je feignis de ne pas entendre.

— Tu sais où elle se trouve, la scierie où il travaille ?

— Bien sûr. Tu remontes le boulevard sur deux rues, après c'est la troisième à gauche, le long de la voie ferrée. Allez viens, qu'on y goûte un peu, pas besoin de me faire prendre mon pied. De toute façon, la petite merdeuse est bonne pour se réveiller d'une seconde à l'autre.

Son langage avait-il pour objectif de la faire paraître répugnante, je me le demandais, en tout cas, il avait cet *effet*.

Ses yeux étaient intenses et froids et, quand ils se détachèrent des miens, ce fut sans m'apporter le moindre soulagement.

— La première fois que t'es venu, c'est fou ce que je me suis sentie excitée, tous ces cheveux grisonnants, et crépus. Je t'ai trouvé si gris, si sombre, si *maléfique*. Pourquoi je l'ai laissé échapper, mon nichon, à ton avis ?

— Tu l'avais fait exprès ?

— Tout de même Tonton, tu les connais les filles, non ? Les filles ça connaît tout. Dans ce domaine du moins, ça connaît tout.

La fossette avait resurgi dans sa pommette gauche et la pensée me vint, réconfortante, que tout ça n'était peut-être qu'une forme d'espièglerie. Mais Verna croisa soudain ses petites mains dodues sur sa taille et, d'un geste coulé, se courbant en avant comme pour une brusque révérence, fit passer son tricot blanc par-dessus sa tête, dans un charmant désordre de cheveux. Elle se redressa, repoussant les mèches qui lui masquaient le visage. Elle portait un soutien-gorge, mais minuscule ; on aurait dit une fronde trop chargée, et dans ses yeux luisait quelque chose de liquide, comme une prière.

— Ça te titille donc pas de me peloter les nichons ? provoqua-t-elle, tout ça tellement argotique et marmonné que je me demandai si juste avant mon arrivée elle n'avait pas pris une drogue qui venait seulement d'enflammer ses veines. De les lécher, de les sucer ?

Ses deux mains en coupe se glissèrent dessous, les soulevèrent.

Je gardai mes distances, songeant combien puissante est l'impulsion sexuelle, pour inévitablement franchir l'énorme fossé qui sépare les sexes.

— Si, admis-je.

— Ça te dirait rien de me bourrer la motte ?

L'expression me parut bizarre, outrée.

J'eus cette impression que sans doute éprouvent souvent les femmes ; cette gêne irritante à l'idée de peupler le fantasme sexuel d'un autre.

— Tu tiens vraiment à continuer à dire « baiser » ?

Le soutien-gorge était beige, ses épaules avaient un fantôme de hâle et, avec ses yeux ambre et ses cheveux châtain en partie oxygénés, Verna ressemblait à un portrait sépia, dans une palette délibérément sobre, figée par la pose avec sur sa droite, en toile de fond, un morceau de la ville, comme un poster. Ses bras étaient retombés inertes le long de ses flancs, une posture gauche, vulnérable. Ses yeux, brouillés de larmes, se firent rêveurs ; sa voix n'était plus qu'un mince filet rauque.

— T'es un drôle de type, Tonton. Tu veux pas baiser, tu veux pas mourir. Tu veux faire quoi ?

— Je veux en finir avec cette leçon particulière.

— Mais, Tonton, et nous alors ?

Sur quoi elle fit un pas en avant et m'effleura le bras, au ras de l'épaule, et je l'aurais parié, la question était sincère, une question de petite fille ; elle s'attendait à recevoir de moi une réponse avunculaire.

— Tu es ma nièce, dis-je.

— Justement, c'est pour ça que c'est tellement sympa. Toutes ces histoires de tabous, c'était seulement pour éviter de faire des bébés monstres, mais fini les bébés, personne n'en fait plus.

Elle en revenait peu à peu à son personnage de fille à la coule, la petite marrante.

— Toi si, fis-je remarquer.

— Ça, c'était dingue, mon Dieu, quelle bêtise.

J'étais intensément conscient, maintenant que ses seins avaient cessé de l'obnubiler, de leur amplitude radieuse dans le petit soutien-gorge élastique, de leur envergure et de leur masse, de la profondeur du sillon blême qui les séparait, invitait un doigt, une langue et pourquoi pas un phallus dolent de désir.

— Oui une bêtise, mais il te faut vivre avec, Verna.

— Tu vis bien avec Esther, toi.

— Tu penses qu'Esther est une bêtise ?

— C'était l'opinion de ma mère. Elle disait que c'était à cause de ça que t'avais été flanqué à la porte du ministère. Parce qu'Esther t'avait fourré dans son lit.

— Une grosse perte pour personne. Ni pour moi ni pour le ministère.

— Ce n'était pas l'opinion de ma mère. Elle était d'avis que tu l'avais vraiment, tu sais, le virus. Même tout gosse, tu étais terriblement *bon*. Ta mère était une vraie névrosée, une égoïste, et toi, t'as tout encaissé et comment. Et aussi, elle aimait bien, oh ma foi, je sais plus son nom, la première...

— Lillian.

De nouveau cette sensation qu'au tréfonds de moi-même une peau, une partie de mon âme qui voyait rarement le soleil, peu à peu était mise à nu.

— Dommage que tu n'aimes pas Esther, dis-je. Elle t'a trouvée sympa, elle.

— Tu parles, mon cul, oui. Elle savait très bien pourquoi j'étais là le jour de Thanksgiving.

— Et pourquoi ?

— Pour, tu sais. Question d'équilibre. Tu sais foutrement bien pourquoi.

Dans l'autre pièce, Poops se mit à pleurer. Dans l'embrasure de la fenêtre, la brève journée d'hiver tirait à sa fin ; la laine céleste, sa promesse de pluie toujours retenue, virait au noir en présage de la nuit. Verna restait sourde aux piaillements du bébé, cette complainte qui échappe aux enfants quand ils se réveillent, mouillés et affamés, bannis de leurs rêves, pour émerger dans le monde âpre et dur ; elle préféra rester là debout contre moi, sa main figée sur le tweed de ma veste, sa crinière une masse luxuriante à l'âcre senteur où de nouveau j'eus envie d'enfouir mon visage. J'avais, somme toute, malgré ma retraite précipitée face à sa réaction peut-être railleuse, osé le premier geste, « les avances ». Nous restions maintenant plantés là comme un couple, deux êtres qui écoutent ensemble, presque calmes, guettant l'annonce du châtiment, comme ce premier couple nos parents, soudés par le remords dans les ténèbres de leur antre feuillu.

— Elle a juré d'avoir ma peau, c'te gosse, confia Verna au revers de ma veste. Je l'ai fait naître noire dans le monde de l'homme blanc, je suis la seule à blâmer.

— Où est le père ?

— Qui sait ? Il s'est tiré. Pourtant, c'est pas ce qu'on pourrait croire ; on est tombés d'accord que ça valait mieux, que je m'en sortirais mieux toute seule, parmi les Blancs.

— N'empêche que te voilà ici, dans une cité à moitié noire.

Elle eut un hochement de tête insolent.

— Ma foi, Tonton, faut croire que c'est comme le jazz. Je leur plais. A toi, non, dommage.

— J'ai dit ça, moi ?

— Et comment. T'aurais dû voir ta tête quand je t'ai fait reluquer mes nichons.

Il devenait impossible d'ignorer l'enfant ; ses jappements s'étaient mués en clameur. D'un geste rageur, Verna repoussa le rideau bordeaux et, passant dans la pièce, revint avec Paula. Les cheveux de l'enfant se dressaient en mèches moites, encadrant son visage rogneux plissé par le sommeil. Verna — peut-être pour marquer un point ironique, ravalant sa colère — la tenait plaquée contre elle, comme pour fondre leurs deux êtres, leurs visages pressés l'un contre l'autre. Je fus frappé de voir que leurs deux têtes étaient presque de même grosseur, malgré la différence de taille, de poids et de couleur. Les yeux de Paula, bouffis de sommeil, paraissaient eux aussi bridés et dépourvus de cils.

— Tu vois, Tonton ? La Vierge à l'Enfant.

— Charmant, dis-je.

L'enfant tendit sa main aux doigts couronnés d'une touche pâle, mais au lieu de demander : « Pa ? », eut aujourd'hui le mot qui me convenait : « Homme ».

Sa voix, en le prononçant, eut une note comiquement grave.

— Homme blanc, renchérit sa mère. Homme blanc partir, bye-bye.

— Il le faut, dis-je, et mon désir de prendre la fuite trébucha instinctivement sur un aspect de notre précédente séparation : — Question argent, où en es-tu ? demandai-je.

— Mais on n'a pas baisé, Tonton. Pas de fric. Pas baiser, pas raquer.

Je me sentais désorienté, ahuri même qu'elle pût parler ainsi avec l'enfant dans les bras. La peau de sa gorge, au-dessus du soutien-gorge symbolique, semblait flamboyer de lumière. Bien sûr, aux yeux de sa fille, cette peau ne pouvait rien avoir de menaçant ; une peau de maman.

— Fausse corrélation, dis-je, comme si j'avais affaire à un

étudiant, tout en puisant dans mon portefeuille pour en extirper un nouveau subside.

— Je connais les limites de mon cumul, dit-elle, me renvoyant la balle à la façon d'une étudiante futée. Ce sont des arrhes, disons. Les filles comme nous, d'habitude, elles ont pas droit à des arrhes.

Elle prit les trois billets de vingt. Cette fois la somme paraissait pingre — nous semblions pourtant faire des progrès — aussi me fendis-je d'un quatrième billet. Désormais, les banques paient automatiquement comptant en billets de vingt. Les billets de dix sont menacés du même sort que la pièce de un sou

— Homme bye-bye, déclama Poops, une solennelle sagesse animale noyant ses yeux bleu nuit.

— Jette donc un coup d'œil sur cette anthologie, recommandai-je, en réintégrant mes deux épaisseurs. Cherche des trucs qui te plaisent. Tu sais, à propos de *Luck of Roaring Camp,* je voulais blaguer. Lis un peu de Hemingway ou du James Baldwin. La prochaine fois, peut-être que je devrais t'apporter une grammaire. Un attribut, tu sais ce que c'est ? Et une expression participiale ?

Verna faisait sauter la petite sur sa hanche et, par contrecoup, ses seins tressautaient à l'unisson.

— La prochaine fois, mon cul, Tonton. Y aura pas de prochaine fois. Je sais pas au juste quel jeu dégueulasse tu joues mais pas question de m'y mêler. Pas la peine de te repointer, jamais, nous te laisserons pas entrer. Pas vrai, Poopsie ?

Elle secoua doucement l'enfant et lui loucha sous le nez, de sorte que Paula éclata de rire, son petit rire baveux de bébé comme jailli du tréfonds d'elle-même.

Mon intuition me souffla que cette grotesque référence visait à camoufler son usage inconsidéré du « nous ». *Nous te laisserons pas entrer.* Aucun doute, des ombres se profilaient derrière Verna, une foule d'ombres.

— Ne fais pas l'idiote, dis-je. Sers-toi de moi. Tu veux un diplôme d'études secondaires et une vie meilleure. Je te mettrai le pied à l'étrier. Tu as envie de vivre jusqu'à la fin de tes jours de la charité publique, dans une cité ?

Son visage s'était figé, comme celui d'une enfant, pour qui fureur et panique ne sont qu'une seule et même émotion.

— Je vois pas l'intérêt de réussir un foutu test à la manque, et si je devais réussir j'aurais besoin de personne pour m'aider. Si jamais tu t'avises de revenir, je passe un coup de fil à maman, elle te flanquera les flics aux fesses.

Là, je ne pus retenir un sourire. Cette indignation, ces refus obstinés de sa part, tout cela n'était qu'une danse, la danse des piégés. N'est-ce pas Ortega y Gasset qui dit quelque part que, du jour où un homme a su capter l'attention d'une femme, tout ce qu'il fait, absolument tout, pour retenir son attention, favorise sa cause ? J'avais le sentiment aujourd'hui d'avoir fait un grand pas en avant. La porte refermée, j'hésitai assez longtemps pour entendre Verna dire à la petite Paula, d'une voix calme :

— Tu pues, tu le sais, hein ? Fou ce que tu pues.

Ma préoccupation majeure, en redescendant l'escalier métallique familier, rempli d'échos, était d'imaginer comment arracher Verna à ce bébé, pour enfin jouir sans inhibitions de son corps dans ce logement délicieusement tiède et miteux, dans la pièce dissimulée derrière le rideau bordeaux que, sans l'avoir jamais vue, j'imaginais sans peine : un berceau d'occasion, un matelas ou *futon* [1] jeté à même le plancher pour la mère, un buffet bon marché en pin laqué d'une hideuse couleur juvénile, lilas ou saumon sans doute, et la tristesse des murs striés d'éraflures atténuée par des posters rocks et quelques-unes des médiocres, laborieuses aquarelles de Verna, ses études des coins et recoins de sa cage.

Comme j'émergeais dans le crépuscule de décembre froid et brumeux, la solution m'apparut : la crèche, la crèche d'Esther. Engendrer ce genre de libertés était son unique raison d'être.

Mon Audi attendait saine et sauve le long du trottoir,

1. *Futon* : combiné siège-lit japonais. *(N.d.T.)*

pourtant son petit gardien entreprenant n'était nulle part en vue. Quelques femmes noires, vêtues de ces longs manteaux matelassés lie-de-vin qui dans notre ville sont devenus l'uniforme hivernal standard, bavardaient assises sur les bancs tandis que leurs bambins exploitaient les ressources symboliques du terrain à l'épreuve des casseurs, conduites en béton et vieux pneus. Ce n'était pas encore l'heure à laquelle d'habitude je rentrais de la faculté (si Esther s'étonnait que j'aie pris la voiture, je dirais que j'étais repassé à la maison manger un morceau, sa délicieuse quiche, et chercher un livre dont j'avais besoin, sur les Pères de Cappadoce, pour un rendez-vous avec un étudiant, puis avais pris la voiture pour gagner un peu de temps et aussi parce que j'avais oublié ma canadienne dans mon bureau et trouvé que le fond de l'air fraîchissait) ; aussi l'idée me vint-elle de faire un crochet pour passer devant la scierie, histoire de satisfaire ma curiosité morbide et d'effacer si possible l'après-image lancinante de Verna en train de faire valser par-dessus sa tête son tricot blanc élastique dans une explosion d'épaules lustrées et de boucles hirsutes désinvoltes, à demi décolorées, et fleurant bon le shampoing.

Prospect était en sens unique, dans le bon sens cette fois. Je m'y engageai, longeant les maisons demi-abandonnées et le gingko majestueux, qui avait perdu toutes ses feuilles. Remonter le boulevard sur deux cents mètres, avait-elle dit, puis, au deuxième croisement, prendre à gauche, le long de la voie ferrée. En effet, là *il y avait* une rue, une rue sans maisons, qui s'enfonçait dans des limbes industriels, vestiges peut-être d'une époque où le secteur marquait la périphérie de la ville, un nid d'usines par la suite submergées et isolées, un désert de hangars mangés de rouille et d'entrepôts en parpaings, d'ateliers dont les noms subsistaient comme des fantômes de lettres peints sur la brique, dans le style tarabiscoté du siècle dernier — immenses hangars depuis longtemps déchus de leur fonction manufacturière primitive, loués et reloués, revendus et rentabilisés par fractions de leur superficie au sol, dégringolant de plus en plus bas l'échelle pourrie du capitalisme. Un vieil entrepôt de charbon s'accrochait encore, ses bennes inclinées luisantes de charbons calibrés, ainsi qu'une entreprise de sable et gravier qui avait édifié ses propres montagnes miniatures, déplacé des montagnes non au moyen de la foi, mais d'un énorme tramway haut sur pattes et branlant fait de bacs triangulaires montés sur roues. L'asphalte s'effritait sous les pneus de l'Audi, la route se transformait en une chaîne de flaques et de plaques damées dans une terre saturée d'huile, de mâchefer et de gypse, avec çà et là des containers aplatis et de grandes touffes sèches d'herbes folles parmi les plus dures et les plus raides de la Création. Pourtant cette route — à peine une route, un sentier tout noir — continuait, pour rejoindre par-derrière les terrains protégés par une clôture d'une scierie qui sur le devant donnait sur une rue banale, avec des réverbères, des stations-service, mais sans le moindre piéton en vue. GROVE, annonçait une modeste enseigne orange, à peine déchiffrable, car le jour basculait dans le soir. Déjà des lumières brûlaient dans le bureau des ventes et les grands hangars, coiffés de tôle, qui abritaient les longues piles de planches.

Je tournai pour franchir une entrée ménagée dans le grillage de la clôture, me garai bien à l'écart du bureau inondé de lumière et me glissai dans la nuit tombante, qui en vérité se faisait assez froide pour que je me réjouisse d'avoir pris ma canadienne. Des odeurs de pin, de sapin, d'épicéa — cadavres résineux encore frais venus du nord, immuablement empilés en phalanges horizontales de planches de cinq sur dix, dix sur dix, dix sur quinze, certaines plus noueuses que d'autres, à l'image des livres et de nos vies, mais rarement sans nœud, sans ces sombres rectangles résineux dont, nous avons beau laquer, peindre et repeindre, les larmes s'obstinent à suinter. Je détectai une vague et sainte bouffée de cèdre, de faisceaux de bardeaux et de lattes cerclés par des rubans d'acier, et perçus alors une lointaine rumeur d'hommes cognant le bois et discutant à l'intérieur d'espaces retentissants d'échos, dans l'attente que s'achève leur journée de labeur. Je craignais que Dale ne soit au travail. Au-dessus des hangars GROVE et des maisons du minable quartier, quelques laboratoires de l'université, dont cette monstruosité de fraîche date, les huit étages du bunker en béton surnommé le CUBE, se profilaient étonnamment proches — grands fauves aux yeux d'Argus qui, par une bizarre distorsion de la topographie de la ville, avaient été autorisés à se rapprocher sournoisement, et menaçaient de fondre sur leur proie.

Une ampoule nue brûlait chichement dans un lointain appentis. La lame d'une scie circulaire luisait sous un harnais de courroies géantes, le pointillé scintillant de ses dents aussi régulier que le tic-tac d'une horloge atomique. La sciure, l'arôme virginal de la sciure, imprégnait l'air noir qui se cristallisait et, jaillies transversalement de la carcasse béante où s'entassaient les échafaudages de planches, une multitude d'ombres verticales évoquaient la chute oblique et muette des grands arbres. *Ne redoute pas.* Je me sentais entouré par une bénédiction, une douceur odorante, et pourtant, quand l'ombre d'un homme s'approcha pour me proposer son aide, rebroussai chemin en hâte pour m'engouffrer dans ma voiture.

CHAPITRE III

1

QUEM enim naturae usum, quem mundi fructum, quem elementorum saporem non per carnem anima depascitur ? Car quel profit de la nature, quels fruits du monde, quelle saveur des éléments, si l'âme n'est pas nourrie *per carnem* — par l'intervention de la chair ? Ces mots, Tertullien les écrit dans *De resurrectione carnis* vers l'an 208, longtemps après avoir déserté l'orthodoxie pour tomber dans le montanisme. Pourtant, je ne flairais rien d'hérétique dans son ardente exégèse ; au contraire, de toutes les doctrines orthodoxes, la résurrection de la chair est la plus vigoureuse et la plus intrinsèque, quand bien même la plus difficilement crédible en notre actuel crépuscule de la foi. Pourtant avec quelle irréfutable conviction et quelle éloquence passionnée Tertullien ne construit-il pas son argumentation pour administrer la preuve que, de la chair, l'âme ne peut se passer. *Quidni ?* s'interroge-t-il — comment en serait-il, comment peut-il en être autrement ? *Per quam omni instrumento sensuum fulciatur, visu, auditu, gustu, odoratu, contactu ?* Par ses instruments, l'appareil sensoriel est tout entier soutenu — la vue, l'ouïe, le goût, l'odorat, le toucher. Suit un argument plutôt subtil, saussurien, qui met en équation la capacité de réalisation glorifiée comme une *divina potestas* avec la faculté du langage, tributaire à son tour d'un organe physique : *Per quam divina potestas respersa est, nihil non sermone perficiens, vel tacite praemisso ? Et sermo enim de organo carnis est.* Le *vel tacite praemisso* (littéralement, « bien que simplement proféré en silence », autrement dit, tacitement suggéré par l'existence de la parole, des mots) semblait une touche particulièrement scrupuleuse, et l'idée m'effleura que le susdit *perficiens* pouvait s'interpréter comme conceptualisation, de sorte que le mystère Sacré du Logos était amené à descendre, par le truchement d'un échafaudage platonique de degrés d'idéalité, pour se fondre au réel via une dépendance fondamentale envers ce muscle répugnant logé au milieu des membranes salivaires et des dents cariées de notre bouche — la langue, aveugle granuleuse, infatigable. *De organo carnis,* ô combien. Les arts, eux aussi, reposent sur ses fondations chancelantes : *Artes per carnem, studia, ingenia* (ce qui confirme ma thèse susmentionnée) *per carnem, opera, negotia, officia* (jour après jour il nous faut traîner le corps au bureau), *per carnem, atque adeo totum vivere animae carnis est, ut non vivere animae nil aliud sit quam a carne divertere.* Avait-il vraiment l'intention d'aller si loin, de soutenir que la vie de l'âme découle si totalement de la chair qu'en être séparée équivaut pour elle à la mort ? Nous refuser, en d'autres termes, ô implacable Tertullien, l'espoir si ténu soit-il de la présence dans notre système d'un harpiste fantôme, d'une possibilité d'échappatoire éthérée dans ce contrat abominablement contraignant qui nous lie aux globes oculaires, aux poils des narines, aux cartilages des oreilles, et aux cellules grises comestibles du cerveau, un contrat qu'après tout jamais nous n'avons signé, que notre ubiquiste agent Dan N. (pour Nolodaddy) Amino [1] a paraphé à notre place, dans la moindre consultation préalable ? Ce contrat, nous voulons le rompre, au secours ! Mais, emporté par sa foi démente, notre juriste carthaginois redouble d'ardeur, se vouant et nous vouant du même coup avec un inlassable enthousiasme à un impossible miracle : *Porro si universa per carnem subiacent animae, carni quoque*

1. *Dan N. Amino :* jeu de mots inspiré par DNA, en français ADN (acide désoxyribonucléique) et aminoacide. (*N.d.T.*)

subiacent. En outre, si toutes choses sont soumises à l'âme *per carnem,* par le truchement de la chair, elles sont dans ce cas également soumises à la chair. Il nous lie, corps et âme, toujours plus étroitement, en prévision de quelque souriant revirement du tribunal. Mais le suspense est aigu. *Per quod utaris, cum eo utaris necesse est.* Cette compacité du latin classique : des maillons de fer martelés ; paraphraser revient à affaiblir la chaîne. L'outil impose l'usage : *utor* a nécessairement ici, comme plus haut *fruor,* le sens de « jouir » — notre pauvre corps, utilisé pour notre (celle de l'âme, selon son implication : nous sommes, notez, *anima* et non en définitive *caro*) jouissance, participe inéluctablement à cette jouissance. Chère Chair : Venez venez à notre petite fête. Signé, votre copain, l'Ame. *Ita caro, dum ministra et famula animae deputatur, consors et cohaeres invenitur.* Ainsi donc la chair, jusqu'alors déléguée ministre et servante de l'âme, se révèle-t-elle son épouse et cohéritière. *Si temporalium, cur non et aeternorum ?* Si provisoirement, pourquoi pas éternellement ? en vérité pourquoi pas ? La pensée de nos innombrables corps blêmes et rances jouant perpétuellement des coudes dans l'éternel vestiaire d'un quelconque Paradis me soulevait le cœur. Et cependant, par-delà le déprimant mécanisme de l'affaire, la notion vague et abstraite de notre survie éternelle, tels que nous sommes, avec nos mycoses et le reste, oui, voilà qui remonte le moral. Impossible de nier la logique et la ferveur du vieux fanatique, la justesse de l'analyse qu'il fait de notre condition. Toujours, souvenons-nous, il avait Marcion présent à l'esprit — Marcion, qui croyait que le Christ avait été un fantôme, une sorte d'holographe, sur la Terre et que nul Dieu digne d'être adoré ne serait allé se salir les mains à créer ce marécage immonde fait d'excréments et de sperme.

En jugeant ridicule et répugnante cette grâce d'immortalité que Tertullien conférait à notre pauvre chair brouillonne, je m'identifiais à ces hérétiques et ces païens (*ethnici*) dont, quelques livres plus tôt, il avait esquissé les vraisemblables objections : *An aliud prius vel magis audias tam ab haeretico quam ab ethnico ? et non protinus et non ubique convicium carnis, in originem, in materiam, in casum, in omnem exitum eius, immundae a primordio ex faecibus terrae, immundioris deinceps ex seminis sui limo, frivolae, infirmae, criminosae, onerosae, molestae, et post totum ignobilitatis elogium caducae in originem terram et cadaveris nomen, et de isto quoque nomine periturae in nullum inde iam nomen, in omnis iam vocabuli mortem ?* Ce sont, autrement dit, les païens et non (comme depuis Néron le soutiennent complaisamment hédonistes et sceptiques) les chrétiens qui vitupèrent contre la chair — son origine, sa substance, sa raison d'être, sa finalité — qui l'accusent d'être impure eu égard à sa formation initiale à partir des excréments de la Terre, et plus impure encore eu égard à la viscosité de son sperme, d'être dérisoire (frivole au sens étymologique de « sans poids »), infirme, coupable (moins à proprement parler criminelle qu'accablée d'accusations, de calomnies), pesante, embarrassante. Puis (selon les *ethnici*), au terme de cette litanie de l'ignoble, de retomber dans sa terre originelle et l'appellation de cadavre, et condamnée à partir de ce nom, à peu à peu sombrer et disparaître dans l'anonymat, la mort de toute dénomination. Terrible et vrai, ô combien ? Tertullien, comme Barth, livre combat sur le seul terrain où il lui est possible de le faire : la chair est l'homme. « Tout en lui est chair et par nature devrait périr », écrit sans ambages Barth dans son plaisant *Die christliche Lehre nach dem Heidelberger Katechismus.*

Las de traduire, je fermai les yeux. Je me représentai une hampe blanche : tendue, pure, striée de grosses veines bleu pâle et d'autres couleur pourpre, plus fines et plus foncées, coiffée d'une tête rose-mauve pareille à la tête d'un champignon posée par le Créateur sur une tige gonflée presque aussi épaisse qu'elle, avec, à peine esquissée, la minuscule lèvre ou corolle, la *corona glandis,* surplombant le semi-épiderme bleuâtre décalotté où se trouvait jadis le prépuce païen, et une goutte de nectar transparent dans la bridure du petit œil bien éveillé à son extrémité veloutée et cramoisie. Extatique, le visage studieux d'Esther s'abaisse lentement, énorme comme en gros plan, pour boire l'amer nectar puis promener ses lèvres sur toute la longueur de la hampe, plus bas toujours plus bas, encore encore, tout en bas sous le *corpus spongiosum,* jusqu'aux magnifiques *corpora cavernosa* jumelles nichées dans leur gaine de tissus fibreux et de membranes lisses comme soie, leurs espaces aréolaires inondés et roides de désir; ses manipulations expertes dénotent une tendresse calculée, la crainte que ses dents n'égratignent, sollicitude d'une part et d'autre part confiance émergeant *per carnem,* sa salive fraîche et avide parant d'une brillance la bite de Dale dans la lumière du grenier. Car bien sûr ils sont montés au second dans la chambre d'Esther, l'atelier rarement utilisé, de tous les coins de la maison le plus sûr, le plus retiré, au cas où le fracas de notre horrible sonnette viendrait à fracasser leur extase, et un lieu éloigné, en outre, de nos chambres du premier, hantées par les fantômes du mari, ses vêtements, ses chaussures, sa lotion après-rasage, son odeur de pipe, son *Kirchliche Dogmatik III* en édition de poche oublié sur la table de chevet, et de leur fils, chair de leur chair, sa chambre un innocent chaos juvénile, vieilles copies corrigées, maquettes de vaisseaux spatiaux, sous-vêtements éparpillés au hasard et numéros froissés de *Playboy* et de *Club*. Les toiles d'Esther — grandes, zébrées, anguleuses, éclaboussées, aux antipodes par leur technique et sophistication des timides aquarelles de Verna, laborieusement esquissées pétale par pétale — entourent les amants comme une forêt pommelée, comme des plaques de camouflage qui les dissimulent à l'œil du Ciel, bien que, pour leur part, les fenêtres du second leur offrent une ample vue sur le monde : toits du voisinage et cours exiguës du quartier, et en cette saison sans feuilles, le scintillement lointain qui marque le cœur de la ville avec, au-delà des gratte-ciel majestueux, les avions qui descendent en diagonale vers l'aéroport récupéré sur les marais salants. Janvier a été cette année d'un froid monotone, si froid qu'à Washington, le défilé inaugural présidentiel a été annulé. Esther dispose là-haut d'un réchaud électrique et d'un vieux matelas souillé de taches extirpé d'un réduit poussiéreux ménagé tout au fond, et aussi de ses chevalets et toiles, de quelques lampadaires cassés et d'un fauteuil garni de velours fané bien trop fatigué pour mériter d'être regarni. C'est ce bric-à-brac qui meuble une pièce plus douillette que toutes celles du bas. Grâce à son réflecteur parabolique, la barre orange vif du réchaud projette une chaleur dure et aride sur leurs peaux nues ; le reflet de leurs corps pâles nage de conserve avec le serpentin rougeoyant dans le métal poli. Le froid qui règne autour d'eux dans le grenier n'est pas de taille à lutter contre la course de leur sang en rut ; comme leur danger, leur péché, il les revigore. Ils ont déjà, elle et Dale, baisé une fois cet après-midi sur le matelas crasseux. Assis face à face, jambes croisées en posture de yoga, ils sirotent du vin blanc dans des gobelets en plastique mou. Bientôt, la garce en chaleur, comme disent les romans pornos, avise son érection renaissante et dépose son gobelet pour approcher ses lèvres de l'invite mi-douce mi-dure, cet hommage tacite et permanent à elle seule destiné. Esther adore se comporter en pute avec ce jeune homme ; éperdu de gratitude et de stupéfaction, jamais il ne songerait à en tirer parti contre elle, à transformer ce qui est un don en exigence, puis bientôt en grief, à l'instar de son lugubre, de son maussade mari. De plus, elle a trente-huit ans et sa féminité ne sera pas éternelle. *Per quod utaris, cum eo utaris necesse est.* Pour elle, le temps presse. Ce grand adolescent osseux à la peau luisante et au phallus excitant lui a en un sens été servi à domicile. Elle se repaît de sa chair à en avoir mal aux mâchoires. Dans l'intermède, pantelante et tout en se torchant les lèvres, elle roucoule :

— Elle est si grosse. Trop grosse pour ma bouche.

— Tu exagères, c'est évident, fait Dale, d'une voix langoureuse, une voix elle aussi rauque de concupiscence, une voix repue, détendue, qui implique qu'il prend toute cette adoration comme son dû.

Lui aussi a posé son verre et se laisse aller en arrière sur ses bras raidis, pour faciliter la pipe dont elle le gratifie. Ses yeux bleus sont embués comme un ciel d'été. Une odeur chargée d'un relent de marée basse monte de sa bite, mêlée à la salive qu'elle lui prodigue. Elle a envie de le sucer encore un peu. Elle se baisse et s'y applique avec enthousiasme, repoussant de la main ses cheveux défaits, leurs mèches rousses ébouriffées à la diable. Dale laisse échapper un grognement :

— Non, pas ça, attention.

— Pourquoi pas ?

Comme elle redresse la tête pour poser la question, les yeux d'Esther paraissent soudain très verts. Sa bouche vierge de rouge semble meurtrie. L'une de ses mains aux ongles effilés soutient son poids sur le matelas ; l'autre plane au ras de ses cheveux, qu'elle ne cesse de repousser à mesure qu'ils s'échappent. Ses seins menus pendent coniques et tout blancs, à l'exception des tétons granuleux couleur bistre.

— J'ai peur de jouir.

— Eh bien... vas-y.

Elle réfléchit, sourit ; sa lèvre supérieure proéminente a l'air enflée.

— Allez, vas-y.

— Dans ta mignonne petite bouche ?

— Ça t'amuserait ?

L'idée que oui, peut-être, l'amuse, elle.

— Partout, sur ton joli visage ?

A peine parvient-il à prononcer les mots, tellement l'idée l'excite — l'image, les mots. *Et sermo enim de organo carnis est.*

A entendre sa voix à elle, d'ordinaire si ferme et modulée, on croirait que sa gorge est enflée et bloquée.

— J'adorerais ça, Dale. Je l'adore, ta bite. Je t'adore, toi.

Pareils à des papillons, les mots vacillent sur les lèvres de Dale.

— T'es-tu jamais sentie à ce point heureuse, lui demande-t-il, que ça cogne dans ta tête ?

Esther étouffe un éclat de rire et le bout de sa langue effleure vivement le gland borgne qui la fixe.

— C'est ça que tu ressens ?

— C'est... c'est comme un martèlement. Comme si mon sang était trop fort pour mes veines.

— Dis, dis-moi ce qui t'a tellement excité ?

Ses paroles sortent enjouées, entrecoupées de petits coups de langue, mais avec cette raucité, cette intonation maternelle de la femme de poids qui, elle le sait, est un des pouvoirs qu'elle exerce sur lui, un de ses charmes magiques qui lui permettent de le soumettre à tous ses caprices, de le mouler comme une glaise blanche. Des poils de son pubis, quand elle enfouit le nez dedans, monte une odeur de cèdre.

— Tu le demandes ? fait-il sans force, la voix d'un enfant qui lutte par jeu et, coincé par l'étreinte de son partenaire, implore grâce.

Il est au bord de l'orgasme. Cette ruade, là à la base de sa bite, la *crura,* va croissant, cette poussée de la prostate qui avec l'âge fait qu'après le coït, exténué par l'effort, le vieil anus souffre.

— Je veux dire avant, explique-t-elle, à travers le nuage de ses cheveux. Tout à l'heure, quand on était simplement assis là à parler et à siroter le vin.

— Toi, s'arrache Dale. La façon, ta façon de t'asseoir, en lotus, tes jambes ouvertes avec tant de naturel, et ta toison si jolie, hoquette-t-il, là, *là tout près,* si mouillée, si douce, si chiffonnée, et aussi ton petit con rose qui me reluquait au travers.

Ces paroles donnent le coup de grâce. La ruade l'emporte, venue de tout en bas.

— Oh, fait-il, oh, comme s'il voulait la nommer, lui donner un nom.

« Esther » lui paraît tenir d'une autre langue, et « Mrs. Lambert » trop cérémonieux ; pour lui elle n'a pas de nom, est simplement cette Autre qui nous confronte, ce mur élastique qui encaisse nos coups, yin de notre yang, puits de notre balancier, femme de notre homme.

Il décharge. Elle fixe le petit œil sombre, le *meatus urinarius,* et avec une obligeance sévère imprime de sa main en anneau une secousse à la base du phallus engorgé — qu'elle paraît petite, frêle et même ratatinée, songe-t-elle, sa main aux ongles effilés qui enserre la racine de cette tige d'albâtre captive — et quand perle la première goutte, comme au ralenti dans un film porno, il la lui faut pour elle, en elle, cette blancheur d'une pureté stupéfiante ; avec une prestesse vorace, elle se redresse sur les genoux et se traîne jusqu'à lui de sorte qu'à son *sensus* flou, elle apparaît comme une géante chaude aux chairs dodelinantes et, le tenant ferme de cette main qui enserre la racine tressautante, elle centre prestement son con au-dessus de la bite et s'empale, plaquant son moi écartelé à la limite du possible, au point qu'elle se sent transpercée par une lumière jaillie d'en bas, de tout en bas au ras de son cœur, le cœur de mon infidèle Esther. Lui ravissant son orgasme qui n'en finit pas de s'apaiser, avec cette énergie mécanique et pathétique de la jeunesse, elle lui entoure la tête de ses bras et broie la crête de son *os pubis* contre le sien, et ainsi le rattrape tandis que le cœur de Dale s'obstine à cogner à s'en rompre les veines et, enfin, elle parvient à son tour à l'orgasme, en jouit, se drape dedans, de toute son *anima,* gémissant puis bramant à pleine gorge de cette façon vaguement cabotine et pourtant bien intentionnée qui la caractérise, au point que si quelqu'un se trouvait dans la maison, même au sous-sol, disons un cambrioleur haïtien bourré de drogue venu d'un autre quartier, il l'entendrait à coup sûr. Même Sue Kriegman, qui dans la maison voisine travaillote à son prochain livre pour enfants (titre provisoire : *Scott et Jenny s'enfuient au Wyoming*), entendrait le fier et théâtral cri de joie lancé par Esther, n'étaient-ce les doubles fenêtres à vitres renforcées et calfatées que, prudent, Myron a fait poser partout, pour prévenir l'intrusion du froid monotone de ce mois de janvier.

Puis, lentement, notre maison diffuse son silence jusqu'aux amants : le martèlement étouffé de la vapeur dans les radiateurs, l'horloge du grand-père d'Esther, une Waterbury à remontage hebdomadaire dont le carillon aigu sonne les quarts d'heure, un craquement de bois qui travaille, un choc presque inaudible qui ressemble à un pas. Pareil à la mer qui revient après un long reflux, le remords inonde le silence ; l'émoi fantomatique du remords envahit la maison vide. *Frivolae, infirmae, criminosae, onerosae, molestae...*

Esther le sent et sa bouche se crispe en une moue impatiente comme pour chasser une mouche importune. Elle se dégage ; des filaments de sperme laiteux relient leurs parties sexuelles, leurs *pudenda* en interface (pluriel de *pudendum,* « ce dont il convient d'avoir honte »), une forme grammaticale neutre dont patriarcalement l'opprobre a été transféré aux seuls organes génitaux de la femme, pareils à de ténus cordons ombilicaux. *Immundioris deinceps ex seminis sui limo.* Ailleurs dans ce même chapitre, Tertullien, par le truchement de son sarcastique hérétique ou païen, s'interroge au sujet de nos corps dans l'au-delà : *Rursusne omnia necessaria illi, et inprimis pabula atque potacula, et pulmonibus natandum, et intestinis aestuandum, et pudendis non pudendum, et omnibus membris laborandum*[1] *? Pudendis non pudendum* — le style à son plus féroce, et à son moins traduisible.

Elle sent le remords qui plane dans l'air, dans les turbulences fantômes de l'immense maison étalée sous leur matelas taché de sperme, comme une manifestation de ma personne ; une sensation que sa colère depuis longtemps accumulée à mon encontre, son ennui, la poussent à chasser avec désinvolture pour de nouveau s'assouvir, cette fois plus systématiquement, dans le corps pâle et robuste de son jeune amant maladroit. Elle l'embrasse sur les lèvres (tiédeur mouillée, douceur moelleuse) puis plonge ses yeux dans les siens, le contraignant à lui rendre son regard, consciente que l'orgasme qu'elle vient d'avoir a inondé ses yeux d'un vert plus chaud, plus tendre.

1. Tout lui sera-t-il encore nécessaire, particulièrement le manger et le boire, ce qui gonfle les poumons, ce qui révulse les entrailles, étouffe la honte des parties honteuses, et met en mouvement tous les membres ? *(N.d.A.)*

— Je regrette, c'est vrai, que mon visage ne soit pas plus joli, dit-elle, en écho de la remarque que dans le feu de la passion il a laissé échapper. Il l'était pourtant autrefois, mais il est devenu tout sec, aigri, avec plein de minuscules petites rides.

— Je ne les vois pas.

— Et si tu les voyais ?

— Je t'aimerais quand même.

— Excellente réponse. Que pourrais-tu dire d'autre ? demande-t-elle, d'un ton un peu cassant. Tu sais, je regrette de ne pas t'avoir laissé jouir dans ma bouche — mais il fallait absolument que je t'aie — son style épouse de prof, courtoise et condescendante, lui revient insensiblement à mesure que refroidit son sang ; elle baisse les paupières — *là* tout en bas. La prochaine fois, promis.

Bien qu'il s'agisse d'une promesse délicieuse, faite avec toute la ferveur et la prodigalité d'un généreux cœur de femme, cette allusion à la « prochaine fois » leur rappelle le présent (est-ce quatre heures et quart, ou cinq heures moins le quart qui viennent de sonner à l'horloge Waterbury ? Richie rentre peu après cinq heures, pour se faire expliquer les tortueuses bases) et lui rappelle à lui, Dale, son engagement toujours renouvelé, mystérieusement élaboré au fil des semaines écoulées depuis Noël, de lui faire l'amour, de me trahir sous mon propre toit avec le corps de ma légitime épouse, non point impulsivement dans une irréfutable explosion de désir réciproque, mais mécaniquement, selon un horaire bien établi, à partir de trois heures, les mardis et jeudis, et ce à répétition jusque dans un futur dont l'unique horizon est leur impensable, leur intolérable rupture.

— Peut-être ferions-nous mieux de nous retrouver ailleurs, dit-il.

Les yeux d'Esther s'écarquillent.

— Pourquoi ? Il n'y a aucun risque. Rog ne quitte jamais son cher bureau avant cinq heures et demie, et même si ça arrivait un jour, tu n'aurais qu'à rester enfermé en attendant qu'il ressorte. Je m'arrangerai pour qu'il ressorte.

— N'empêche, ça donne l'impression d'être, je ne sais pas, *mal,* risque Dale. Une espèce d'intrusion. Tous ces beaux objets que vous avez partout, dans toutes vos pièces. D'une certaine façon, je le sens qui nous observe.

A ses yeux, oui, nos objets ne pouvaient que paraître beaux, luxueux, même — nos majestueuses vieilleries léguées par la mère d'Esther, héritage de ses ancêtres du Connecticut, les tapis, le canapé rouge et la table basse à dessus de verre, la table et les chaises en acajou de la salle à manger style moderne danois encore à la mode à l'époque de notre mariage ; la chambre de Richie encombrée d'une profusion de jouets et de gadgets électroniques vite défunts. Tandis qu'il gravit l'escalier dans le sillage de la croupe drue d'Esther, il doit avoir l'impression de se frayer un chemin à travers un matelas de fric. En vérité, notre maison, comparée à celle des Kriegman ou des Ellicott, est plutôt minable et chichement meublée.

— J'ai une chambre, dit-il soudain. Et puis, le type qui la partage avec moi est rarement là. Il est toujours fourré à la bibliothèque du département de technologie, et le soir il a un boulot, dans un cinéma, il gare les voitures dans le parking.

— Mais, chéri — l'immeuble, il est comment ?

— Oh, tu sais, dit-il, à croire qu'elle y est déjà venue autrement que dans ses fantasmes masturbatoires, ou que toutes les femmes de profs d'université savent comment sont condamnés à vivre les perpétuels étudiants. Un de ces vieux immeubles à trois étages divisés en studios.

— Et une flopée de gosses dégueulasses, dit-elle, en mourant d'envie de fumer une cigarette mais sachant bien que, si elle descend en prendre une dans sa chambre, cela sonnera le glas de leur rendez-vous, donnera le signal de la dispersion, ils devront commencer à se rhabiller, remettre tout en ordre, arborer les visages sans joie de circonstance pour accueillir Richie au retour de l'école, alors qu'elle a envie de s'attarder dans cette nudité confortable, de continuer à contempler son image que tel un miroir lui renvoie cette chair de jeune homme, de goûter la saveur salée d'elle-même qu'il lui met dans la bouche. — Je vois ça d'ici. Je parie que tout le monde entend le rock filtrer à travers les cloisons et en bas, il faut se faufiler entre les vieux vélos déglingués qui encombrent le vestibule.

Il opine, songeant lui aussi avec tristesse qu'ils touchent à la fin, alors que ce qui lui plairait, après un autre verre de vin, ce serait d'enfouir son visage entre ses cuisses là où elle est mouillée et, à l'autre extrémité de leur jonction, la forcer à honorer son aimable suggestion, quand bien même le pauvre con se tortille et s'étouffe comme un poisson au bout de l'hameçon. *Inprimis pabula atque potacula.* Cette femme plus âgée est pour lui un champ sensuel dans lequel, enfin libres, ses fantasmes peuvent vagabonder sans frein. Et même, elle semble lui offrir, dans son extraordinaire bonne volonté (engendrée par ce désespoir morne que des années de soumission infligent à une femme), la possibilité de se montrer cruel ; cette possibilité, il la sent là entre ses mains comme des rênes brûlantes et rétives lorsqu'ils font l'amour ; l'amour terminé, la possibilité s'est évanouie.

— Je me sentirais ridicule, dit-elle, de cette voix affectée et supérieure qu'elle prend en société, assise là nonchalante en tailleur et toute dégoulinante de son foutre sur les rayures bleues du matelas, de pénétrer dans ce genre d'immeuble. Que pourrais-je bien aller y faire, avec mon petit ensemble de lainage et mes chaussures Gucci, sinon me faire baiser ? Du jour où une femme a son premier cheveu gris, Dale chéri, il y a tout à coup certains lieux où simplement elle ne peut plus mettre les pieds. Etre une femme, c'est être tout sauf libre.

— Je me disais seulement, dit-il, embarrassé de voir sa suggestion refusée, que la crèche où tu travailles n'est pas tellement loin de mon quartier.

— Les jours où je ne prends pas le bus, je me gare dans une certaine rue, si possible toujours devant la même maison, et je suis le trottoir sans jamais jeter un coup d'œil ni à droite ni à gauche. Ça, mais seulement ça, m'est permis.

S'il m'arrivait de me garer une rue plus haut, je m'attirerais des ennuis.

Elle se lève, et en se levant le surplombe de toute sa nudité si bien que Dale se rappelle comment, tout à l'heure, quand elle se traînait vers lui à genoux, elle est en cet instant de prédation apparue géante, ses petits seins soudain très gros et ses hanches énormes et fendues de désir, des mondes en train de se séparer.

— C'est formidable, au fait, que tu te charges de Paula une partie du temps pour soulager Verna.

— Elle est gentille, cette petite. Je comprends sans peine pourquoi il y a tension entre sa mère et elle.

— Verna n'est pas gentille ?

— Oh grand Dieu, *au contraire* *. Dure. Egoïste.

Par contraste, telle est l'implication, avec elle-même, douce, outrancièrement généreuse, sa nudité tellement vulnérable.

— Pour ses examens, elle a déjà réussi aux épreuves de grammaire et de littérature, et maintenant je l'aide à réviser ses maths.

— L'idée ne t'effleure jamais, mon chéri, que Verna exploite les gens ?

Il réfléchit une seconde, savourant l'aimable spectacle d'Esther qui s'éponge l'entrecuisse avec un Kleenex, puis enfile son mini-slip orné de dentelle. Moins de deux heures plus tôt, rentrée en toute hâte de la crèche, elle l'avait enfilé à son intention, après avoir pris une douche rapide et s'être poudré l'entrecuisse. Elle avait songé un instant à mettre son diaphragme, mais, dans sa hâte et vu son âge, avait décidé de laisser tomber, de prendre le risque. *Immundioris deinceps ex seminis sui limo.* Dale parcourt des yeux le plancher, en quête lui aussi de ses sous-vêtements, un caleçon plutôt juvénile, et ce faisant demande :

— C'est bien pour ça que nous sommes ici, non ? Pour nous exploiter l'un l'autre ? C'est bien ce que nous avons fait l'un comme l'autre, non ?

Esther est légèrement offusquée, comme en d'autres occasions il m'est arrivé de l'être, par ce flegme inattendu qu'il affiche, une assurance qui semble surgir de bien au-delà du personnage terre à terre qu'il incarne, le paumé sans le sou, l'éternel étudiant.

Il perçoit la réprimande dans son silence et poursuit d'un ton contrit :

— Voilà pourquoi je me sens coupable vis-à-vis de ton mari. Je l'exploite, il m'aide à décrocher une bourse, et pourtant moi je suis ici, avec...

Son geste flotte et frôle le corps encore quasi nu pour inclure le grenier tout entier, subsumant la maison tout entière dans la réalité de son irruption en ce lieu, dans des vies où il est un intrus.

— ... moi, encore baisable la vieille, hein, termine Esther à sa place. Qui sait, c'est peut-être *lui* qui t'exploite, *toi*.

— Comment ça ? Comment le pourrait-il ?

— Je n'en sais rien. Il est bizarre, Rog. Jamais il n'aurait dû renoncer au ministère, même si j'étais moi, à l'époque, persuadée que je lui sauvais la vie. Il a besoin de manipuler les gens, et quand il avait son église, c'était précisément ce que les gens attendaient de lui. Bref, Dale chéri, pas la peine de te sentir coupable à son égard. C'est mon problème, et moi je ne me sens pas coupable.

— Pourquoi pas ?

Elle rafle sur le plancher un autre fragment de sous-vêtements orné de dentelle, et hausse les épaules :

— C'est un tyran. C'est souvent le cas des maris. Et ce qui pousse les femmes à mener sans trêve une guerre de libération.

Devinant qu'en lui le désir se réveille au spectacle qu'elle offre vêtue de sa petite culotte symbolique et, mieux encore, en constatant la preuve physique sur son jeune corps long et pâle vautré languide sur leur minable matelas, elle avance les lèvres et dit :

— Je veux que tu te sentes seulement coupable envers *moi*.

Dale la contemple extasié, sa gaucherie faussement fragile, ses coudes pointus, la détermination peinte sur son visage de ne pas se tromper d'agrafes en renfilant son soutien-gorge.

Elle rentre un ruban de nichon coincé par l'élastique et se redresse, jetant un coup d'œil à la ronde comme prête à se quereller.

— Pourquoi, insiste-t-il encore.

Esther simule une moue :

— Tu ne m'as pas dit que je suis une baiseuse formidable, voilà pourquoi.

Rursus, poursuit Tertullien de façon déchirante, *ulcera et vulnera et febris et podagra et mors reoptanda ?* Dans notre au-delà corporel, sommes-nous condamnés à connaître une fois encore ulcères, plaies, fièvre, goutte et le désir de mourir — le désir sans cesse renouvelé de mourir, pour donner au *re*-son étrange, sa déchirante force. Et pourtant, bonté divine, ergotez à votre guise, vieil hérétique ou vieux païen hypothétiques, *oui* nous souhaitons vivre à jamais, tels que nous sommes, peut-être débarrassés d'une partie de la tuyauterie, mais ce qui d'ailleurs ne serait pas strictement indispensable, si l'alternative est de n'être rien, d'intangibles mouchetures de frustration dans le ventre insondable de *nihil.*

— Oh, mais oui, bon Dieu, bien sûr, que tu es une baiseuse formidable, s'exclame Dale, poussé au blasphème.

Le jour où il pénétra dans mon bureau, il paraissait mal à l'aise, mal à l'aise comme je ne me rappelais pas l'avoir jamais vu depuis ce jour où il s'était obstiné à contempler par-dessus ma tête ce qui se passait dehors et mes murs tapissés de livres truffés de prières japonaises en guise de signets. Il ne portait pas sa veste de grosse toile, mais avait passé, par égard pour le froid monotone, un parka jaune moutarde souillé de taches graisseuses qui semblait avoir servi à essuyer une plaque de fonte. Il retira son bonnet de tricot. Il s'était fait couper les cheveux, et ses oreilles saillaient.

— Alors ça va, fit-il avec une feinte désinvolture qui lui seyait mal.

— J'allais vous poser la même question.

— Je veux parler de la bourse. Vous avez des nouvelles ?

J'aurais juré qu'il s'installait dans le fauteuil aux multiples placages plutôt délicatement, à croire que tous les os lui faisaient mal. Outre les traînées roses d'acné le long de sa mâchoire, son visage cireux arborait sous les yeux des plaques pareilles à des meurtrissures, le genre d'ombres, nous taquinions-nous entre gosses au lycée, qui trahissaient un abus de masturbation.

— Comme je le prévoyais, dis-je, ça n'intéresse guère Closson ; l'originalité du projet l'amuse, comme moi. Mais, à cause précisément de cette originalité, il veut réunir la Commission des Bourses au grand complet pour en discuter et souhaiterais que vous soyez présent pour exposer vous-même votre projet et répondre aux questions.

Un « Oh grand Dieu » épuisé lui échappa.

Je souris à ce symptôme de déconfiture.

— Il devrait s'agir d'une petite épreuve relativement anodine, repris-je. Laissez-moi vous décrire Closson. C'est un homme de soixante ans, environ, plutôt fort, avec une drôle de tête carrée, une boîte d'os dirait-on, et des cheveux clairsemés qu'il rabat sur son crâne d'une oreille à l'autre — pour ma part j'étais passablement fier de ma crinière grise bouffante, et n'éprouvais pas la moindre compassion pour les pathétiques stratagèmes des chauves — et aussi, comment dire, une malice absolument intarissable. Il vient de l'Indiana, d'une famille de quakers et a fait ses études en Allemagne au lendemain de la guerre. Il ne jure que par Heidegger. Rien de ce qu'il croit ne mérite d'être écrit, n'empêche, il a cette espèce de lumière intérieure, de foi quaker, et ça lui donne une sorte de sainteté. Pour lui un type dans mon genre est une espèce de paléontologue, et la période des Pères de l'Eglise un âge des ténèbres, une bataille de dinosaures. Ce qui intéresserait Closson, spécifiquement, c'est de savoir ce que vous comptez apporter de *personnel* à ces problèmes scientifiques auxquels vous vous référez, ce que j'ai essayé de lui décrire de mon mieux. Et puis, m'a-t-il demandé, quel est le rôle de l'ordinateur là-dedans ?

— C'est le moyen, dit Dale, de tout collationner, d'établir le modèle universel que nous pouvons, oh je ne sais pas, disons, passer au crible. Et aussi, ça jette un éclairage nouveau sur certains vieux problèmes, le problème corps-esprit par exemple.

— Ah, fis-je, le corps-esprit.

Ses mains se mirent à tracer des circuits et des connections dans le vide, et notre conscience partagée qu'il restait saturé de l'intimité d'Esther — en luisait comme un poisson fraîchement extirpé de l'océan luit d'eau salée et de sa propre bave — reflua à l'arrière-plan de nos esprits, à l'instar du virus de l'herpès qui se tapit à la base de notre colonne vertébrale.

— L'impression prévaut en général, dit-il, que tout est réglé, vu la psychopharmacologie, l'anatomisation de plus en plus complexe du cerveau, la compréhension chimique des synapses, tout ce bricolage dans le vent avec les hémisphères cérébraux, le *corpus callosum* et le reste et surtout ces vingt dernières années l'invasion des ordinateurs, bref que nous savons exactement ce qu'est le cerveau : ce n'est pas une substance immatérielle ; c'est une fonction, tout comme une coupe de cheveux est une fonction des cheveux.

— Vous vous en êtes payé une à ce que je vois, glissai-je.

J'avais également remarqué que, ces derniers temps, Esther avait rogné ses ongles dangereusement effilés.

— Au bout d'un certain temps, ça finit par gratter, expliqua-t-il. On en revient toujours à cette analogie avec matériel/logiciel : le cerveau, c'est la machine, et l'esprit, comme on dit, c'est le logiciel. Mais si l'on prend cette analogie au sérieux, on se retrouve en plein dualisme, le logiciel ne pouvant en effet exister sans la machine. Ou, plutôt, il peut fonctionner avec toute une variété de matériels. Si un ordinateur qui exécute un programme vient à être détruit, il n'est pas indispensable de le reconstruire pour que le programme puisse être exécuté de nouveau ; il suffit de le rentrer dans un nouvel ordinateur, ou au besoin de bâtir les mêmes rapports logiques avec un crayon et du papier.

— Un au-delà en papier. « Une lune en papier, citai-je avec un sourire, qui flotte sur une mer en carton. »

Une chanson qu'il était trop jeune pour connaître. Il poursuivit :

— Toutes ces histoires d'ordinateurs capables de penser, pour qui s'y connaît, c'est un fantastique non-problème. On pourrait s'amuser à connecter tous les ordinateurs en service d'ici à Palo Alto, n'empêche, de ces milliards et milliards de bits, de toutes ces données en mémoire et de ces algorithmes, on ne pourrait obtenir la conscience : autant de chances de l'obtenir des fils et des standards du téléphone. Jamais on n'obtiendra la sensation, ni l'émotion, ni la volonté, ni l'introspection. Hofstader peut bien raconter ce qu'il veut au sujet des Boucles Bizarres, tant qu'il n'en aura pas construit une capable de faire se reprogrammer tout seul un ordinateur ou encore de le pousser au suicide à force de s'ennuyer dans sa boîte, ça revient à prétendre que la vie s'est créée toute seule dans la soupe originelle. Autrement dit, cela tient du fantasme, de la foi. Le matérialisme est une foi tout comme le théisme : mais voilà, en matière de miracles, il exige beaucoup plus. Au lieu d'exiger que nous croyions en Dieu, il exige que nous ne croyons pas en nous ; il exige que nous ne croyons pas en notre propre intelligence, en nos émotions et sensations morales.

Je tressaillis devant l'ampleur et la violence de certains de ses gestes ; quelles sensations morales éprouvait-il, lui, quand il baisait ma petite Esther, je me le demandais.

— Dites-moi pourtant, fis-je. Que pensez-vous du système nerveux d'un chien ? Peut-on parler là de conscience ? Quiconque a jamais eu un chien vous assurerait que l'on peut parler d'émotion. Nul doute que l'on peut parler de mémoire, et ce que nous appelons le moi n'est-il pas au premier chef mémoire ? On peut même parler de libre arbitre ; on *voit* des chiens s'efforcer de prendre une décision, se tortiller, hésiter, et ensuite se sentir coupables. Imaginez, dis-je, une hiérarchie d'organismes qui va de l'amibe — capable *indiscutablement* de réagir à certains stimuli, la chaleur et la lumière par exemple, donc il existe là un *certain* degré de compréhension — à l'araignée et au lézard, à la souris et à l'écureuil, et ainsi de suite jusqu'au chien, au dauphin, à l'éléphant et au chimpanzé : aucun doute qu'au dernier terme de cette séquence on n'ait affaire à une puissance cérébrale qui qualitativement ne diffère en rien de la nôtre, et à la personnalité, l'émotion, à la sensation et autres bonnes choses auxquelles, selon vous, jamais un ordinateur ne saurait prétendre. Où, à quel point interviennent-elles, dans l'élaboration de la structure du neuron ? Qui empêchera que ce même point soit atteint à mesure que s'accroît la complexité des ordinateurs ?

Dale pencha vers moi son visage à la pâleur malsaine. Sa coupe de cheveux en avait subtilement déformé les proportions, de sorte qu'il paraissait refléter quelque déséquilibre moral ou torsion intérieure. Dans son ardeur à reprendre son exposé, de petites bulles perlaient aux commissures de ses lèvres.

— Parce que je *sais*, dit-il, ce que renferment les entrailles d'un ordinateur ; rien d'autre que de petits commutateurs, de minuscules petits commutateurs qui orientent le courant selon certains schémas de sorte qu'il en résulte des calculs, tous en termes de zéros ou de uns — arrêt ou marche, haut ou bas, chaud ou froid, plein ou vide, tout ce qu'on voudra. La vitesse est fantastique mais le phénomène de base est d'une simplicité absolue, et peu importe combien de milliards de connections on arrive à bricoler, fondamentalement il n'y a rien là-dedans, spirituellement parlant du moins. Comment en serait-il autrement ?

Je le voyais bien, je l'avais entraîné sur un terrain où il manquait d'assurance. J'allumai ma pipe. La fumée des premières bouffées s'éleva pareille à des sculptures de pierre bleuâtre dans le rai de soleil ; bien que le froid de ce mois eût été implacable, le soleil gagnait chaque jour en force — dans notre dos, pour ainsi dire.

— Mais pour un ingénieur électricien, nos cerveaux, nos cerveaux à nous, ne ressembleraient-ils pas précisément à ça ?

— En théorie, professeur Lambert, mais en théorie seulement. En pratique, il y a là quelque chose dont personne ne tient à vous parler : *vous.* Quand vous entendez un bruit — tenez, ces bulldozers là-bas, par exemple — des vibrations compriment l'air, traversent l'air et la pierre, et entrent en contact avec les petits os de votre oreille, ils communiquent la perturbation au tympan, qui à son tour la transmet au liquide de l'oreille interne, ce qui déplace certains filaments source d'impulsions électriques qui suivent les nerfs auditifs jusqu'au cerveau. Mais *qui* perçoit le bruit ? Non pas le cerveau en lui-même ; le cerveau n'est qu'une masse de gelée électrochimique. Le cerveau n'entend rien, pas plus qu'une radio n'entend la musique qu'elle joue. Qui, par ailleurs, prend la décision de se lever, de s'approcher de la fenêtre et de regarder ? D'où provient ce bruit ? Quelque chose déclenche ces neurones qui actionnent les muscles qui animent le corps. Un quelque chose qui n'a rien de physique : une pensée, un désir. Les gens sont disposés à admettre que le cerveau influe sur l'esprit — crée l'esprit, pourrait-on dire — mais, chose illogique, ils n'acceptent pas l'autre volet de l'équation, à savoir que les événements mentaux créent les événements cérébraux. Pourtant, cela se produit constamment. Le monde où nous vivons, le monde subjectif, est un monde d'événements mentaux dont certains émettent des signaux électriques qui actionnent nos corps. C'est là le fait le plus évident de notre existence, et pourtant le matérialisme nous demande de l'ignorer.

Les remous provoqués par son haleine détruisaient les sculptures de fumée que j'érigeais. Le tuyau de la pipe pesait tiède sur ma lèvre inférieure, je pensais au cancer de la lèvre. Je pense souvent à la façon dont je mourrai, à la maladie où à l'opération chirurgicale dont l'étreinte de tarentule me paralysera, au mur d'hôpital indifférent et à l'infirmière de nuit blasée qui seront témoins de mon dernier soupir, de ma dernière seconde, du point d'une inimaginable finesse auquel ma vie aura été affûtée. Je raflai le crayon marqué EXTERNAT DU PÈLERIN, et en examinai la pointe ; je poussai un soupir et dis à Dale :

— Pas facile à concevoir, ce saut du cérébral à l'électrique.

— Mais de l'électrique au cérébral, ça ne vous pose aucun problème, réagit-il vivement.

Je pris mon temps pour répondre.

— Il me semble à moi que nous devons, oui nous devons nous méfier de toute confusion sémantique. Tout ce que nous pouvons affubler d'un mot n'est pas forcément une chose dotée du même sens. Par exemple coupe de cheveux et cheveux. Quand un matérialiste dit « esprit » il se réfère simplement à l'une des façons dont fonctionne le cerveau, comme l'on dit « vision » ou « vue » en parlant de l'œil. Cette réification des abstractions et des processus est ce que Ryle, entre autres, a tenté d'élucider ; depuis Platon, c'est là le piège où nous sommes coincés, et chaque fois que cela lui a paru utile, le christianisme a exploité cette confusion. Au commencement était le Verbe. Au commencement, c'est-à-dire, de nos vœux pieux.

— Par ailleurs, reprit mon jeune adversaire, en déplaçant son poids avec tant d'ardeur que le fauteuil émit un craquement de protestation (le jeune homme était encore moins affaibli par le remords adultère que je ne l'eusse souhaité), depuis Démocrite les matérialistes n'ont jamais cessé de devoir expliquer la conscience comme un épiphénomène, une illusion. Pourtant, nous n'avons rien d'autre...

— Ce qui ne signifie pas que nous l'aurons éternellement.

— ... et voilà que la physique des quanta nous dit maintenant qu'il s'agit de quelque chose d'intrinsèque à la matière ; une particule ne devient réelle que du moment où elle est observée. Tant que l'observation n'intervient pas, c'est un fantôme. Selon le principe d'incertitude de Heisenberg...

Moi aussi je me sentais bouillir ; dans ma hâte d'interrompre j'avalai un peu de fumée et réprimai à grand-peine une quinte de toux. Je dis à Dale :

— S'il y a une chose qu'ici je trouve intellectuellement révoltante, c'est d'entendre des étudiants débiles nous rebattre constamment les oreilles de la mécanique quantique et du principe d'Heisenberg, qui prouve à leurs yeux cette vieille monstruosité philosophique éculée, l'Idéalisme.

Dale se cala contre son dossier et eut un sourire.

— Ce sont les physiciens eux-mêmes qu'il faut blâmer. Ils n'arrêtent pas de soulever le problème. Einstein avait horreur de la théorie des quanta. Elle lui « donnait la chair de poule », disait-il. A plusieurs reprises, il a tenté de la réfuter ; mais certaines expériences lui ont donné tort, entre autres et tout récemment les expériences menées à Paris en 1982 sur les polariseurs obliques. Mais l'expérience de Young, la vieille expérience des deux trous, qui remonte, Seigneur, mais oui, à 1800, démontre une anomalie fondamentale ; une succession de photons séparés créent des franges d'interférence comme si chaque particule passait à travers les deux trous à la fois !

— *Certum est,* murmurai-je, *quia impossibile est.*

— Ça veut dire quoi, ça ? s'enquit le jeune homme.

Il ne savait pas le latin. Mais, après tout, était-il en droit de dire, ceux qui savent le latin ne savent pas le langage des ordinateurs. Nous savons tous, relativement parlant, de moins en moins de choses, dans ce monde où il y a trop à savoir, et trop peu d'espoir qu'en définitive cela rime à rien.

— « C'est certain, traduisis-je, parce que c'est impossible. » Tertullien. Sa formule la plus célèbre, en fait — généralement citée de façon erronée sous la forme *Credo quia absurdum est :* « Je crois parce que c'est absurde. » Jamais il n'a dit ça. Son propos, dans le passage approprié de *De carne Christi,* c'est la honte, la confusion. La confusion intellectuelle. Marcion, le pointilleux hérétique, était manifestement embarrassé par la prétendue incarnation de Dieu dans le Christ. Mais qu'est-ce donc qui est le plus indigne de Dieu, demande Tertullien, le plus susceptible de faire rougir — le fait de naître ou le fait de mourir ? Qu'est-ce qui est de plus mauvais goût, être circoncis ou être crucifié ? Etre couché dans une crèche ou dans une tombe ? De tout cela il est possible d'avoir honte. Mais « quiconque a honte de Moi, dit Dieu, de lui J'aurai honte ». « Je suis en sécurité, dit Tertullien, si je n'ai pas honte de mon Dieu » — si je ne suis pas déconcerté, autrement dit, par l'incarnation et tout le contexte embarrassant dont elle est affublée. Le Fils de Dieu est mort, dit encore Tertullien ; il faut formellement le croire, parce que c'est malséant, de mauvais goût — *ineptum* pour employer l'adjectif latin. Et il a été mis en terre, et est sorti de nouveau ; c'est certain, parce que c'est impossible[1].

— Ouais, eh bien, risqua Dale. Ce que la physique des particules peut ajouter à tout ça, c'est que la réalité est intrinsèquement incertaine, et de façon très réelle tributaire de l'observation. Il y a un physicien au Texas, un certain Wheeler, qui soutient que, pour être réel, l'univers entier dut attendre que survienne un observateur conscient. Pas seulement réel-subj., mais réel de façon très réelle. L'expérience des deux trous, fait observer Wheeler, peut être truquée de façon à être rétroactive — autrement dit, l'observation qui met en évidence la particule qui peut intervenir après le comportement hybride. Par hybride j'entends que les deux états de la position d'une particule, disons, coexistent jusqu'à ce qu'intervienne la mesure. Jusqu'à ce que l'on regarde dans la boîte, autrement dit, le chat de Schrödinger est à la fois vivant et mort. En ce sens, l'esprit a bien une

1. *Quid enim indignius deo, quid magis erubescendum, nasci an mori ? carnem gestare an crucem ? circumcidi an suffigi ? educare an sepeliri ? in praesepe deponi an in monimento recondi ?... Quodcunque deo indignum est, mihi expedit. Salvus sum, si non confundar de domino meo. Qui mei, inquit, confusus fuerit, confundar et ego eius. Alias non invenio materias confusionis quae me per contemptum ruboris probent bene impudentem et feliciter stultum. Crucifixus est dei filius ; non pudet, quia pudendum est. Et mortuus est dei filius ; prorsus credibile est, quia ineptum est. Et sepultus resurrexit ; certum est, quia impossibile est (N.d.A.)*

influence sur la matière. Il y a aussi un autre physicien, un certain Wigner...

— *Je vous en prie,* coupai-je. Tout cela est très charmant, mais ne serait-ce pas, franchement, pousser un peu ? Si les gens ne font pas tellement cas de leur esprit, c'est qu'ils voient à quel point l'esprit est totalement à la merci du monde matériel — une brique vous dégringole sur la tête, et si imprécis que soient les mouvements des atomes individuels qui composent l'argile de la brique, votre esprit est anéanti. La vie, la pensée — elles ne font pas le poids à côté des planètes, des marées, des lois physiques. A chaque minute de chaque jour, toutes les prières du monde, les vœux les plus ardents sont impuissants à déloger une petite cellule cancéreuse, ou le virus du SIDA, ou les barreaux d'une prison, ou le loquet d'un réfrigérateur dans lequel un enfant s'est accidentellement enfermé. Sans un immense effort, tel celui qu'esquisse Tertullien, pour ravaler la honte il est impossible de contourner la matière. Elle est implacable. Elle se fout éperdument de nous, de toutes les façons. Elle ignore jusqu'à notre existence. Et tout ce que nous faisons, que ce soit jeter un coup d'œil à droite et à gauche avant de traverser la rue ou encore concevoir des avions dotés d'énormes facteurs de sécurité, tout reconnaît ce fait, cette implacable indifférence des choses, quelles que soient les croyances démentes que nous professions.

A l'expression peinte sur le visage de Dale, je compris que je m'étais laissé emporter, ce qu'à la manière exaspérante des évangélistes, il tenait pour une forme de triomphe.

— Vous voyez donc les choses ainsi, dit-il.

— Ma foi, c'est une façon de les voir, répliquai-je, gêné. Par rapport à vous, je suis bien forcé de me faire l'avocat du Diable.

— « Croyances démentes », répéta-t-il, ses yeux bleus bissectés par la lumière qui se déversait par la haute fenêtre en ogive située derrière moi. C'est vrai, vous êtes un homme très coléreux.

— C'est aussi ce que dit parfois Esther. Moi, je ne me vois

pas ainsi ; pour moi, je suis aussi calme et accommodant que la condition humaine le permet — un peu plus même.

Une roseur, aurais-je juré, avait envahi les joues cireuses de Dale quand j'avais mentionné le nom d'Esther. Il fit un effort pour s'en tenir à notre prise de bec théologique.

— Vous savez, fit-il avec patience, quand le Christ disait que la foi est capable de remuer des montagnes, Il ne disait pas qu'elle les remuerait dans l'instant, ni qu'elle pourrait ouvrir la porte des réfrigérateurs ; des miracles ou rien, voilà en fait comment vous raisonnez. Mais vous devez bien comprendre pourtant que l'esprit, nos désirs, nos espoirs, oui, ils changent, peuvent changer, changer le monde matériel. Je veux dire, ce vers quoi tous nous tendons à partir d'une vingtaine de directions différentes, c'est une holistique...

— Ce qu'après le principe d'incertitude, coupai-je, j'en suis ces dernières années venu à abhorrer le plus, c'est le mot « holistique », un signifiant dépourvu de sens qui autorise la confusion de toutes les précieuses distinctions sur lesquelles s'échine la pensée humaine depuis deux mille ans. Et Richie, ces maths, ajoutai-je, ça marche ?

Le sang, ce traître ardent, afflua visiblement sous sa peau ; c'était à son tour d'être *pudibundus,* d'endosser la honte d'être. En évoquant Richie, le fruit de ses entrailles, j'avais évoqué Esther.

— Bien. C'est un gentil garçon, vraiment ; si plein de bonne volonté. Mais je me demande toujours ce qu'il en retient ; une semaine on croirait que tout est au point, et à la leçon suivante on dirait qu'il a tout oublié. Pour ce qui est des bases, j'ai essayé de tourner son blocage mental en introduisant les ordinateurs, histoire de rendre la chose plus concrète, de lui montrer que non seulement ils ne sont pas binaires dans leur principe de base, mais utilisent, beaucoup du moins, des nombres hexadécimaux pour les sorties d'imprimante, seize étant, naturellement, quatre binaires de quatre bits et la simplicité même à convertir. Mais, je ne sais pas, on dirait qu'il tient de son père. Il est d'un naturel si doux qu'il ferait un pasteur formidable.

Je n'avais pas envie d'entendre ça. Je n'avais pas envie d'entendre la plupart des choses que me disait Dale : il avait le don, comme mon hygiéniste dentaire avec son grattoir bien affûté, de trouver les points tendres et sensibles de mon émail. Je voulais le garder tout près du charnel, d'images qui lui rappelleraient son péché.

— Mais sa mère a tellement le sens des chiffres, dis-je. A propos d'Esther, voulez-vous savoir quelque chose d'intéressant ? Plutôt intime, en fait.

— Bien sûr, fut-il contraint, non sans hésiter, de dire.

— Elle monte nue sur la bascule de la salle de bains, et si elle constate qu'elle dépasse cinquante kilos, elle ne mange rien sinon du céleri et des carottes jusqu'au jour où elle se retrouve pile à cent livres.

— Plutôt coercitif, reconnut Dale, d'une voix qui me parut flûtée, comme celle de Verna.

Je le savais, la référence à notre commune salle de bains le piquerait au vif ; notre nudité naturelle, légitime, la pensée de nos serviettes et gants humides permissivement échangés, de nos médicaments mêlés, fils dentaires, bains de bouche, fils rouges de Tricostéryl, le tourmenteraient en le contraignant à comprendre qu'il existait, sous le grenier où elle et lui se jouaient leur comédie d'amour sans espoir, nombre d'autres pièces — des chambres faites de réel, de possessions partagées et de tâches conjugales, de souvenirs aux angles usés et à la peinture écaillée, d'une sécurité que moi je pouvais donner à Esther et pas lui. Ma foi, quand on s'aventure dans l'adultère, on doit s'attendre à trébucher sur le fil dentaire du mari.

— Je trouve toujours excitant, d'une certaine façon, avouai-je, de me la représenter comme très précisément cent livres de chair, de viande. Tertullien appelle ça *caro, carnis,* un mot plus satisfaisant à mon avis. Un argument que vous n'avez pas mentionné en faveur du hiatus corps-esprit, est le dépaysement que tous nous éprouvons à l'égard de nos corps, le dégoût qu'il nous faut réprimer dans notre rapport avec eux. Les nourrir, les essuyer, les regarder se couvrir de rides. Songez combien c'est pire pour une femme — les poils abhorrés, les saignements, les sécrétions qui tachent leurs dessous, toutes ces petites dysfonctions qui viennent de ce que Dieu a bourré trop de fonctions dans leurs jolis petits ventres ronds...

— Monsieur, je ne veux pas vous mettre en retard pour votre séminaire, coupa Dale.

— Aucun risque, il n'y a pas de séminaire. C'est la période des examens. Le trimestre prochain, nous étudierons les hérétiques post-nicéens — une bande de pauvres types. Les Cathares, les Vaudois, les apostoliciens, pour commencer, puis les lollards, les hussites, les bégards et béguines, sans parler de vous et de moi.

— De vous et de moi ?

— Des protestants. Nous avons éliminé l'intermédiaire. La foi, rien que la foi. Les textes, foutaises. Le pape et ses indulgences, foutaises. Tout ça finit par être très politique, très économique et plutôt sinistre — les templiers, tenez, n'étaient nullement des hérétiques, simplement des victimes de la rapacité du roi de France et du pape Clément V. Et tout ça s'explique en grande partie par la croissance des villes. La religion des villes est un moyen d'échapper à la ville, et comme telle tend à être mystique. Antiorganisationnelle. Ce que l'Eglise ne pouvait tolérer. Tout le monde, de saint François jusqu'à Jeanne d'Arc, revendiquait son petit pipeline direct, et ça non plus l'Eglise ne pouvait le tolérer. Je préfère de beaucoup la partie antenicéenne de mon cours, avant l'époque où l'évêque s'est transformé en un affreux tyran. Au cours de ces premiers siècles, il y avait en permanence quelque chose d'intellectuellement créateur ; les gens s'efforçaient de comprendre ce qui s'était passé — ce qu'était la véritable nature du Christ. C'est quoi, selon vous ?

— Quoi donc ?

— La nature du Christ. Vous êtes chrétien, non ? Vous continuez à vouloir prouver l'existence de Dieu par le truchement de la théologie naturelle ; où Jésus apparaît-il dans vos diagrammes ?

— Mais — sa gêne avait changé de terrain, mais conservait sa couleur — partout où le Credo dit qu'Il apparaît, de même que Dieu créa l'Homme, descendu pour racheter nos péchés...

— Oh, je vous en prie. Nous n'avons pas besoin que l'on vienne racheter nos péchés, pas vrai ? Quels péchés ? Un brin d'avidité, un brin de concupiscence ? Vous appelez ça des péchés, comparés à un tremblement de terre, comparés à un raz de marée, à une épidémie de peste ? Comparés à Hitler ?

— Hitler... tenta-t-il d'ergoter, en visant mon point faible.

— Et surtout n'allez pas me parler *du* Credo. *Quel* Credo ? Par rapport au nicéen, l'athanasien suggère une interprétation totalement différente. Celle des Apôtres est un alibi, une vulgaire prime. Comment voyez-vous se combiner les deux natures de *l'Homme-Dieu* ? Comme les ariens et les adoptionnistes, avec le rôle de Dieu mis en sourdine, ou comme les monophysites et les apollinarites, avec le rôle de l'homme réduit à un simple prétexte, une excuse ? Ou encore comme les nestoriens, avec les deux rôles tellement indépendants que le malheureux Jésus n'aurait pu savoir Qui ni Quoi ni où Il était ? Et sa vie sexuelle, qu'en pensez-vous ? C'était quoi ? N'importe quoi ? Quelque chose ? Rien ? Il avait la manière avec les dames, vous devez l'admettre, baratinant gentiment les sœurs de Lazare ou se bornant à se la couler douce dans la maison de Simon le Lépreux tandis que l'on inondait Ses cheveux d'huile de luxe, et les implorant tous de ne pas jeter la première pierre. Mettez-vous dans la peau de Jésus à quinze ans, vous êtes de retour chez vous à Nazareth, les gens ont fini par oublier vos facéties dans le Temple et tout le monde pense que Vous serez bientôt tout bonnement un banal charpentier, comme votre papa. Est-ce que Vous Vous masturbez ? Est-ce que Vous Vous faufilez derrière le tas de sciure avec la petite fille des voisins, la petite Gananéenne ? Avez-vous des rêves mouillés dont même à Son plus sévère le vieux Jehovah ne saurait tenir rigueur à un garçon ? Inutile d'être gêné. C'est là le genre de choses qui obsédaient jour et nuit les antenicéens, c'était leur pain quotidien, et voilà que c'est devenu *mon* pain quotidien. Quand Esther dépasse les cinquante kilos, c'est de ce pain quotidien qu'elle s'est empiffrée. Elle est vorace, vous n'avez jamais remarqué ? La femme adore manger.

Ses iris blêmes vacillaient de frayeur face à mon humeur délirante.

— Vous parlez de moi et de blasphème, accusa-t-il mollement.

— Oui, fis-je simplement. Cette prise d'assaut du ciel dont vous rêvez. Si Dieu souhaitait que l'on découvre Ses traces, n'aurait-Il pas fait en sorte qu'elles soient plus nettes ? Pourquoi être allé les fourrer çà et là dans des bribes d'astronomie et de physique nucléaire ? Pourquoi être si *timoré,* quand on est la déité ? Dites-moi : redoutez-vous jamais de regarder trop profond et de vous faire arracher les yeux ?

Dale clignota des yeux et, en retour, se borna à dire :

— Oui.

Cette réponse désarmée m'émut. Je me sentis, brusquement, ignoblement, déborder de ἀγάπη, ce truc détestable. Il se confia :

— Depuis que j'ai commencé à réfléchir sérieusement à ces choses, la nuit, mes prières — personne ne les entend plus. J'ai rompu un lien. Il y a comme une colère.

— Bien sûr, dis-je, étalant mes mains sur mon buvard gris, constellé de taches, et remarquant qu'une fois encore j'avais coupé trop court l'ongle de mon pouce, le même, avec en plus une encoche, sans doute ma façon de manier la pince. On dirait que vous essayez de poster Dieu au bout d'un sentier humain, Dale, dis-je. Vous édifiez une tour de Babel.

— Et dans ma vie privée, commença-t-il à se confesser d'une voix rauque, larmoyante, constatant qu'il venait de réveiller en moi le pasteur.

Mais il avait beau s'évertuer à la camoufler, je refusais d'entendre parler d'Esther. Lui permettre de se confesser et de pleurer, la plaie commencerait à se vider et cesserait de suppurer.

Je levai la main.

— Ah bien sûr, *ça*, dis-je. Nous avons tous quelque chose. Dans les circonstances où nous nous trouvons, tout le monde est forcément un peu tordu. N'ayez pas peur de la Terre. La chair. Vous savez ce que disait Tertullien ? Il disait : « Il n'y a rien dont on puisse rougir dans la Nature ; la Nature devrait être vénérée. » *Natura veneranda est, non erubescenda.* Puis il en vient à des détails plutôt intéressants, touchant les hommes et les femmes. Il dit que, lorsqu'ils s'accouplent, l'âme et le corps s'acquittent ensemble d'un devoir ; l'âme fournit le désir et la chair son assouvissement. Que le sperme de l'homme tire sa fluidité du corps et sa chaleur de l'âme. Il appelle ça, en fait, un suintement de l'âme. Et de façon plutôt charmante, alléguant que dans son désir de dire la vérité il doit inévitablement prendre le risque d'offenser la pudeur, dis-je encore à Dale, me penchant en avant comme pour activer derrière l'écran de ses yeux les images licencieuses qu'Esther et lui y avaient accumulées, Tertullien dit que, quand un homme parvient à l'orgasme, il a la sensation de s'évanouir, et que sa vue s'obscurcit. Ensuite il rappelle qu'Adam était fait d'argile et de souffle, et que l'argile est par nature humide, de même que le sperme qui en jaillit[1]. Bref, rien dont on doive rougir. *Non erubescenda.*

— C'est bizarre, confessa Dale. Mais parfois, la nuit, j'ai envie de vous parler. Des arguments me viennent à l'esprit. Vous me perturbez, je crois. Vous me dites de ne pas avoir

1. *In hoc itaque sollemni sexuum officio quod marem ac feminam miscet, in concubito dico communi, scimus et animam et carnem simul fungi, animam concupiscentia, carnem opera, animam instinctu, carnem actu. Unico igitur impetu utriusque toto homine concusso despumatur semen totius hominis, habens ex corporali substantia humorem, ex animali calorem. Et si frigidum nomen est anima Graecorum, quare corpus exempta ea friget ? Denique, ut adhuc verecundia magis pericliter quam probatione, in illo ipso voluptatis ultimae aestu, quo genitale virus expellitur, nonne aliquid de anima quoque sentimus exire ? atque adeo marcescimus et devigescimus cum lucis detrimento ? Hoc erit semen animale protinus ex animae destillatione, sicut et virus illud corporale semen ex carnis defaecatione. Fidelissima primordii exempla. De limo caro in Adam. Quid aliud limus quam liquor opimus ? inde erit genitale virus.* (De Anima, XXVII.) *(N.d.A.)*

peur de la Terre. Je pourrais vous en dire autant. Vous n'arrêtez pas d'évoquer les tremblements de terre, l'énormité et l'insensibilité abominables de toutes choses, la guerre, la maladie...

— Oui, l'encourageai-je, je tenais à entendre sa théorie.

Il rougissait toujours, rubicond ; quand je les cherchais, ses yeux se dérobaient.

— On peut dire ce genre de choses, bien sûr, et peut-être même le *devrait*-on ; après tout, c'est Dieu qui parle en nous, cette indignation. Cette révolte. Ce qui explique que les athées soient si pieux, en un sens, tellement sûrs d'eux-mêmes et enclins au prosélytisme. Mais — il se contraignit à me regarder, moi et mes multiples nuances de gris — voici ce qu'une nuit j'ai formulé dans mon esprit à votre intention : vous devriez enfin le comprendre, jamais votre loyauté envers Dieu ne disparaîtra, car c'est fondamentalement une loyauté à l'égard de nous-mêmes, à supposer que vous puissiez comprendre ça.

— Je le peux, dis-je, et trouve que cela frise dangereusement l'humanisme. Il faut qu'il y ait un *Autre.* Vous le savez d'ailleurs. Et une fois que cet Autre, on L'a, Il se révèle être un monstre, qui déborde d'une chaleur et d'un froid épouvantables, et engendre des vers dans le fumier, ainsi de suite. En tout cas, c'est bien de l'avoir dit. Je le sais, il est difficile d'exprimer ces choses que l'on garde enfermées en soi. C'est bien d'avoir voulu me réconforter.

Nous nous trouvions tous les deux, en fait, dans un état de malaise aigu ; nos yeux, nos âmes, dardaient et refluaient comme des anguilles fantômes. Froid et vide, le ciel de ce mois de janvier inondait d'une lumière dure ce bureau aux dimensions de nef. J'avais les pieds glacés ; je sentais peser dans mes os tous les livres qui garnissaient mes murs. Ma pipe était morte.

— Comment va Verna ? demandai-je, histoire de dire quelque chose, de me débarrasser un instant de Dieu, de ces redoutables, périlleux efforts pour Le coincer, pour effleurer la divine substance.

— Aucune idée, fit Dale. Quelque chose la ronge. Pendant un temps je la trouvais très remontée, transportée de joie même, c'était formidable de la voir ainsi, à l'idée de décrocher le diplôme et de pouvoir se débrouiller dans la vie, mais quelque chose lui a brisé les ailes. Vous êtes allé la voir depuis Noël ?

— J'ai bien peur que ma dernière visite n'ait pas été un succès, dis-je.

J'avais, en vérité, éprouvé sur le moment une impression sensiblement différente, mais j'avais eu peur de pousser mon avantage, de crainte de m'être fait des idées.

— Nous avons essayé de lire *Thanatopsis* ensemble.

— Elle a réussi à son épreuve d'anglais.

— Oui, je sais.

— Vous savez. Comment ? Elle vient de me le dire elle-même au téléphone seulement l'autre jour.

— Esther me l'a dit.

Encore Esther. Verna l'avait dit à Dale, Dale à Esther. Esther à moi.

Il ne broncha pas.

— Vous devriez faire un saut chez elle, sincèrement. Verna vous respecte.

Je fus contraint de sourire. Je revoyais son visage furibond, ses seins dénudés.

— Ce n'est pas à cette conclusion que j'en suis arrivé.

— A part vous, elle n'a aucune famille dans le coin.

— Qui sait si elle n'est pas venue s'installer dans notre belle ville précisément pour fuir sa famille.

En cet instant Dale ressemblait beaucoup à ce qu'il était lors de notre première rencontre — le bon petit scout timide et pourtant outrecuidant, le fana de Jésus en jeans et veste de para ; et pour le moment, il avait oublié (comment pouvait-il !) qu'il était amoureux de ma femme, de ses cinquante kilos de membranes et de tripes. Tandis qu'il se tracassait pour l'infortunée Verna, la pauvre Esther lui était sortie de l'esprit.

— Ce ne serait pas uniquement pour prendre de ses nouvelles, professeur Lambert, mais aussi des nouvelles de Paula. A dire vrai, c'est surtout pour Paula que je me tracasse.

— Pourquoi ?

Il eut une brève hésitation.

— Il arrive, c'est vrai, que Verna se mette dans tous ses états.

— Mais l'enfant va à la crèche cinq matinées par semaine. Pour pas un sou.

Esther s'était occupée des arrangements financiers.

— Peut-être, mais ça ne règle pas pour autant le problème des après-midi et des nuits. Je ne sais pas. On dirait que si on relâche un peu la pression, c'est pire quand ça revient. En vérité, elle mesure maintenant tout ce qu'elle a gâché. Je souhaite sincèrement qu'au moins, vous lui passiez un coup de fil ; moi, c'est simple, je n'ai plus l'énergie de m'occuper d'elle.

— A quoi consacrez-vous votre énergie alors ? demandai-je non sans malice.

On eût dit que sa peau s'assombrissait légèrement, et que la trame de son visage allongé, ses cartilages, les bourrelets de ses joues et l'ossature sous-jacente se relâchaient, et que surgissaient des poches bleuâtres comme celles qui marquent une chair de bébé. En dépit de notre échange de ἀγάπη, j'avais bel et bien l'intention de l'écraser, une résolution qui me paraissait délicieuse, inébranlable et rugueuse, comme chez Tertullien un paragraphe particulièrement riche de détails.

— A mon projet, sans doute. Je n'arrête pas de me creuser la cervelle pour essayer de le formuler, pour modeler la réalité sur l'ordinateur, et en fait c'est trop ambitieux. Rien que pour mettre en mémoire les données représentant, disons, un bloc de maisons dans une ville, sans même parler des structures atomiques et chimiques sous-jacentes, il faudrait davantage de mégaoctets bourrés de mémoires qu'il n'en existe à mon avis d'ici Berkeley, même si l'on pose le principe d'un programmeur omniscient et rapide comme la foudre qui aurait le temps d'entrer toutes les données. Tenez, par exemple le projet commercial auquel je travaille — le problème, c'est de faire rebondir une balle, avec dessinés dessus le sigle et le logo d'une certaine marque de conserve pour chien et chat, en surimpression d'une petite plaque de paysage caillouteux qui a déjà été créée, fragment par fragment. Ça paraît tout simple, mais à chaque rebond, il faut montrer la boîte en train de s'aplatir légèrement, sinon on dirait une balle en verre qui risque de se briser, et ensuite en l'air, du fait de l'élasticité, la forme rebondit, de sorte qu'on obtient non pas un cercle, mais un vague assemblage de courbes rainurées, pas exactement symétriques, dans la mesure où la balle s'aplatit d'un seul côté — tout ça est calculable, bien sûr, même en trois dimensions, mais quand les fonctions commencent à se chevaucher et que le maillage continue sur ces surfaces en permanente déformation trente fois par seconde, sans parler de la surveillance, de la réflexion, de la diffusion de texture et j'en passe, eh bien, la manipulation des nombres devient très importante. Si votre temps partagé est saturé, vous risquez de rester là des minutes à attendre que le processeur accouche de ses conclusions. Et encore, cette balle qui rebondit est un problème d'animation relativement banal. Les silhouettes de dessins animés composées de cylindres, de cônes tronqués et de plaques superficielles bicubiques sont plus complexes par un ou même deux ordres de magnitude. Mais en réalité, pour ce qui est graphie et robotique, c'est l'*élasticité* des substances organiques qui prend le pas sur les mathématiques.

Je n'avais pas compris grand-chose à ce qu'il disait. Je n'avais même pas essayé, ça me déprimait. Je hochai la tête et dis :

— C'est terrifiant de penser à ces choses ?

— Ma foi, la machine se charge de penser presque tout à votre place, me rassura Dale, les trucs essentiels.

Ses mains s'étaient mises à voleter et glisser en l'air,

tandis qu'il soulignait comment il entrait dans l'ordinateur, dans le problème.

— J'ai bien réfléchi, à propos du projet, et vouloir à tout prix modeler de l'extérieur le monde fragment par fragment, c'est ridicule ; ce n'est pas la Création que je dois imiter, mais le Créateur — autrement dit, si je bâtis un système disons de, peu importe, pas un système de molécules, ni de neutrinos ni de galaxies ni de microbes, mais simplement de quelques milliers de cubes de couleur, disons, et que je programme un aléa absolu pour obtenir la prolifération d'une série et que j'en infléchis une autre un rien vers la téléologie en injectant quelques règles d'automates cellulaires, et même pourquoi pas un sous-système de programmation et de raisonnement d'un certain type, je ne sais pas moi, simplement quelque chose mathématiquement pour représenter un élément d'intention, de volonté divine plus ou moins, et si là-dessus je charge la tireuse de plans et que je le recharge pour voir si émergent des parallèles avec le monde observé, autrement dit, si la série absolument aléatoire ressemble moins à la réalité que la série téléologiquement infléchie, nous pourrions avoir quelque chose de substantiel à soumettre à votre Commission des Bourses. Quand disiez-vous qu'ils veulent me voir ?

— Au début du trimestre de printemps, sitôt la rentrée. Début février, dirais-je.

Il regardait fixement par-dessus ma tête, dans le vide.

— Oh mon Dieu. Mais c'est presque imminent. Tout reste encore si vague dans mon esprit, tenez comme ce nuage là-bas qui me fait signe. Je me demande si je suis bien de taille ; je me sens tellement stupide parfois.

— Eh bien, lui dis-je avec brusquerie, qui sait si la stupidité n'est pas un des atouts nécessaires. Ce fut le cas pour pas mal de nobles entreprises.

Je décelai dans ma voix une note d'adieu, et Dale la décela aussi, il se leva et prit congé. Les angles de son cou et de ses épaules trahissaient son découragement ; je me le représentai suivant le long couloir du premier, le sol garni de linoléum marron chocolat et les portes closes, l'escalier en pierre de taille, l'épaisse rampe de chêne, le palier aux étroites fenêtres pareil à une petite chapelle latérale, puis au rez-de-chaussée dans le couloir, longeant le panneau aux couches d'annonces superposées, chœurs eucharistiques sur accompagnement de banjos dans les églises noires du centre, débats au clair de lune sur « Le Développement d'une Spiritualité féministe juive » et « Le Progrès de la Théologie de la Libération dans le tiers monde d'Amérique du Nord » ou encore une conférence par un distingué médecin invité sur l'épineux problème de « L'Intimité et la Confiance à l'Ere du SIDA ».

Je me sentais vaguement souillé après notre empoignade spirituelle, notre « effort de compréhension ». Je détestais voir mes opinions les plus intimes, mon ardent noyau barthien douillettement à l'abri dans son enveloppe de cynisme mondain et de morale opportuniste, tirés vers la lumière par l'authentique angoisse de ce jeune homme, son refus obstiné de me laisser aller avant que je lui accorde ma bénédiction. Je tenais toujours mes distances avec mes étudiants, et j'en voulais à cet intrus surgi d'un autre département, d'un tout autre secteur de l'université, traînant ses gros hush-puppies sur un terrain que tant d'autres n'avaient jamais osé fouler. Car beaucoup, et même cette armoire de Corliss Henderson avec son opiniâtreté mélancolique à couvrir les saints d'anathèmes, auraient été ravis de me connaître mieux, d' « entrer en contact » avec ce professeur Roger Lambert toujours impeccablement emmailloté de gris, qui avait conclu son pacte avec l'univers et s'était bien juré de jamais ne l'enfreindre.

2

Timidement, je frappai au panneau lisse de la porte verte ; jamais encore je n'étais venu de jour ni par cette lumière. Le soleil matinal montait la garde au bout du couloir nu zébré d'éraflures, et un chaste silence planait sur la cité — les enfants partis à l'école, les adultes partis au travail, ou encore au lit en compagnie de leurs péchés. Verna ouvrit, vêtue d'une jupe anthracite très convenable et d'un pull lilas à grosses mailles. Bien sûr : elle s'était levée de bonne heure pour sortir, avait conduit la petite Paula à la crèche par ce beau matin de l'Epiphanie au froid piquant. Elle m'avait ouvert presque aussitôt, à croire qu'elle attendait quelqu'un d'autre. Mais quand elle vit que c'était moi, son large visage blafard — son visage lunaire — subit une transformation qui effaça sa fossette et, m'attirant dans la pièce, elle s'effondra dans mes bras ; à travers mes multiples vestes, je sentis la pression trouble de ses seins, la chaleur et le battement du sang encagés dans son thorax fragile de jeune femme. Elle sanglotait, le nez dans mon cou, son souffle et ses larmes étaient chauds sur ma peau.

— Oh, Tonton, pantelait-elle, de sa voix flûtée de petite fille. Je me demandais où tu étais passé.

— Je n'ai pas bougé d'ici, dis-je, abasourdi. Tu n'avais qu'à donner un coup de fil, si tu avais envie de nous, de me voir.

Mes pronoms reflétaient, en premier lieu, l'idée spécieuse que c'était d'Esther et de moi à la fois, ses subrogés père et mère, dont peut-être elle avait eu besoin, puis la réflexion qu'Esther et elle se voyaient forcément à la crèche, et enfin une acceptation ravie de voir que c'était à moi seul que la chère enfant souhaitait s'adresser.

Elle semblait répugner à lâcher prise. Pour la première fois depuis quatorze ans, je savais ce que l'on ressentait à étreindre une femme qui pesait plus de cinquante kilos. Mais mon étreinte était légère, gauche, visiblement avunculaire.

— Oh Seigneur, brailla et renifla la jeune fille. C'était abominable.

— Quoi donc ?

— *Tout.*

— Il paraît que tu as réussi à une partie de tes examens,

dis-je. Et puis tu es heureuse de ne plus avoir Paula sur les bras le matin, non ?

Nous avions réussi à nous démêler, bien que, comme une ombre, la chaleur de son corps s'attardât sur le devant du mien, chiffonnant ma chemise, mon pantalon.

Ses reniflements se muèrent en un grognement.

— Poopsie, fit-elle avec mépris. C'est le cadet de mes soucis.

Verna me contemplait de ses yeux ambre. Dépouillés de cils et louchant légèrement, on eût dit les yeux d'un chat de mauvaise humeur. En prévision des mots à venir, elle arborait une expression insolente.

— J'en couve un autre, Tonton.

— Un autre quoi... gosse ?

Verna opina. Ses boucles raides et décolorées cascadèrent plus bas sur son front buté. Sa voix fusa, comme coincée par la contrition.

— Je sais vraiment pas ce que j'ai ; on dirait qu'il suffit que les mecs me fassent de l'œil.

— Les mecs ?

— Allons, tout de même Tonton, fit-elle, sur quoi d'un ton enjoué, comme débitant un extrait de *Cosmopolitan* ou un slogan dynamique, elle ajouta :

— La jeune femme d'aujourd'hui connaît la vie.

La répétition du « Tonton » sonnait comme une raillerie ; n'empêche qu'en me voyant sur le seuil, elle avait bel et bien paru soulagée et reconnaissante.

— Dale t'a rien dit ? s'enquit-elle à ma grande surprise.

— Pas vraiment. Mais il m'a conseillé de passer prendre de tes nouvelles.

— Donc c'est pour ça que t'es venu. Merci.

— Alors, tu comptes faire quoi ?

Elle eut un haussement d'épaules, et la façon abstraite dont son regard parcourut la pièce suggérait que le problème, de même que sa crise de nerfs et son embrassade, étaient du passé. La radio jouait dans l'autre pièce ; une musique constamment interrompue par une voix rapide et blagueuse, une voix de femme qui fusait par bouffées et saccades insolentes.

— Et vous tous là-bas, attention, disait la voix, comme désorientée. Ici, Radio S-A-U-V-A-G-E !

La télé était coupée, et trônait lugubre sur le casier à bouteilles. La pièce ressemblait davantage à une chambre d'étudiant. Une petite bibliothèque peinte en blanc avait fait son apparition ; son contenu se limitait à quelques revues de mode et à l'anthologie bleue que j'avais apportée. Il y avait en outre un siège neuf, un fauteuil trop rembourré tendu d'un tissu criard qui m'évoquait quelque chose ; je me demandais bien quoi.

Ma question, un peu comme ces questions théologiques dont Dale et moi harcelions l'espace qui nous séparait, avait en fait exprimé ce qui aurait dû rester non dit : Verna ne cessait d'oublier que les actes entraînent des conséquences. De nouveau, son visage mouvant menaçait de se dissoudre dans une sorte de panique, comme lorsqu'elle m'avait accueilli.

— Je *sais* pas. Je ne veux *rien* faire.

Je jugeai urgent de me montrer directif.

— Tu ne peux pas te permettre de l'avoir *comme ça*, lui dis-je. Tu te retrouverais davantage encore dans la merde.

Je compris soudain ce que me rappelait son nouveau fauteuil : cet accotoir de lit en gros velours pêche que le jeune Noir gracile portait en équilibre sur sa tête le jour où j'étais venu ici à pied, la veille d'Election Day, dans Sumner Boulevard. Non que les couleurs ni les formes fussent exactement identiques, mais elles avaient en commun une auréole, une auréole d'espoir irrémédiablement voué à l'échec. J'effleurai le velours mandarine du fauteuil.

— Tu as dépensé l'argent que je t'ai donné, on dirait.

— Ça, c'est le fauteuil de mon oncle, dit-elle avec une mimique gamine. Pour qu'il se sente bien assis quand il viendra me rendre visite. Si jamais il vient.

Je m'assis. Les coussins avaient la raideur de la mousse neuve.

— Depuis quand n'as-tu plus tes règles ? demandai-je.

— Deux mois, je crois, fit-elle d'une voix morne.

Je le compris, j'avais compromis ma dignité en m'asseyant. Mon visage était au niveau des hanches de Verna. Je croyais la sentir encore entre mes bras et mon sang bouillait : son corps, sa masse, sa densité, et les implications. Il est une bizarre révélation érotique qui parfois nous illumine quand soudain, le temps d'un instant, nous voyons les femmes simplement comme les femelles de notre espèce animale, une autre catégorie de créatures fourchues comme nous condamnées à une routine quotidienne d'ingestion et de défécation, de sommeil et d'effort. Nous sommes pris ensemble à ce piège. *In carnem.*

— Tu *crois,* fis-je, sévère. Tu es capable de compter, non ?

— Ça devrait faire trois maintenant, répondit-elle, de mauvais gré.

Ses hanches ondulaient sous la jupe anthracite ; machinalement, elle commençait à jouer les coquettes.

— Eh bien, dans ce cas, dis-je. Pas de problème. Fais-toi avorter. Tu as la chance de vivre à une époque où c'est facile, il suffit de demander. Quand j'avais ton âge, il fallait se mettre à genoux et ramper pour y arriver. C'était illégal, et dangereux, souvent les femmes en mouraient. Et voilà que ces idiots veulent ressusciter l'ère de l'obscurantisme.

— T'as été obligé de te mettre à genoux et de ramper, toi, Tonton ?

— Non. Ma première femme, répondis-je, avec répugnance, ne pouvait pas avoir d'enfants. Le drame de sa vie.

— Et toi, si elle avait pu, tu l'aurais obligée à risquer sa vie pour tuer le fœtus ?

— Nous étions mariés, Verna. Aucun rapport entre notre situation d'alors et la tienne.

— Tu veux que je te dise, Tonton. Moi, ces idiots, je trouve qu'ils ont raison. Le fœtus est vivant. On ne devrait pas le tuer.

— Ne sois pas grotesque, voyons. A ce stade le fœtus, comme tu dis, a tout au plus la taille d'une cacahuète, d'un vairon. S'il t'arrive de manger des sardines, tu ne devrais pas avoir d'objection à te faire avorter.

— *Toi,* ne sois pas grotesque. C'est en *moi* qu'il est, pas en toi ! Et je le *sens,* il veut vivre. Y a un film qui passe en ce moment, on voit comment on écrase la tête du bébé.

— Arrête de penser bébé. Pense Verna. Dis-moi ce que tu irais faire d'un autre petit négrillon alors que tu en as déjà un qui te rend dingue et te gâche la vie.

Il est un point dans toute discussion, même les plus violentes, où le centre dérive du sujet ostensiblement débattu, le véritable intérêt des participants s'étant insensiblement porté sur la violence elle-même, l'échange de passion alors engendré. La coquetterie de Verna s'était accrue ; comme un sarong, elle lui collait aux hanches. Sa voix s'était faite plus basse, provocante.

— Qui te dit que ça serait un négrillon ?

J'étais toujours véhément.

— Ce n'est pas une question de couleur : ce bébé, même s'il était blanc comme neige, il n'aurait pas sa place en ce monde. Pourquoi le laisser y entrer, pour le torturer, c'est ça ?

Je regrettais de ne pas avoir pris ma pipe.

— Tu veux savoir un truc, Tonton ? Mettre un gosse au monde, moi j'adore. Le sentir grossir, et puis cette chose incroyable quand on s'ouvre, et que tout à coup on n'est plus seulement un, mais deux.

J'appuyai mon front sur le bout de mes doigts et me dis que le plus éloquent serait encore de ne rien répondre.

Elle se rapprocha de mon fauteuil en se tortillant.

— Tu veux savoir autre chose ?

— Je n'en suis pas si sûr.

Ma gorge devenait sèche.

— Ma mère voulait pas me garder, elle parlait de se faire avorter, mais papa qui était plutôt pieux avant même d'avoir peur de mourir du cancer, lui, rien à faire, il a pas voulu. C'est pourquoi j'ai beau faire, j'arrive pas à lui en vouloir vraiment d'avoir été si salaud pour Poopsie et tout le reste. Sans lui, je serais pas ici. Je serais nulle part, Tonton.

On frappa à la porte. L'acoustique de la pièce chichement meublée était telle que le coup retentit énorme, aussi brutal qu'un coup de feu tiré au ras de nos oreilles. Pourtant, on avait frappé doucement, de façon presque insinuante.

— Verna ?

La voix était un baryton mélodieux, avec cependant une sous-couche rugueuse.

— Verna, mon chou, t'es là ?

Nous nous étions tous deux figés, moi dans le fauteuil, elle debout, ses cuisses à quelques centimètres à peine du rembourrage de l'accoudoir carré. Nous nous regardions, moi baissant, elle levant les yeux, son menton plissé en une cascade de mentons ; elle souriait, un sourire rusé et maternel, qui lui creusait une fossette, pour sceller notre conspiration de silence. Derrière la porte, l'homme frappa de nouveau, plus sèchement, puis ses pieds raclèrent le plancher et il sifflota doucement entre ses dents pour souligner sa patience.

— Verna, tu fais la morte ou quoi ?

Le sourire de Verna et le regard maternel qu'elle posait sur moi ne vacillèrent pas ; mais ses mains potelées aux ongles courts plaqués contre sa jupe grise bouchonnèrent et relevèrent le tissu, le troussèrent, avec un crissement si léger que seule mon oreille le perçut : plus haut, bien au-dessus des cuisses. Elle ne portait pas de culotte. Ma bouche s'assécha d'un coup, comme ratissée par l'aspirateur à salive du dentiste.

— Bon, suffit maintenant Verna, dit la voix, en aparté, et du dos de ses phalanges l'homme pianota un petit rythme distrait sur le panneau.

Ses cuisses brillaient, jaunâtres comme deux colonnes galbées ; la toison de son pubis était large, comme son visage, plus sombre que ses cheveux, et aussi plus bouclée, de sorte que des reflets luisants s'y accrochaient comme des arcs et qu'ici et là, les irrégularités des bouclettes ouvraient de petites fenêtres rondes sur la peau. Derrière la porte, l'homme poussa un soupir théâtral, et, quand bien même il se déplaçait à pas furtifs, nous devinâmes à la vibration des murs qu'il s'éloignait. Elle rabattit sa jupe et se recula, toujours souriante, mais le regard solennel, hostile tout à coup.

— Pourquoi tout ça ? chuchotai-je.

— Oh, fit-elle de sa voix habituelle et flûtée. Histoire de nous aider à tuer le temps. Je me suis dit aussi que ça risquait de t'intéresser. Pas la peine de chuchoter. Je suis sûre qu'il nous a entendus, tout ça c'était pour m'emmerder.

— Qui c'est ?

— Un ami, comme on dit.

— C'est lui le père ?

— A vrai dire, j'en doute.

— Et Dale, ça pourrait être lui le père ?

— Ça arrangerait les choses ? Je pourrais le garder dans ce cas ?

— Je ne pense pas. Mais si c'était le cas, alors lui et toi, vous pourriez ensemble prendre la décision.

— Rien à faire, Tonton. Je te l'ai dit dès le début, on baise pas ensemble lui et moi. Il n'est pas comme toi. Il me trouve pas chouette.

— Oui, d'accord, je te trouve chouette.

Ce qu'elle m'avait exhibé, demeurait incrusté dans mon esprit comme une créature autonome, un oursin posé sur le fond blanc de l'océan. Quand elle avait relevé sa jupe, un arôme en avait jailli, cousin de cette senteur musquée de coques de cacahuètes broyées remontée des tréfonds de mon enfance, mais dont l'origine remontait encore au-delà, à la naissance de la vie. Lentement, une moiteur revenait humecter ma cavité buccale.

Elle évoluait à petits pas saccadés, ravie d'elle-même.

— Même si je décidais de me faire avorter, Tonton, ce n'est pas précisément gratuit.

— Je croyais que si, dans les dispensaires. A quoi servent les dispensaires, sinon à épargner aux adolescentes la gêne de tout raconter à leurs parents, dis-moi ?

— Ouais, mais maintenant, n'empêche qu'on vous prend quelque chose, c'est ça la politique de Reagan. D'ailleurs qui sait, peut-être que j'ai pas envie d'entrer dans un dispensaire pour en ressortir les jambes en coton une heure plus tard. Peut-être que j'ai une peur bleue de me faire opérer et que je ferais mieux d'aller dans un vrai hôpital. Et puis, si je décide d'y passer, tu crois pas que je mériterais un petit quelque chose pour souffrances mentales ?

— Pourquoi devrais-je te soudoyer pour te pousser à faire quelque chose qui est dans ton intérêt ? demandai-je avec bon sens.

— Parce que tu meurs d'envie de me baiser. T'as envie de me lécher le con.

— Verna, quel langage !

Elle eut un sourire espiègle, un sourire de petite fille.

— Formidable, pas vrai ? Jamais maman aurait osé parler de cette façon.

Histoire de tester la profondeur de sa corruption, ou de découvrir le prix d'un fœtus, je demandai :

— Trois cents, ça t'irait ?

Ses lèvres s'avancèrent, comme si sa langue titillait quelque chose de coincé entre ses dents ; un petit maniérisme des années cinquante, qui lui donnait une ressemblance frappante avec sa mère. Elle réfléchit ainsi un instant, puis enfin se décida :

— Faut que je réfléchisse. Faut pas croire que je blague uniquement, Tonton, j'ai le sentiment que ça serait un péché.

— Tout le monde a le sentiment que c'est un péché. Mais le monde est embourbé dans le péché. Dans ce bourbier, on s'efforce de juger quel est le moindre des deux maux qui s'offrent à nous. Nous essayons de faire un choix, et en assumons les conséquences. C'est ça, être adulte.

— Allons donc, tu crois que même les petits bébés sont marqués par le mal.

— Saint Augustin le croyait. Et John Calvin. Et tous les grands penseurs chrétiens. Il *faut* le croire ; sinon le monde n'est pas vraiment déchu, et la Rédemption, tout ce que raconte la légende chrétienne, c'est inutile. Après tout, Verna, c'est ta vie qui est en cause, comme tu disais, ton joli petit corps.

Tout autour de nous, la cité était calme, à croire que nous seuls existions. La neige qui saupoudrait la saillie de la fenêtre s'envolait, étincelante. Bien qu'il ne fût pas tombé beaucoup de neige, janvier avait été si froid que le peu qui était tombé s'accrochait, n'avait pas réussi à fondre, crissant et dérapant sous les pas et tourbillonnant en d'innombrables petites pseudo-bourrasques scintillantes.

Verna paraissait agitée, prisonnière. Mais où pouvait-elle bien avoir besoin d'aller, par ce matin radieux, sans voiture, sans emploi ?

— Mon joli petit corps, hein ? dit-elle.

— A ton avis devrions-nous faire quelque chose, demandai-je avec circonspection, ma gorge de nouveau parcheminée, vu que je te trouve tellement chouette ?

Elle ne comprit pas tout d'abord où je voulais en venir, ses yeux s'écarquillèrent, puis se rétrecirent.

— Oh, ma foi, je sais pas trop, finit-elle par dire. Quand on est enceinte, on se sent toute drôle à l'idée de baiser, tiens un peu comme de manger quand on a l'estomac trop plein.

Son refus, comme en général la plupart des décisions provisoires, était outrancièrement obstiné.

— D'ailleurs, j'allais faire une aquarelle. Dale m'a demandé d'en faire une pour montrer à quelqu'un, et aussi, il m'a filé ce bouquin pour repasser mes maths, pour le test d'équivalence. Et puis j'ai promis à mon assistante de passer prendre les formulaires AFDC, les règlements arrêtent pas de changer. Tu sais, ajouta-t-elle, ses yeux s'écarquillant de nouveau, si j'avais un autre gosse, je pourrais soutirer aux allocations soixante-quatorze dollars de mieux tous les mois.

— Verna, grondai-je. Drôle de manière de se faire de l'argent. Faire des gosses.

— Pas pire que de s'en faire en se faisant avorter.

— Ce ne serait pas te payer, ce serait une compensation.
— Drôlement astucieuse, cette distinction.

De nouveau elle baissa les yeux vers moi, de cette façon qui lui plissait le menton.

— A propos de toi et de moi. Tu crois pas qu'on se sentirait tout drôles, vu que t'es mon gentil Tonton et tout ?

Elle me caressa le dessus du crâne, cette épaisse crinière argentée dont je suis si fier.

— Tout de même, tu pourrais m'embrasser. C'est gentil, non ?

Je bougeai pour m'extirper de son fauteuil neuf, mais elle se rapprocha :

— Non, te lève pas, dit-elle, regarde... et de nouveau elle troussa sa jupe.

Un de ses petits amis avait dû lui dire un jour qu'elle avait une jolie chatte. A la jonction de son abdomen et de ses cuisses, s'ouvrait une tendre vallée pâle, avec, enfouies tout au fond, les veines d'un bleu infiniment léger, et je choisis celle de droite ; quelques poils pubiens se dressaient comme des sentinelles à la lisière de ce territoire crépu, sur le flanc du mont de Vénus. Loin au-dessus de moi, Verna pouffa.

— Ça chatouille.

J'embrassai en accentuant ma pression, pour atténuer le chatouillis. Comme je me préparais à déplacer mes lèvres vers la gauche, elle se recula et rabattit d'un coup sec sa jupe anthracite. Quant à moi, je fus ravi de constater en dessous de ma ceinture les prémices d'une érection. Toutes les femmes n'ont pas le pouvoir de s'infiltrer dans notre cerveau reptilien ; c'est là une affaire de phéromones, une mystérieuse histoire des plaques neurales. Une histoire qui par ailleurs n'a rien à voir avec les admirables qualités de la dame sur le plan socio-mondain ; qualités qui, à tout prendre, émoussent les effusions. Nous nous accouplons non pour satisfaire notre plaisir, mais l'immense océan génétique qui clapote tout autour de nous.

Verna était retombée dans son humeur de petite fille coquine.

— Ça serait marrant, non, d'enlever au moins nos fringues, suggéra-t-elle. A condition que tu me repousses pas une fois de plus.

— Je ne te repousse jamais, quand même ?

— Tout le temps, Tonton. T'es épouvantable. Tu me taquines.

— Bizarre. J'aurais juré que c'était toi qui me taquinais.

— Tu te demandes pourquoi je porte pas de slip, hein ?

— Je me suis posé des questions, c'est vrai.

— J'aime me sentir comme ça. Quand je suis dehors, j'ai l'impression d'avoir un secret.

— Un parmi tant d'autres.

Ses yeux bridés se plissèrent, relevant le défi.

— Pas tant que tu t'imagines, ma parole, tu me prends pour une vraie salope.

A mesure qu'elle parlait et me dévisageait, un mur de verre se matérialisa entre nous ; les petits liens forgés tout à l'heure, quand mon visage se nichait contre son ventre, s'étaient complètement rompus, et, soudain, cette petite délinquante à l'esprit vulgaire me parut avoir moins d'importance à mes yeux qu'un mannequin de grand magasin. Une sensation que j'accueillis avec soulagement ; à peine avait-elle suggéré que nous nous mettions tous deux nus, je m'étais senti assailli par une foule de pensées lancinantes, SIDA, herpès, l'homme de tout à l'heure qui revenait tambouriner à la porte d'un poing plus vigoureux, la montagne de prouesses que j'aurais à gravir, la chair vacillante et peu fiable de mes cinquante-trois ans [1], les railleries que je risquerais de provoquer chez cette adolescente instable, ses confidences avinées et hilares à de noirs inconnus plus tard au Domino.

1. *Depuis le début de cette narration, j'ai enduré, dans les marges, un anniversaire. Je suis né l'un des jours les plus courts de l'année et, affligée d'un pelvis étroit, ma mère s'était tordue de souffrance du point à la tombée du jour. Cinquante-trois ans ! Quel âge Tertullien avait-il quand il composa ses paragraphes consacrés à la chair ? A un certain âge et au-delà, en matière de sexe, la meilleure activité est l'activité cérébrale — le sexe bien à l'abri dans la tête. (N.d.A.).*

— Je te prends, la corrigeai-je d'un ton solennel, pour quelqu'un qui ne tire pas tout le parti qu'elle pourrait de sa vie.

— Bon, eh bien, va te faire foutre, Tonton, jamais plus t'auras l'occasion de la renifler, ma chatte. Et puis, ton fric, je m'en balance. Comme on disait, moi j'ai un chouette petit cumul.

— Bonté divine, t'avise pas de te mettre à ce truc-là, cette fois tu es sûre de te retrouver clocharde. Au fait, la drogue, t'en es où ?

— Jamais je ne me paie un joint avant cinq heures. Je me contente de renifler de la coco, à condition que quelqu'un ait raqué pour. Ça dépend du mec qui me sort.

— Mon Dieu, quelle fille épouvantable.

— Je suis une fille *bien,* Tonton.

Nous dérivions vers le bavardage. J'étais déjà en train de vérifier le contenu de mon portefeuille et de prévoir un arrêt au distributeur automatique en rentrant de la faculté : MERCI D'UTILISER NOS SERVICES/NOUS VOUS SOUHAITONS UNE BONNE JOURNÉE.

— Tiens, en voici quatre-vingt-cinq, c'est tout ce que j'ai comme liquide. Ça t'aidera à tenir le coup. Va à la clinique, Verna. *Vas-y.* Si tu y tiens, je t'accompagnerai. Tu crois que ça t'aiderait d'en discuter avec Esther ?

— *Esther ?*

— C'est une femme elle aussi après tout.

— Une petite snob pimbêche, quand on se croise à la crèche elle fait comme si j'existais pas.

— Elle s'imagine sans doute que tu ne tiens pas à lui parler. Elle est timide, avec la plupart des gens.

— Ben alors, je dois pas connaître les gens qu'il faut.

— Ça veut dire quoi ça ?

— Demande toujours, je me comprends, Tonton.

Je n'osais pas demander si Dale avait parlé. De tout mon être je n'aspirais qu'à une chose, me retrouver loin de ce logement perdu qui puait le renfermé et de retour à la faculté de Théologie, à l'abri des murs de pierre, parmi les vénérables livres rarement perturbés (l'autre jour j'ai ouvert une grosse édition en deux volumes de Tertullien, publiée par les Jésuites de Paris en 1675 : en trois siècles, les pages n'avaient jamais été coupées) : au milieu de la majestueuse patience du lieu.

Pourtant, si fantasques et aberrants étaient mes rapports avec ma nièce, nous échangeâmes un baiser affectueux, que je plaquai en plein sur ses lèvres chaudes et vierges de rouge ; sur le seuil, et à peine la porte se fut-elle refermée que l'image de son précieux trésor nu, ce trésor que j'avais repoussé, me submergea comme une vague géante que, de sa planche de surf, l'on a sous-estimée.

J'allais faire une aquarelle. Dale m'en a demandé une pour la montrer à quelqu'un.

Esther jette un coup d'œil :

— Touchant, dit-elle. Tout ce clinquant, et dessous ce petit pot de violettes. Des petites violettes si pâles.

— Peut-être n'a-t-elle pas la couleur qu'il faut pour les peindre mauves, fait loyalement Dale.

Tous deux sont nus. Blancs, blancs leurs corps, sans un pouce de graisse ni l'un ni l'autre, en suspens comme des globules ovoïdes dans une haute cornue où se mêlent les ombres grises et la crasse de notre cité hivernale. Elle a accepté de venir, au nom de l'amour, dans ce minable logement d'étudiant à deux pas des bâtiments réservés au département des sciences, les édifices à coupoles et hérissés d'antennes alimentés par de mystérieuses infusions financières en provenance du Pentagone et des entreprises géantes. Il habite dans un ensemble de maisons à trois étages, propriété de l'université mais pas encore voué à la rénovation — un parking ou de nouveau locaux. Elle a gravi le perron aux marches vierges de peinture en prenant soin de ne pas coincer les talons aiguilles de ses bottes de cuir rouge dans une planche pourrie. Le cœur battant, elle s'est faufilée à travers les innombrables bicyclettes rouillées qui encombrent le vestibule, puis, au-dessus d'une batterie de boîtes aux lettres cabossées pourvues de cartes à deux ou trois noms, elle a appuyé sur le bouton KOHLER / KIM.

Qui est Kim ? Un de ces jeunes Asiatiques besogneux qui, d'ici le vingt et unième siècle, auront dans le monde entier mis la main sur les leviers de commande. Dale l'a sommairement décrit à Esther, son visage plat et incolore, ses cheveux noirs et raides, ses imprévisibles sautes d'humeur. Son prénom, ou son nom de famille, le point n'est pas tout à fait clair, est Tong-myong. Dale l'a promis, le brillant, l'enjoué Mr. Kim, ne serait pas là — il assistera à son séminaire d'hydrogéologie avant de filer au parking du cinéma où il est chargé de garer les voitures — entre deux heures trente, heure où Esther quitte son service à la crèche, et le moment où, deux heures plus tard, elle doit regagner Melvin Lane pour accueillir d'abord Richie, puis Roger, au retour de leurs écoles respectives.

D'un doigt gainé de cuir, Esther, mon Esther — il me semble sentir son cœur battre ! Sentir la moiteur qui inonde sa petite culotte —, presse le bouton et, la main posée sur la poignée de cuivre, attend qu'il déclenche le bourdonnement libérateur. L'extrême usure du bouton-pressoir, ces milliers de pouces, des pouces irlandais prolétaires d'abord, et maintenant des pouces étudiants de toutes les races du monde, avec, dans l'intervalle, Dieu seul sait quelle procession de pouces las et meurtris, lui rappelle quelque chose : quoi ? Elle se souvient : ces étriers dont jadis étaient munis les fauteuils de cireur, leurs courbes baroques, bizarrement gracieuses, qui soulevaient l'étroite image-miroir en métal d'une semelle et d'un talon, le talon plus bas que la semelle. Son père, à mesure qu'il gravissait l'échelle du monde des affaires, avait eu la passion des cireurs et, petite fille, elle avait dû bien souvent se morfondre à côté de ces innombrables trônes, jadis si banals dans les hôtels et gares d'Albany et de Troy, avec leur odeur de cirage et de mégots de cigares, leurs chiffons et brosses souillés et leurs vieux Noirs qui gloussaient et dodelinaient du chef en claquant le chiffon ; plantée aux pieds toujours plus lustrés de son père, la petite

Esther sentait peser sur elle les yeux de ces hommes grossiers, entendait la voix paternelle plus rogue et traînante que lorsqu'il parlait à la maison, songeait que les mains noires du cireur seraient bien sales sur sa robe si, au milieu de ces grommellements et de ces gloussements, elles s'avisaient de la caresser. La tête du cireur oscillait tandis qu'il achevait de briquer en quelques coups vigoureux ; ses paumes et l'envers de ses doigts étaient du même rose que le produit dont maman et la bonne se servaient une fois par mois pour faire l'argenterie. Sur ces étriers de cireur bizarrement gracieux, comme sur ce bouton de porte, le cuivre avait été usé jusqu'à son cœur doré : atome par atome, le monde s'use.

Esther porte des gants de daim et un manteau de drap fauve, et avec son bonnet de fourrure, son front plissé et ses bottes rouge foncé, elle est l'image même d'une épouse de professeur d'université — mutine mais effacée, pleine d'allant mais de réserve, une femme élégante au seuil de l'âge mûr. Que peut-elle bien faire en ces lieux ? Serait-ce la mère d'un locataire, ou quelque vague assistante sociale ? Le timbre émet un grincement, un son presque aussi laid que celui de la sonnette de notre entrée ; une poussée, un cliquetis, la porte cède, et elle gravit l'escalier en emportant, furtivement caché comme un bébé sous les épais revers de son manteau, son petit cœur timide et bien sage qui bat la chamade. A chaque palier, filtrant derrière des portes closes, des bruits typiquement estudiantins — cliquetis de machines à écrire, rock, fugues de Bach, voix sonores qui s'affrontent en de virils chahuts — l'agressent au passage ; elle poursuit son ascension en implorant le ciel, ou devrions-nous dire plutôt son esprit ressasse son désir intense, pour que nulle porte ne s'ouvre, nul grossier adolescent ne la voie et ne l'accoste, ne la surprenne tandis qu'à pas de loup elle grimpe vers son rendez-vous.

Dale habite tout en haut, au troisième. Tendant le cou, elle distingue son visage aimé, son visage pâle et crispé par le remords, en suspens au-dessus de la rampe comme une sorte de soleil malade. Les battements de son cœur se précipitent ; elle se sent hissée par une force plus puissante que la peur d'un scandale. A peine a-t-elle atteint le palier qu'avec cette force balourde de la jeunesse, il l'attire dans sa chambre plutôt moche dont les posters tapageurs, la pagaille, le négligé et l'odeur âcre de jeunes mâles cohabitant dans un espace exigu l'accablent sensoriellement. Il ferme la porte à clef, met en place la chaîne de cuivre terni. Elle devient sa maîtresse, cinquante kilos de tendre, d'impudique sensualité. Ils se mettent nus, ils baisent.

Mais d'abord — patience, mots trop empressés ! ils s'embrassent : ensemble ils entrouvrent, dans l'épaisseur des vêtements glacés d'Esther, une fenêtre de lèvres et de salive chaude, une tiédeur qui de cette petite source plissée se répand à travers tout leurs corps sous leurs vêtements, et réaffirme leur intimité, le droit dont chacun d'eux dispose sur le sang de l'autre. Jamais encore elle n'est venue dans sa chambre et, tout en sentant en elle se dilater son baiser, elle essaie d'enregistrer entre ses cils papillonnants les lithos d'Escher, les posters où fusionnent corps de femmes et carrosseries de voitures, les murs jaune moutarde au plâtre qui boursoufle doucement, l'unique et haute fenêtre garnie de grandes vitres minces à l'ancienne, dont les angles, craquelés par un siècle de vent et d'intempéries, ont été colmatés et recolmatés au moyen de ruban Scotch maintenant carrément jauni. Une touche de Corée : un grand paravent noir, orné d'un groupe de personnages affairés coiffés de bizarres chapeaux carrés et qui tous portent selon le même angle des parasols à armature compliquée, divise la pièce et délimite les parties distinctes où dorment les deux jeunes gens, imprégnées de relents de laisser-aller. Le reste de l'espace est encombré de tout un bric-à-brac, bureaux, équipement hi-fi, étagères bricolées au moyen de parpaings et de planches en provenance de la scierie Grove, quelques fauteuils pliants aux charnières démantibulées et dont la toile se découd, plus une collection très incongrue de poupées, toutes duveteuses, éraflées et métalliques.

— Ça, c'est à Kim, explique Dale sur un ton vaguement honteux. Il collectionne les poupées spatiales.

ET sinistre avec sa tête ronde de pomme de terre, R2-D2 le robot à tête en forme de coupole et son sous-fifre le maître d'hôtel C3-P0, le sagace Yoda aux longues oreilles vertes, les Ewoks velus et jacassants de *La Guerre des étoiles* dans la séquence suivante — Esther les identifie grâce à Richie, et aux films où elle l'emmenait souvent autrefois, quand, avec quelques années de moins, il n'avait pas honte de sortir accompagné. Quelqu'un, sans doute le jovial Mr. Kim et non pas son Dale, bien trop sérieux, a pris la peine d'affubler les plus grosses de ces silhouettes de grotesques lunettes de soleil et de casquettes à visière qui évoquent pour Esther ces hommes qui travaillent dans les fermes, désormais marquées de logos de marques de bières en bouteilles et portées par les gens des villes, une forme de chic réac.

— Tout ça, c'est Kim, confirme Dale. Ces Asiatiques, ils ne sont pas tout à fait comme nous, finalement. Ils adorent le grotesque. Ils adorent Godzilla.

Sur le mur, sous un poster représentant Reagan flanqué de Bonzo, pend un gros listage d'ordinateur qui, quand Esther plisse les yeux, devient une femme nue allongée sur le flanc, triangle du pubis, seins mafflus et cheveux à la diable, le tout figuré par des symboles mathématiques et alphabétiques de densité variable. Et sous une étagère chargée de gros manuels d'informatique en édition de poche, au-dessus du lit qui sans doute est celui de Dale, est accrochée une petite croix noire, quatre angles droits. L'unique fenêtre donne non sur les gratte-ciel situés au cœur de la ville sur l'autre rive du fleuve, mais de l'autre côté, au-delà des coupoles, en direction du quartier virtuellement suburbain où se trouvent les bâtiments des Sciences humaines, la faculté de Théologie et aussi sa maison. Esther reconnaît, au-dessus des arbres, la flèche de la chapelle en pierre blanche du campus qui, au début, quand elle s'était installée ici avec Roger, lui servait de repère pour retrouver Malvin Lane en revenant de faire ses courses.

— Tu crois que tu vas te sentir détendue ? demande timidement Dale. Une tasse de thé, ça te dirait ?

— Je veux bien, accepte-t-elle, en se détournant vivement de la fenêtre, soudain consciente — comme si de pivoter elle avait traversé une décennie — qu'elle est une femme de près de quarante ans, fourvoyée dans ce quartier où elle n'est pas à sa place, une épouse adultère bien loin de la flèche de la chapelle, une femme perverse qui, dans la lumière implacable que déverse la haute fenêtre craquelée, paraît certainement son âge — la peau autour de ses yeux comme gravée à l'eau-forte, et le dos de ses mains couvert de tavelures et si parcheminées qu'elles en paraissent crayeuses. Venue tout droit de l'école, elle n'a pas eu le loisir de s'apprêter, de prendre une douche, de se rafraîchir, de s'oindre d'une lotion hydratante.

— J'ai juste pris un jus et un biscuit à dix heures et demie, et ensuite, à midi, un sandwich au beurre de cacahuète.

Elle raconte ça comme pour se moquer d'elle-même, ce régime pour enfants, mais aussi parce que les amants se racontent toujours tout, persuadés que l'autre s'y intéresse.

— Tu sais, peut-être n'auras-tu pas envie de faire l'amour ici, dit Dale, qui s'affaire dans la cuisine minuscule, une simple alcôve où une double plaque chauffante trône sur un mini-réfrigérateur.

A l'entendre, on croirait presque qu'il le souhaite. Elle déboutonne son manteau et le drape sur un fauteuil pliant à la toile effilochée, qui manque de basculer sous le poids. Sur son manteau, elle pose son bonnet de fourrure — flamboyant, comme ses cheveux, comme ses bottes rouge foncé — puis son écharpe de laine. Une vague de désir mêlé de rancune l'a envahie à cette remarque. Elle le regarde, regarde son corps se déplier dans la petite alcôve tandis qu'il se hausse sur la pointe des pieds pour attraper une boîte de biscuits au gingembre, se baisse pour prendre dans le placard la boîte rouge de Lipton en sachets, plonge dans le réfrigérateur pour en sortir le berlingot de lait, et de nouveau se redresse en quête du sucrier. Il se penche au-dessus de la bouilloire posée sur le réchaud, impatient que l'eau se mette à bouillir. Que c'est émouvant un dos d'homme, cette partie aveugle de leur corps qu'ils ne peuvent protéger. A la base de son dos long, le cul de Dale a l'air tout mignon, petit paquet cousu serré dans le jeans élimé, la queue de sa chemise à carreaux à demi sortie. Il porte un large ceinturon de cow-boy, qu'elle avait déjà remarqué, dont la boucle montre en bas-relief un bœuf aux longues cornes et à l'œil fixe. Elle s'assoit sur le lit et retire ses bottes à hauts talons. Les visages des enfants dont elle s'est occupée toute la journée, pauvres gosses de toutes races dont les mères soit travaillent soit se prélassent à longueur de journée, flottent dans le rouge derrière l'écran de ses paupières, et s'envolent en même temps que les bottes. Elle se demande de quelle matière est faite la petite croix. On dirait qu'elle n'a pas de grain, comme le bois, ni d'arêtes comme en aurait le métal. Serait-ce du plastique ? Elle a envie de la toucher, mais il risquerait de surprendre son geste et de la trouver impertinente. Cupidon et Psyché. *Plus tard,* décide-t-elle et elle se rapproche pour lui tenir compagnie en attendant que l'eau se décide à bouillir, sachant bien qu'il trouvera excitant de la voir brusquement raccourcie de quelques centimètres, et aussi marcher sans chaussures sur son plancher dépourvu de tapis. Elle avance la main, la pose sur le mignon petit cul sans défense.

Maintenant son bras glisse et lui enserre la taille, ses doigts explorent le petit triangle de peau dénudé au ras de la ceinture par la déchirure de la chemise. En retour il lui flatte par jeu le cou, ses doigts se faufilant sous les coques épinglées de ses cheveux roux jusqu'aux petites mèches plus folles, plus douces et plus fines de sa nuque. Loin de chez elle et du grenier encombré par ses peinturlurages frénétiques, elle a sacrifié son autorité ; ici, dans cette pièce dont ils n'ont pas l'habitude, les amants sont timides, comme ils le seraient soudain lâchés dans le vaste monde, un couple mal assorti qu'ils sont les seuls à ne pas trouver absurde. Dans un spasme de remords et de tendresse protectrice, Dale l'étreint, et les atomes crochus se déclenchent. L'eau bout, la bouilloire chante. Ils ne se donneront pas la peine de faire le thé. *Dieu,* se dit-elle, en le prenant en elle dans son corps soudain aplati ; il s'est mis si vite à bander, elle est un peu sèche, et d'abord elle a mal, mais bientôt, dans la rougeur prisonnière de ses paupières closes, sa brûlure le cède à cette sensation de plénitude qui l'envahit, la sensation d'être tellement remplie que la peur de la mort elle-même est refoulée par-dessus bord, une éclipse de rondeurs, de trous et de soleils, qu'elle ne se souvient pas que Roger lui ait jamais donnée, bien que si sans doute, après tout elle l'avait suffisamment aimé pour le ravir à sa femme et attacher sa propre vie, qui pourtant avait déjà manifesté quelques velléités d'indépendance, à la sienne.

Dale est au-dessus d'elle, il sanglote. Blanche et lisse, la courbe de son dos osseux révèle à Esther, aux extrémités des doigts de sa main gauche qui le caresse, quelques petits boutons, tandis que sa main droite inactive cherche à tâtons et effleure la croix. Elle avait vu juste : ni bois ni métal. Du plastique. Mais pas de petit bonhomme en plastique dessus, pourtant, pas de poupée spatiale sur le point d'enfourcher Sa fusée. Rien que la rampe de lancement, vide, le lance-pierres.

— Extraordinaire, dit Esther. Tu étais tellement prêt. Mais tu pleures, pourquoi ?

— Parce que, bordel, c'était... tellement parfait. Nous n'avons pas le droit. Le pire, c'est que je m'en fiche qu'on n'ait pas le droit, sauf que bien sûr ça veut dire qu'il faudra bien que ça cesse un jour. Un jour bientôt.

Il renifle pour ravaler sa morve, si fort que le petit lit tangue.

— Oh, fait paresseusement Esther, qui machinalement flatte la nuque rasée tandis que son esprit s'élève, s'enfuit par la fenêtre en direction de la flèche, s'enfuit toujours plus haut avec le Jésus en orbite comme un ballon rempli d'hélium qu'un jour sa main avait par hasard laissé échapper à une minable kermesse où son père l'avait emmenée alors qu'elle devait avoir huit ans.

Le mélange de pomme caramélisée et de beignet au crabe lui avait donné envie de vomir, et à leur retour, maman avait fait une scène à son père. Puis, un peu plus tard, des années qui maintenant paraissaient des jours, sa mère était morte, et papa et elle s'étaient retrouvés libres d'en faire à leur guise.

— Tu pourrais m'enlever.

— Impossible, dit Dale, la poitrine secouée d'un frémissement qui prouve qu'en fait il y a songé. Je ne peux pas subvenir à tes besoins. Je ne peux même pas subvenir aux miens. Je me nourris de pizzas et de ces trucs en sachets transparents qu'il faut faire bouillir douze minutes. Kim fait du jogging tous les matins, mais moi je ne l'accompagne pas, tu comprends, je ne tiens pas à gaspiller des calories. Et puis, et Richie ? Et le professeur Lambert ?

— Oh, le professeur Lambert. Je pense qu'il est capable de se débrouiller.

— Sans toi, mais comment ?

— Je ne suis pas la même femme avec lui qu'avec toi, dit Esther.

— Il t'adore. J'en suis sûr.

— Il m'a adorée, il y a longtemps.

Dale pèse sur sa poitrine et elle commence à trouver ça étouffant : il fait presque deux fois son poids, malgré son prétendu régime ascétique. Et quelle idée d'être allé raconter qu'il se nourrissait de pizzas, du coup, il est vaguement répugnant. Les larmes paraissent répugnantes sur son visage cireux ; elles glissent vers son menton en petites boules grasses et brouillées. Après tout, elle a offert de se laisser enlever, et il a refusé. Elle l'a fait ce geste décisif des femmes, ce geste de suprême abandon, et il l'a, lui, rejetée dans son quotidien.

Elle parle :

— Si simple si triste, cette petite croix noire.

Elle lui laisse le temps de voir qu'elle la caresse, de ces mêmes doigts qui quelques minutes plus tôt étreignaient sa belle bite chaude et striée, redoutablement grosse, pour la guider vers le but. Les stries, pareilles à des tendons, évoquant au toucher la glace ondulée d'une rivière qui gèle par un jour de grand vent.

— En quoi est-elle ?

— Je n'en sais rien. Elle n'est pas à moi, elle est à Kim. Beaucoup de Coréens sont chrétiens, tu sais ; tiens, par exemple, Moon et les Moonies. On dirait de la corne, non ? Peut-être existe-t-il dans l'Arctique une espèce de yak ou de bœuf musqué, ou un autre animal avec ce genre de cornes lisses et noires, et peut-être que les Coréens les chassent ?

— On dirait du plastique, insiste paresseusement Esther.

— Tiens, ça me revient. Comme tu t'intéressais aux aquarelles de Verna, je lui ai demandé de m'en faire une. Regarde, là-bas sur le bureau.

Il se dégage, s'écartant de son corps et du lit. Sa verge gluante en semi-érection ballotte mollement, comme un serpent qui cherche à voir ce qui l'a dérangé.

Pendant qu'il est debout, Esther, ses cuisses toujours mollement ouvertes toutes grandes comme il les a laissées, le hèle :

— Tu ne pourrais pas m'apporter un ou deux Kleenex ou une serviette en papier ? Je *baigne* littéralement dans ton foutre.

Emouvant. Sous tout ce clinquant, ce petit pot de violettes. Ça, Dale ne le dit pas à Verna ; il ment :

— Vraiment, elle l'a beaucoup admirée, elle te trouve un sens très subtil de la couleur. A son avis, tu as du talent, et elle devrait s'y connaître.

Verna est furieuse. Elle est furieuse pour une foule de raisons, mais c'est Dale qui s'est pointé, ce 2 février, un samedi sans soleil, au lendemain d'une journée de bruine glaciale. Paula est malade, elle a la fièvre, aussi Verna est-elle condamnée à ne pas mettre le nez dehors.

— Si j'avais su que tu voulais la montrer à cette connasse snob, je te l'aurais pas donnée. Au fait, tu la vois quand ?

— Quand je donne des leçons à Richie. Après, parfois, elle m'invite à prendre le thé.

— T'as intérêt à faire gaffe, gros malin. Ces bourgeoises pimbêches, quand elles ont le feu au cul, elles se feraient sauter par n'importe qui.

— En réalité, elle est plus sympa que tu ne l'imagines, dit Dale, le visage en feu.

— Tu sais, Bozo, lui dit Verna, en le gratifiant d'un regard dur comme si elle venait soudain de prendre une décision. On dirait que t'existes pas. C'est vrai, tu me rends dingue.

Il passe sur son autre registre, le type vaguement ahuri, d'une patience et d'une douceur exaspérantes.

— Ce n'est pas *moi* qui te rends dingue, dit-il. C'est quelque chose en toi, Verna.

— Epargne-moi le sermon.

Elle est en peignoir, une odeur d'eau chaude, de sels de bain et une espèce d'âcreté douceâtre imprègnent l'air. Ses yeux paraissent roses, comme si elle avait mal dormi et son visage semble plus gras, mais peut-être en est-il venu à s'habituer au visage maigre et au grand front d'Esther, à sa bouche intelligente, blasée et mélancolique.

— Paula, qu'est-ce qu'elle a, à ton avis ?

— Qui sait ? La grippe, ou autre chose. Ça grouille de microbes dans leur fichue crèche ; je me demande si je vais pas la retirer.

— Tu aurais tort.

— Et pourquoi ?

La bouche de Verna, entrebâillée, lui donne un air ébahi et obstiné.

— Tu as besoin de, de liberté. Tu as besoin de développer ton potentiel. Pour tes autres tests, tu travailles un peu ?

— Non. Je ne fous rien à part fumer cette saloperie d'herbe et m'apitoyer sur mon sort et écouter Paula dire « Pa ? Pa ? ». En fait, elle parle mieux que ça maintenant. Les questions qu'elle risque de poser d'ici un ou deux ans, rien que d'y penser, ça fiche la trouille.

— Je peux lui jeter un coup d'œil, demande Dale.

— Te gêne pas.

Elle allume une cigarette. Dale repousse le rideau bordeaux qui sépare les deux pièces et entre. La petite fille dort dans son berceau à claire-voie, à quelques centimètres de l'endroit où braille le lecteur de cassettes Hitachi. « *Aaall through the night,* chante une voix rauque de femme sur un timbre tendre et sourd, *I'll be awake and I'll be with you.* » On dirait que Paula est plus foncée, moins dans le ton de Diana Ross et davantage dans celui de Natalie Cole. Elle respire mal et renifle, l'air coincé dans le petit nez épaté aux solennelles narines en volutes. Il lui effleure le front. Il est chaud, velouté, enflammé comme même les choses les plus inertes peuvent l'être par le mouvement des atomes.

De retour, il demande à Verna :

— Tu lui fais prendre quelque chose ? De l'aspirine pour bébé ?

— J'ai voulu lui donner une moitié de Tylenol, mais non, la petite salope a refusé de l'avaler.

— Si elle ne va pas mieux d'ici un jour ou deux, tu devrais la montrer à un médecin.

— T'es jamais allé dans un dispensaire, par hasard ? On reste deux heures à poireauter dans la salle d'attente au milieu d'un tas d'autres crétins, à respirer tous les microbes de la Création. Puis, quand le docteur arrive, il se trouve que c'est un Iranien ou un type quelconque à peine foutu de parler anglais. Bonté divine, t'es vraiment stupide, Dale.

Dehors, sur la brique des fenêtres, la neige étincelante a fini par fondre, emportée par la pluie froide de la veille. Çà et là sur les arbres gris et fatigués, quelques petites branches sont encore gainées de fantomatiques étuis de glace.

— Quelles questions, demande Dale, as-tu peur qu'elle se mette à poser ?

— Oh, tiens par exemple, « maman chérie, pourquoi t'arrêtais pas de baiser à droite et à gauche ? ». Et puis d'ailleurs, qu'est-ce que ça peut te foutre ? Qu'est-ce que ça peut te foutre que je les passe ou non ces fichus tests ? Ça me servirait à quoi ? Tu crois que ça m'aiderait à sortir de ce pétrin ?

Ses murs, ses fenêtres, son tapis, ses fauteuils. Ses vêtements, sa peau. Son visage, avec sa fossette trompeuse et ses joues rondes, est secoué d'une convulsion, cède à la colère. Elle explose :

— Tu vois donc pas que je suis malheureuse ? Tu vois pas qu'il y a un tas de trucs qui me rongent ? Pourquoi tu t'obstines à te pointer ici avec ton sourire connard de petit saint ? Pourquoi tu me fais pas une fleur, dis, et me laisses pas croupir en paix dans ma merde ?

— Je t'aime.

— Tu m'aimes, *non* tu m'aimes pas, je *sais* que tu m'aimes pas, *quelle* foutaise de dire un truc pareil !

Des larmes affligent ses yeux déjà rougis. De savoir qu'elles sont là, et qu'il peut les voir, ces preuves liquides, exaspère sa fureur.

— Non tu m'aimes pas, d'ailleurs je veux pas que tu m'aimes. T'es un bon à rien, une couille molle. Fous le camp. T'es comme un ver dans ma tête, Dale ; faut que tu cesses de m'emmerder. Tu vois donc pas que je suis en cloque une fois de plus ? Oh, mon Dieu, je t'en supplie, fous le camp.

Elle se met à le frapper, d'abord avec si peu d'efficacité, comme un chaton qui s'exerce à jouer des pattes, qu'il éclate de rire, et lève les avant-bras pour se protéger ; mais son hilarité la pousse à cogner plus fort, de plus en plus fort, à croire qu'elle veut effacer son sourire bonasse et impassible, et le gommer, lui, comme son visage à elle, avec ses yeux ambre vierges de cils, paraît gommé par une fureur aveugle. Elle ponctue d'un petit bruit guttural, une sorte d'excuse, chacun de ses coups avortés, un grognement pareil à ceux dont de nos jours au tennis les juniors ponctuent leurs services.

— *Sa*laud, *sa*laud, *sa*laud ! scande-t-elle.

Dale reflue jusqu'à la porte, s'évertuant toujours à réprimer son rire, bien qu'en plus elle se soit mise à le bourrer de coups de pied, ce qui risque de causer des dégâts. Lorsque le panneau nu de la porte verte lui claque enfin au nez, il perçoit les coups sourds et les hurlements poussés par les autres habitants de l'immeuble, contraints malgré eux d'être témoins de la bagarre.

En cloque, une fois de plus. Esther caresse la petite croix noire, peut-être de la corne de yak coréen.

— Dis-moi, demande-t-elle, avec cette impertinence des femmes qui viennent de se faire baiser, ça compte beaucoup pour toi tout ça ?

Il se demande si elle veut parler de la baise, et est sur le point de lui assurer que ô combien, quand il voit avec surprise sur quoi reposent ses doigts et ses yeux. Ces mêmes doigts fuselés qui ont laissé choir sur le plancher les Kleenex trempés.

— Beaucoup, dit-il, un peu hésitant malgré tout. Je ne suis pas comme ton mari, tous les détails de la doctrine ne me sont pas familiers, mais...

— Lui il les trouve drôles, dit-elle. Pour lui tous ces types qui se chamaillent et s'entre-tuent au nom de ces distinctions grotesques, ce sont tout bonnement de cruels plaisantins.

Dale a bien envie d'ergoter, pour le principe, en ma faveur — nous les hommes, nous sommes capables de loyalisme, contre vents et marées, face aux autres, les présomptueux, les inconstants —, mais, pressentant soudain l'honnête franchise qui inspire la question d'Esther, il fait un effort de sincérité.

— Sans tout ça, avoue-t-il, je finis toujours par paniquer. Je panique au point que je deviens bon à rien. Je sombre dans une léthargie affreuse, comme si j'étais au fond de la mer. Dans l'Idaho cette année-là, au milieu des forêts, à perte de vue de tous les côtés, et avec tous les petits bruits qui montaient de partout — on aurait dit qu'il n'y avait pas de *Dieu*, nulle part, une impression atroce, je ne sais pas si je me fais bien comprendre, oui, voilà, je voulais *sentir* le Diable. Il était là qui *rôdait*...

Comme il s'y attendait à moitié, il a réveillé en elle ses

instincts maternels et amoureux, et de nouveau elle l'attire, le plaque contre sa sveltesse, les cinquante kilos de chair, de veines et d'os de son corps de femme.

— Mon pauvre chéri, fait-elle.

Il continue à lui susurrer à l'oreille, précipitant les mots moites, avide d'expliquer :

— Sans tout ça — je veux dire sans la foi — il n'y a rien sinon ce grand trou, et, chose étrange, le trou a une certaine forme qu'elle remplit à la perfection. Qu'Il remplit à la perfection.

Pour Esther, tout cela paraît si bordélique, si triste et désespéré, qu'elle resserre son étreinte sur le dos courbe et osseux, la peau fraîche constellée par plaques de petits boutons enflammés. Pourquoi lui donne-t-il envie d'être baisée, cet aveu de terreur et de désespoir qui échappe à ce jeune homme, sans rien d'autre que le leurre, l'antique et branlante armature de la chrétienté pour le soulager et lui permettre, de même qu'à nous tous, de vivre au jour le jour, de sommeil en sommeil ?

— Tu as tout le temps peur ? demande-t-elle.

— Oh, non, dit Dale. A certains moments, très souvent à dire vrai, par exemple quand je marche au hasard dans les rues, je me sens transporté de joie, à l'idée que c'est une certitude. C'est vrai. Ce n'est qu'à certains moments que ça me paraît fragile. Et ces moments de désespoir, c'est inévitable qu'on en ait, le Nouveau Testament en est plein, pas seulement Pierre mais Jésus Lui-même ; ils en sont inséparables. C'est par eux qu'on gagne son salut. Et on leur survit. C'est ça la preuve, elle est là. On émerge de l'autre côté. Il suffit d'avoir, comme dit le Livre, une simple petite graine de moutarde. Prie avec moi un jour, Esther. Pas aujourd'hui. Pas ici, je sais, tu trouves tout ça minable. Mais un jour. Ce serait tellement gentil. Pour moi.

Sous ce flot de passion qu'il lui souffle à l'oreille, son âme est tellement tendue par le désir qu'à peine parvient-elle à demander, comme au bord d'une syncope :

— Et maintenant, tout de suite, qu'est-ce que je peux

donc faire, parvient-elle à dire, pour que tu redeviennes gros.

— Je ne crois pas, répond-il quasiment de la même voix crispée, que ça te demandera beaucoup de mal.

La Commission des Bourses se réunit d'ordinaire dans la salle Roland L. Partch. Le père, le grand-père et l'arrière-grand-père de Partch avaient tous été pasteurs presbytériens, et bien que Partch lui-même eût opté non pour le service de Dieu mais pour la voie de la spéculation immobilière dans le centre-ville — il avait flairé l'avènement de la rénovation avant même que le mot existât —, des velléités charitables s'étaient mises à le harceler dans son âge mûr, comme prémonitoires de sa mort tristement précoce survenue lors de l'explosion de la bouteille de propane qui alimentait le gril de son barbecue. Son fils, Andy Partch, avait étudié ici même du temps de mes premières années, un jeune homme aux joues rouges qui, je crois, coule maintenant des jours heureux dans une agréable paroisse suburbaine du Maryland, dans la ville néobiblique de Bethesda. La salle Partch avait jadis fait partie du sous-sol de Hooker Hall ; tandis que se déroulait notre entretien avec Dale Kohler, les fenêtres qui, au-dessus de nos têtes, ouvraient au ras de la rue, tremblotaient comme une batterie de télés au gré des joggings ornés de badges, des chevilles laineuses et des pantalons effilochés qui dehors défilaient sur le trottoir de ciment, et de l'apparition intermittente d'une soucoupe volante qui zébrait le ciel blanc — une précoce partie de Frisbee disputée sur le campus encore tapissé de son compost hivernal d'herbe brune, de boue, de résidus de neige aux mouchetures noirâtres.

J'ai décrit Jesse Closson. C'est un ancien quaker à tête carrée, d'une imperturbabilité tout œcuménique. D'épaules et de poignets, peut-être est-il plus large que je l'ai laissé entendre, et d'une fétidité surprenante, dans la mesure où il prise, en aspirant non par les narines, mais contre les gencives. Lorsqu'il braque sur vous son énorme tête carrée avec un sourire fraternel de toutes ses dents tachées de brun, la puanteur de crachoir est quasi insoutenable. Mais surtout ne pas s'y tromper : il connaît son Husserl et son Heidegger, son Schleiermacher et son Harnack, son Troeltsch et son Overbeck.

Rebecca Abrams, notre collègue professeur spécialiste d'hébreu, de l'Ancien Testament, et des études intertestamentaires, est une grande maigre, abrupte et agile dans ses mouvements, avec de longues narines, des lunettes scintillantes cerclées d'acier, des sourcils hommasses, et des cheveux noirs ramenés en chignon sur la nuque ; pourtant, avec leur énergie crépue, ses cheveux nimbent d'une auréole de frisures la coiffure sévère, et son visage a cette façon typiquement juive de soudain basculer dans une chaleur transcendante et un charme confiant, pareil au jaillissement de l'eau au Horeb quand Moïse frappa le rocher. Jeremy Vanderluyten, le seul Noir à siéger à la Commission des Bourses de la faculté de Logistique déontologique, est un homme grave couleur limaille de fer ; immuablement vêtu de costumes trois pièces, il se meut avec une certaine raideur massive, et ses paupières inférieures retombent roses comme si elles aussi éprouvaient le poids de la praxis chrétienne. Quant à Ed Snea (deux syllabes Sne-a), spécialiste en bultmannisme et holocaustique, c'est un petit homme frêle, un presbytérien pratiquement fictif devenu, par un de ces caprices de la mode qui anime les communautés universitaires, le Marieur attitré des épousailles Sans Dieu. Quand la fille de l'astrophysicien émigré tchèque épouse un bouddhiste japonais spécialiste de sémantique, c'est Ed qui taille sur mesure le rituel pour l'ajuster à la nuance exacte de leur scepticisme courtois, roulant en silence les yeux au ciel quand le moindre mot d'invocation céleste menace d'être de trop. Avec ceux pour qui la plus vague mention d'harmonie naturelle ou d'amour éternel risquerait d'avoir d'intempestifs relents de théisme barbare, Ed, avec son brin d'accent sudiste et la traînée gris daim de sa moustache, a le don de psalmodier des formules creuses, de façon à ne jamais hérisser une seule plume de l'intégrité du couple agnostique, tandis que la grand-mère par alliance de la mariée, une farouche épiscopalienne (qui d'ailleurs n'a pas l'oreille trop fine), quitte elle aussi rassérénée l'office. Cette petite spécialité ne l'a pas enrichi, mais il a eu sa bonne part de champagne et de gâteau fourré à la vanille ; en fait, Ed est si connu des traiteurs locaux qu'il grimpe parfois dans leur camionnette pour rentrer, rapportant un festin de reliefs, canapés aux foies de volaille entourés de bacon et harponnés de cure-dents multicolores, à l'intention de sa famille négligée.

Dale n'avait pas l'air en forme pour l'interview ; sa pâleur cireuse avait basculé dans le blafard. On aurait dit qu'il suait, et sur sa chemise de bûcheron il avait passé une veste à carreaux, avec un effet discordant. Il m'avait avoué un peu plus tôt qu'il avait passé toute la nuit au Cube, à ruminer de nouvelles données.

En raison de mon rôle dans l'affaire, j'avais été autorisé à assister à l'entretien, mais n'étais pas censé intervenir. De l'endroit où j'étais assis, sur le côté, dans un de ces fauteuils en bois à l'ancienne mode dont le bras gauche s'est atrophié tandis que le droit s'est hypertrophié comme une pince de homard, je voyais de trois quarts, plongés dans l'ombre à l'exception du sommet de leurs têtes, les visages des quatre membres de la Commission, le crâne chauve de Closson pathétiquement transformé par les zébrures bien peignées de ses rouflaquettes. Les épaules en damier de Dale étaient un peu de biais par rapport à moi. Quand, dans les affres de l' « Inquisition », il se tortillait sur son siège, je distinguais de profil sa mâchoire mouchetée qui peinait, et les multiples clignotements nerveux de ses longs cils. Au-dessus de ce tableau, des pieds indifférents poursuivaient sans trêve leur défilé tremblotant dans le soleil morne de la mi-février.

Dale décrivit aux membres de la Commission, comme il

l'avait fait pour moi, l'extraordinaire invraisemblance de l'équilibre extrêmement subtil des forces fondamentales manifestement déchaînées à l'instant du Big Bang, un équilibre de forces qui seul avait pu engendrer un univers suffisamment stable et durable pour qu'apparaisse la vie et, dans le cas des grands primates de notre planète, la conscience, la pensée abstraite, et la morale.

Les membres de la Commission écoutaient dans un silence enveloppé d'ombre, les pieds lumineux tremblotant toujours au-dessus de leurs têtes. Comme Dale s'égarait un peu en expliquant la relation entre l'interaction forte et la production de deutérium et, ultérieurement la réaction nucléaire, Jeremy Vanderluyten, par pure compassion dialectique, s'éclaircit la gorge et, avec son élocution distinguée et grave, formula cette observation :

— Tout cela me paraît d'un indubitable intérêt, Mr. Kohler, mais, et corrigez-moi si je me trompe — voici pas mal d'années désormais que ces chiffres traînent un peu partout. Les cosmologies changent et, je l'espère bien, ce n'est pas fini. Ce qui *moi* me frappe, si je puis me permettre, c'est de constater comment nos inquiétudes morales et religieuses persistent quelle que soit la cosmologie dominante. Pensez au dix-huitième siècle, combien alors les savants étaient convaincus que le matérialisme mécaniste détenait toutes les réponses à toutes les questions. L'univers était comparable à une montre remontée à bloc, disaient-ils, et la physique newtonnienne était jugée irréfutable. Et pourtant qu'advint-il au sein de la foi judéo-chrétienne ? Le piétisme, le réveil du méthodisme wesleyen, puis le grand élan missionnaire jusqu'aux quatre coins du globe. Regardez les jeunes d'aujourd'hui, alors que la pseudo-mort de Dieu est depuis si longtemps partout proclamée : la génération la plus religieuse depuis un siècle, et tout cela à cause d'impératifs spirituels.

L'homme noir plaqua sa main sur sa cravate de reps, et son visage gris fer, buriné de rides profondes, parut vouloir s'éclairer d'un sourire.

— Les étoiles seules n'y suffiront pas ; il faut les étoiles *plus.* Plus une éthique. Vous vous souvenez de ce que disait Kant ?

Je voyais la pauvre tête hirsute de Dale branler en signe de dénégation. Elle n'était pas réussie, sa coupe de cheveux, vue de derrière. Etait-ce Esther qui l'en avait gratifié, dans un esprit de jeu érotique à la Dalila, Verna ?

— *Der bestirnte Himmel über mir,* articula Jeremy d'une voix vibrante, *und das moralische Gesetz in mir.* « Les cieux constellés d'étoiles sont au-dessus de ma tête », traduisit-il obligeamment, en brandissant un index bizarrement long, puis en tapotant son foulard, « et la loi morale est en moi ». Les deux vont de pair, vous voyez.

— Bien sûr je vois, fit le malheureux Dale, exaspéré de fatigue et mal à l'aise sur ce terrain. Simplement, tout le monde devrait *savoir,* voyez-vous, qu'existent dans l'univers toutes ces anomalies, ces signes révélateurs, de sorte que nos impulsions morales et notre volonté ont quelque chose à quoi s'accrocher, j'espère que vous me suivez.

— Nous suivons, Mr. Kohler, dit d'un ton acerbe Rebecca Abrams. Nous sommes ici pour vous suivre. Eh bien, où proposez-vous de nous conduire encore ?

Il leur esquissa, les mains en proie à une agitation croissante, les anomalies de la théorie évolutionniste, son inévitable bizarrerie sitôt que l'on y regarde d'un peu près, depuis l'inimaginable invraisemblance que la première unité autoreproductrice soit parvenue à s'assembler dans la pseudo-soupe originelle, jusqu'aux absurdes sauts hypothétiques, complètement exclus par une quelconque accumulation gradualiste de petites mutations fortuites, vers d'authentiques merveilles de notre univers telles que nos globes oculaires et la queue de la baleine. Quant au cou de la girafe et aux cals de l'autruche, comme dans la conversation qu'il avait eue précédemment avec moi, ils furent escamotés.

Les majestueuses narines de Rebecca laissèrent fuser un soupir impressionnant. Son nez n'avait pas la moindre crochure sémite et, dans sa rectitude, saillait anormalement par rapport à son visage, lui donnant, quand elle ôtait ses lunettes, une expression allongée, provocatrice.

— Mais Dale, dit-elle, en se mettant à l'appeler par son prénom et se penchant vers lui pour aussitôt se reculer, de sorte que son nez zébra d'une traînée blanche les ombres, si j'en crois ma rétine du moins, trouvez-vous vraiment plus rassurante la doctrine créationniste ? *Ces événements-là*, comment vous les représentez-vous ? Voyez-vous vraiment la main de Dieu descendre pour tripoter et lisser l'argile ? Vous le savez, « Adam » signifie « argile », « terre rouge ». Je dis doctrine créationniste, mais bien sûr, il n'en existe pas ; personne ne se risque à expliquer dans le *moindre* détail la façon dont la matière a pris forme, ni pourquoi l'on dénombre tant d'espèces éteintes, ni pourquoi il a fallu tellement de *temps*. Tout ce que l'on nous offre, c'est le premier chapitre de la Genèse, à partir du vers vingt. Et même là, naturellement, on nous dit ce que Dieu a dit : « Laissez les eaux grouiller, laissez la terre produire », etc. : *Vayyomer elobim tose ha'ares nefesh hayyah leminah* », etc. De simples subjonctifs. En d'autres termes « Que ceci et cela se produise ». A croire qu'Il n'y peut pas grand-chose, en réalité, se borne à donner Sa permission, une sorte de bénédiction. Sinon — elle renifla, de nouveau avec superbe — et en prenant tout ça au pied de la lettre, on en vient à des arguments outrancièrement grotesques, comme par exemple à soutenir que les roches ne sont pas somme toute tellement vieilles, les premières datent de 4004 av. J.-C., qu'en fait elles ne sont même pas aussi vieilles que les sapins [1] de Santa Lucia dont on peut bel et bien compter les anneaux, j'ai des étudiants créationnistes et certains le font, oh, ces pauvres petits — elle tourna la tête vers ses collègues, qui connaissaient son martyre —, s'ils n'étaient pas si exaspérants, pour un peu, on les plaindrait. Est-ce ça que vous nous proposez ? défia-t-elle soudain Dale.

1. Sapins de Santa Lucia ou « Bristlecones », espèce préhistorique en voie de disparition (White Mountains, en Californie). *(N.d.T.)*

C'était *lui* que je plaignais, tandis que j'examinais le dos hérissé de sa tête mal soignée. Ses cheveux pointaient comme s'il venait de retirer son bonnet de laine, libérant leur charge d'électricité statique. Il se défendit :

— Je suis tout à fait partisan de la science, m'dme — il hésita, craignant que ce ne fût pas là le mot adéquat pour s'adresser à une dame professeur, mais incapable de trouver mieux —, quoi qu'elle puisse nous montrer ; *j'aime* la science, et jamais je n'ai eu l'intention de me mêler — il eut un geste si vague qu'il paraissait désespéré, un geste qui englobait de façon floue la salle, le ciel au-delà des fenêtres du sous-sol, et nous cinq — de ces histoires de religion. Je crois que j'ai appris la Bible à l'école du dimanche, mais depuis, franchement, jamais je n'y ai prêté grande attention. Le Dieu qu'elle nous montre était ce que manigançaient la technologie et la conscience sociale de l'époque, mais il nous paraît passablement cruel désormais, toutes ces histoires de sacrifices, de châtiments infligés à ses ennemis, *Je suis ce que Je suis* et le reste. Je ne veux pas avoir mauvais esprit, mais non, je n'arrive vraiment pas à me représenter une main descendant pour s'enfoncer dans l'argile, je ne sais pas ce que je me représente. Mais je sais, oui, qu'il y a des moments où je sens que oui quelque chose me touche *moi* là en dedans et me moule, que quelque chose descend pour *moi* me toucher, mais si vous tenez à appeler ça une sensation subjective, une hallucination ou encore de l'hystérie, bref n'importe quoi, je ne protesterai pas ; je me dis souvent que les mots dont nous affublons les choses ne servent qu'à exprimer nos sentiments plutôt que la moindre chose au sujet de la *chose.* En fait, certains parlent de « vision », d'autres d'hallucinations, des mots qui tous expriment des opinions contradictoires sur le point de savoir si oui ou non quelque chose était *là.*

Sentant que le jeune homme pataugeait et désireux de l'aider à poursuivre, Closson intervint :

— Et comme, entre autres, Berkeley, Husserl et aussi à sa façon Wittgenstein l'ont souligné, le problème fondamental de savoir si oui ou non il y a quelque chose, *quoi que ce soit* et dans l'affirmative quelle est sa nature, n'est nullement impossible à discuter, tout dépend pour beaucoup du sens que nous donnons à ce *là. Esse est percipi*, ajouta de manière affable le vieux quaker, en renversant sa grosse tête de sorte que ses paupières ridées de reptile bondirent dans les épaisses lentilles concaves de ses demi-lunes ; le rictus d'un sourire révéla ses gencives brunes.

— Je ne dis même pas exactement ça, reprit Dale, en se tortillant sur son siège, incapable de refréner son excitation en dépit de sa fatigue, de la terrible épreuve qu'Esther, l'ardeur et les lèvres d'Esther, à force de sucer, sucer, avaient infligé à son corps et aux mouvements de son esprit. J'aimerais voir la religion renoncer à se cacher à l'intérieur de l'humain, à invoquer avec cette espèce de lâcheté la pseudo-réalité subjective — la tendance à prendre ses désirs pour la réalité, en un sens. Ce que j'essaie de suggérer, puisque vous me demandez ce que j'essaie de suggérer, c'est précisément ce que la science essaie de nous dire, objectivement, au moyen de ses chiffres, dans la mesure où les savants eux-mêmes surtout ne veulent pas le faire, ne veulent pas s'en mêler, ils veulent rester purs. Il y a d'abord toutes ces coïncidences numériques, poursuivit-il, et il parla alors aux membres de la Commission du nombre de dix puissance quarante, de sa récurrence dans une grande variété de contextes, depuis le nombre de particules chargées dans l'univers observable, jusqu'au rapport de la force électrique à la force gravitationnelle, sans parler du rapport entre l'âge de l'univers et le temps qu'il faut à la lumière pour traverser un proton.

Il essaya d'expliquer par quelle extraordinaire coïncidence la différence entre les masses du neutron et celle du proton est presque égale à la masse de l'électron, et qu'en outre cette différence multipliée par la vitesse de la lumière au carré correspond à la température à laquelle protons et neutrons cessent de transmuter, ce qui implique que leurs quantités respectives dans l'univers sont figées. Tout aussi merveilleuse, selon lui, était une autre équation, qui montrait comment la température à laquelle la matière se découplait du rayonnement égalait celle à laquelle la densité d'énergie des photons égalait celle de la matière, principalement constituée de protons. En outre, l'élément carbone, d'une importance si cruciale pour toutes formes de vie, est synthétisé dans les étoiles par suite d'une extraordinaire série de résonances nucléaires qui, semble-t-il, ne se produisent que...

Ed Snea, dont les façons étaient toujours d'une méritoire brièveté, entreprit d'interrompre :

— Mr. *Koh*-leuh, je me euh-demande.

Jeremy Vanderluyten intervint lourdement :

— Je le répète, tout ça sent le réchauffé, la synthèse éclectique. Où est l'apport original qui justifierait nos encouragements et notre soutien financier ?

Dale tira alors de la poche de poitrine de son inhabituelle veste de tweed une liasse de listings, pliés en accordéon et marqués de perforations sur les deux faces. De ma place, je distinguais le papier couvert de colonnes de chiffres, de masses grisâtres.

— Si je suis tellement sonné, expliqua-t-il à la Commission, avec une affabilité tellement transparente, tellement soucieuse, que Rebecca releva son nez luisant et que Jeremy baissa ses yeux sévères, c'est entre autres que je suis resté debout une partie de la nuit à combiner quelques-unes des constantes remarquables de l'univers dans des transformations aléatoires, pour essayer d'en tirer quelque chose d'intéressant pour vous.

— Et ce quelque chose nous donne quoi ? s'enquit Closson, en ourlant sa lèvre supérieure avec la nervosité du priseur en manque.

— Quelque chose d'inattendu, fit Dale. Quelque chose qui va bien au-delà d'une simple coïncidence.

Sa voix s'était raffermie. Il releva vivement le menton, bravant ses inquisiteurs. Nous aimons, l'idée m'effleura, nous voir mis au défi. Cette petite poussée d'adrénaline balaie pas mal d'aléas et met notre vie à l'épreuve, précisément ce qu'elle souhaite. Mieux vaut voir rouge qu'être mort. La lutte chasse le doute, c'est pourquoi nous aimons lutter.

Dale déplia son listing ridiculement long, qui cascada entre ses genoux, et reprit :

— Par exemple, la vitesse de la lumière multipliée par la constante gravitationnelle de Newton, toutes deux en unités SI, bien sûr, l'une étant un nombre énorme et l'autre minuscule, produit presque exactement le nombre deux dans toute sa simplicité — un virgule neuf neuf neuf cinq trois deux six.

Il leva les yeux. Aucun des membres du jury n'avait bronché.

— C'est là une coïncidence extraordinaire, expliqua-t-il. Autre résultat unitaire inattendu, la constante de Hubble — en d'autres termes la vitesse à laquelle les galaxies s'éloignent les unes des autres et l'univers se dilate —, divisée par la charge du proton qui, elle, est bien entendu située à l'autre bout de l'échelle des constantes cosmiques, donne douze et demi, sans reste. L'idée m'est venue de regarder ça d'un peu plus près, la nuit dernière sur le coup de deux heures du matin, et, au bout d'un moment, j'ai remarqué qu'un peu partout sur la feuille il y avait ces fichus vingt-quatre qui me sautaient aux yeux. Deux, quatre ; deux, quatre. Le temps de Planck, par exemple, divisé par la constante de rayonnement, donne un chiffre pratiquement équivalent encore une fois à huit dix puissance moins vingt-quatre, et la permittivité du vide, ou constante diélectrique, dans le rayon de Bohr donne presque exactement six dix puissance moins vingt-quatre. Côté puissances positives, la constante structure fine électromagnétique multipliée par le rayon de Hubble — soit la taille de l'univers tel que nous le percevons maintenant — donne approximativement dix puissance plus vingt-quatre et la constante d'interaction forte multipliée par la charge qui s'exerce sur le proton donne exactement deux virgule quatre dix puissance moins dix-huit. Chaque fois que vingt-quatre apparaissait sur le listing, j'ai commencé à l'entourer d'un trait : tenez — il le brandit, son morceau de tapisserie zébré d'innombrables rayures, orné d'innombrables cercles rouge vif —, facile de voir que ça n'a rien d'une simple contingence.

— Moi je ne suis pas tellement sûr de pouvoir, dit Jesse Closson, en plissant les yeux au-dessus de ses demi-lunes.

Comme Dale levait son papier plus haut, nous vîmes tous que ses grosses mains noueuses tressautaient, tremblaient. Dans ces mains, il tenait l'univers.

— La contingence, comme d'ailleurs l'absence de contingence, ne constitue en rien une catégorie — commença Jeremy Vanderluyten.

— Mon cher ami, laissa tomber Ed Snea, comme pour rappeler à l'ordre une bande d'invités volubiles, dites-moi ce que *signifient* les corrélations entre ces chiffres ? N'êtes-vous pas en train d'additionner des pommes et des oranges, comme on dit, avant de les diviser par des pamplemousses ?

— Il ne s'agit pas de simples chiffres, il s'agit des constantes physiques fondamentales, lui renvoya Dale. Des données mêmes de la Création.

— Oh, moi ça me plaît, explosa Rebecca.

Elle était, je le voyais soudain, le premier allié que se faisait Dale dans la commission, et lui aussi le voyait.

Il tourna la tête pour la regarder en face, les yeux dans les yeux.

— Ces chiffres, dit-il d'une voix décidée, avec un sérieux et un désir de convaincre presque paternels, tandis que les pieds poursuivaient leur danse au-dessus de la tête de Rebecca, sont les mots par lesquels Dieu a choisi de s'exprimer. Il aurait pu en choisir une tout autre série, m'dme, mais ce sont ceux-ci qu'Il a choisis. Peut-être nos calculs sont-ils encore imparfaits, peut-être mes transformations n'étaient-elles pas les plus intelligentes... A la fin je me sentais tellement fatigué, et nerveux à l'idée de cet entretien ; peut-être y aurait-il une équation différentielle qui déboucherait sur quelque chose de probant, mais voilà, je ne sais pas. Mais il *faut* qu'il y ait quelque chose ici, sinon où ? Ça ne vous plaît pas que la vitesse de la lumière multipliée par la constante gravitationnelle donne deux comme résultat ?

— Oh, *moi*, ça me plaît, répéta Rebecca, avec une emphase nouvelle, mais...

— Nous voici en plein kabbalisme, marmonna Jeremy Vandertluyten. A force de les manipuler, on peut faire dire n'importe quoi aux chiffres. Tenez, par pure curiosité : regardez donc si vous avez un six six six quelque part.

Dale, sa tête se déplaçant par petits bonds quantiques, se mit à parcourir des yeux son listing, puis soudain annonça :

— Oui monsieur, justement en voici un. Pas seulement trois six, mais dix, et même dix d'affilée. Le rayon de Bohr divisé par le rayon de Hubble.

— Vous voyez, dit l'homme noir. Eh bien, il s'agit là du chiffre du Diable, et en principe ce chiffre signifie que la fin du monde est proche.

— Ou que deux est en train d'être divisé par trois, intervint Closson, une pointe d'impatience se faufilant dans son style insipide. Pour moi ces calculs, jeune homme, ont une certaine saveur de désespoir. Comme aurait pu dire Heidegger, votre *Verstehen* a été rattrapé par votre *Befindlichkeit.*

Les autres gloussèrent.

— C'est vrai, je me sens désespéré, à certains moments, admit Dale non sans dignité. Mais je me dis alors, pourquoi Dieu irait-il me faciliter les choses, faire pour moi ce que jusqu'ici Il a refusé à l'humanité tout entière ? Et puis, la nuit dernière, il s'est passé quelque chose, dit-il. J'étais vanné, et sans doute aussi exaspéré, pour ne pas dire désespéré, et je me suis mis à passer des instructions au hasard et voilà qu'au milieu des cochonneries que je récupérais sur l'écran a jailli tout à coup ce nombre superbe : un virgule zéro zéro zéro zéro zéro zéro zéro zéro zéro, je ne sais pas combien de zéros, dix peut-être, et puis, un, un seul un. Eh bien, dans la nature jamais aucun calcul ne donnera un résultat aussi curieux, un virgule un dix milliardième ou je ne sais trop quoi. Mais les nombres continuaient à défiler à mesure, et quand j'essayais d'y revenir pour faire une sortie, le fil de la séquence était rompu.

Suivit un silence. L'idée m'effleura que, pas une seule fois, Dale n'avait jeté un coup d'œil de mon côté. Ils avaient dû, Esther et lui, drôlement s'envoyer en l'air hier dans le grenier. Lorsque à six heures moins le quart j'étais rentré, elle m'avait paru languide et impertinente ; dans la salle à manger tous les trois, Dale, Richie et elle, étaient penchés sur la table, sous la lampe Tiffany, un sentimental mezzotinto biblique, leurs trois têtes formant un triangle, dont Esther, restée debout, était la pointe. Ils travaillaient sur les nombres hexadécimaux.

— Et deux D ? avait demandé Dale. Ça donnerait quoi, Richie ?

Le silence s'était étiré, tandis que dans la cuisine le réfrigérateur se tâtait pour décider s'il continuerait à fabriquer de la glace.

— Quarante-cinq, avait finalement nasillé Esther. C'est évident.

— Ta maman a raison, avait dit Dale, gêné pour elle ; tu vois, Richie, avait-il expliqué, le deux sur la gauche signifie deux fois seize, ce qui fait trente-deux, et le D représente — parce que, n'oublie pas, il faut attribuer une lettre aux nombres de deux chiffres inférieurs à seize — il avait attendu une seconde, puis fourni lui-même la réponse : — Treize. Trente-deux plus treize, ça fait... ?

— Quarante-cinq, avait dit l'enfant d'une voix faible, troublée.

— Tout juste ! Tu vois, ça vient !

— Il est plutôt temps, avait dit Esther, d'une voix languide, impertinente.

Sa bouche, même sous une fraîche couche de rouge, paraissait meurtrie, et dans ses yeux verts brûlait une lueur rouge qui, m'avait-il semblé, trahissait combien profond elle s était acharnée quelques heures plus tôt à fouir et fouger dans la nature. Cette nuit-là, la nuit dernière, dans notre sombre lit conjugal, poussée par un élan de concupiscence, elle avait à tâtons offert de m'administrer certains de ses trucs répugnants ; j'avais d'un revers de main repoussé d'une bourrade son épaule nue et carrément lui avais tourné le dos, protégeant ce que là-bas en Ohio, de façon plutôt polissonne, on appelait les bijoux de famille.

Ed posait maintenant à Dale, avec une répugnance subtile, la question cruciale.

— Avez-vous d'autres idées quant à la façon d'utiliser un ordinateur pour cette quête de... il ne parvint pas à contraindre ses lèvres, sous sa moustache minimale, pour ainsi dire démythologisée, à prononcer le vieux monosyllabe balourd... l'Absolu ?

— Ou par hasard tout ça vous aurait-il coupé le sifflet ? crépita Closson, à mon avis bien trop quaker dans son innocence pour mesurer la vulgarité de l'expression.

Rebecca, elle, le mesurait, et se pencha en avant pour calmer le jeu, pour materner le jeune homme.

— Dale, comment vous représentez-vous la conclusion de vos recherches ? Une publication technique, ou bien quelque chose de plus créatif ?

Elle se rencogna dans son fauteuil et débarrassa son long nez blanc de ses lunettes cerclées d'acier, ce qui soudain modifia à nos yeux son aspect. Elle était une femme — Eve, *Hawwah,* « la vie ».

Je crus sentir le cœur de Dale s'élancer vers elle, une touche de chaleur au sein de cette épreuve glaciale.

Elle eut un sourire, et reprit :

— Voici ce que j'aimerais savoir, comment pourrions-nous *utiliser* vos théories, pour justifier l'octroi d'une bourse ?

Jeremy, toujours irrité par l'irrespect témoigné à *das moralische Gesetz,* revint à la charge.

— Qu'essayez-vous donc de prouver, en manipulant tous ces chiffres ?

— Monsieur, j'essaie de donner à Dieu l'occasion de

parler, dit Dale, se secouant pour feindre un regain d'énergie.

Il leur exposa alors, plus en détail qu'il ne me l'avait jamais fait, son idée de créer un modèle de la réalité inspiré des principes de l'infographie. Il est possible, expliqua-t-il à la commission, de soustraire les formes les unes des autres, du moment où, dans la mémoire de la machine, elles figurent comme des volumes élémentaires, et aussi il est possible de calculer des sections sous n'importe quel angle, et selon n'importe quel plan, en donnant quelques ordres. Dans le domaine du design industriel informatisé, par exemple la fabrication d'une matrice ou d'un moule, les formes négatives ont une importance équivalente à celle de leurs homologues positives ; et aussi (là, ses mains expressives se mirent à virevolter, des évolutions compliquées) il est possible de créer des formes solides en déplaçant dans l'espace une figure plane le long d'un chemin déterminé. En provoquant une interaction de ces systèmes, et en injectant des règles locales pour l'évolution desdites formes, et aussi en utilisant des algorithmes de planification plus globaux, Dale avait eu le sentiment de pouvoir simuler notre univers réel, moins du point de vue de son contenu que de sa complexité, à un niveau susceptible de fournir des indices graphiques et algorithmiques quant à un éventuel dessein sous-jacent, à supposer qu'il en existât un. Cela revenait un peu, disait-il, à cette démarche banale en infographie qui permet d'abord de générer au moyen de vecteurs-lignes une épure d'un solide puis, au moyen d'une simple formule opérant sur l'axe des *z*, d'éliminer les lignes cachées, les lignes qui dans « l'univers réel » — autrement dit l'univers tel que nos sens le perçoivent — seraient cachées par l'opacité du solide ; théologiquement parlant, nous évoluons dans un univers amputé de ses lignes cachées, et la tentative de Dale, grâce à l'indispensable soutien financier de la Commission, viserait à restaurer ces lignes, en éliminant l'opacité et en redonnant à la Création la transparence originelle dans laquelle, depuis la Chute, seuls de rares mystiques, des déments et peut-être aussi des enfants, ont pu la contempler. Ou encore, au cas où la Commission préférait une analogie empruntée à la physique des particules, sa tentative viserait à soumettre le macrocosme, transposé en termes d'infographie, à un processus analogue au bombardement atomique.

Pourtant, l'exposé de Dale était hésitant, et par moments sa voix se fondait dans un long silence ; on eût dit qu'à force de répéter ce moment dans son esprit, ce moment enfin arrivé, il n'avait plus d'énergie à lui consacrer. Il était à bout de forces. Il paraissait résigné à un refus.

Flairant la curée, Jeremy revint à la charge, de sa voix râpeuse et chagrine :

— Depuis Kant et Kierkegaard jusqu'à William James et Heidegger y compris, la religion s'est installée dans la subjectivité. La subjectivité est le vrai domaine de la religion. Nous ne devons pas céder à la tentation de quitter ce domaine. On commence à faire joujou avec ce genre de pseudo-science, et on se retrouve bientôt en pleine magie, en plein fondamentalisme de l'espèce la moins défendable. Adieu, impératifs moraux ; bonjour, vaudou.

— Mais, Jere, protesta Rebecca, vous ne vous trouvez pas plutôt non biblique ? Le Dieu d'Abraham et de Moïse n'était pas uniquement un phénomène subjectif ; les Israélites l'ont vécu avec tout leur être, comme de l'histoire. Ils débattaient avec lui, et même se battaient contre lui. Dieu leur avait accordé Son covenant. Vous ne voudriez pas être celui qui irait dire à Dieu : Vous ne pouvez pas faire irruption dans l'histoire, Vous ne pouvez pas faire irruption dans le monde objectif !

— Chaque jour de la semaine, dit Closson, en s'éclaircissant la gorge avec un raclement saturé de nicotine, les prières L'invitent à Se manifester ; et le plus exaspérant c'est que personne, après tant d'années, personne ne sait si oui ou non Il s'est manifesté !

— Ce qui, euh, *moua* m'inquiète, dit le révérend Ed Snea avec son solennel nasillement sudiste, à supposer que ces ordinateurs utilisés de la façon que nous décrit Mr. Kohler finissent par acquérir quelque chose qui ressemble à l'intelligence, cela ne signifie-t-il pas qu'ils acquerront du même coup une subjectivité, et donc, même si l'un d'eux témoignait qu'au sens objectif du terme il existe un Absolu, cela signifierait-il plus que le témoignage d'un quelconque fana de Jésus venu du fin fond de sa cambrousse du Tennessee ?

— Ou que celui de la vierge aztèque dont la foi en Huitzilopochtli était suffisamment forte pour qu'elle se laisse vivante arracher le cœur par les prêtres.

Les yeux reptiliens de Closson scintillèrent et son immonde bouche tachée de brun s'ouvrit avec un grincement sur un petit rire silencieux. La religion, l'idée m'effleura, n'avait jamais cessé de l'amuser.

— Ce que, *moua,* j'aimerais, dit Ed, c'est laisser à ces fichus ordinateurs assez de corde pour se pendre. A mon avis, les ordinateurs ne sont rien d'autre que des fichiers à la manque.

— Et à mon avis à *moi,* ce serait un lamentable détournement de fonds, dit Jeremy, à une époque où les programmes de recherche concernant les Noirs et les femmes sont désespérément à court d'argent.

Rebecca le coupa :

— Il m'arrive de parler à des femmes qui en ont assez d'être un objet d'études. Ne faisons-nous rien d'autre qu'être femmes ? N'avons-nous rien à dire sur nous-mêmes sinon que la société patriarcale nous a imposé les déodorants ? Mes petites militantes si gentilles, on dirait que jamais elles ne se sont lavé les cheveux ni curé les ongles, à croire que ce sont les hommes qui ont inventé les bains...

Elle avait beau savoir qu'elle aurait dû s'arrêter, elle poursuivit, avec un irrésistible sourire fugace :

— Eh bien moi je trouve *charmant* que ce jeune homme ait envie de quitter les laboratoires de notre université pour venir nous tendre une main secourable.

Closson s'éclaircit une nouvelle fois la gorge, et braqua sur moi sa grosse tête pareille à une boîte bourrée à craquer.

— Et vous, Roger, avez-vous des intuitions ou des

réflexions dont vous aimeriez nous faire part avant que nous demandions à Mr. Kohler de se retirer ?

L'une de ses mèches camouflées s'était défaite et pendouillait le long de sa tête comme une antenne indiscrète.

Je me sentis offensé d'être tiré de ma distanciation, de mon existence pareille à une ombre discrète.

— Vous me connaissez, Jessie, dis-je, avec un enjouement affecté qui m'aboya aux oreilles. Barthien jusqu'au bout des ongles. Barth, je le crains, aurait considéré le projet de Dale comme une théologie naturelle de l'espèce la plus futile et la plus insolente. De plus, je suis d'accord avec Jere : l'apologétique ne doit pas quitter un terrain où elle jouit d'une relative sécurité pour un terrain où la religion s'est, en de multiples occasions, vu tourner en ridicule. Comme Rebecca, je ne pense pas qu'il soit sage de réduire Dieu à la seule subjectivité humaine ; mais Son objectivité doit être d'une tout autre nature que celle de ces équations physiques. Même s'il n'en était pas ainsi, Sa démontrabilité pose des problèmes supplémentaires. Un Dieu qui Se laisserait démontrer — plus exactement un Dieu qui ne pourrait *empêcher* qu'on Le démontre — ne serait-il pas trop soumis, trop passif et trop tributaire de l'ingéniosité humaine, bref, un Dieu impuissant et contingent ? De plus il me semble aussi que Sa facticité, telle qu'elle nous serait démontrée, pose un problème. Nous savons tous, nous autres enseignants, ce qu'il advient des faits. Les faits sont *ennuyeux*. Les faits sont inertes, impersonnels. Un Dieu qui serait un simple fait se contenterait de rester là sur la table parmi tous les autres faits : libre à nous de Le prendre ou de Le laisser. Les choses étant ce qu'elles sont, nous nous sommes poussés par un perpétuel mouvement *vers* le Dieu Qui fuit, le *Deus absconditus* ; Lui par la grâce de Son apparente absence est toujours parmi nous. Ce que l'on nous suggère ici de financer, désolé, me frappe tout simplement comme une forme obscène et indiscrète de fouilles cosmologiques sans guère de rapport avec la religion telle que je la conçois. Comme le dit quelque part Barth lui-même — impossible de vous donner au pied levé la référence exacte — « quel genre de Dieu est-il, ce Dieu qu'il est besoin de démontrer ? ».

Après ce baiser de Judas, Dale, pour la première fois, jeta un coup d'œil de mon côté. Son acné, telle fut mon impression visuelle, se dissipait, grâce aux bons soins d'Esther. Ses yeux bleus étaient hébétés, voilés. Il ne comprenait pas la faveur que je venais de lui faire.

Jesse, bien sûr, est un œcuméniste et un tillichien sentimental, Ed un bulltmanniste professionnel, tandis que Rebecca n'est pas insensible à l'antisémitisme sournois qui sous-tend le philosémitisme avoué de Barth[1], tandis que Jeremy est un activiste social et un logisticien éthique ; en faisant surgir Barth, le méprisant ennemi des humanistes et conciliateurs religieux, le vieil adversaire de Tillich et de Bultmann, si péremptoirement dans le débat, j'avais soudé la Commission contre moi : c'est-à-dire en faveur de Dale.

Jesse temporisa quelques instants, puis tenta de faire le point :

— Eh bien, oui, sans doute, il faut que le Tout-Puissant *existe* en un sens quelque peu supérieur. Il ne peut être simplement un être parmi les autres. Ce qui pose une somme de questions intéressantes, à savoir si être, *esse, Sein,* est un simple soit/soit — une condition binaire, pour parler comme Mr. Kohler — ou bien s'il existe des degrés, des intensités... En réalité, tout cela est d'un grand intérêt ; vous nous avez poussés à réfléchir, jeune homme, ce qui n'est pas si facile dans le milieu universitaire. Hé. Hé-hé. Vous devriez avoir de nos nouvelles d'ici deux semaines.

Lorsque, dix jours plus tard, j'annonçai à Esther que, comme venait de m'en informer Closson, la Commission

1. Voir — et puis, bien sûr, fini les notes ! — la lettre en date du 5 septembre 1967 adressée par Barth au docteur Friedrich-Wilhelm Marquardt : « ... chaque fois que personnellement je me suis trouvé face à des juifs (même à des juifs chrétiens) j'ai toujours dû faire un effort, d'aussi loin que je me souvienne, pour réprimer une aversion purement irrationnelle, la réprimant bien entendu d'emblée par suite de toutes mes présuppositions, et l'occultant complètement dans mes propos, ce qui n'empêche, j'étais contraint de la réprimer et de l'occulter ». *(N.d.A.)*

avait décidé d'accorder une première subvention de deux mille cinq cents dollars à Dale, renouvelable sur demande en septembre prochain sous réserve qu'il soumette avant le 1er juin un exposé de quarante pages résumant les résultats concrets et originaux de ses recherches, elle eut ce commentaire :

— C'est vraiment dommage. En fait, c'est terrible.

— Pourquoi donc ?

— Maintenant il va se sentir contraint d'aboutir ; et c'est impossible, ce qu'il essaie de faire.

— « Ô vous de peu de foi. »

— Il est en train de perdre la foi. Sûr que cela va l'achever.

— Comment sais-tu qu'il est en train de perdre la foi ? demandai-je.

Pivotant avec un cliquetis de talons, elle s'éloigna en froufroutant dans le couloir, m'offrant cette perspective arrière qui fait paraître grande même la plus petite des femmes, un morceau de la Terre. Elle portait un douillet pantalon de toile kaki ; elle rentrait du jardin, où elle s'était activée pour rien, taillant les arbres d'hiver, se demandant si le moment était venu d'enlever les paillis, découvrant les premiers perce-neige qui dodelinaient du chef dans le coin bien exposé de notre clôture là-bas contre le hangar à outils des Ellicott.

— Tout le monde la perd, non ? me renvoya-t-elle, avant de disparaître dans la cuisine.

Jamais l'idée ne m'était venue qu'Esther pouvait avoir la foi ; à mes yeux cela avait fait partie de son charme, cette succulente liberté qu'elle avait affichée.

Je lui avais demandé d'emmener Verna au dispensaire d'avortement et elle avait refusé, sous prétexte qu'il s'agissait de ma nièce et que, d'ailleurs, Verna l'avait prise en grippe, se montrant très grossière quand elle venait à la crèche. Où, soit dit en passant, elle amenait Paula de moins en moins fidèlement, et quand elle se décidait à l'amener, la pauvre gosse était d'une saleté repoussante. Sur ce front-là, la situation se dégradait, précisa-t-elle. A croire qu'il existait une multitude de fronts, et qu'elle et moi étions l'état-major de campagne.

Verna avait déclaré sans ambages qu'elle refusait d'y aller seule. De toute façon, disait-elle, l'idée venait de moi. Eh bien, d'accord je l'emmènerais, promis-je. Cela valait encore mieux que de la laisser se défiler. J'étais résolu à régler cette histoire. L'après-midi du rendez-vous, la baby-sitter qu'elle avait trouvée dans l'immeuble lui fit faux bond au dernier moment, comme toujours. Aussi la petite Paula dut-elle nous accompagner. C'était un moment de la journée, en fin d'après-midi, où à peine quelques jours plus tôt il faisait encore nuit noire et dont tout à coup la clarté nous surprenait, la lumière du jour s'attardant sur les rangées d'immeubles à trois étages, sur les magasins d'angle aux fenêtres grillagées, sur les sycomores et les caroubiers dépouillés de feuilles, sur les panneaux de stationnement interdit tordus et barbouillés à la bombe. La lumière me gênait tandis qu'au volant de ma robuste Audi vaguement sport et vierge de bosses, je conduisais cette femme de dix-neuf ans et la petite fille d'un an et demi à travers ces rues bordées par la bouffissure rouille de Detroit, les voitures gelées sur place comme des paquets de lave. Je n'avais rien à faire ici. Mais j'y étais. J'étais en train de tuer un enfant qui n'était pas encore né, pour tenter d'en sauver un autre qui lui l'était. Deux enfants qui l'étaient. Le dispensaire était un bâtiment bas en brique blanche, le bâtiment pas précisément neuf et la brique juste assez blanche pour que le mortier paraisse noir ; il se trouvait plusieurs rues au-delà de la cité, plus loin dans ce secteur où je ne m'aventurais jamais.

Cela me gênait, en outre, de me présenter au bureau du dispensaire flanqué de ce bébé mulâtre et de cette adolescente à la bouche veule, au teint cireux, un peu trop grosse pour sa taille. Pour l'occasion, Verna avait cru bon d'endosser les pires fripes de sa garde-robe, un vrai collage, large jupe de laine vert pois, col roulé jaune canari et petit gilet de cuir orange sous une sorte de *serape*[1] à carreaux ; elle ressemblait à une clocharde ingénue. Quant à ses cheveux, ils étaient coiffés en petites boucles huileuses — ce style chien mouillé, serpentin, comme au sortir de la douche, dont la mode se répand de plus en plus, même parmi les secrétaires de la faculté de Théologie.

A l'intérieur du dispensaire, les éclairages fluorescents, qui bourdonnaient et murmuraient doucement, n'étaient guère de force à lutter contre l'atmosphère morne. Il y avait deux bureaux dans le vestibule, occupés par une infirmière et une secrétaire. La secrétaire leva les yeux, me décochant un regard qui me parut accusateur. Pour remplir les formulaires, Verna dut transférer Paula dans mes bras, et l'enfant me sembla plus lourde que la dernière fois que je l'avais soulevée — non seulement à cause de ses vêtements d'hiver, mais de la croissance, de nouveaux muscles impatients de s'assouvir. Qu'elle était minuscule, et pourtant débordante de vie, une personne à part entière. Ses jambes poussaient. Son visage arborait une expression plus complexe, plus pensive. Elle se mit à regimber entre mes bras, ses petits muscles roulant doucement, hésitant encore devant l'effort exténuant qui lui aurait permis de se dégager. A quelques centimètres de moi, elle plongeait son regard dans le mien, sans sourire, me jaugeant.

— Paula, pas boum, dit-elle, une petite mélopée.

Ses yeux, qu'autrefois je trouvais bleu nuit, étaient devenus marron, quelques tons plus foncés que ceux de Verna.

— Non Paula pas tomber, acquiesçai-je. Homme tenir fort.

Je me demandais ce qu'était la petite odeur qui montait de son corps à mesure qu'elle se réchauffait dans mon étreinte ; « Dégoûtant », disait toujours Esther, je m'en souvenais, mais ce n'était pas une odeur d'excrément, plutôt une odeur douillette et confinée qui venait de très loin dans ma vie, avec des relents d'espaces magiques cachés derrière

1. *Serape* : châle-poncho de l'Amérique du Sud. *(N.d.T.)*

les tables ou de placards aux étagères garnies de toile cirée. Je revoyais la grand-mère de cette enfant ce jour-là dans le grenier en soupente, les particules de poussière, le triste gris-blanc de son plastron tandis d'Edna plongeait la main dans son pull pour défaire l'agrafe. Je me souvenais de cette convoitise que nos pauvres esprits plaquent sur le corps des autres, comme l'eau sur le corps des nageurs.

— Tonton, ça t'ennuie si je t'inscris comme parent le plus proche ? demanda Verna de sa voix grinçante et indiscrète.

Des visages se tournèrent vers moi. Il y avait une rangée de chaises pour attendre, dans cette salle au plafond où vacillait la lumière fluorescente, aux stores vénitiens qui occultaient la rue, aux cloisons pastel d'hôpital. Un bizarre et épais silence intérieur diluait le chuintement de la circulation extérieure ; les chaises baquets en plastique aux couleurs fondamentales comme dans une école primaire étaient occupées pour un tiers par de jeunes femmes, en majorité noires, accompagnées d'individus hétéroclites. Une mère en puissance mâchouillait son chewing-gum avec un flegme de virtuose, plaçant à répétition sur ses lèvres de parfaites sphères roses qui enflaient, explosaient et se remettaient à enfler. Une autre, coiffée d'un baladeur, gardait les yeux clos pour retenir prisonnier le vacarme qui lui emplissait la tête. Un jeune Noir, à première vue à peine plus âgé que le gosse auquel j'avais confié ma voiture, susurrait avec insistance des mots à l'oreille d'une fille tout en lui offrant des bouffées de la cigarette qu'il fumait. Elle avait les joues mouillées, mais par ailleurs demeurait impassible, un masque africain, lèvres et mâchoire saillant majestueusement.

— Mais ce n'est pas vrai, protestai-je, en me rapprochant et dans un murmure.

— Méchant homme, fit Paula contre mon visage, taquine, mutine.

Ses doigts mouillés et caoutchouteux exploraient ma bouche, tiraillaient ma lèvre inférieure. Ses ongles minuscules griffaient.

— Je veux pas inscrire maman ni papa, dit Verna, au mépris de toute discrétion. Va te faire foutre, qu'ils m'ont dit, eh bien qu'ils aillent se faire foutre eux aussi.

Une nouvelle bulle explosa. Une voiture au pot d'échappement cassé poussa un rugissement de tigre dans la rue. L'infirmière, un cardigan bleu jeté comme une cape sur son uniforme blanc raide d'amidon, conduisit Verna dans une autre salle, à l'éclairage plus cru. Paula et moi la voyons par la porte entrebâillée, assise dans un fauteuil, un bras dénudé tandis qu'on lui prenait sa tension. Un thermomètre pointait insolemment vers le haut dans sa bouche. L'enfant se mit à s'agiter, redoutant que l'on fasse du mal à sa mère, et je l'emmenai dehors.

Dehors sur le trottoir, la nuit était tombée. Du cœur lointain de la ville, où un dôme de clarté souillait le ciel, et au faîte des gratte-ciel palpitaient des fanaux de balisage aérien, montait un rugissement étouffé, une rumeur d'océan, comme si la houle bloquée de la circulation s'était soudain dotée d'une signification éternelle. On se serait presque cru en banlieue dans ce quartier ; une vitrine d'épicerie rougeoyait à l'angle d'une rue et des piétons anonymes déambulaient sur le trottoir d'en face, aboyant de vagues salutations. Paula ruait entre mes bras ; elle était inquiète, avait faim, se faisait de plus en plus lourde. Elle ne cessait de me bourrer doucement de coups de pied à travers ma canadienne et, bizarrement, de griffer ma lèvre inférieure. Plutôt que de m'aventurer de nouveau dans cette salle d'attente aux lumières vacillantes, je me réfugiai avec elle dans l'Audi, et tentai de trouver à la radio une chanson susceptible de l'amadouer. Je cherchai une chanson pleine de rythmes, mais, dans la jungle des chansons et nouvelles étoiles d'un bout à l'autre du cadran qui rougeoyait doucement, impossible de tomber sur Cyndi Lauper.

— Musique, commenta Paula.

— Chouette, acquiesçai-je.

— Sensass, fit-elle, avec l'intonation exacte de sa mère un peu comme en extase.

— Ça tu peux le dire.

J'explorai frénétiquement le cadran dans l'espoir de tomber sur de la musique, et non sur les bulletins d'information et les parlotes en direct qui proliféraient à mesure que la soirée avançait. La plupart des gens qui appelaient étaient ivres, tous incités à la verbosité par le miracle de passer à la radio. Je m'émerveillais de la grossièreté bien rodée dont faisaient montre les présentateurs pour leur clouer le bec. « Bon d'accord, Joe. Tout le monde a le droit d'avoir son opinion... Désolé, Kathleen, très intéressant tout ça, mais pas très clair... Bonne chance, Dave, et merci mille fois de votre appel. » Paula finit par s'endormir ; je la transférai sur le siège du passager et constatai qu'elle avait mouillé mes genoux. J'éteignis la radio et sa tour de Babel.

Une fatigue spirituelle m'envahit, une admission que, depuis mes cinquante-trois ans, ma vie se bornait à l'entretien, à la surveillance de mon corps pareil à un invalide à demi débile maintenu en vie par des tubes et des piqûres dans une clinique vénale, et qu'en fait il en avait toujours été ainsi, que les flambées d'ambition et de désir qui lorsque j'étais plus jeune illuminaient ma route et paraient ma vie de l'auréole tragique de la fiction ou d'un rêve chargé de symboles n'étaient que des astuces chimiques, des illusions qui avaient permis à la chair et à son cerveau bouillonnant de continuer à me leurrer. Il est, les saints le savent, une forme de satisfaction dans cette lassitude, comme si à mesure que nous sombrons dans le désespoir et l'apathie spirituelle nous nous rapprochions de cette condition insondable qui poussa Dieu à proclamer avec tant de modestie dans Son néant : *Que les eaux prolifèrent, que la terre produise.*

J'abaissai la poignée de la portière et tendis l'oreille, craignant que le bruit n'ait réveillé Paula. Son souffle eut un raté, pour aussitôt reprendre son rythme confiant et inconscient, et je descendis, heureux de me retrouver en plein air, dans la rue. Une petite bruine douce et froide avait fait son apparition, qui noircissait la chaussée, me picotait le visage. C'est vrai, nous aimons être effleurés par ces caresses qui nous viennent de là-haut — la pluie, la neige. Je pensai à Esther qui circulait dans notre cuisine, ses mouvements ralentis par le vin et la méditation, et à Richie qui mécaniquement s'empiffrait de nourriture tandis que ses yeux se rassasiaient sur le petit écran secoué de frissons, et je me sentis heureux de ne pas être pour une fois là-bas, mais ici dehors dans l'air âpre et dans ce quartier étranger, aussi étranger pour moi et riche de la promesse de l'inconnu que T'ien-tsin ou Ouagadougou. Je me demandai si j'avais pensé à laisser entrouverte une des vitres de l'Audi pour que passe un filet d'air, comme on le ferait pour un chien, et retournai vérifier. A voir Paula endormie, elle ne valait pas la peine d'être volée, un paquet de chiffons. Sous la lueur des lampadaires à vapeur de sodium, son visage et ses petits membres inertes étaient aussi drainés de couleur qu'un cliché de presse.

L'infirmière avait quitté son bureau, et la secrétaire m'informa que ma nièce en avait encore pour un moment ; il n'y avait qu'un seul médecin de permanence, aussi avait-il pris du retard. Des trois jeunes femmes noires que j'avais vues à mon arrivée, il ne restait plus que le masque africain. Son compagnon avait disparu, ses larmes avaient séché, et elle gardait sa royale impassibilité, princesse d'une race qui du berceau à la tombe voyage aux frais de l'Etat, comme les aristocrates d'antan. Je me surpris à me demander combien d'heures il avait fallu pour coiffer ses cheveux avec cette profusion de fines tresses, entrelacées de perles de couleur et de minuscules anneaux dorés.

Lorsque enfin Verna émergea des chambres invisibles du dispensaire, deux minutes seulement avant huit heures, elle aussi était impassible ; elle se mouvait avec circonspection, comme avançant sur des pieds qu'elle ne sentait pas effleurer le plancher. Elle apportait avec elle, dans la lumière laiteuse et vacillante, des morceaux de papier, des grands — formulaires officiels — et des petits : formulaires d'ordonnances. Et aussi un paquet, quelque chose de mou enveloppé de Kleenex. Quand elle eut réglé avec la secrétaire les brèves formalités, je lui offris mon bras, mais elle feignit de ne pas voir mon coude obligeamment ployé. Peut-être ne le vit-elle pas. De délicats coussins mauves bordaient le dessous de ses yeux, comme si son visage avait été soufflé, et n'était pas encore assez dégonflé pour se plaquer sur l'os.

— Qu'est-ce qu'il y a dans ton petit paquet ? demandai-je.

— Des couches, dit-elle. — Puis singeant un enthousiasme enfantin, d'une voix sonore et ironique : — Et si tu voyais la jolie petite ceinture rose qu'on m'a *donnée,* un cadeau !

Dehors, la pluie s'était réduite à une simple brume, pourtant j'avais toujours envie de l'abriter, de lui servir de dais, tandis qu'à petits pas, comme flottante, elle se dirigeait vers la voiture. Pareille à une nuée de papillons autour d'une statue, mon angoisse voletait inutile autour de sa silhouette stoïque et roide. Sa dignité me parut inquiétante, affirmée désormais en révolte contre un passé d'indignité et agrippée à une farouche volonté de vengeance. Elle attendit devant la portière côté passager pendant qu'à tâtons, je farfouillais gauchement avec la clef dentelée dans la petite fente incurvée de la poignée. Tout en attendant patiemment, elle jeta un coup d'œil à l'intérieur et, à travers la vitre sombre, vit le corps affalé de Paula.

— Ma foi, Tonton, dit-elle, de cette voix assourdie qui semblait fuser d'un tuyau trop étroit, un de perdu, un de retrouvé.

CHAPITRE IV

1

En fin d'après-midi ce premier vendredi d'avril, Dale, lesté d'un sachet graisseux où refroidit un sandwich au salami, d'un petit carton de lait entier et d'une poche en plastique renfermant deux biscuits en miettes à la farine d'avoine, se dirige vers le bâtiment, construit en 1978, qui, suite à leur irrésistible essor, abrite les installations et laboratoires de recherche du département d'Informatique. Un cube de béton pourvu sur un côté de neuf fois neuf fenêtres, dont la masse imposante domine les rangées condamnées de logements minables qui occupent ce secteur, tous propriétés de l'université et dans l'attente du verdict des promoteurs. L'humble quotidien paraît étriqué à l'ombre de ce grandiose édifice, aux innombrables fenêtres identiquement nichées au fond d'orbites gris sable biseautées comme les meurtrières d'un bunker à l'épreuve des balles. Le ciel est turquoise ce soir, et les nuages printaniers, plus petits, plus nerveux, ont remplacé l'imperturbable chape hivernale. Des arbres aux cimes déjà ombrées de vert tendre jusqu'à la boue qui recouvre le sol, tout, soudain, est en effervescence, avide de métamorphose. Dale se sent l'estomac tout tourneboulé, la muqueuse rongée de l'intérieur par une inquiétude coupable. Il a accepté de l'argent pour poursuivre ses recherches; il a eu les yeux plus gros que le ventre.

Bien que pour le commun des mortels la journée de travail soit terminée, et l'immense hall en marbre rose du Cube maintenant désert à l'exception d'un gardien apathique qui vérifie le laissez-passer en pastique laminé de Dale, dans certains des étages supérieurs, une activité authentiquement créatrice qu'aux heures diurnes supplantent des tâches assurément plus rentables ne fait que commencer. Dale pénètre dans un des ascenseurs bleu poudre. Il appuie sur le 7.

Le rez-de-chaussée du Cube est affecté à l'accueil, aux bureaux du personnel des relations publiques, et à une bibliothèque technique, informatique et grands langages de programmation (LISP, FORTRAN, PL/I, Pascal, Algol, accompagné de son ancêtre Plankalkül et de son descendant JOVIAL), plus un petit musée fort amusant où sont exposés des abaques et des quipus incas, une règle à calcul du dix-septième siècle, des diagrammes des roues dentées et cliquetées de la machine de Pascal et des roues à godets de celle de Leibniz, un agrandissement panoramique de certaines épures de l'Analytical Engine, l'historique machine analytique de Charles Babbage avec ses cartes Jacquard et son millier de roues de mémoire-chiffre, des reproductions de pages sélectionnées des carnets mathématiques de la comtesse Lovelace et un de ses authentiques mouchoirs de fil brodés, divers spécimens des cartes perforées de Hollerith utilisées aux Etats-Unis pour le recensement de 1890, des pièces essentielles du calculateur contrôlé par séquences automatiques mis en service à Harvard en 1944, et un accumulateur démonté, dix compteurs bouclés abritant à leur tour dix tubes à vide, prélevé sur ENIAC, le premier véritable ordinateur électronique, mis au point à Philadelphie pour calculer les trajectoires de bombes et obus bizarres, désormais surannés.

Aux premier et deuxième étages, sont installés les bureaux réservés aux administrateurs du Cube, ainsi que des salles de conférences et une petite cuisine tout acier inox, où à l'occasion peuvent être concoctés déjeuners et hors-d'œuvre substantiels à l'intention de visiteurs de marque. Au bénéfice du personnel du Cube, il abrite également un gymnase (équipement Nautilus et piste de footing en loggia), une salle de méditation (sobrement pourvue de petits tapis et de *zafus* [1]), une infirmerie à trois lits, un emplacement pour garer bicyclettes et mobylettes que, par crainte des vols, il est indispensable de ne pas laisser dehors.

Le bouton du troisième, dans la plupart des ascenseurs, est recouvert de papier Scotch, et même dans les ascenseurs où il reste visible, il ne déclenche aucune réaction à moins qu'un numéro de code, changé chaque semaine, ne soit composé sur une petite console. Le travail accompli au troisième est secret, pourtant, de ce travail dont il est interdit de parler, proviennent les fonds indispensables à la survie du Cube tout entier. Les hommes qui travaillent au troisième ne s'en vantent jamais, mais il est facile de les identifier à leur style vestimentaire plutôt strict — costume et cravate, alors que le chef de tous les laboratoires et programmes de recherche lui-même, un Italo-Américain jovial nommé Benedetto Ferrari, déambule en col roulé ou chemise de soie largement échancrée pour exhiber une épaisse chaîne en or ou des colliers de pacotille en cèdre au parfum depuis longtemps eventé. Jadis brillant mathématicien, grâce à son remarquable flair très italien pour les raccourcis élégants, Ferrari éblouit les membres du conseil d'administration et parvient même à séduire, au téléphone, ces hommes las qui, à Washington, tels les mineurs d'antan, s'échinent à pelleter leurs quotas journaliers de l'inépuisable trésor national.

Le quatrième étage est presque totalement réservé au programme chéri de Ferrari, la mise au point de puces de silicone inspirées des neurones, nécessaires à l'intelligence artificielle — quand bien même le bénéfice que pourrait apporter à l'humanité, déjà affligée par tant de désastreuses intelligences artificielles, la fabrication mécanique de nou-

1. *Zafu* ou *zabu* : sorte de tatami, natte japonaise. *(N.d.T.)*

velles, est moins clair que le sourire immaculé, carnassier, le sourire d'approbation et d'encouragement que le patron dispense à la ronde quand il visite son département favori. Peut-être son bonheur est-il celui de Pygmalion, du docteur Frankenstein, de tous ceux qui rêvent d'usurper la divine prérogative d'insuffler la vie au limon.

Le cinquième étage renferme les entrailles de l'établissement — les rangées compactes de CPUs-VAX 785s, machines LISP Symbolics 3600, et le modèle conçu par le Cube, le MU — qui vingt heures sur vingt-quatre ruminent et digèrent leurs calculs ; de tonitruants ventilateurs les prémunissent contre la surchauffe, et un parquet composé de segments amovibles protège, sans pour autant en interdire l'accès, les kilomètres de câbles ganglionnés qui relient leurs milliards d'octets non seulement aux étages inférieurs et supérieurs où sont logés les processeurs de visualisation, mais aussi, au moyen de modems et satellites à haute vélocité, à des terminaux disséminés en des lieux lointains et stratégiquement situés tels que Palo Alto, Hawaii, Berlin-Ouest et Israël. Pour se rafraîchir l'esprit, Dale aime parfois déambuler au hasard dans ces étages secoués de vibrations, arpentant les travées aux circuits électroniques carrossés et aux rayons bourrés de bandes magnétiques, au milieu d'un gigantesque bourdonnement qui évoque une activité spirituelle, mais une activité nuancée par l'atmosphère décontractée et bon enfant et les vibrations de machinerie de navire, auxquelles ne manquent pas même les jurons rassurants et bien humains d'ingénieurs mécaniciens aux mains noires et aux prises avec d'innombrables câbles et connections manuellement bloquées.

Quant aux sixième et septième étages, ils renferment les cellules réservées au menu fretin du Cube, tandis que le huitième abrite les équipements de la climatisation — toutes les fenêtres du huitième sont factices, installées dans le seul but de satisfaire le goût post-moderne de l'architecte pour la fausseté et la symétrie creuse. Dale descend au sixième où se trouvent également la cafétéria, fermée après cinq heures, et une salle remplie de machines quelque peu poussives qui, même à des heures impossibles, avalent les pièces et vomissent en échange café, thé, potage poulet ou bœuf, au choix, barres de chocolat, chips, boissons non alcoolisées, et même, dans leurs bulles en cellophane, des sandwiches débités en triangle, le tout grâce à des numéros codés. Piétaille de la révolution informatique, ces gros coffres couturés de cicatrices fonctionnent avec une fiabilité obstinée et maladroite interrompue par de brusques sursauts de cafouillage rebelle — le café qui s'obstine à couler par l'embout flasque et blanc, la légende rouge éclairée par une ampoule qui annonce STOCK ÉPUISÉ alors que le sac de FRITOS convoité est là, bien visible, derrière sa lucarne de plastique.

Ce sixième étage est aussi un univers de détritus : gobelets de carton, emballages au rebut, affiches superposées comme des fenêtres d'affichage raster que, bizarrement, il est impossible d'enlever en appuyant sur un simple bouton, mais dont les punaises ne peuvent se déloger qu'avec les ongles et se renfoncer que par une pression énergique. Les panneaux d'affichage et les portes des bureaux de ces magiciens de l'informatique qui peuplent le sixième sont constellés par une faune atavique d'animaux de bandes dessinées, Snoopy le gros chien noir bulbeux et Garfield le gros matou zébré, les bull-terriers de Booth et les anthropomorphes hirsutes et ricanants de Koren, à croire qu'un certain blocage émotionnel est la rançon de la vivacité précoce de ces jeunes esprits. A cette heure fausse, rares sont les homologues de Dale encore à leurs postes ; de plus, le printemps et les vacances en ont retenu bon nombre chez eux. A travers deux seuils en enfilade, on aperçoit, comme en image tronquée, Allston Valentine, un roboticien australien, au milieu des débris démantibulés d'un bras multicoude démonté, dont le diagramme d'efforts stylisé en affichage vectoriel rougeoie patiemment sur le terminal de visualisation. Isaac Spiegel, qui, depuis sa troisième année au MIT, se bat contre les structures insondables de la traduction par ordinateur, est installé, une boîte jaune bronze de Michelob à la main, dans un minuscule bureau tapissé de dictionnaires, grammaires et diagrammes chomskytes aux ramifications d'andouillers fantastiques. Le langage, qui coule de nos bouches aussi spontanément que la salive, se révèle plus allergique que les enzymes à toute analyse. Au service de sa spécialité, Spiegel perd ses cheveux ; lui qui semble poilu de partout, arbore sur le dessus du crâne une calotte chauve de la forme et de la taille d'un *yarmulke*[1]. Il est trop gros ; sa chemise bâille et révèle entre les boutons des pastilles de peau jaune citrouille. Comme Dale s'encadre brusquement sur son seuil, il lève la tête :

— Pour un peu, tu me ferais peur, dit-il. Tu as tout d'un fantôme. Où étais-tu passé, eh branleur ?

— Oh, je traînais dans le coin, répond Dale.

— Dans le coin, pas comme avant, en tout cas. Quelque chose te tracasse, ou quoi ? T'en as ta claque, ou quoi ? Et les frontières de la réalité et tout ça alors ?

La bouche de Dale s'agite en quête d'une réponse, qu'Ike se charge de fournir.

— J'parie que c'est une histoire de fesse ? Ou alors un petit cul ; mais ça, je crois pas que t'en tâtes.

En vérité le désir de Dale, grâce à la connivence d'Esther, de tout connaître d'elle, de son corps gracile et périssable, les a tout récemment conduits au cours de leurs ébats jusqu'à ce très petit, très étroit orifice. Dale se remémore l'étau du sphincter froid enduit de vaseline, et le spectacle de la nuque et du cou adorés tendus à se rompre à l'extrémité de l'épine dorsale, et soudain il rougit et admire Spiegel, la clairvoyance désinvolte du gros homme, son intrépidité face à la nature, *son enracinement.* Les bénis de Dieu. Les Noirs et les juifs sont les êtres magiques de l'Amérique, et notre race blême, chichiteuse, revendicatrice, le poids mort, l'éternel prurit, l'escarre du cavalier.

— Y a de ça, concède-t-il.

1. *Yarmulke :* calotte rituelle juive. *(N.d.T.).*

— Passe me voir plus tard, j'en ai quelques bonnes à te raconter.

Spiegel pivote sur son fauteuil pour se retrouver face à son bureau surchargé, où les inclassables morphèmes nagent dans leur océan d'ambiguïté humaine, de significations multiples.

Dale gagne son propre cagibi qu'il partage avec une étudiante de maîtrise, une blonde à la poitrine pathétiquement plate, Amy Eubank. Son projet d'infographie concerne l'approche quantitative de la reconnaissance de formes, marquages d'oiseaux et d'insectes mais également la bizarre individualité des êtres humains, dont chacun peut s'identifier par des critères de famille et de groupe à des distances auxquelles tous les marquages et proportions quantifiables deviendraient inopérants. Nous sommes capables de repérer quelqu'un que l'on connaît, de dos, engoncé dans ses vêtements, à cent mètres de distance. Comment ? De la bouche d'Amy, Dale a appris à son grand désarroi que les insectes voient plus loin que nous dans la frange ultraviolette du spectre, et qu'en conséquence les fleurs sont marquées par des nectaires que nous sommes incapables de distinguer, de même que les ailes des papillons sont marquées par des signaux galants. Une universelle conversation angélique s'exhale tout autour de nous. Cette révélation la perturbe — de façon parfaitement irrationnelle, car bien sûr il existe bien des langues que Dale est incapable de parler, et un article fondamental de la foi chrétienne est qu'il existe des domaines de connaissance dont certains nous dépassent, que les voies de Dieu ne sont pas les nôtres. Les chiens entendent et sentent infiniment mieux que nous ; les oiseaux migrateurs lisent on ne sait comment les lignes magnétiques de la Terre : pourtant cette idée que les fleurs sont zébrées de motifs que seuls les insectes sont capables de voir lui paraît une insulte. L'œil est la fenêtre de l'âme, et par atavisme nous espérons bien que ses informations sont complètes. *Percipi est esse.*

Comme Dale pour son infographie d'animation, Amy a

besoin d'utiliser le Venus, le VAX 8600, qui coûte quatre cent mille dollars ; pour utiliser l'appareil sans partage, ils doivent elle et lui avoir des horaires qui ne se recoupent pas, par tranches de quatre heures, aussi se trouvent-ils rarement ensemble dans le minuscule bureau. Ce qui convient parfaitement à Dale, car la féminité fragile d'Amy, de trois bons centimètres plus grande qu'Esther pourtant, lui rappelle — surtout le tour de ses poignets et sa façon brusque et inquiète de pencher la tête, comme pour écouter des sons qu'il ne peut percevoir — sa maîtresse et le perturbent en raison de la ressemblance et aussi de la possibilité, suggérée par ladite ressemblance, qu'il existe d'autres femmes, des femmes qui elles ne seraient pas de dix ans ses aînées et malencontreusement mariées à un professeur de théologie. Même Amy, ici à une heure du matin, au sixième étage plongé dans le silence, pourrait, dépouillée de son corsage, exhiber qui sait quelque chose à sucer, sinon tout à fait les seins étonnamment substantiels d'Esther en forme de cônes inversés et coiffés de leurs tétons bistres et granuleux, le gauche ceint de quelques poils superflus. Elle aime, Esther, fourrer tour à tour ses seins dans la bouche de son jeune amant pendant que, là tout en bas, sa bouche à elle se love humide autour de sa bite ; avec Esther, tout devient toujours une affaire de bouches, d'ouvertures qui s'enchevêtrent et se contorsionnent comme les orifices et intersections de l'hyperespace, les surfaces de Véronèse représentées par une profusion de couleurs comme d'ordinaire la nature n'en comporte pas et que les insectes eux-mêmes ne pourraient percevoir. Il arrive à Dale de se sentir, parfois, entrelacé à elle, piégé par une géométrie anormale, son corps distendu sur la trame d'une voracité corruptrice. Viendrait-il plutôt à faire l'amour avec Amy (elle allongée , son corps timidement inerte sous le sien, dans la position conventionnelle du missionnaire), elle pourrait après, calmement, débattre avec lui d'irréprochables détails techniques, algorithmes de lignes cachées, temps de rafraîchissement de mémoires, projections cabinet ou cavalière, ou encore courbes paramétriques cubiques du type Hermite ou Bezier, au lieu de rester vautrée là à fumer, comme Esther, avec son expression lasse et blasée d'inéluctable tragédie et, au-delà, d'ennui, un ennui privilégié de femme de professeur. Après, Amy lui serait un peu comme une sœur, un peu chiffonnée et moite de sueur comme après une bonne séance de jogging, et Dale n'éprouverait pas ce sentiment perturbant d'être — lui au corps jeune et osseux, à l'ardeur docile et stupéfaite — un luxe systématiquement savouré au seuil de la mort, au seuil d'une longue glissade dans le gouffre de la mort.

Le ciel, il le voit de sa fenêtre, a viré à l'indigo. Une étoile y brille solitaire comme sur un feutre de joaillier. Les plans biseautés des gros cailloux gris sable qui forment la texture du Cube encadrent le décor. Tout en bas, des sections d'autres bâtiments affectés aux sciences et immeubles propriété de l'université saillent en rectangle sombres légèrement chargés de perspective ; il y a aussi des toits plats gravillonnés, des citernes, des canalisations d'eau et des ventilateurs qui tournoient languissamment. La scierie où il travaille parfois est un trou noir, où seules luisent quelques faibles veilleuses près du bureau et du hangar de sciage. Un golfe coincé en plan intermédiaire, un fragment de Sumner Boulevard, rutile d'éclairages fluorescents, aux tendres invites pareilles à des fleurs, un restaurant chinois, un bowling, un cinéma porno.

Le salami de son sandwich est maintenant si tiédasse, si franchement graisseux, que Dale ne se sent plus le moindre appétit ; il préfère ouvrir le carton de lait et y tremper les biscuits d'avoine. Il compose son nom et son mot de passe, suivis par un appel de son programme, DEUS. Il pianote sur les touches qui font apparaître le menu des transformations, chacune affublée de son petit symbole et de sa fenêtre sur la lisière gauche de l'écran, chacune accessible au curseur triangulaire lumineux contrôlé par la souris électro-optique plaquée sous sa main droite. Une autre séquence sur le clavier, et surgit, par un rapide mais pourtant nullement imperceptible défilement électronique une liste d'objets —

Arbre, Fauteuil, Puce d'eau, Molécule de carbone — que lui-même où d'autres étudiants en infographie ont modelés en squelette, vecteur par vecteur, angle par angle ; certains sont de simples mailles polygonales, un assemblage de points et de lignes, tandis que, dans d'autres, des surfaces incurvées en trois dimensions sont soudées par des équations polynomiales dont les transformations dans l'espace à deux dimensions nécessitent des calculs énormes, même pour la capacité océanique du CPU. Dans chaque cas, une représentation complète et mathématiquement spécifiée, un solide variable fonction de l'objet, est mise en mémoire dans un espace idéal qui physiquement n'existe que comme une énorme chaîne de 0 et de 1, de commutateurs ouverts ou fermés, de poches électroniques pleines ou vides, à l'intérieur du gigantesque RAM dont Dale, se faufilant à travers les touches du clavier et les commandes du processeur, s'assure l'accès.

L'univers, sous une forme stylisée et spécimen, existe au bout de ses doigts. Une crainte religieuse, ou la peur, l'effleure tandis qu'hésitent ses mains. Il n'a aucun dessein, aucun programme de manipulations pour aboutir au résultat final énoncé dans le titre prométhéen de son programme ; il procède par la foi, se fiant à sa pieuse intuition pour le guider toujours plus avant au sein de ce labyrinthe forgé pour reproduire, dans l'essentiel, la réalité créée (aurait-elle pu ne pas l'être, créée ?). Il sait que les procédures graphiques dont il dispose pour réaliser son programme représentent un nombre d'objets dérisoire par rapport au nombre d'objets qui existent sur la Terre, et à plus forte raison dans l'univers ; son intuition optimiste lui souffle que le nombre de bits impliqués dans les représentations et transformations auxquelles il les soumet tend déjà vers un nombre tellement élevé que, bien qu'infiniment (bien sûr) éloigné de l'infini, il mérite néanmoins d'être considéré comme significatif. Les probabilités frisent l'infinitésimal qu'une conclusion valable dans le cas d'un ensemble échantillon si vaste ne soit pas valable dans le cas de l'ensemble absolu, l'ensemble clos et tout-incluant divinement conçu.

En guise de mise en train, Dale place son triangle-pointeur lumineux, qui réagit nerveusement, sur **Molécule de carbone** et, réglant son volume de visualisation sur 10, 0 × 10, 0 × 10, 0, le fait pivoter pour l'amener parallèle à l'axe des *y* de l'écran, avec *x* = 100. Il entre :

```
(pivoter
    (molécules    (protéine 293)
    (angles
    (de           alpha)
    (à    delta)
    (paliers     (*    0,001     (delta alpha))))
    (dégradé     S3)
```

Lentement, recalculée tous les trentièmes de seconde, la molécule lumineuse aux longues pattes tournoie, tricotant comme une araignée sur le filament invisible de l'axe des *y*. Cruellement, Dale demande une perspective par rapport à un point qu'il rapproche encore, de sorte que les calculs, les cosinus et sinus rapidement et tabulairement évalués par approximation, tortueusement établis boucle après boucle, en arrivent à surpasser le temps de rafraîchissement de l'image et à impartir une impulsion saccadée, et très perceptiblement laborieuse, aux vecteurs lignes en évolution : les pattes d'araignée crissent, les atomes qui composent le carbone, représentés comme des sommets, s'espacent sur la surface du docile écran gris aussi largement que des étoiles — les étoiles, ces preuves éparpillées, frénétiques de la démence cosmique, ces étincelles dans le vide velouté du cerveau suprême !

Puis, histoire de se plonger dans son programme et sa blasphématoire (selon moi) tentative, Dale rappelle en mémoire le modèle répertorié **Arbre**, généré par fractales — c'est-à-dire « poussé » par certains principes donnés de subdivision aléatoire calqués aussi finement que possible sur les principes de la croissance arboricole organique. Au prix de quelques ajustements rudimentaires de paramètres, en fait, la silhouette arborescente de l'**Arbre** en vient bientôt à évoquer l'envolée d'un orme ou d'un peuplier de Lombardie, la retombée d'un saule ou d'un chêne bâtard, ou l'envergure majestueuse d'un églantier ou d'un hêtre. Un arbre, à l'instar d'une montagne escarpée ou d'une cathédrale gothique, possède la qualité d' « échelle » — ses composantes tendent à leurs diverses échelles à reproduire les mêmes formes. Grâce à un algorithme ingénieux que Dale a lui-même suggéré en une époque lointaine, plus sereine (avant Lambert ! avant Esther ! !) le tronc et les branches basses se font proportionnellement plus épaisses à mesure que les petites branches, dessinant les lignes fines de leur ramure, se multiplient. Une fois sa croissance achevée et ses spécifications mathématiques mises en mémoire, il sera possible de faire surgir cet **Arbre** sous n'importe quel angle, en partie ou (au prix de maints détails perdus par la résolution de l'écran) en totalité, et de le soumettre à d'autres astuces éclairs que les entrailles de l'ordinateur peuvent concocter. Dale incline l'**Arbre** perpendiculairement au plan de l'écran, le long de l'axe des *Z*, et le coupe en section droite par un plan, simplement en positionnant les plans de coupure avant et arrière à la même profondeur. A $z = 300$, apparaît une flaque de points plus ou moins ronde — les petites branches du sommet en section transversale. En remontant la cote de *z*, Dale ramène l'**Arbre** là où apparaissent des cercles et des ovales — les branches les plus grosses coupées sous divers angles —, puis là où les petites branches — points, blanc sur gris, et segments de lignes quand celles-ci se trouvent par hasard exactement dans le plan de l'écran — refluent jusqu'à la lisière de l'écran, dont le centre est maintenant occupé par des taches qui grossissent et fusionnent à mesure qu'elles rencontrent des fourches et que le plan d'accouplement est imperturbablement relayé sur le CRT. Enfin, il ne reste plus à trancher que le seul tronc, d'une rugosité fractale.

Sur son clavier plastique, la frappe électriquement alimentée aussi légère qu'un trottinement de rats, Dale revient en arrière pour réintégrer le champ de visualisation, hors du plan de l'écran, et remonter plus haut dans l'**Arbre**, où des points et de petits ovales indiquent jusqu'à quelle hauteur, projetés dans cette forêt mathématique, des petits garçons pourraient grimper impunément. Chaque élément du dispositif est doté de son équation, que la machine peut être contrainte de vomir sous forme hexadécimale et que l'imprimante matricielle à aiguilles à l'autre bout du petit bureau — là où s'installe Amy Eubank en l'absence de Dale et où traînent ses gobelets mousse tachés de rouge à lèvres tels des billets doux dans un système de notation différent — imprimera docilement ce que l'on appelle une « édition complète ». Dale fait des relevés, à $z = 24{,}0$, $z = 12{,}4$, $z = 3{,}0$, et $z = 1{,}1$, et la machine — encore un bruit de rats, jacassement aigu, horrible, horrifié — régurgite, sur un rythme heurté, syncopé, vaguement agressif de platine emballée, des lignes, des lignes de chiffres : des lignes que Dale scrute en quête d'un schéma de récurrence anormal, surnaturel. Il vérifie avec un soin tout particulier les longues feuilles pliées en accordéon en quête de 24 ou de toute autre occurrence marquante de 2 ou de 4, qui, il s'en est quasiment convaincu, sont les chiffres sacrés par le truchement desquels Dieu s'adressera à lui — puissances supérieures aux frustes 0 et 1 de la machine, à califourchon sur la traditionnelle trinité lasse, et à une unité près du sinistre 5 que nous trouvons greffés sur nos mains et nos pieds.

Il entoure d'un cercle au feutre rouge les 24 à mesure qu'ils surgissent dans les centaines de polynômes et de coordonnées fournies par l'ordinateur. Perplexe, il se demande si le ballet des marques rouges — le sentiment d'un message subliminal qui active les mystérieux courants connectifs —, à la périphérie de son champ de vision, est dû à une anomalie statistique transaléatoire ou à sa propre fatigue. Il commence à suer, sans doute la vraisemblable futilité de tout cela. Depuis qu'il a obtenu sa bourse, il dort mal. Un mystérieux secret brûle de se révéler à lui dans les ténèbres. Quant à sa liaison, les exigences d'Esther se font de plus en plus voraces, et ses manières de moins en moins courtoises. Elle en est à déverser dans le cocktail brûlant de leur mutuelle passion une impatience déçue et hargneuse, un climat déplaisant qui, à plusieurs reprises, a provoqué en lui l'impuissance. Sexuellement, on dirait qu'elle s'acharne à accomplir des prouesses, à battre de nouveaux records, et son corps à lui s'est insurgé contre ce rôle mécanique de partenaire qui lui est dévolu dans ces exploits. Une réaction de refus qui d'ailleurs l'a surpris, car, sous ses aspirations intellectuelles et spirituelles, Dale cache depuis l'adolescence un sournois orgueil génital : il trouve plutôt beau son pénis en érection, sa pâleur de marbre, ses veines bleu roi et le bulbe rose poudre de son gland, et aussi la façon dont sa tige fuselée se cabre légèrement comme pour nicher dans son nombril sa tête borgne et empourprée. Il se sent, en érection, écartelé entre deux créatures, la plus petite dotée, ô combien, de la plus grande vitalité, voire de spiritualité. Le pouvoir qu'Esther exerce sur lui n'est nulle part ressenti plus intensément que dans la découverte fréquente et spontanée qu'elle fait, là, en sa présence, d'une beauté phallique qu'il a jusqu'alors toujours admirée en solitaire, avec un sentiment de honte, en général par attouchements, sous les draps, à la lisière du rêve. Hardiment Esther a entraîné cette beauté furtive dans l'univers diurne, et l'a contraint, lui, à affronter le miroir qu'elle lui offre.

Mais *elle*, la question finit toujours par surgir dans ces relations hétérosexuelles, elle, que retire-t-elle de tout ça ? Elle attend, tel est le sentiment de Dale, qu'il la sauve de l'austère canaille drapée de tweed qui, avec ses sourcils tyranniques et ses yeux mouillés, plane telle une sombre nuée au-dessus de leurs lumineuses et acrobatiques rencontres, un morne cumulo-nimbus conjugal qui à tout instant menace de libérer une ondée glaciale. Bien qu'il ait grand besoin de sauver quelqu'un de quelque chose — preuve en est son extravagant projet d'absoudre l'humanité de la possibilité intellectuelle que Dieu n'existe pas, ou son ballet rituel plus débile encore pour séduire cette pauvre paumée de Verna —, Dale se demande, vis-à-vis d'Esther, si en l'occurrence ce fardeau de rédemption n'est pas trop encombrant, hérissé de trop d'aspérités, pour qu'il puisse s'en charger. Il ne peut s'empêcher de remarquer que, tout rabougri que soit l'amour qu'elle porte à son cocu de mari, elle reste solidement attachée au rôle social et au mobilier familial qui vont de pair avec son statut d'épouse. Quant au logement minimal de Dale, où traînent avec l'odeur de Kim de vagues relents de chaussures de gym et de sauce au soja, elle s'est, après quelques rares expériences, montrée encline à l'éviter, et insiste pour de nouveau le recevoir là-haut à Malvin Lane sous le toit de sa maison, où les signes de feuillaison et les rumeurs du printemps naissant s'infiltrent par les fenêtres du second, laissées un rien entrebâillées comme pour simuler les toniques vents coulis de l'« hiver » ; perchés tout là-haut dans leur grenier inondé de lumière, les amants, tandis qu'ils pataugent l'un dans l'autre avec un robuste clapotis de sécrétions, sont gratifiés d'une sérénade par le gazouillis hésitant de la charmante Miriam Kriegman qui, en bikini, travaille sa flûte sur la terrasse de nos voisins. Tandis qu'ils se livrent à leurs acrobaties, le quartier sage et guindé en contrebas, les clôtures et les pelouses qui reverdissent, tout murmure et toussote comme un public de cirque pétrifié d'angoisse. Dale a parfois le sentiment que les contorsions passionnées de sa maîtresse frisent le défi exhibitionniste, le désir de « prouver » quelque chose à un tiers invisible, d'atteindre un équilibre qui implique des facteurs antérieurs à son entrée en scène. Il représente, en bref, une partie seulement d'une transaction en cours. Il en souffre ; mais la pâle Amy Eubank (disons) serait-elle capable de le hisser si haut dans les spires enchevêtrées du plaisir, la double hélice étourdissante au centre de toutes choses charnelles ? Sa bouche, ses yeux auraient-ils jamais cette avidité, son cul si paradoxalement étroit serait-il aussi souple et accueillant ?

Considérant que $z = 2,5$ constitue un plan, en posant z égal aux coordonnées transformées des atomes du modèle de la molécule de carbone, Dale crée une série d'intersections plus complexes, un réseau de traces qui, sur l'écran gris, se déplace de concert avec l'angle de l'**Arbre** et à mesure que la fenêtre de vision et son échelle se modifient. Il scrute intensément l'écran, dans l'attente que surgisse une forme — un flocon de neige, un visage. Les points noirs se précipitent et grouillent d'un bord de l'écran à l'autre comme en été des moucherons à la surface d'une mare, mais Dale ne parvient pas à distinguer le moindre message, la moindre configuration signifiante, dans leurs oscillations saccadées.

Son idée (telle que moi, de l'autre côté de la frontière sciences/sciences humaines, je la devine intuitivement) a la simplicité du désespoir : considérant que les objets élémentaires tridimensionnels accumulés dans la mémoire de son ordinateur représentent la gamme complète des choses créées, en les faisant se percuter au moyen d'une série de polyèdres fantômes qui en coupe une autre aux plans limites définis — il donne à Dieu la possibilité d'insérer Sa propre version de la forme, du talisman, sous-jacent à toutes formes. Mathématiquement, dans la mesure où tous ces polyèdres et ces formes fractales (comme dans le cas de l'**Arbre**) sont mémorisés comme des chaînes de nombres binaires, on tendra vers une certaine limite au cours de la digestion des données qui représente, pour Dieu, une occasion de Se manifester, plus clairement encore qu'Il ne S'est manifesté à travers les absurdes probabilités de la Création, la miraculeuse justesse des constantes physiques, les impossibilités de l'évolution, et l'intelligence qui volette au-dessus de la circuiterie de nos neurones. En Dale l'avocat du Diable, la conscience intellectuelle, pourrait objecter que cette occasion de Se manifester était déjà inscrite, suffisamment abondante, dans le colossal vocabulaire de formes et de données qui s'étend de notre monde aux quasars, et que même sur notre planète cosmiquement dérisoire, elle existe comme une infinité d'entités déclarées, complètes. Si Dieu, en d'autres termes, ne s'est pas exprimé clairement par la pluie et par l'herbe, ou par le truchement de Béhémoth et de Léviathan, pourquoi les innombrables portes logiques d'un ordinateur lui donneraient-elles voix ? Parce que, répondrait peut-être Dale, sur l'écran de l'ordinateur les nombres se muent en points et vecteurs de lumière et s'offrent à notre compréhension avec la pureté de syllogismes. Potentiellement les vecteurs lignes sont l'ossature brillante de ce qui, pour s'exprimer comme Wittgenstein, *est* le vrai problème. En fait, le raisonnement de Dale se réduit ni plus ni moins à une prière, une façon de s'offrir vulnérable aux visions : les saints de Byzance et les Indiens des Plaines cherchaient à atteindre le même but par l'insomnie, la flagellation, et les hameçons plantés en pleine chair. Sa quête nocturne a quelque chose d'une automortification, d'une épreuve à laquelle l'ordinateur est contraint de participer.

La bibliothèque de fichiers infographiques contient des images prégénérées d'avions et de cubes, de duodécaèdres et d'étoiles de mer, de lettres tridimensionnelles utilisées pour les logos animés des stations de télévision et même un petit homme capable de se mouvoir, doté de jambes en tuyau de poêle et d'épaules en forme de parabole type B et d'un visage composé d'une bonne centaine de minuscules plans teintés et plaques bicubiques reliés à des équations différentielles dont les variables peuvent être manipulées pour suggérer des expressions de joie ou de colère, de chagrin ou de concentration, et modeler la bouche, les muscles des joues, et les yeux de manière à articuler des syllabes parlées; l'effet, surtout assorti du dégradé Giroud illuminé depuis un point unique par les mêmes algorithmes qui éliminent les surfaces cachées, est d'une réalité irréelle, quand bien même, relativement à nous, le petit homme évolue comme le mercure relativement à l'eau — par secousses plus sèches et, immobile, témoigne d'une tension plus marquée. Comme minuit passe sur la pointe des pieds, Dale fait se percuter ces volumes, demandant l'affichage sur l'écran tantôt des points et des plans d'intersection, puis soustrayant les uns des autres les volumes et projetant le reste en arc le long d'une courbe cubique, ce qui donne de merveilleux moulages dignes de décorer une noble demeure de Pandémonium[1] ou une pergola pour pique-nique sur la face cachée de Mars. Maintenant branché sur le raster couleur à double mémoire, il commandait à l'ordinateur-hôte — logé à l'étage en dessous, où un ventilateur lui rafraîchissait le front — de charger le bus de données avec de prodigieuses sommes d'information visuelle, à raison de vingt-quatre bits par pixel, 1 024 × 1 024 pixels sur l'écran, chacun réactualisé tous les trentièmes de seconde. Dans un crépitement de couleurs criardes, les étranges formes pivotent, pivotent par spasmes silencieux indices des tornades de calculs qui font rage derrière les timides tiraillements visuels. Toujours insatisfait malgré les merveilles zébrées simulatrices de volumes qu'il a fait surgir, Dale injecte dans le mécanisme des structures et permutations supplémentaires. Des instructions en petit langage raide **(setq... defun... mapcar... ed... prog)** qui font que l'électricité court docile à travers les circuits, les bascules, les additionneurs et demi-additionneurs, les portes infinies et infaillibles des transistors, qui font tout au plus vingt microns, moins que le poil le plus fin sur la poitrine d'Esther.

Sur l'écran légèrement bombé, les images s'agrègent et grandissent ; il les fait pivoter, mû par une sensation de panique persistante qui lui souffle que quelque chose est tapi là, derrière les formes criardes qu'il vient d'engendrer, araignées, ou pièces de monnaie dissimulées dans cet espace illusoire d'où avec des commandes correctes peuvent jaillir jusqu'à des ombres et des reflets. Les calculs ne parviennent pas à suivre le point de projection en mouvement, et Dale s'évertue à duper son invisible adversaire en demandant qu'un miroir incliné soit placé derrière les images qui occultent le champ — une procédure relativement simple en infographie par laquelle, chaque pixel faisant office de minuscule judas, on spécifie à l'axe de vision traversant

1. Capitale de l'Enfer dans le *Paradis perdu* de Milton. *(N.d.T.)*

toutes les valeurs de x et y non occultées, de **Sauter** une certaine valeur de z (une valeur glissante, le miroir étant incliné). Cette commande **Sauter** affectée à un angle spécifique de « réflexion » (en l'occurrence 12°), collecte du stock de mémoire graphique, pixel par pixel, les données qui définissent la surface postérieure de l'objet qui occulte, converties à la vitesse moyenne de 160 nanosecondes par pixel. La face antérieure ne diffère guère de la face postérieure ; Dale ne parvient toujours pas à repérer cette pièce d'or égarée, cette araignée affairée à tisser sa toile, cet hostile secret qu'abrite l'ordinateur.

Les images fondues, à mesure que les transformations accumulées les remodèlent impartialement, ressemblent de plus en plus à des écheveaux de fil polychrome et visqueux. Elles ont un aspect organique, à croire qu'un processus d'amplification et d'affinage révèle peu à peu la fibrosité essentielle de toutes choses. Il existe, suppose Dale, raisonnant par analogie avec le monde réel, un niveau cristallin sous ces fibres ; mais les pouvoirs de l'infographie, à l'inverse de ceux du microscope électronique, ne sont pas encore assez puissants pour l'atteindre. Dale raisonne et se dit, cependant, que l'univers informatique, œuvre de l'homme, *établira* sa structure analogique profonde sur un plan plus rudimentaire que l'univers laborieusement tricoté par Dieu à partir des quarks. Il a conçu un logiciel compositeur qui soumet à une torsion ces accumulations chaotiques, les presse comme une machine géante presserait des couches de schiste pour en extraire une goutte, une seule goutte scintillante, du principe sous-jacent. Cette goutte devrait se matérialiser, croit-il, comme une fuite d'huile qui jaillit en éventail d'un moteur fissuré, projetant son panache chatoyant entre les magmas de débris rouillés et imbibés. Cette iridescence statistique, précisément, c'est là ce qu'il cherche, un alignement pareil à celui des bâtonnets dans l'œil antédiluvien du trilobite. De temps à autre il s'arrête pour effectuer un relevé des équations qui s'expriment visuellement ou faire une sortie sur imprimante laser. Voici quelques semaines déjà qu'il poursuit ces expériences et accumule ces ingénieuses preuves chaotiques depuis le début du Carême. Mais ce soir, il le sent, il approche d'un apogée, d'une crise et d'une expiation, expiation au sens premier de *réconciliation* ; après quelques heures, ses doigts le picotent sur les touches, comme si c'était en *lui* que passait l'électricité ; ses nerfs, la majestueuse architecture électronique du CPU et de sa mémoire, tout est étroitement imbriqué.

A un moment ou à un autre de la soirée, sans doute a-t-il mangé le peu ragoûtant sandwich au salami, car le sac froissé et souillé de graisse gît sur la table du terminal, à côté du carton de lait vide et de la souris de contrôle grise. A un moment ou à un autre, sans doute s'est-il levé pour se rendre aux toilettes, là-bas tout au bout du couloir, au-delà des distributrices, et, au retour, il s'est sans doute arrêté pour bavarder avec Ike Spiegel, car traînent encore dans sa tête des cochonneries révélatrices, des clefs d'astuces vaseuses : La première : « Combien de personnes pour réparer un court-circuit ? Deux : une pour appeler l'électricien et une pour mixer les Martini. » « Te bile pas, *j'aime* rester assis ici dans le noir. » La clef de troisième : « Pour donner aux mecs l'envie de leur dire des trucs. » Spiegel était parti d'un gros rire. Entre les boutons de sa chemise encadrés de doubles arcs elliptiques, les plaques de peau poilue frémissaient. Même assis, Ike avait le bagout précipité et sans joie d'un cabotin accroché à son micro. En voici encore une, tant pis. L'amorce de la troisième revient à Dale. « Pourquoi les filles ont-elles des vagins ? » Comme si quelqu'un avait pressé un bouton, il s'était esclaffé ; pourtant, cela tenait moins d'une blague que d'une banale et triste vérité.

Ses doigts courent avec une frénésie de rats sur le clavier plastique poids plume, et deux nouvelles agglomérations de sommets et de courbes cubiques se percutent. Surgi du remaniement ionique instantané, il lui semble qu'un visage le fixe ; un visage lugubre. Un fantôme de visage, une affaire de millisecondes. Qu'il suffit de peu, somme toute, pour composer un visage. Quelques points sur un papier blanc, et dans sa joie de reconnaître, un bambin sourira et avancera la main. Les recherches d'Amy Eubank le démontrent, à sept cents mètres de distance, nous sommes capables de distinguer un ami d'un inconnu.

Le visage a disparu. Un plein écran de fil polychrome poisseux a remplacé l'image qui tout à l'heure semblait le dévisager, les yeux, deux profonds alvéoles débordants de vie immortelle et chagrine. Dale réfléchit, essaie de retrouver la séquence de calculs — des polygones coupés par d'autres polygones — mais son esprit est tellement vide que s'y faufile la première moitié d'une autre des blagues que raconte Spiegel : « Combien de WASPs faut-il pour changer une ampoule électrique ? » Il demande à la machine une édition de la mémoire et, à l'autre bout du petit bureau, l'imprimante mâchouille avec ardeur de toutes ses dents aiguës et frénétiques. Dans son agitation, Dale s'extirpe du fauteuil chaud et poisseux et file jusqu'au bout du couloir chercher un Diet Coke. La machine rumine et libère le cylindre rouge et blanc convoité, entreposé dans ses entrailles, et, après une brève dégringolade, le plaque dans l'auge béante. Puis, réflexion faite, et avec un cliquetis désinvolte, elle lui vomit en vrac sa pièce de dix cents et ses deux pièces de cinq. Un petit malin l'a traficotée pour qu'elle rembourse. Balourdes ces machines, à tous les coups elles se font rouler par les petits malins de l'étage. Encore une : « Et combien de mères juives ? » Cette blague-là, peut-être faut-il être juif pour l'apprécier.

Le visage, croit-il se souvenir, avait de longs cheveux, mais pas de barbe ; de toute évidence, l'iconographie traditionnelle se trompe. Les hommes du Moyen-Orient qui se répandent en interviews à la télé donnent tous l'impression d'avoir trois jours de poils raides accumulés sur les joues. Comment diable s'y prennent-ils, *tous* les jours ? Cela revient à régler la coupe de la tondeuse à gazon un cran plus haut.

Le long couloir crème aux murs punaisés de Snoopy et de

photos de bébés est plongé dans le silence. Dans le crâne de Dale retentit l'écho du bruit, vieux peut-être d'une demi-heure, de Spiegel qui ramasse ses affaires et se prépare à partir. Le linguiste avait aplati à coups de talon une boîte de bière près du réceptacle à ordures et lui avait lancé « bonne nuit ». Dale a maintenant pour lui seul cette portion brillamment illuminée du sixième étage du Cube, et, de retour dans son petit bureau, il s'affale à genoux entre le fauteuil pivotant et le terminal à écran. Il prie pour qu'une illumination vienne le soulager de cette tension, de ce remords, la tension et le remords d'être un animal pensant. Un néant rougeâtre clapote derrière ses paupières ; le néant palpite vaguement, doté d'une vague structure, un grain microscopique assorti d'un rapide mouvement descendant, une pluie sur une paroi de verre. Il presse son front contre l'écran légèrement bombé ; le verre est plus frais que sa peau, empreint d'une tiédeur pourtant. Radiation. De quoi attraper un cancer du cerveau. Il écarte sa tête et se redresse avec raideur, résolu à persévérer au moins encore une heure. Il se sent au seuil d'une percée. Pourtant, il repousse l'instant de s'asseoir devant le terminal.

Il s'approche de la fenêtre. Vue de la fenêtre, la ville se tasse lentement, comme les cendres d'un feu où se consument des braises. Dans le ciel d'après minuit une lune bien éveillée, aux sept huitièmes pleine, glisse parmi des flocons de cirro-cumulus, un éparpillement qui va croissant, un lac de vaguelettes lumineuses. Sept étages plus bas, dans le petit parc trapézoïdal orné de sa statuette en bronze de Lady Lovelace, les arbres ont comme une douceur nouvelle, leurs petites branches non plus, comme en hiver, uniquement linéaires, mais désormais brouillées, épaissies par des bourgeons, gouttelettes pointues impatientes de s'ouvrir en feuilles pour une fois encore déclencher le cycle de la photosynthèse. Dale a les yeux qui le brûlent ; son corps, trop longtemps ployé et bloqué en position statique, se languit de s'étirer, de s'étendre de tout son long sur un lit, à côté d'Esther, Esther et ses yeux verts assoiffés de son limon, ses mains fuselées, avides, tremblantes. Jamais ils n'ont connu, comme tant d'autres amants classiques, un lit digne de ce nom, jamais — un simple matelas crasseux sur le plancher d'un grenier, une étroite paillasse d'étudiant sous une croix en plastique.

Il revient près du terminal et de nouveau tente de retrouver cette trace, cette allusion divine. Il prend en sortie numérique le chargement qui a fait surgir le visage fantôme et commande à l'ordinateur de compter les 2 et les 4 pour une récurrence aléatoire; de fait, il trouve un petit écart statistique positif par rapport au strict O,200 qu'indiqueraient les probabilités pour deux chiffres – 0,208673, le 0,0086 +, même récurrent, n'étant pas tout à fait suffisant pour que l'on fonde une théologie dessus. Plus prometteuse, pourtant, est la déviation par rapport au 0,01 qui devrait représenter l'incidence statistique de la configuration 24 par paires de nombres entiers de 00 à 99. Au lieu de 0,0100, les calculs révélaient une occurrence de 0,013824, une différence positive quasi inexplicable de presque quatre pour mille avec ce qu'aurait donné le pur hasard, et ça se termine par 24 ! Les mêmes tests statistiques, portant sur des objets primitifs non biologiques — tables, chaises, ailes d'avions, polyèdres, courbes de Koch, vieilles fractales utilisées pour texture — donnent des fréquences à 0,001 près de la norme sélective prévisible, ce qui virtuellement et sans l'ombre d'un doute prouve à Dale que son saupoudrage statistique des modèles biologiquement dérivés a révélé, sinon une des empreintes digitales de Dieu, du moins une ou deux volutes. Il y a quelque chose là, aucun doute.

Mais par-delà toutes ces chicaneries numériques, Dale espère toujours — il est spirituellement avide; il s'obstine à escalader sa tour de Babel —, dans l'espoir d'une confrontation graphique, un visage dont le regard fixe pourrait être figé et imprimé. Ragaillardi par un nouveau Coke et ses additifs de caféine et d'hydrates de carbone, il essaie de rebrousser chemin pour retrouver sa fugace, son obsédante vision; il tente de se hisser, porte à porte, à travers l'immense labyrinthe binaire qu'une simple caresse du doigt sur un bouton suffit à remanier et doubler. Il modifie les angles, il fait un zoom, il change les paramètres. Il perd la notion du temps. Les petites heures du matin finissent par toutes se ressembler. De vagues sons venus d'autres parties du bâtiment — portes d'ascenseurs qui s'ouvrent et se ferment, câbles qui chantent dans le puits noir, bourdonnements qui par bouffées montent des étages inférieurs — indiquent la présence soit d'autres travailleurs nocturnes, soit de mécanismes-robots, minuteries et thermostats qui inflexiblement émettent leurs signaux. La température a baissé, tant dehors que dedans. Ce froid qui, du bout de ses doigts et du dos de ses mains, est remonté via ses poignets et ses avant-bras vers son thorax, il l'interprète comme une inspiration céleste; dans le labyrinthe microscopique où une seule particule de poussière suffirait pour bloquer comme un éboulis un circuit, et où le cheveu le plus ténu s'abattrait comme une poudre de cathédrale, il se rapproche de plus en plus du dragon, du secret au souffle de feu. Dans son enfance il se sentait transi de peur lorsqu'il descendait à la cave, où son père, dans cette maison d'Akron aux cloisons minces, avait installé le train de Noël, dont les aiguillages et les marches arrière paraissaient aux yeux de l'enfant un fascinant mystère, comme si une espèce de cadavre gisait là dans l'attente d'un retour à la vie, un corps de métal grêle doté d'une tête étroite, lourde, vivante, la locomotive. La locomotive avait un œil unique et rougeoyant, et, au contact des rails, ses roues tournoyaient avec fureur. A force de travailler seul, de vaincre sa crainte et son sentiment de péché, Dale était devenu plus expert que son père dans les mystères du Lionel, et s'était mis à compléter son matériel — des rails, un transformateur plus sophistiqué — avec son argent de poche. Il était lancé.

De plus en plus fréquemment surgit sur l'écran l'injonction **Mémoire libre insuffisante** ou **A vérifier**. Répondant à ses commandes, les différents niveaux de hiérarchie opérationnelle, langages stratifiés qui descendent jusqu'au vocabulaire binaire élémentaire, s'imbriquent comme des sphères de cristal tandis que l'écran offre aux yeux de Dale des surfaces toroïdales zébrées de rayures bientôt supplantées par d'autres dans un scintillement déchiqueté. Il a chargé le simulateur d'une fonction de transformation qui soumet chaque nouvelle collision à de nouveaux paramètres dérivés des polynômes de la phase précédente : une espèce de spirale qui en se resserrant, raisonne-t-il, devrait tendre vers l'essence cosmique. Pourtant les configurations affichées, loin de se simplifier, se fragmentent et se compliquent. Elles explosent.

Le visage, voilà ce que de nouveau il espère, et néanmoins redoute, voir surgir. Peut-être ce froid qui accable son corps est-il un symptôme de crainte. Au fil de ces petites heures creuses et fugitives, enfle sa sensation que la présence tapie dans le dédale des ruelles électroniques de l'ordinateur est hostile : Elle ne peut supporter que Dale s'obstine à La traquer ainsi, et s'il La trouve, Elle en tirera vengeance. Une supposition qu'en traquant Dieu le long de ces pistes, il se trompe de voie et se trouve nez à nez avec un faux Dieu, l'un des innombrables faux dieux qui de toute éternité torturent les hommes, Moloch ou Siva ou Osiris ou Lucifer métamorphosé, ou encore ce Huitzilopotchtli qui exige et dévore le cœur vivant ? Pourtant, notre jeune homme enfonce de nouveau les touches qui commandent **Répéter** et, sur l'écran, les zébrures et cellules multicolores frémissent comme une eau marbrée de graisse où vient de s'engloutir un caillou. Le nouvel affichage ressemble au précédent, à cela près que ses plaques sont plus fines d'échelle et ont subi une distorsion source de tourbillons, une intensification concentrique de couches colorées qui semble darder vers le bas comme les doigts d'un gant en caoutchouc. En louchant un peu et au prix d'un ajustement mineur (lequel ? qui pianote sur ce clavier ?) des cellules visuelles et interprétatives à l'intérieur de son cerveau, ces mêmes schémas prennent l'aspect de cônes qui montent vers lui. Dans les strates froissées entre deux de ces cônes, on dirait que quelque chose d'anormal est incrusté, en plusieurs couleurs. Dale fait un zoom, réglant son point de vision plus près et agrandissant la fenêtre. L'anomalie, un dégradé de vert orangé, paraît tronquée à en être illisible ; il cadre son image sur un plan d'abord incliné à 85° selon un axe vertical, puis sur un 72° plus sage, et obtient ainsi une image qu'il parvient à lire. Une main. Une main, un patchwork de couleurs comme barbouillé de peinture camouflage rougeoyante, mais dont la forme émerge jusqu'aux replis de la paume ; une main détendue paume en l'air, aux doigts recroquevillés et difficiles à distinguer, mais la forme noueuse du pouce opposé, elle, est indubitable. Sa décontraction est étrange. Est-elle décontractée parce que morte, une main clouée inerte à la croix ? Ne dirait-on pas plutôt la main du Samson endormi, précipité dans les plis du giron de Dalila pendant que s'activent les ciseaux qui le drainent de ses forces ? Cette flaccidité, serait-ce celle d'Adam avant que l'effleure la vie, ou la flaccidité qui naît de l'épuisement, de l'ultime reddition du désespoir ? Dale scrute l'image et, dans la paume, ne distingue aucune trace de pique ni de stigmate. L'anatomie de la configuration fantôme, moulée dans les trois dimensions ambiguës de la forme abstraite, torturée, semble complète à Dale ; il est sûr qu'avec un pouvoir de résolution plus élevé que celui dont est doté le VAX 8600, les articulations, et même les ongles et les petites envies, se matérialiseraient, de même que les vrilles du graphisme d'un ensemble de Mandelbrot peuvent se préciser à l'infini. Contempler la main le transpose sur un autre plan, lui apporte la paix : une extase coule en lui, comme si sa voie était enfin déblayée par le froid qu'il éprouve depuis des heures, son égoïste vitalité refluant de son être à mesure que s'avançait la nuit. Gelé tout au long de ses veines, osant à peine respirer de peur qu'une secousse ne libère un électron pivotal, il pianote pour demander une sortie sur imprimante de l'objet. A l'autre bout du petit bureau, à côté des gobelets plastique d'Amy Eubank, souillés de rouge à lèvres, se déclenche le jacassement aigu et inhumain de l'imprimante.

Imaginez-vous consommé tout vivant par ces dents implacables et avides ! Et à ces dents, lui, Dale, il livre Dieu, cette ombre tendre tapie à l'envers de nos esprits.

Le cliché est décevant. On le croirait fané ; il est temps de changer les rubans de couleur. La main se distingue à peine — un fantôme flou et marbré, plaqué sans relief sur le papier alors que les points incandescents, projetés de l'intérieur sur l'écran, confrontaient l'œil avec l'intensité de la vie. N'empêche, cette fois il tient une preuve, en quelque sorte. Ses propres mains, pâles et parsemées de maigres touffes de poils entre les articulations, hésitent au-dessus des touches, pour répéter une fois encore la fonction de transformation. Qui sait, le prochain changement parviendrait peut-être à régler le problème en faisant surgir un corps tout entier ou une tombe vide. Il a froid jusqu'au tréfonds de son être ; son estomac est en proie à un irrépressible tremblement. Le bourdonnement même de l'ordinateur lui fait l'effet d'une prière, d'un appel au secours, un silence lâche et implorant tandis que le canon à électrons court sans relâche, renouvelant l'écran statique, le balayant de gauche à droite et de haut en bas, alternativement attiré par les deux champs magnétiques engendrés par les bobines de déflection tandis que l'électrode de contrôle, implacablement, inlassablement, modifie le faisceau d'électrons arraché par la chaleur aux oxydes de baryum et de strontium qui gainent la cathode. Le tout exécuté avec une précision et une vélocité qui semblent quasi miraculeuses, pour qui n'a pas appris (comme l'avait appris Dale, il y avait de cela des années, à Case Western) que si ces particules subatomiques se comportent de cette façon immuable, ondulatoire et corpusculaire à la fois, c'est qu'elles ne peuvent faire autrement, il n'existe pas d'autre voie. De sorte qu'un mécanisme capable en soi de plonger dans l'adoration un sauvage de la Nouvelle-Guinée, dont le seul aperçu de la civilisation se limite aux avions quasi divins qui le survolent, est pour Dale un simple moyen. Dale est dans cette nuit (tel que je me le représente) pareil à une chauve-souris, fruit d'une monstrueuse évolution de sorte que les membranes qui permettent son essor et ses volettements vacillants s'étirent entre ses doigts démesurés.

Il tape **Répéter**. Une onde passe sur l'écran ; des secondes s'écoulent tandis que s'accomplit l'indispensable digestion. Les raies et les tunnels concentriques de l'affichage précédent se sont subdivisés en écailles géométriques de poisson. La main s'est recroquevillée, a disparu, à moins que sa forme n'ait été transformée pour se réduire à cette unique écaille verte solitaire dans l'angle inférieur droit de l'écran, à l'emplacement de la signature de l'artiste. Ailleurs, le rouge orangé domine ; les écailles de poisson ont un certain alignement optique qui tire l'œil, tout en restant surface, en restant un fouillis de points frénétiques qui grouillent dans un film de phosphores doublé par un film-miroir d'aluminium super-mince. La machine s'obstine à lui refuser l'accès de ses secrets. Avides, impatientes, les extrémités de ses doigts commandent au VAX 8600 de **Répéter** une nouvelle fois sa boucle gigantesque.

L'écran vire au gris froid, et en lettres noires proclame sans réplique possible : **Mémoire de travail insuffisante.**

Dale se sent à bout de forces. D'une poussée, il s'écarte du terminal. La membrane de ses yeux, l'interface où vision et lumière se rencontrent, lui fait mal. Le froid du lieu et de l'heure l'a transpercé jusqu'aux os. Les jambes raides, il s'approche en boitillant de la fenêtre ; la lune a disparu. Les lambeaux de nuages ont fini par tisser une chape uniforme dont l'étain emprunte une coloration jaune aux réverbères insomniaques. Dans les silhouettes rectangulaires des bâtiments de la ville et de l'université, seules de rares fenêtres demeurent éclairées — fentes illuminées qui, en code binaire, épèlent çà et là un mot. Mais naturellement, en réalité, une rangée de fenêtres mortes, de fentes vides, épèle tout aussi bien des mots. Zéro, c'est aussi de l'information.

2

— Tonton ? C'est toi ?

La nuit, presque dix heures. Je m'étais installé dans mon bureau en compagnie d'un vieux Tillich délassant — *Le Choix socialiste* — tandis que, dans le séjour, Esther finissait une bouteille de vermouth sucré et une bande de *La Bohème.* Le téléphone avait sonné.

— Qu'est-ce qui ne va pas, Verna ?

Sa voix paraissait bizarre : caverneuse, accablée.

— Oh mon Dieu, explosa-t-elle de façon puérile, tout !

Pourtant ce n'était ni le ressentiment ni la révolte qui l'emportaient dans sa voix rauque, mais la peur.

— Ecoute — elle implorait d'un ton larmoyant, son côté combinard reprenant le dessus — tu pourrais pas te magner un peu et rappliquer d'urgence ?

Un léger déclic m'apprit qu'Esther venait de décrocher dans le séjour. Histoire de la mettre au parfum, je dis à Verna :

— Tu veux que je vienne chez toi, *maintenant* ?

— Oh, je t'en *supplie,* il *faut.*

Elle parlait par petites syllabes hachées, presque des hoquets ; la peur avait expulsé l'air de ses poumons.

— En fait, c'est pas tellement de moi qu'il s'agit ; c'est de Poopsie. Paula.

— Paula, mais qu'est-ce qui lui arrive ?

Ma propre voix me parut bizarre.

— Elle peut pas marcher ; je le jure devant Dieu. Ou alors la petite salope fait semblant. Elle s'est arrêtée de brailler, mais elle veut pas que je la touche.

Cet engourdissement qui s'empare de nous, quand la réalité se fait trop lourde, ralentissait mon esprit, ma langue.

— Quand est-ce que ça a commencé ?

— J'en sais rien, y a quinze minutes peut-être, le pire

moment. Mais le reste, ça dure depuis le dîner. On s'est engueulées.

— Engueulées ?

— Enfin tu sais, on s'est expliquées. Entre filles.

— Avec une gosse d'un an ?

— Elle va bientôt en avoir deux, il est temps que tu te réveilles. Ecoute, complique pas les choses. Tout d'abord j'avais pas dans l'idée de t'appeler ; j'ai essayé d'avoir Dale, mais il répond pas.

— Tu dis qu'elle refuse de parler ?

Je me répétais moins pour le bénéfice d'Esther que pour essayer d'y voir un peu plus clair dans la situation.

— On dirait... — la voix flûtée hésita, hoqueta, puis se libéra d'un coup en se jetant dans l'aveu, la formulation de l'horrible vérité qui permet aussi de s'en débarrasser — qu'elle a quelque chose de détraqué en dedans. Ce qui fait qu'elle *peut pas* marcher. Je l'ai forcée à se mettre debout une ou deux fois, mais ça n'a rien donné, elle s'est affalée et remise à brailler.

Une vague lueur se fit jour dans mon esprit.

— Tu ne l'aurais pas frappée, par hasard ?

Un silence, puis une dérobade puérile :

— Je l'ai juste bousculée un peu. Elle me faisait chier. Tout ça à cause de c'te foutue petite bibliothèque que je me suis payée quand je me voyais déjà faire des étincelles ; je crois bien qu'elle est allée l'emboutir de biais, peut-être qu'un des angles lui aura cogné la jambe, j' sais pas, je faisais pas tellement attention. — Nouveau silence, puis : — Tu crois que les flics vont me faire des ennuis ?

Je crus sentir son esprit buter contre une sorte d'obstacle, une substance chimique qui s'accumulait par vagues puis se dissipait suffisamment pour que la réalité l'effraie avant que de nouveau s'accumulent les vagues.

— Verna, attends une seconde, fis-je.

Délicatement, pour éviter qu'elle se rende compte que je m'éloignais, je posai le combiné sur le bras du fauteuil, contre *Le Choix socialiste* retourné face en bas avec, sur le dos de la jaquette, le beau visage inquiet de Tillich qui furieux me contemplait et, à pas furtifs, me précipitai dans le couloir pour passer dans le séjour.

— Qu'en dis-tu ? demandai-je à Esther dans un murmure.

Elle plaqua la main sur le récepteur qui lui avait permis de tout entendre ; un mouvement qui me parut lent et étrangement gracieux, un geste de plongeur sous l'eau. Quand son regard se posa sur moi, les blancs de ses yeux me semblèrent énormes, injectés de sang. Ses lèvres esquissèrent un minuscule *O* noir, comme si elle se préparait à siffler.

— Vas-y, fit-elle doucement, les yeux écarquillés. Tu dois y aller.

Rejoindre Verna en pleine nuit ? Après tout j'avais sa bénédiction.

— Sans doute un tas d'histoires pour rien, fis-je en guise d'excuse inutile, mais...

Tenant d'un geste gracieux le téléphone muet, Esther restait là immobile, avec une expression, ivre peut-être, d'immense sérénité. Elle portait son cardigan de cachemire fauve (acheté le même jour, chez Trimingham's, que mon poil de chameau à col en V) par-dessus un col roulé jaune, et elle se tenait perchée sur le bras du canapé de soie rouge, ses genoux nus pressés contre l'arête de la table basse. A travers la plaque de verre je distinguais, réfracté, le ruban blanc imprimé par la pression sur ses rotules. Son visage avait un aspect vitrifié, la chaleur du feu agonisant peut-être, et l'idée m'effleura que l'événement lui causait moins de surprise qu'à moi. Elle avait baissé le son du lecteur de cassettes, mais la petite lumière rouge et les axes qui tournaient sous les transparents de plastique m'informèrent que l'opéra continuait à tendre vers son apogée. Pauvre Mimi. Pauvre Rodolphe.

Je regagnai en toute hâte la bibliothèque et, reprenant l'appareil, annonçai à Verna que j'arrivais. Le combiné bourdonnait. Elle avait raccroché. Dans le couloir, je raflai mon Burberry à doublure écossaise, mon écharpe de laine grise, mon bog irlandais. Nous avions eu beau avoir une ou deux journées de soleil lénifiant, dans notre partie du monde, avril est toujours un mois froid et humide.

Esther me rejoignit dans le couloir. Elle n'était pas en talons hauts, pourtant elle paraissait marcher avec difficulté ; ses pieds étaient nus. Pour faire son jardin, elle met des bottes de caoutchouc ou encore une vieille paire de tennis déchirés et souillés de boue, jamais de chaussettes. Ses pieds se sont élargis et ont perdu leur galbe au cours des quatorze années de notre mariage, mais comme après tout ils ont acquis leurs ongles déformés et leurs cals jaunâtres dans l'accomplissement de tâches exigées par notre commun foyer, ils conservent à mes yeux une certaine beauté émouvante. Nous avons beau surveiller notre régime, nos os s'élargissent, la trame de notre chair se relâche. Elle était en sueur, à croire que sa liaison avec Dale, ses impudiques et vengeurs après-midi adultères passés enfermés dans le grenier, l'offrande de son corps écartelé comme celui d'une reine de porno, ses barbotages dans le sperme et la chaleur innocente d'un jeune homme, tout cela l'avait macérée dans une substance vaguement âcre qui maintenant suintait par tous ses pores. Comme tous les pécheurs et pécheresses, elle marinait dans son jus. Elle avait repoussé d'un geste ses cheveux humides et son front bombé luisait.

— Tu seras long ? demanda-t-elle.

Se pouvait-il qu'émoustillé par l'alcool, son cœur eût envie d'improviser un rendez-vous furtif, un accouplement d'une électronique brièveté avec notre génie de l'ordinateur.

— J'ignore ce qui se passe, dis-je. Il se peut que ça traîne un peu, s'il faut que la gosse voit un médecin.

— La gosse... ?

— Paula. Ou Verna, est-ce que je sais, moi ! Vas te coucher. Cette fille, tu avais raison ; jamais nous n'aurions dû nous en occuper.

— Tu as fait ça pour Edna, c'est tout, tu voulais te montrer bon frère, dit Esther, ironiquement peut-être, mais je n'aurais su dire à quel point.

Mon cœur cognait à en émousser mes sens. Cédant à une

impulsion désormais rare, je me penchai et la gratifiai d'un baiser. Surprise, elle adoucit ses lèvres en retour à l'instant même où je m'en écartais. Qu'il était doux, qu'il reste doux pourtant de se pencher sur une femme ! Avec Lillian, quand jadis je l'embrassais, j'avais la sensation d'accueillir cérémonieusement un autre homme, un confrère politicien. Tillich disait vrai : en tant qu'espèce, nous sommes non seulement incorrigiblement religieux, mais incorrigiblement sociaux. Comme je m'éloignais pour voler au secours d'une autre femme, je ressentis une bouffée de désir pour mon épouse, tout imprégnée qu'elle fût par le foutre d'un autre.

Et elle ? L'expression sur le visage d'Esther me remettait en mémoire cet air qu'elle avait, quatorze — quinze en fait, très bientôt — années auparavant, lorsque, après une séance d'illicites ébats dans son appartement, elle me renvoyait pour de nouveau affronter Lillian, le tumulte et le remords de mon foyer en voie de désintégration. *Si je dois ne jamais te revoir,* semblaient dire ses yeux verts globuleux, tandis que je refermais la porte sur elle, *au moins nous aurons eu ça.* Elle raisonnait comme une comptable.

L'Audi était garée devant la maison le long du trottoir. Je montai et démarrai. Notre ville est divisée en zones qui, floues durant la journée, sont la nuit relativement tranchées ; les habitants d'une zone ne passent jamais incognito dans une autre, même s'ils ne font que s'arrêter quelques instants au comptoir de vente d'un restaurant chinois. De subtils points d'habillement, de maquillage et d'intonation sautent aux yeux sous les lumières de la ville et trahissent l'intrus. Aussi fut-ce avec un vague sentiment de danger, qui entretenait les palpitations étouffées de mon cœur, que je descendis Malvin Lane et, au sortir de notre quartier aux énormes demeures professorales, m'enfonçai dans un tout autre univers, rangées d'immeubles à trois étages, boutiques aux volets clos et stations d'essence self-service aux éclairages bleuâtres, petits groupes de jeunes et de voyous agglutinés, avec la vigilance inquiète d'animaux en pâture, sur les trottoirs à la porte des bars, sous des enseignes au néon. De la musique suintait de ces bars ; je la percevais vaguement à travers mes vitres malgré la vitesse. Les pneus de l'Audi rebondissaient sur l'asphalte du boulevard, pourri, fatigué, criblé de nids-de-poule. A la lisière des cônes mouvants de mes phares, des formes étirées papillonnaient comme des ombres furtives ou s'accrochaient au trottoir — silhouettes spectrales, *sans visage, od ombra od omo certo.* Loin sur ma droite et sur l'autre rive, brillaient les lumières qui dans le centre couronnaient les grands immeubles, rouges et blanches comme les feux des avions en approche qui descendaient pour plus loin encore se poser sur l'aéroport. Vers quoi descendaient-ils et s'élevaient-ils, ces avions, quelle force, quel dessein avaient-ils rassemblé ces groupes indistincts par cette âpre nuit de printemps ? La même force, sans doute, qui m'avait propulsé dans cette ville criblée de nids-de-poule, cette ville qui à travers la chape de l'asphalte embaumait le printemps fertile.

Ayant cette fois compris que Prospect Street était en sens unique, je tournai cent mètres avant d'arriver au bar incendié, pour m'engager dans une rue identique, elle aussi presque abandonnée, aux fenêtres sombres ou sinon vaguement repérables grâce aux tremblotements fluorescents des télés. Se garer près de la cité était plus difficile que durant la journée : tous les oiseaux étaient rentrés au nid. Je fis le tour des immeubles et finalement me faufilai illégalement dans un espace libre près de la bouche à incendie de Prospect, en face de l'échappée qui révélait le gingko, de nouveau couvert de bourgeons. Les vaillants petits arbustes le long du trottoir, érables grêles et caroubiers emmaillotés, n'étaient pas encore en feuilles. Fermant la portière à clef, je me dirigeai, à pas mesurés pour ne pas avoir l'air de courir et en longeant une série de lampadaires fracassés, vers la cité inondée d'une lumière jaune soufre.

Bien que l'obscurité m'eût parfois surpris lors de certaines visites que j'avais faites à Verna par les après-midi d'hiver, jamais encore je n'étais venu en pleine nuit. Les petits Noirs qui s'amusaient d'ordinaire avec les vieux pneus et les conduites en béton du terrain de jeux avaient fait place à des adolescents plus âgés qui, bien qu'il fît plutôt froid et malgré le petit souffle humide qui montait du port et une brume lumineuse plus dense entre les bâtiments, s'étaient rassemblés sur les bancs et les perrons qui menaient aux portes de fer du 606. Avançant à vive allure, l'homme blanc vêtu de son imper fantaisie surgit si brusquement devant eux qu'ils eurent à peine le temps de s'effacer pour me faire place tandis que, les frôlant au passage, je me frayai vivement un chemin à travers un magma stupéfait de jeans grosse toile, dacron capitonné et crinières rondes scintillantes de brouillard nocturne. Il y avait des filles parmi eux — grosses, avec de grosses coiffures afro, de gros bras ronds noir caoutchouc et de grosses fausses perles roses —, ce qui atténua mon sentiment de danger. Stupide ou non, c'est vrai nous associons les femmes à l'idée de sécurité, malgré les innombrables exemples que l'histoire nous offre de mères infanticides, bacchantes déchaînées et amazones férues de mutilations. Il suffit pour tuer, somme toute, de percevoir l'autre comme un ennemi, dont la destruction nous sera bénéfique ; et des perceptions de ce genre ne sont pas l'apanage des mâles. Le sadisme, pourtant, l'est — le sadisme en tant que protestation philosophique. La capacité de se révolter contre la nature des choses, ce chancre qui depuis toujours contribue à inspirer aux hommes tant de prodigieux actes de barbarie, gît mort-né dans le cœur des filles de la consentante Eve. Les femmes se déchaînent par frustration et complotent par rancune, mais jamais, semble-t-il, elles ne se réjouissent de démontrer à l'univers sa scandaleuse tolérance à la douleur.

Ces pensées — ou leur projection intérieure très stylisée, car il m'était déjà arrivé de réfléchir à ces choses et même d'en parler dans mes cours, entre autres dans mon séminaire interrompu sur le blasphème (extraits de Villon, Rabelais, Sade, Verlaine, Bataille et autres, connaissance du français sinon exigée, du moins souhaitée) — m'aidèrent à traverser le hall d'entrée et à gravir l'escalier de béton et de métal. Sur les paliers, les vantardises amoureuses de Tex et Marjorie avaient été effacées sous une couche de peinture au rouleau, elle-même déjà recouverte de graffiti d'artistes tellement artistiques que je ne pus les lire ; le message ou la signature semblaient gribouillés avec fougue dans ce qui me parut du thaï ou du japonais. Je tendis l'oreille, guettant un bruit de pas lancés aux trousses de mon portefeuille, et n'entendis rien. Mais comme j'atteignais le palier du second, l'origine et l'objectif de ma mission me rattrapèrent, la crainte râpa la paroi de mon estomac et soudain me revint cette torpeur que provoque l'excès de réalité. Ces femmes de chez moi autrefois, rances, pâteuses : jamais je n'avais pu les supporter, j'avais réussi à les fuir, pourquoi allais-je flirter avec cette catastrophe ?

Je suivis le couloir nu et m'arrêtai devant la porte marquée 311 en chiffres fantômes. Je frappai doucement, avec l'espoir que personne ne répondrait. Verna, drapée dans son peignoir éponge, ses cheveux bouclés une tignasse hirsute partiellement décolorée, les racines châtains repoussées de plusieurs centimètres, ouvrit aussitôt, avec tant d'impatience brutale qu'elle se cogna au panneau et que la chaîne cliqueta. Son large visage blême paraissait bouffi, encore taché de rose par le passage de ses larmes. Le mascara avait coulé depuis le coin de ses yeux en traînées sombres ; je crus voir un masque japonais. Elle s'effaça pour me laisser entrer avec une raideur cérémonieuse et forcée peu compatible avec son débraillé et l'impression de désordre qui régnait dans la pièce, où tout semblait avoir été bousculé puis redressé à la hâte. Rien, pas même la fenêtre, ne paraissait tout à fait à la même place que dans mon souvenir.

Pourtant et malgré son état pitoyable, ses premières paroles furent une agression :

— Grand Dieu, Tonton. T'en as mis du temps.

— J'ai eu du mal à trouver une place pour me garer, dis-je. Où est la gosse ?

Ma voix me surprit par son calme implacable ; longtemps intimidé par Verna, par sa chair lumineuse et molle, enfin j'avais pris l'avantage.

Elle courba la tête et répondit d'une voix morne :

— Ici, dans la chambre.

Je repoussai le rideau bordeaux et, la précédant, passai dans la petite pièce sinistre qui contenait le petit lit de l'enfant et un *futon* défait. Une vague odeur douceâtre, une odeur d'animaux femelles. Le lecteur de cassettes trônait sur le plancher près de la porte qui donnait dans la salle de bains, mais ne jouait pas ; et dans le silence dégoulinaient des sons venus d'autres appartements — reggae, un bruit de chasse d'eau, une querelle lointaine, quelque chose à la télé peut-être. Paula gisait sur son petit lit, immobile, drapée dans une couche en papier dont la blancheur faisait comme un grouillement dans le noir. Ses yeux vifs au regard liquide étaient bien éveillés et me contemplaient. Elle émergeait à peine de quelque problème intérieur et ses yeux n'accommodèrent que lentement sur mon gigantesque visage blanc qui surgissait menaçant au-dessus d'elle.

— Pa *caca,* dit-elle solennellement, et eut un sourire.

L'ourlet de sa longue lèvre supérieure, ses deux petites incisives écartées. Une zébrure rouge soulignait l'un de ses yeux.

— Mais comment est-ce que... ?

— Je l'ai frappée, dit Verna tout contre moi.

A travers nos vêtements, je sentais sa peau toute proche.

— Toute la journée, chaque fois que je lui ai dit de faire quelque chose, elle a fait le contraire. Si par exemple je lui disais, « mets tes jouets dans la corbeille », elle flanquait n'importe où ceux qui étaient dedans. Je lui ai mis ses chaussures pour sortir, eh bien, elle les a enlevées et les a balancées derrière le lit. Quand je lui ai fait manger son dîner, elle a laissé la nourriture dégouliner en petites rigoles répugnantes et s'est payé ma tête.

La liste des griefs que débitait Verna donnait l'impression d'avoir été préparée à l'avance, à l'intention d'un tribunal qui ne pouvait que conclure à sa culpabilité.

— Après, j'ai tout essayé pour qu'elle s'endorme, mais rien à faire, rien à faire...

Sa voix flûtée se mua en croassement, puis se brisa.

Des petits membres couleur miel de Paula, ses deux bras reposaient inertes contre ses flancs sur le matelas nu, et l'une de ses jambes était ployée comme celle d'une danseuse sur le point d'esquisser un pas glissé.

— La petite salope, poursuivit Verna, dans la pièce où de petits bruits suintaient à travers les murs ; suivit une bouffée de rire indubitablement télévisé, ce produit synthétique impossible à confondre avec quelque chose d'authentique. — Je lui avais lu une histoire, un petit album pour gosses, le truc de l'homme en pain d'épices, moi ça me faisait horreur quand maman me le lisait autrefois, on arrêtait pas de le grignoter par petits morceaux, mais maintenant on a changé l'histoire et il se contente de courir, et ça aussi c'est ennuyeux, bref — elle poussa un énorme soupir, de sorte que contre son flanc je sentis la puissance de son souffle, sa force et sa robustesse d'Amazone — j'avais enfin réussi à la refourrer au lit et je la croyais endormie, et j'étais en train de m'offrir un bain sans faire le moindre bruit, et elle, elle était debout dans son berceau et avait tout envoyé valser, son nounours, son Pilly et son Blanky [1], tout, Tonton, tout — elle avait même arraché l'alèse, pourtant faut de la force. Du coup, je lui ai flanqué une tape, confessa Verna, et elle s'est mise à hurler, si fort que je me suis sentie affreusement coupable et l'ai prise dans mes bras, et puis je suis passée dans l'autre pièce et j'ai essayé de la bercer pour l'aider à se calmer, même que j'étais encore toute mouillée de mon bain et nue comme un ver.

Même dans son chagrin, elle ne pouvait s'empêcher de s'écarter du sujet pour me titiller.

— Et pourquoi prenais-tu un bain ? demandai-je.

— Pourquoi on aurait pas le droit de prendre un bain si on en a envie.

1. *Pilly, Blanky :* mots usuels pour oreiller et couverture de bébés. (*N.d.T.*).

— On a le droit, dis-je, mais je me demandais si tu n'avais pas dans l'idée de filer sitôt que Paula serait endormie, ce qui expliquerait ton impatience quand tu as vu qu'elle n'en finissait pas. Tu voulais qu'elle s'endorme pour pouvoir sortir. Et j'ai dans l'idée que ça t'arrive passablement souvent.

Là devant nos yeux, l'enfant gardait un calme inquiétant, les yeux fixes, comme quelqu'un qui écoute un baladeur lui brailler aux oreilles.

— Je n'étais pas impatiente, Tonton. Dommage que tu m'aies pas vu, la vraie conne, la Mère de l'Année. Mais elle voulait pas la fermer, elle voulait pas rester tranquille, et comme l'heure avançait...

— Tu avais un rendez-vous, accusai-je.

— D'accord, gros malin, c'est vrai. La belle affaire. Au fait pour qui tu te prends toi, une ceinture de chasteté ou quoi ?

Je poussai un soupir, las, pour tout dire, de cette enfant mal finie, d'un je-ne-sais-quoi mal fini et mal foutu dans toute cette histoire abortive que nous appelons la vie.

— Pourquoi as-tu raccroché ? demandai-je.

— Quand ça ?

— Tout à l'heure quand tu me parlais. Tu as appelé chez moi, je t'ai dit d'attendre une minute et, quand je suis revenu, tu avais raccroché.

— J'ai pas aimé que tu files consulter ta pimbêche de bonne femme pour discuter de mon problème. Je savais ce que vous étiez en train de mijoter, tous les deux.

Je poussai un nouveau soupir et, baissant les yeux, constatai que Paula s'agitait. Sa jambe valide remua. Elle s'attendait à me voir faire quelque chose pour couper sa musique intérieure. Ecartant le rideau, je replongeai dans l'autre pièce et Verna suivit, louchant dans la lumière.

— Alors, quand Paula est-elle devenue incapable de marcher ?

Elle se redressa ; sa poitrine se gonfla, dans l'échancrure lâche du peignoir éponge.

— Quand je l'ai poussée pour m'en débarrasser et qu'elle est allée dinguer contre la petite bibliothèque, celle que je me suis payée quand toi et ce crétin de Dale me tarabustiez pour que je passe c'te connerie de diplôme qui vaut pas un clou.

Elle eut un geste dans sa direction ; elle s'était fourré en tête que la bibliothèque était le problème, la coupable.

— J'étais là tranquille, dit-elle, se mettant à pleurnicher d'attendrissement sur elle-même, les larmes coulant sans peine de leurs conduits échauffés, si *gentille*, si patiente, tu peux dire tout ce qui te chante, je m'en fiche, et c'te petite conne qui, faut le dire, avait été *tellement* conne toute la journée, v'là qu'elle commence à se tortiller dans mes bras et à se pencher et puis elle renverse mon verre et ça éclabousse c'te aquarelle qu'était presque finie et que j'avais posée sur la table pour qu'elle sèche.

— J'arrive pas à y voir très clair, dis-je, tu buvais ?

— Ouais, et aussi j'avais grillé un vieux joint dans la baignoire, c'est peut-être pour ça qu'au début je me sentais si bien et que j'essayais d'être la bonne petite maman bien sage que toi et tous les autres connards dans ton genre voudriez tant que je sois.

— Je ne suis pas tellement sûr que c'est ce que nous voulions. Nous voulons que tu sois toi, toi sous ton meilleur jour.

— Explique.

— Donc c'est à ce moment-là qu'elle n'a pas pu marcher ?

Verna hocha la tête, ses larmes déjà séchées, aussi vite qu'elles avaient surgi.

— Elle est tombée de façon bizarre, elle est restée comme coincée en biais une seconde, et puis elle s'est mise à brailler de c'te drôle de manière, à croire qu'elle était surprise et, tu sais, que c'était pour de bon cette fois. Alors je l'ai ramassée et je l'ai gardée dans mes bras, mais elle a pas aimé, ce qui fait que j'ai essayé de la remettre sur ses pieds mais elle arrêtait pas de devenir toute molle et de s'affaler sur le plancher, ce qui fait que...

— Que quoi, Verna ?

— Que je lui ai flanqué une autre baffe. Je m'étais sentie tellement bien, Tonton, si douce, si raisonnable, là toute nue, à la tenir dans mes bras et à chantonner, tu vois ; les Noirs, y sont tous comme ça — on se sent devenir bien, et eux aussitôt ils en profitent, ils vous sortent leur bite ou ils renversent votre verre ou font n'importe quoi pour bien vous faire comprendre que vous êtes qu'une salope de Blanche. J'avais tellement travaillé sur c'te aquarelle, et je commençais à me sentir pour une fois vraiment heureuse, tu comprends, et elle, v'là qu'elle la bousille, et du coup j'ai compris à quel point c'était pathétique et inutile tout ça, pas seulement à ce moment-là mais tout le temps. Tu veux que je te dise autre chose ?

Sa voix se faisait plus menue, se fondait dans un murmure.

— Quoi encore ?

Mon cœur battait la chamade comme si je venais de grimper l'escalier, et je me demandai s'il s'était jamais calmé, depuis l'instant où le téléphone m'avait tiré de mon Tillich.

— J'ai trouvé ça formidable. Le vrai pied. Quand je lui ai flanqué le dernier coup, quand elle était par terre. Cette pauvre petite gosse de couleur, même pas deux ans, le plus fort que j'ai pu ? C'est pas extraordinaire, ça.

— Si, extraordinaire, acquiesçai-je, incapable de dire si sa voix théâtrale et son intonation droguée étaient un numéro ironique, destiné à provoquer en moi une réaction, ou ce qu'elle pouvait de mieux, piégée qu'elle était derrière ce regard plat couleur ambre, rivé semblait-il sur un point situé au-delà de ma tête, où repassait le film du passé tout récent.

— Comment s'est-elle retrouvée dans son lit, demandai-je.

— Je l'ai flanquée dedans.

— Quand tu l'as soulevée, elle a pleuré ?

— Je te l'ai dit, elle arrêtait quasiment pas de brailler.

Même que ça commençait à cogner drôlement au plafond et à gueuler à travers les murs. Y a même une dame de l'autre côté du couloir, elle s'est mise à hurler qu'elle allait appeler les flics. Elle gueule toujours la même chose. Une poivrote.

— Bon eh bien, à la voir, Paula, est-ce qu'elle donnait l'impression d'avoir quelque chose d'éclaté, ou mal quelque part ?

Son regard fixe se brouilla et lentement vint se poser sur moi.

— Oh mon Dieu. Tu penses que je lui ai vraiment fait mal.

— Pas toi ?

Dans la pièce voisine, Paula, nous entendant parler, se mit à pleurnicher de façon lancinante, sans conviction, le grincement d'un moteur rétif dont la batterie est à plat. Nous nous approchâmes. Je posai la main sur elle, la palpant doucement. Cette miraculeuse texture soyeuse d'une peau de très jeune enfant. Hypnotisée par le contact de ma main, elle se tut, jusqu'au moment où j'atteignis sa jambe gauche. Elle poussa alors un petit cri, mi-douleur mi-protestation, avec dans ses yeux ronds noir d'encre une indignation et un étonnement jaillis du tréfonds de son être. Des yeux qui cette fois n'avaient plus rien de bleu. Les gènes du père s'affirmaient aussi dans les narines évasées de l'enfant, le retroussis de la lèvre supérieure, les oreilles un peu carrées si joliment plaquées contre le crâne.

— Une fracture incomplète, risquai-je. Peut-être une simple entorse. A première vue, il n'y a pas luxation.

— Oh mon Dieu, gémit de nouveau Verna.

— Moins grave qu'une blessure interne, assurai-je. Par exemple une rupture de la rate, elle risquerait de mourir d'hémorragie. Mais elle ne se protège pas le ventre. Il faut l'emmener à l'hôpital. Apporte-moi une couverture — non deux, celle-ci, la sienne, là par terre et puis prends aussi une des tiennes sur ton lit.

Mon esprit avait cette clarté bizarre qu'avec ses œillères apporte la fatigue.

Verna s'éloigna, non pas cependant pour exécuter mes

instructions ; elle passa dans la salle de bains. Je lui lançai :

— Et puis tant que tu y es, passe-toi un peu d'eau sur la figure ! On dirait un clown !

Je l'entendis hoqueter pendant que je me chargeais d'emmailloter Paula. Les femmes vomissent si discrètement, je l'ai remarqué : à croire que cette fonction, elle aussi, leur est moins naturelle qu'à nous.

— Paula, expliquai-je, ça fait mal, je sais, mais j'y vais aussi doucement que possible. On va aller faire un gentil petit tou-tour dans la jolie tu-ture.

Une ritournelle qui me revenait de l'époque où Richie était bébé.

Son regard solennel me contemplait du fond de son nid de couvertures.

— Va-t'en, fit-elle distinctement.

Un ordre.

Verna nous rejoignit ; son visage était propre, moins lumineux, moins blanc.

— Beurk, fit-elle. Mais on dirait que j'ai la tête un peu plus solide sur les épaules. Seigneur Dieu, Tonton, je suis une vraie loque. On devrait m'enfermer.

— Habille-toi, commandai-je. Et s'il te plaît, occupe-toi de Paula, regarde s'il faut changer son lange.

Je passai dans l'autre pièce, remis un peu d'ordre et contemplai les lumières de la ville. Paula gémissait. Verna chantonnait d'une voix rauque pour la calmer : « Tou-tou-toute la longue nuit... »

Elles se montrèrent enfin, l'enfant enveloppée de couvertures et coiffée d'un bonnet à oreillettes style sherpa, Verna avec un corsage de gitane, une large jupe écossaise et son serape. Une tenue que, vu les circonstances, je jugeai un peu indécente, mais je retins ma langue.

La ville compte de nombreux hôpitaux, tous en plein essor, absorbant sans cesse de nouvelles portions des quartiers qui les environnent, à croire que l'art de la guérison est lui-même devenu un cancer. L'hôpital que je connais le mieux (Richie et son appendicite quand il avait neuf ans, et

Esther, un problème gynécologique, une fausse alerte d'ailleurs) est situé juste en face, sur l'autre rive, un complexe de gratte-ciel hospitaliers au milieu desquels le temple originel de la médecine, tout en granit et coiffé d'un dôme vert cuivre, est tapi comme un œuf de Pâques. Pour parvenir à l'entrée des urgences, on gravit une rampe en béton menant à une immense annexe en demi-cercle, qui porte le nom de la première épouse, morte très jeune, d'un magnat local de la haute technologie.

A l'intérieur, tout était rutilant. Tandis que Paula, ahurie au point d'en oublier sa blessure, se tortillait sur mes genoux dans son cocon de couvertures, Verna affrontait le bureau des entrées. Elle avait souvent eu affaire aux services d'aide sociale et en gardait un certain sens de ses droits non dénué de hardiesse. Dans le silence de l'Audi, comme nous franchissions le vieux pont baroque, ses larmes de remords et de peur s'étaient remises à couler, leurs traînées scintillant sur ses joues à mesure que défilaient les lampadaires tarabiscotés. Ces larmes auraient dû lubrifier la procédure d'entrée ; mais pour les dames bureaucrates qui, aux portes de l'hôpital, étaient affectées aux urgences, le chagrin et le malheur étaient monnaie courante, et elles ne se laissèrent pas émouvoir. Elles nourrissaient le mépris guindé des quasi pauvres pour les vrais pauvres, les indigents, les inutiles. Bien que la nuit fût encore jeune, les parias avaient déjà dépêché quelques spécimens à l'hôpital ; la jeune épave aux dents manquantes et au bronzage hivernal, la clocharde marmonnante au front ensanglanté, la famille de Haïtiens rassemblée protectrice autour de la victime d'une rixe nocturne — tous attendaient leur tour dans la lumière implacable. Il fallut que je me lève, plaque mes cartes de crédit sur le comptoir et me présente comme le bon vieil oncle pour que les portes s'ouvrent en grinçant et qu'enfin la machine se mette en marche ; des uniformes blancs surgirent et nous débarrassèrent de Paula et de sa douleur. Première étape, l'enfant fut extirpée de nos couvertures. Mais comme on retirait la couverture duveteuse de bébé, décorée de ses nounours bleu et blanc, Paula hurla « Banky » et on lui permit de la garder. On l'allongea sur un chariot aux roues garnies de caoutchouc pour la trimballer dans une série de couloirs, puis des internes l'examinèrent et on lui fit des radios. Tout au long de ces stupéfiantes expériences, elle se cramponna avec ses grands yeux sombres, étonnamment débordants de vie, au visage de sa mère ; des deux, Verna paraissait la plus passive et la plus impuissante, entraînée comme un ballon dans le sillage de sa fille, piégée par les exigences sans limites de cette minuscule enfant. Pour ma part, je me cramponnais au bonnet de sherpa et à la couverture dédaignée, dont, pliée, la masse rugueuse pesait sur mon bras avec une adhérence irréelle, un fragment physique du logement de Verna, ces chambres confinées et isolées que dans mes fantasmes érotiques j'avais si souvent visitées.

Le jeune interne qui s'entretint avec nous était petit et blond, peu convaincant avec sa moustache canaille, son style aviateur et ses lunettes aux verres teintés en rose. Il avait une façon bizarre de parler de trois quarts, un peu comme s'il monologuait.

— Oui, nous dit-il, vaguement gêné. Une fracture. Incomplète, comme nous disons dans notre jargon. Ce qui veut dire que la cassure n'est pas franche. Pas tellement compliqué à réduire, mais... pourriez-vous me dire comment, comment c'est arrivé ?

La bouche pâle de Verna, pareille à une fente, s'ouvrit d'un coup, et les paupières inférieures de ses yeux bridés se soulevèrent, mues par un effort pour répondre. La devinant trop paniquée pour mentir, j'annonçai, de ma voix la plus professorale et la moins contestable :

— L'enfant a fait une chute. Sur le terrain de jeux, elle est tombée d'une balançoire.

Il me décocha un coup d'œil, puis un second à Verna. Les verres teintés posaient un mince nuage, pareil à une tache de sang dilué, au-dessus de ses yeux.

— Et la contusion sur son visage, sans doute provient-elle de la même chute ?

— Ouais, répondit piteusement Verna.

— Elle a lâché les chaînes et piqué du nez, précisai-je.

Le jeune homme était le genre qui, bien qu'hésitant, timide et incapable de regarder le monde en face, avait une obstination farouche, une volonté de taupe. Il reprit d'un ton incertain :

— Ce n'est pas le genre de fractures que nous associons d'ordinaire à ce type de chute. On se casse le bras en tombant d'une balançoire. Et je n'ai pas vu trace de gravillons sur la contusion faciale, on dirait presque que...

Je le coupai :

— Nous lui avons lavé la figure. C'est naturel, non ? Et puis cet interrogatoire, ça rime à quoi ? Nous vous amenons une enfant blessée, on commence par nous faire attendre une demi-heure à l'accueil, et maintenant, ça. Où sommes-nous ici, dans un hôpital ou dans un tribunal ?

— On dirait presque qu'elle a été frappée, continuait le jeune homme en clignant des yeux. Et nous avons relevé plusieurs ecchymoses naissantes sur la zone postérieure. En principe nous sommes tenus de signaler à la police les cas d'enfants suspectibles d'avoir fait l'objet de brutalités. On voit des choses affreuses vous savez — des brûlures de cigarettes, des bébés aux jambes désarticulées et au pelvis brisé... Il faut le voir pour y croire.

Il monologuait à moitié. Son ton changea :

— Monsieur, étiez-vous présent sur le terrain quand Polly a fait sa chute ?

— Paula, fis-je sèchement, gagnant quelques nanosecondes par cette correction, mais incapable de trouver une alternative plausible à « non ». Elle m'a téléphoné sitôt après l'accident, ajoutai-je.

— C'est-à-dire quand ?

— Je n'ai pas regardé ma montre.

— Un peu tard, pour se trouver dehors.

— Je vois pas ce que ça peut vous foutre, lui lança Verna.

Je la couche tard ; comme ça elle se réveille plus tard le matin.

Elle s'efforçait, je le compris, de venir à mon aide.

Mais j'avais essayé de le snober et il n'avait pas l'intention de me laisser m'en tirer si facilement.

— Bizarre, me dit-il, comme si Verna n'était pas là, bizarre qu'elle n'ait pas amené l'enfant directement ici. Ou à Saint Stan, à deux cents mètres de chez elle, tout au plus, si j'en crois ce formulaire.

Une copie sur papier pelure bleu de la fiche d'inscription nous avait suivis jusqu'ici.

— Elle n'a pas de voiture. Elle ne connaît pas très bien la ville.

Une seule réponse eût suffi, bien que toutes les deux fussent vraies.

Il se tourna vers Verna, en jetant un coup d'œil au formulaire.

— Mrs. Ekelof... commença-t-il.

— Miss, merci bien, dit-elle.

Elle aussi, elle essayait de le snober.

— Je me marierai le jour où je serai prête et où j'en aurai envie.

Il nous considéra tous les deux d'un regard en coin derrière ses lunettes teintées, et, sans un mot de plus, quitta la pièce, revenant une minute plus tard en compagnie d'un homme plus âgé, un Noir à la calvitie naissante, la démarche alerte d'un danseur, une expression sévère sur son visage couleur tabac noir. Un stéthoscope dépassait de la poche latérale de sa veste blanche et de toute évidence c'était le supérieur hiérarchique de l'interne. Ils se concertèrent à voix basse un peu à l'écart, puis, se tournant vers moi, le Noir me demanda :

— Monsieur, quel est votre parenté avec la jeune dame ?

— Je suis son oncle.

Il eut un sourire.

— Tiens, encore un. Charmant.

Il avait une voix, nonchalante et lasse mais pleine d'assurance, qui aurait pu chanter des blues sur accompagnement de guitare douze cordes.

— Monsieur, nous apprécions vos informations, mais dans la mesure où la mère était seule présente lors de l'accident, nous aimerions beaucoup avoir sa version des faits.

— C'est comme dit mon oncle, rien de plus, fit Verna. Je lui répète toujours de se cramponner, mais la... mais elle a pas voulu obéir. Elle est portée à désobéir ces temps-ci ; d'après mon assistante sociale, c'est une phase et ça fait que commencer y paraît, les deux ans, terrible.

— Nous nous demandions, mon assistant et moi, l'enfant n'est-elle pas encore un peu jeune pour faire de la balançoire dans un parc ?

Tandis qu'il poursuivait d'une voix douce, courtoise, les mains du médecin, fines et aux jolis ongles pâles bien formés, effleurèrent les orteils de Paula qui pointaient sous Blanky. Machinalement, il pianota doucement dessus.

Ses yeux surmenés, comme poncés par la fatigue, comme frottés, le blanc jaunâtre et injecté de sang, s'arrêtèrent sur Verna, et son instinct lui souffla qu'elle tenait une chance de s'en tirer.

— C'peut-être vrai, dit-elle, de sa voix plaintive de petite fille, comme forcée à travers un tube. Je le ferai plus jamais, promis. Fini les balançoires tant qu'elle sera pas assez grande pour se cramponner.

Un pétillement bonasse éclairait maintenant le visage plissé du médecin.

— Promis ?

Un courant était passé, et Verna, les cheveux en désordre et bien qu'à bout de forces, brûlait de s'y abandonner, renversant la tête en arrière de sorte que sa gorge dessinait une courbe blanche et que ses seins se soulevaient sous le coton léger du corsage de gitane. Elle était de nouveau au bord des larmes.

— Promis.

Un sanglot lui échappa subitement, une seule syllabe.

— Parce que, poursuivit le médecin, avec l'intonation

chantante d'un prêcheur, une petite enfant comme celle-ci, c'est un précieux cadeau placé entre nos mains, et nous ne voulons surtout pas qu'il lui arrive du mal, c'est bien vrai, n'est-ce pas ?

Lentement, une fois, deux fois, Verna secoua la tête.

— Si grandes que soient la tension et l'exaspération qui pèsent sur nous. C'est bien vrai, n'est-ce pas.

Comme hypnotisée, Verna hocha de nouveau la tête.

Le jeune interne et moi avions suivi cet échange avec fascination. Puis le médecin noir, rompant le charme, eut un brusque froncement de sourcils :

— Bon, voyons un peu cette jambe, dit-il.

Une infirmière surgit et administra à Paula une piqûre sédative, bien que, fracture incomplète ou pas, l'enfant, épuisée de fatigue, eût malgré le son de nos voix sombré dans le sommeil. Son petit corps endormi paraissait pathétiquement frêle sur le chariot. L'aiguille s'enfonça au ras de la couche en papier. L'enfant ne se réveilla pas. On nous permit de l'accompagner dans une petite pièce brillamment éclairée où elle fut transférée sur une table d'opération ; tandis que le plus âgé des deux médecins observait la scène, l'interne enroula des bandes de gaze imbibées de plâtre autour de la petite jambe brune, l'engloutissant dans une blancheur qui, sous la lueur dure des lampes bleues, nous blessa les yeux. Ses orteils, une rangée de petites touches rondes, évoquaient les vestiges d'une collision ou soustraction visuelle.

Terminé, le plâtre emprisonnait la jambe de Paula de mi-pied à mi-cuisse. A un certain moment de l'opération, ses yeux s'étaient rouverts, ébahis. Ils scrutèrent nos visages et s'arrêtèrent sur celui du médecin. Il leva un index couleur tabac, qu'elle saisit dans sa petite main dodue et carrée. Il lui parla :

— Mon petit cœur, je parie que tu étais vraiment une bonne marcheuse. Je parie même que tu allongeais drôlement le pas.

Elle sourit, pour exprimer son approbation ou simplement son plaisir de l'entendre parler. Entre ses deux incisives rondes, le petit interstice était nettement visible.

— Tu te souviens comment on fait pour marcher à quatre pattes ?

Ce que Paula trouva tellement drôle que son sourire s'élargit et qu'elle s'arracha un rire, un gargouillis.

— Parce que, pendant un bon bout de temps, va falloir que tu te remettes à marcher à quatre pattes.

L'interne retira ses gants, des gants blanchâtres en caoutchouc transparent, et les doigts courtauds et mal soignés de Verna tripotèrent la spirale d'une mèche qui tire-bouchonnait sur sa tempe. La pendule fixée au mur indiquait onze heures quarante-deux. Une pendule noir et blanc d'une rondeur parfaite dont, toutes les minutes, une grande aiguille rouge balayait les chiffres très nets. Sa perfection administrative me fit penser à Esther, avec, au gramme près, ses quarante-huit kilos. Il fallait à tout prix que je lui passe un coup de fil. Un coup de fil qui obturerait cette petite poche débordante de liberté que je m'étais gagnée, ici en pleine nuit, ici où la confusion menaçait de se déchaîner pour assumer un sens complètement nouveau.

La torpeur soumise de Verna commençait à se dissiper et, redevenue la mère, elle questionna le médecin :

— Je devrais pas lui faire prendre quelque chose cette nuit, des pilules, des médicaments ?

La réponse tomba rassurante, ponctuée d'un petit sourire narquois et blasé.

— Nous aimerions garder la petite Paula avec nous jusqu'à demain matin, dit-il. Avec la permission de sa mère, bien sûr.

Verna cligna des yeux, sans toutefois encore flairer le danger.

— Mais pourquoi ? C'est donc pas réglé, son problème ?

— Pour sa jambe, disons que oui, c'est réglé, mais son état risque de nécessiter encore certains soins. Nous voudrions la garder en observation. Je crois qu'elle se reposera très bien ici, pas vrai, ma chérie.

Comme il passait de Verna à Paula, son intonation ne changea guère.

— Autrement dit, à votre avis, il se peut qu'il y ait encore des risques de contusions internes, ou d'autres trucs ? Moi, je suis sûre qu'elle a rien de semblable. On en est tous sûrs, pas vrai ?

Son regard glissait du médecin à l'interne et à l'infirmière — l'infirmière, je le remarquai pour la première fois, était une femme grisonnante d'une taille surprenante, aussi grande que Lillian, avec cette même expression tendue, trop bonne, stérile. Verna le comprit enfin, cette fois elle était prise au piège.

— Vous n'allez tout de même pas prévenir l'Assistance Publique ! lâcha-t-elle étourdiment.

Je dus intervenir, et m'adressai au médecin :

— Je suis professeur de théologie à l'université, et je me porte personnellement garant de la sécurité de cette petite fille.

Le médecin eut un sourire las :

— Je n'en doute pas un instant, professeur, dit-il, mais garant ou pas ça n'a pas servi à grand-chose il y a de ça quelques heures. — Sur quoi il ajouta et d'un ton plus aimable : — Tout ce que nous voulons, c'est la garder le temps de procéder à quelques petits examens.

— Vous avisez pas d'appeler ces foutus connards de l'Assistance ! explosa Verna. Ils sont bons à *rien,* une bande de zéros qui vivent aux crochets des contribuables, ils feraient mieux de se dégotter de vrais boulots !

— Si la mère exige que la malade lui soit remise... dis-je.

— Dans ce cas, trancha le médecin, je pense que nous ferions mieux d'appeler un agent de police et un représentant de l'Assistance Publique, pour nous mettre à couvert. Selon notre diagnostic, il est possible que cette blessure n'ait pas été infligée comme on a voulu nous le faire croire.

— Mais si, protesta Verna. C'était un accident, rien de plus. Je lui ai donné une petite tape et elle est allée emboutir c'te connerie de bibliothèque qu'ils m'avaient forcée à acheter. Tout est de sa faute, en réalité, à c'te idiote. Elle avait oublié notre balançoire.

Se rappelant soudain, elle renchérit avec fureur :

— Et vous bande d'idiots, vous pouvez pas la garder sans mon accord. Je connais mes droits. Je veux mon enfant, et mon enfant me veut.

Edna, elle aussi, était capable de ce numéro, je m'en souvenais : la bourgeoise offensée, la *grande dame* de banlieue, la matrone de Chagrin Falls révoltée par les problèmes de ses domestiques. Un style qu'Edna avait emprunté à sa mère du jour où Veronica, après avoir soulevé mon père grâce à Dieu sait quelles ignobles combines, s'était mise à prendre du poids et à fréquenter les gens de l'église et du garden-club. Edna avait trouvé ce comportement tout naturel chez sa mère ; mais maintenant le numéro, transmis de génération en génération, était devenu passablement miteux et éculé.

— G'o bobo ? fit une voix inquisitrice sur la table d'opération.

La petite Paula cherchait sa mère des yeux. Ses iris noirs étaient teintés en bleu par l'éclairage de l'hôpital, ses pupilles du diamètre de mines de crayon tout au plus. Une moue tirait sa bouche vers le bas ; elle commençait à pleurnicher de frayeur. Je brandis un index dont sa main, douce, poisseuse, se saisit. Mon ongle, remarquai-je, avait l'air crasseux, et un rien de traviole.

— N'insiste pas, Verna, laisse-la, dis-je. Elle est en de bonnes mains.

— A condition qu'ils promettent de pas prévenir l'Assistance Publique. J'ai déjà assez d'ennuis avec ces « affreux ».

Peut-être cet « affreux » était-il destiné à atténuer le « foutu connard » de tout à l'heure.

Personne ne soufflait mot.

Je poussai un soupir et risquai :

— Je suis sûr que pour Paula ils feront pour le mieux.

— Pas question de me forcer à signer quoi que ce soit, dit Verna.

Fatigué de faire du charme, le médecin prit la parole.

— Personne ne vous force à rien, ma jeune dame. Il suffit que vous vous présentiez demain matin à l'accueil sur le coup de neuf heures et demie, si le résultat des examens est satisfaisant, nous serons ravis de laisser la petite rentrer chez elle avec sa maman.

Verna réfléchit.

— En fait, dit-elle, j'ai un cours de dessin, et puis il y a aussi des trucs que je dois régler avec mon prof. Si je venais vers midi, ça irait ?

— Ce serait très gentil de votre part, dit-il, sans sourire. Bien sûr, à cette heure-là, je ne serai pas de service, mais l'interne de permanence aux urgences sera au courant de l'affaire. Quant au plâtre, il faudra le vérifier dans deux semaines, et dans trois, quatre tout au plus, on pourra l'enlever. A cet âge-là, les os se recollent vite.

Nos os sinon nos âmes, semblait-il sous-entendre. Sur quoi il se tourna vers moi :

— Ravi d'avoir fait votre connaissance, professeur. J'ai la plus grande admiration pour ceux qui se dévouent pour que nous, les autres, puissions conserver la foi. Mon père était prédicateur.

— Ça ne me surprend pas, fis-je.

L'infirmière et l'interne avaient de nouveau transféré Paula sur le chariot. Verna s'approcha pour l'embrasser et lui souhaiter bonne nuit. Comme son large visage blême se penchait vers celui de l'enfant, plus petit, plus foncé, sa lourde poitrine oscilla dans l'échancrure du corsage léger. Elle remonta Blanky sous le menton de Paula, et se baissa de nouveau pour poser un baiser sur les orteils qui dépassaient du plâtre. De ma perspective, elle exhibait carrément ses deux seins. En avait-elle conscience, je me le demandais.

— Y sont très très gentils ces messieurs-dames, ils vont te mettre au lit, Poopsie ? Maman viendra te chercher demain matin. Sois bien sage.

Le petit menton pointu de l'enfant se plissa et elle se remit à pleurer, en proie à une fureur panique. Les gens de l'hôpital se pressèrent comme autant d'oreillers blancs autour du bruit pour l'étouffer. J'entraînai Verna, et comme je la guidais à travers les salles et les couloirs courbes pour rejoindre l'entrée, elle aussi fondit en larmes. Son menton se plissait comme tout à l'heure celui de Paula.

Dans l'Audi, tandis que nous glissions sans bruit le long des rues, elle continua de pleurer, tantôt bruyamment, tantôt en silence. Elle avait de la difficulté à trouver ses mots :

— Je me suis penchée vers elle, Tonton... et ce plâtre tout ce plâtre si dur, j'ai cru le sentir là en bas dans mon ventre, comme une espèce de roc. Et on voyait bien dans ses yeux que bon Dieu de merde elle comprenait rien à ce qui se passait.

— Ma foi, peu d'entre nous comprennent, à vrai dire.

— Ils vont me l'enlever, pas vrai ? Ce vieux Noir sournois, il a promis de pas prévenir l'Assistance, n'empêche, il va le faire.

— Je ne l'ai pas entendu promettre, dis-je. Ce que j'ai entendu, c'est le silence de son refus de promettre. Il t'a expliqué, Verna, l'hôpital est obligé de se couvrir. Pas seulement contre d'éventuelles poursuites pour infraction à la loi, mais aussi contre des risques de procès.

Des lueurs de néon et de sodium tremblotaient dans le pare-brise ; nous fîmes le tour d'un rond-point, gravîmes la boucle d'une bretelle, et soudain nous retrouvâmes sur le pont, le pont aux lampadaires Art Nouveau et aux massives tours de grès en chicane.

— Et puis, ces connards, ils vont m'en faire baver, poursuivait Verna, ils vont m'obliger à ramper et bouffer toutes leurs merdes, et si je refuse ils vont... ils m'enlèveront mon bébé !

Cette dernière expression jaillit dans un cri perçant ; soulevant le serape coincé sous ses cuisses, elle le plaqua contre ses yeux, sa bouche, comme pour étouffer une nouvelle explosion. Comédie, encore de la comédie, me dis-je. Pas particulièrement bien jouée, d'ailleurs. Les Occidentaux ont perdu des octaves entiers de passion. Les femmes du tiers monde demeurent capables d'arracher au tréfonds de l'âme d'inhumaines clameurs de chagrin, comme on peut le voir et l'entendre grâce aux films télévisés tournés au Liban et en Ethiopie.

— Je ne pense pas, dis-je tout haut. Il est possible qu'ils posent quelques questions, mais, n'oublie pas, enlever un enfant à sa mère, pour eux, c'est tout un tintouin. Qu'est-ce qu'ils en font après ? L'Etat n'est pas tellement enthousiaste à la perspective de se transformer en orphelinat de masse. Si tu écoutais ce que disent Reagan et les autres, ils implorent la famille de se ressusciter, de les soulager d'une partie de toute cette responsabilité.

Elle s'abandonnait à son fantasme hystérique :

— Vous commencez par me forcer à tuer l'autre bébé, et maintenant vous voulez m'enlever celui-ci !

L'idée m'effleura que, comme tant d'autres fantasmes, c'était là un exaucement de son rêve : elle voulait qu'on lui retire la petite Paula.

Je repris, sans passion :

— A condition que tu te cramponnes à notre histoire...

— C'était pas *notre* histoire, c'était *ton* histoire. Une histoire stupide, en plus.

— Qui valait mieux qu'une histoire inexistante, et c'est ça que *toi*, tu te préparais à nous servir, avec ton intelligence géniale.

Jadis Edna et moi nous lancions parfois dans d'interminables chamailleries, de quoi meubler tout un morne et torride après-midi de l'Ohio, *c'est toi, c'est pas moi, je sais que c'est toi, je sais que tu sais que c'est pas moi* ; une forme de lutte, du temps où nous étions trop jeunes et trop innocents pour nous toucher, frère et sœur en sus.

Verna plaquait toujours le serape sur son visage, frottant le tissu rugueux contre ses yeux. Pour la première fois, sous l'éclairage cru du chagrin, on aurait dit que Paula, à ses yeux, était devenue réelle.

— Elle a été tellement... tellement courageuse c'te foutue

gosse, pas vrai, Tonton ? A peine si elle a pleuré, du moment où elle a compris qu'on s'occupait d'elle, et qu'on avait appelé les autres.

— Elle a été formidable, m'empressai-je d'acquiescer.

Nous n'étions plus très loin de Prospect Street. Nous traversions maintenant cette gorge inondée de lumières crues que Dale, plus tôt ce même mois d'avril, avait contemplée de la fenêtre de son sixième. Je n'avais qu'une envie, planter là Verna et vite rentrer chez moi. Esther serait encore debout, à fumer, à boire, à ruminer, son esprit oscillant entre la colère et l'angoisse. Je le connaissais son esprit, croyais le sentir grignoter les éventualités. Longtemps après que l'amour a disparu, il reste l'habitude. Esther était mon habitude.

— Elle est si gentille à dire vrai, continuait Verna, le souffle court. Elle *veut* être gentille. On rigole bien, des fois, en écoutant de la musique. Elle est là la pauvrette... qui me regarde, et elle essaie de comprendre... comment faire pour devenir un être humain. A part moi, elle a personne. C'est pas seulement... c'est pas d'être si seule qui me rend triste, c'est l'idée qu'*elle,* ... elle est si seule.

J'avais l'impression que ses sanglots étaient maintenant délibérément orchestrés, et coupai avec humeur :

— N'exagère rien. Paula n'est pas plus à plaindre qu'un tas d'autres gosses de cette ville, à bien des égards elle l'est moins.

Arrogamment ses sanglots se tarirent :

— Tu veux dire, sous prétexte qu'elle est, disons, apparentée à des gens huppés comme vous, toi ta pimbêche de femme et votre crétin de gosse. Désolée, je devrais pas dire ça, il avait l'air gentil, en fait, le jour de Thanksgiving ; il y mettait du sien, pour se montrer gentil avec quelqu'un qu'il avait jamais vu ni rien. En plus, il sait que vous le prenez pour un idiot tous les deux.

Je me sentis peiné ; si c'était vrai, c'était une vérité déplaisante. Mais il était impossible que ce fût vrai. Nous aimions Richie.

Verna marmonnait de plus belle :

— Mais tu comprends donc pas, c'est justement à cause de ça que c'est pire, pour elle comme pour moi ; avant que tu te pointes avec tes vestes et tes gants chichis, ton drôle de petit galurin et tout, jamais l'idée m'était venue qu'il existait autre chose, à part mes affreux parents que j'étais tellement heureuse d'avoir plaqués. Mon Dieu, oui j'étais heureuse. Y avait des jours où en me réveillant je me mettais à chanter, moi toute seule avec mon bébé là-haut dans nos petites chambres. C'est pas grand-chose cette cité, je sais que toi tu la trouves horrible, n'empêche c'était une vie à condition de jamais se dire que peut-être il en existait d'autres, et pourvu que d'autres gens viennent pas vous répéter sans cesse que c'est une vie minable.

J'arrêtai pile l'Audi, là devant la cité, et me garai en double file. L'idée m'effleura que la planter là, à la porte de ce hideux appartement vide d'enfant, était plutôt cruel, même selon mes modestes critères.

— A moins que tu ne préfères, demandai-je, m'accompagner et passer la nuit à la maison ? Nous avons une chambre d'amis. Tout le deuxième est vide. Esther ne sera pas encore couchée, je le sais.

Je priai Dieu pour qu'elle n'accepte pas ; le sordide de cette soirée m'accablait de plus en plus, et en outre son chagrin bruyant et son plaidoyer confus ne me rappelaient que trop pourquoi, moi aussi, j'avais été heureux de quitter Cleveland : ces gens du Midwest ont un don tellement inépuisable et ennuyeux pour tout ce qui est *auto* — autodéfense, autoillusion, autodramatisation. Autocritique et acrobaties morales à longueur de journée ; la moindre chambre à coucher, la moindre petite salle à manger à l'heure du petit déjeuner, un forum apologétique hanté par les fantômes éperdus et convulsés de prototypes bibliques, vieux juifs aux narines velues qui jamais n'auraient été admis au country-club, mais qui se faufilent dans le moindre événement, qu'il s'agisse d'hypothèques ou de la masturbation. Notre héritage puritain. D'où vient que ces vieux

Israélites aient planté si profond en nous leurs harpons, nous accablant de leur effrayante Bible noire et de ses imprécations, tandis que leurs modernes descendants traitent toute l'affaire comme une plaisanterie de famille, remplissant leurs vies d'airs de violon et aussi de science, la science impie à l'œil limpide ? *L'Chaim !* Comparés aux juifs, nous protestants habitons sans conteste la vallée de la mort.

La voix de Verna, dans la pénombre de l'Audi, était si calme que je l'entendais à peine par-dessus les explosions étouffées du moteur au ralenti.

— Non, ça je ne veux pas, Tonton. Mais toi, tu pourrais monter une minute, non ?

La lueur des réverbères soulignait la frange du nuage échevelé de sa crinière, mais son visage était un ovale lisse d'où, comme d'un trou gris, émergeait cette petite voix rauque.

— Je t'en prie, je peux pas supporter l'idée de rester sans personne en ce moment. Je me sens minable, et j'ai la trouille. C'est drôlement minable ce que j'ai fait, je le sais.

Une odeur de grenier, chaude, confinée, s'était infiltrée dans la voiture, vomie par le chauffage. Sur le tableau de bord, la montre indiquait minuit dix-huit. *Plutôt tard pour traîner sur un terrain de jeux.* La visite à l'hôpital n'avait pris que deux heures ; elle eût tout aussi bien pu en prendre trois. La main sournoise de la Providence fit surgir une carte de sa manche : sous le réverbère juste devant moi, une voiture démarrait, libérant un espace. Avec un rien de gronderie, je pressai Verna :

— Je ne vois pas en quoi tu te sentirais moins minable si je montais, dis-moi ?

Je parlais encore une fois comme à une étudiante paumée ou menacée d'échec qui, son heure de consultation écoulée, s'accroche à la présence du prof dans le dérisoire espoir que cette proximité accomplira peut-être par magie ce qui en réalité ne peut s'accomplir que seul, à force de travail et d'étude.

Sa voix avait changé ; l'hystérie s'était évaporée et une

douceur morne, un calme lucide, s'étaient peu à peu installés. Elle était devenue le prof. Comme si nous nous étions aventurés sur une terre brûlée où elle seule savait comment s'y prendre pour survivre.

— Je pense que tu as envie de monter, dit-elle, d'une voix presque chantante. Ça t'aiderait peut-être à te sentir moins minable, toi aussi, et moi ça pourrait m'aider.

— Qui te dit que je me sens minable ?

— Ça crève les yeux. Regarde-toi donc quelquefois dans la glace, Tonton. Ton visage renfrogné. Tes sourcils. Cette façon que t'as de reluquer tout le temps tes mains. Allons monte.

Sa voix s'était faite impérieuse.

— Donne quelque chose à quelqu'un pour une fois.

Sa voix, non mes mains ni mes pieds, semblèrent propulser sans à-coup la voiture en avant et l'insérer dans le rectangle d'asphalte au pied du réverbère ; il y avait tellement de place que je n'eus même pas la peine d'entrer en marche arrière.

La cité paraissait abandonnée, toute présence humaine réduite à des vestiges : ampoules allumées, vieux graffiti, marches d'escalier usées par les pas. Dans l'appartement, l'absence inhabituelle de Paula nous accueillit ; que l'enfant ne fût pas là, endormie derrière le rideau bordeaux, se sentait comme une saveur dans l'atmosphère de la pièce, sa senteur familière de coque de cacahuètes aussi stagnante qu'une mare envasée.

Sans s'occuper de moi, d'un pas lourd, comme voûtée par l'âge, Verna fonça droit sur le rideau et disparut. Je l'entendis qui ouvrait des robinets, fermait une porte, reniflait, toussait, se remettait — un bruit furtif, réprimé, pareil à ses hoquets pour vomir tout à l'heure — à pleurer. Je restai là à attendre dans le séjour, contemplant dans le lointain le cœur altier, cristallin de la ville, stupéfait des innombrables fenêtres encore éclairées dans les gratte-ciel. Gaspillage. Je me sentais pris de torpeur, mon corps comme enflé par des coups qu'il avait oublié avoir jamais encaissés.

— Tonton, héla sa voix brouillée de morve. Tu viens pas ?

— Je pensais que toi tu allais peut-être me rejoindre, dis-je, en me glissant d'un pas circonspect de l'autre côté du rideau.

La pièce n'avait qu'une seule fenêtre, tout au fond dans le coin-cuisine, à demi cachée par les arêtes noires d'un secrétaire et un petit réfrigérateur, et il fallut à mes yeux quelques secondes pour accommoder et la localiser. Elle était sur le plancher, dans son lit, son futon. Tout était caché sous les couvertures hormis son large visage pâle : une enfant dans l'attente qu'on vienne la border avec un baiser et un bout de prière. Je dus m'accroupir près d'elle ; mes deux genoux émirent un robuste craquement.

— Tu te déshabilles pas un peu ?

— Oh, je ne crois pas, sûrement pas, dis-je. Je dois bientôt rentrer.

A mesure que se dilataient mes pupilles, je distinguais comme un lustre sur son visage, encore des larmes, ou l'humidité laissée par un gant de toilette. L'odeur de renfermé était ici plus prononcée, rassurante. Peut-être la bourre du futon.

— J'aimerais que tu t'allonges et me prennes dans tes bras une minute, fit-elle.

— Je froisserais ma chemise et mon pantalon, objectai-je.

A mesure que je les prononçais, les mots avaient la raideur d'un argument quelque peu spécieux dans un cours (exemple : Pélage est né en Ecosse).

— Justement tu devrais les enlever.

Un argument plein de bon sens. Je m'exécutai, du moins jusqu'à mes chaussettes et sous-vêtements, m'allongeai sur le lit et enserrai d'un bras sa silhouette informe emmaillotée de couvertures. Comme moi, elle donnait l'impression d'être enflée. Son haleine, tout contre mon visage, avait l'innocence de la menthe, un arôme d'antiseptique buccal. Je me rappelai l'avoir entendue cracher comme un chat tandis que, dans la pièce voisine, je regardais descendre un avion pareil à une étoile doucement délogée. Elle fixait le plafond, et je distinguais le blanc de ses yeux. Nous restâmes une minute ainsi sans bouger, puis elle demanda :

— Tu me trouves vraiment merdique ?

— Pas du tout, mentis-je. Un peu, ah, dépassée, disons. Je pense qu'à l'origine les gens étaient conçus de sorte que la tribu s'occupait d'élever les enfants, une fois que la jeune mère les avait mis au monde. Il y avait un programme global auquel tout le monde participait. Maintenant il n'y a plus de tribu. Plus de programme global. C'est dur.

— Ouais ; mais y a des tas de gens qui font pas de conneries comme moi.

— Des conneries, qui peut vraiment dire ce que c'est, des conneries ? Quand j'ai plaqué ma première femme pour Esther, on aurait pu croire que c'était une connerie, en fait ce fut très salubre. Aux yeux de Dieu — je me corrigeai — selon la Bible, il arrive que ce qui ressemble à une connerie soit justement très bien, en fin de compte, et que les gens qui de l'extérieur ont l'air convenables, corrects et édifiants, soient précisément en réalité les âmes égarées. *Il arrive qu'un tabouret soit assez haut et l'échelle la plus longue trop courte.*

— J'aime bien, dit-elle, quand tu parles de Dieu.

— Il y a des années que j'y ai renoncé.

— A cause d'Esther ?

— Esther a été un effet, pas une cause.

— Tu parais très naturel quand tu parles de ces choses dingues.

— On m'admirait beaucoup, en réalité, à l'époque où je montais en chaire. Eveiller les doutes, ensuite administrer les consolations. Les gens n'ont pas la moindre idée de ce qu'on leur raconte, tout ce qu'ils demandent, c'est une sorte de musique verbale. En majeur, en mineur, de nouveau en majeur, puis Soyez bénis et Allez en paix, et vite, dehors, le lunch vous attend.

Elle ferma les yeux ; les globes blancs étaient éclipsés.

— Ça a l'air bien.

Je changeai de sujet.

— Je suis désolé que tu n'aimes pas Esther.

— Ce n'est pas vrai, me renvoya-t-elle.

J'essayai autre chose :

— Je commence à avoir froid comme ça, en sous-vêtements.

— T'es si mignon, Tonton. Viens, fourre-toi sous les couvertures.

— Non, j'estime que tu m'as assez allumé pour le moment, je ferais mieux de filer à la maison.

— Comme ça, tu me prends pour une allumeuse ?

L'idée parut la réveiller, étinceler à la surface de sa torpeur.

— Peut-être que c'est toi qu'allumes les nanas. Allez, ôte ce ridicule caleçon et baise-moi.

— J'ai peur, avouai-je.

— De quoi, de me coller un gosse ?

— D'attraper une maladie vénérienne. Il y en a des tas de nouvelles, paraît-il, qui n'existaient pas du temps où j'étais gosse.

— Ça alors, tu veux blaguer, non ? Tu crois que le SIDA finira par tous nous avaler ? Moi, oui.

— Ma foi, sinon le SIDA, autre chose.

— Si c'est ça ton problème, au moins je pourrais te tailler une pipe.

J'avais été enchanté de découvrir jadis, à l'époque où je traînais mes baskets au séminaire, et où le latin et le grec irriguaient comme des sources fraîches le désert de mon ignorance, que, loin de dériver d'une analogie inexacte et déplaisante avec les instruments à vent, le sens tabou de « tailler une pipe » est étymologiquement apparenté au latin *flare* et au grec φαλλος. Les bras dodus et ronds de Verna avaient jailli serpentins des couvertures et ses doigts tiraillaient mon caleçon rétif, s'évertuant d'une manière gauche et chagrine à me dévêtir, tandis que ses seins découverts dérapaient sur sa poitrine. Devant son assaut, le délicieux papillon de l'ambiguïté battit des ailes, deux par nécessité, à travers tout mon être brusquement féminisé. Ce n'est pas soit/soit, mais ensemble/et, qui réside au cœur du cosmos.

— Ce n'est pas juste, risquai-je, mou en certains endroits, raide en d'autres.

— Tonton, c'est pas une telle affaire, me rassura ma séductrice enfant. Ou plutôt, pas pour moi ; pour toi si. Y a des années que t'as envie de baiser ma mère. Baise-moi à sa place. Je suis meilleure baiseuse qu'elle, franchement.

— Qu'en sais-tu ?

— Question d'époque. La baise a fait de sacrés progrès. Allez, viens. Laisse-moi faire une fleur à quelqu'un aujourd'hui ; sinon, j'aurais de moi une image parfaitement merdique.

— Mais, dis-je avec brusquerie, et ses mains affairées cessèrent de tirailler mon vieux corps. J'aimerais aussi que toi, tu en aies envie.

Comme tout à l'heure dans la voiture, son visage avait retrouvé le flou sans relief d'une ombre lumineuse.

— Ouais, bien sûr que j'en ai envie, chuchota-t-elle.

Je me demandais si je lui avais arraché cela par la force, mais après tout, l'univers étant, à tant d'autres égards, manifestement imparfait, je surmontai ce scrupule.

Rétrospectivement ce qui suivit est dans mon esprit moins net que dans mon imagination les nombreuses infidélités perpétrées par ma souple épouse avec Dale. Dans le noir de l'espace de plus en plus chaud sous les couvertures, l'arôme confiné de ce lointain poker sous les combles se fit soudain impérieux, resurgi du passé ; à moins que ce ne fût la bourre du futon, ou les cinquante-trois ans de ma chair imbibée par la sueur du plaisir différé ? La nudité de Verna était souple et ample. Demeure nichée, dans ma mémoire obstruée, une sensation de tournoiement, de déroulement laborieux et onctueux, un peu comme une lettre filigranée s'insère sans à-coup dans son enveloppe crémeuse, doublée et dûment léchée, quand bien même son con (si j'ose offenser la pudeur par souci de parler vrai) se révéla juvénilement étroit et obstinément sec, à croire que sa complaisance était purement machinale et que son invite avait été de pure forme. Au moment de la pénétrer, me revint le souvenir de la sensation que je gardais de ce vagin de plastique dans lequel, un siècle plus tôt, j'avais éjaculé (avec en prime *L'Institutrice Feu au Cul*) afin que notre commune stérilité, à Lilian et à moi, puisse être analysée jusque dans ses ingrédients solitaires.

Lorsque j'eus joui et que ma nièce fut libérée, nous demeurâmes allongés côte à côte sur le dur plancher de l'esprit, partenaires dans l'inceste, l'adultère, et le martyre d'enfants. Nous avions hâte d'être débarrassés l'un de l'autre, d'anéantir la preuve, et pourtant nous cramponnions par pure perversité l'un à l'autre, amants, à des lieues sous le plafond, sans autre réconfort que la certitude de ne pouvoir tomber plus bas. Allongé là en compagnie de Verna, les yeux au plafond, je mesurai la majesté que dénote notre obstination à aimer et honorer Dieu alors même qu'Il nous inflige Ses coups — égale à celle que dénote le silence qu'Il observe pour nous permettre de savourer et d'explorer notre liberté d'hommes. C'était là *ma* preuve de Son existence, je le voyais — cette distance qui nous séparait du plafond immatériel, l'immense distance qui mesurait notre déchéance. Une chute si grande est la preuve de grandes hauteurs. Une douce certitude m'envahit.

— Bénie sois-tu, fut tout ce que je pus dire.

— T'es un sacré vieux bouc toi en fin de compte, tel fut le compliment dont elle me gratifia en retour.

— Comment va ton image ?

— Mieux.

— Tu crois que tu vas pouvoir dormir maintenant ?

— Ouais, fit-elle. J'suis crevée.

Tandis que, péniblement, je me relevais et réintégrais mes vêtements, sa lassitude et sa passivité infantiles m'exaspérèrent.

— Tu ne crois pas que tu devrais faire quelque chose pour éviter d'avoir un autre gosse ? Te laver, mettre du spermicide, est-ce que je sais moi ?

— Du calme, Tonton. J'ai eu mes règles y a un ou deux jours. De toute manière, je pourrais toujours me faire avorter une deuxième fois, maintenant que grâce à toi je sais comment m'y prendre.

Je compris qu'elle me taquinait en brandissant le spectre d'une nouvelle grossesse et lui en reconnus le droit. Je me glissai dehors. Le couloir, éclairé, me surprit, comme si sa vacuité inondée de lumière, bordée de portes closes, n'avait cessé de nous écouter de façon indiscrète.

Nous sommes surpris qu'en réalité faire l'amour prenne si peu de temps. Les aiguilles de mon Omega étaient écartelées à l'apogée du cadran : une heure moins cinq. Je gambadai, considérablement plus léger, en descendant l'escalier sonore de l'immeuble et en me glissant dans l'Audi, la carrosserie fauve comme drainée de couleur par la lueur sulfureuse du réverbère. Je m'installai au volant et démarrai aussitôt. A cette heure, Sumner Boulevard, bien que d'ordinaire jamais totalement dépourvu de gens — dragueurs solitaires, tapis sous les porches et grêles comme des Giacomettis — ou d'automobiles, avait la splendeur vide d'une houle, large comme un champ de blé au soleil de midi. Aux carrefours, les feux étaient automatiquement réglés à l'orange. Un poivrot me héla, me prenant pour un taxi, et soudain du Scarlatti, joué par d'authentiques instruments d'époque, jaillit, subtilement tintinnabulant, la station radio de l'université. La musique selon mon cœur, aux confins de l'inaudible. Bravo, Scarlatti, bravo ! Continue, continue à le dire aux anges ! Un peu de Wagner, ou de Brahms, la réalité m'eût peut-être écrasé.

Les deux aiguilles phosphorescentes de mon Omega avaient fusionné — une heure cinq — tandis qu'à petits pas je gravissais le perron de ma véranda pour affronter Esther. Elle n'était pas encore couchée, comme je l'avais prévu ; son visage me parut bouffi, et globuleux ses extraordinaires yeux verts. Ses cheveux rebelles étaient étrangement en ordre, comme recoiffés après avoir été défaits.

— Je commençais à me sentir affreusement inquiète, dit-elle, et je le compris, si ma présence ne lui causait aucun plaisir, mon absence lui causait du chagrin.

Je fis un récit minutieux de la soirée, avec une marge de trente-cinq minutes englouties dans les grands espaces blancs et les formalités cataleptiques de l'hôpital.

— Donc, on garde la pauvre petite Paula à l'hôpital pour la protéger de sa propre mère.

— C'est une façon de présenter les choses.

— Mais Verna, comment a-t-elle réagi ? Moi, à sa place, je serais anéantie ; n'importe quelle mère le serait, bonne ou mauvaise.

— Elle a pleuré, acquiesçai-je, prudemment, car la partie de la soirée passée sous silence béait sous moi comme un piège à tigre dissimulé sous des fragments de chaume. Mais si j'ai bien compris, elle espère récupérer la petite demain matin, et elle se dit que les choses vont continuer comme avant. Je n'en jurerais pas.

Esther écoutait d'une oreille distraite ; elle scrutait mon visage.

— Cette fois ça y est, n'est-ce pas ?

— Quoi ? Qu'est-ce qui est ?

— Peu importe, disons, ce qui n'a jamais cessé de mijoter entre Verna et toi depuis que tu t'es décidé à aller la voir, l'automne dernier. Ce n'est pas du tout ton genre, Rog — de jouer à l'oncle. Ceux de Cleveland, tu ne peux pas les souffrir. Tu n'as jamais pu pardonner à Lillian de te rappeler leur existence. Du moins, c'est ce que tu prétendais.

A croire que son intuition que cette fois je lui mentais, faisait de moi un menteur invétéré. Je contre-attaquai, à l'aveuglette.

— C'est la faute de ce fichu Dale Kohler, dis-je. Il s'est pointé avec son visage de Carême et m'a dit que je devrais essayer de lui venir en aide. C'est le problème avec ces fanatiques, toujours à vous harceler.

— Ne change pas de sujet, selon ta bonne habitude. Il n'est pas question de Dale, il est question de Verna. T'es-tu vraiment contenté de la larguer, à la cité ?

— En fait, dis-je en toute franchise, comptant sur mon visage, ce traître susceptible, pour me soutenir, je lui ai suggéré de revenir ici, on lui aurait bien trouvé un lit quelque part. Pourquoi pas au second.

Les yeux d'Esther se plissèrent un brin, en même temps que ses lèvres.

— Il n'y a rien au deuxième, dit-elle, à part ces vieilles toiles auxquelles je ne touche plus jamais.

— Tu devrais te remettre à peindre. Vrai, tu commençais à te dégeler, *j'aimais bien* ces grandes abstractions violentes que tu faisais l'été dernier. De toute évidence, Verna prend des leçons de peinture en ce moment ; elle en a une demain, son prétexte pour ne pas revenir ici avec moi. Ce qui fait — soupirai-je, authentiquement vanné — que je l'ai déposée devant sa porte, un point c'est tout.

— Tu n'es même pas allé la fourrer au lit ? Tu l'as laissée rentrer dans ce lieu abominable sans l'accompagner ?

— Ecoute, ma petite — où étais-je allé pêcher la « petite » — elle vit là-bas, et là-bas, c'est elle la grande reine blanche. Dans cette cité, elle est comme un poisson dans l'eau, comme Jeannot Lapin sur son bout de lande.

Même moi, mais je ne le dis surtout pas, me sentais davantage chez moi là-bas ; comme toujours les niches écologiques, la sienne était plus accueillante que l'on ne pouvait l'imaginer. Sûr de moi, les couilles légères, je poussai un peu :

— Quant au second, si j'ai bonne mémoire, il y a quelque part un vieux matelas. Elle s'en serait contentée ; elle dort sur un drôle de truc, un futon je crois. Les gosses d'aujourd'hui, ils trouvent ça plus spirituel qu'un matelas.

Les yeux d'Esther étincelèrent, établissant d'indicibles connections. Elle dit :

— Je ne veux pas voir cette pouffiasse traîner dans cette maison, je ne veux pas que Richie soit en contact avec elle plus qu'il n'est strictement nécessaire.

Furibonde elle se détourna, m'offrant ma vue favorite, cette vue ıconique de l'arrière-train d'une femme.

Je passai dans mon bureau et libérai le pauvre Tillich, encore un fou d'amour, demeuré prisonnier de son humiliante posture le nez contre le bras du fauteuil sous ma lampe de bridge toujours allumée. Esther et moi avons chacun notre domaine dans la maison, et notre dérive est telle que, malgré l'évident désordre de la bibliothèque, elle n'y avait pas touché. Comme un siècle risquait de s'écouler avant que j'y plonge de nouveau le nez, je jetai un coup d'œil aux dernières pages, hérissées d'italiques péremptoires : « *Le salut de la société européenne contre un éventuel retour à la barbarie réside entre les mains du socialisme.* » Cela datait de 1933, l'année où Hitler accédait au pouvoir et où je venais de faire mes premiers pas. Comme souvent chez Tillich, cela sonnait à la fois vrai et faux. La barbarie avait déferlé, et pour une part s'était baptisée socialisme.

Au lit, les mains d'Esther, fines, rugueuses, me cherchèrent à tâtons, pour m'inspecter et me mettre à l'épreuve ; mais j'eus beau ressentir pour elle plus de désir enjoué que je n'en avais ressenti depuis des années, je me défiai de mon corps vieillissant et feignis une envie de dormir qui, insensiblement, se mua en sommeil, lourd de rêves atroces, petits corps mutilés, lacérés, étalés sur des surfaces planes, sous des lumières crues.

CHAPITRE V

1

Dans toute société stable, les traditions s'accumulent ; nous avons pris pour habitude, Esther et moi, de donner un grand cocktail pendant la deuxième semaine de mai, à ce moment charnière où les cours font place aux corvées moins astreignantes des examens de fin d'année. Elle avait insisté pour que Dale fût invité ; je n'avais pas demandé que Verna fût elle aussi incluse. Elle n'était pas étudiante — en réalité, malgré mes conseils et mes encouragements, elle n'était même pas bachelière — et se serait sentie mal à l'aise dans notre brillante société. Son comportement le jour de Thanksgiving ne m'avait guère frappé par sa retenue, et nous avions maintenant elle et moi un petit secret bien réel à protéger.

Depuis notre commune immersion dans le désespoir le jour où nous avions confié la petite Paula cassée aux bons soins de l'hôpital, nos rapports avaient été purement formels, réduits pour l'essentiel à l'ombre grandissante que l'Assistance Publique projetait sur nos vies subtilement connectées. Dès le lendemain matin, l'Assistance avait été informée de l'accident survenu à Paula et de la curieuse nature de sa fracture incomplète, et lorsque la diligente étudiante en beaux-arts s'était enfin présentée à l'hôpital — pour récupérer l'enfant — plus près de deux heures que de midi malgré sa promesse —, elle y avait trouvé son « assistante », qui m'avait été décrite comme grosse, noire, très intelligente et guindée, et ne manifesta aucun plaisir d'avoir dû manquer son déjeuner alors que Verna traînassait devant le sien. Prise de panique en se voyant interdire tout contact avec sa fille, Verna mentionna mon nom respectable, ce dont je ne lui sus aucun gré. Des abîmes d'embrouilles s'étaient ouverts sous mes pieds, où se confondaient misère et autorité. On couche avec quelqu'un dans un moment de vérité, et aussitôt, comme un cauchemar, les obligations s'accumulent.

Esther, bénie soit-elle, m'accompagna à notre rendez-vous dans l'énorme bâtiment municipal en brique situé en face de la pâtisserie porno, et ce fut elle, inhabituellement animée et impérieuse, qui suggéra le compromis acceptable aux deux délégués de l'Assistance : l'assistante de Verna, rondelette mais musclée, ses demi-lunes à monture or et rubis fixées à un cordon de velours qui pendait royalement à chacune de ses oreilles, et un Blanc, lugubre et agité, la peau aussi terne qu'une feuille de papier bouchonnée au carbone. Un formulaire 5IA avait été rempli par l'hôpital, nous informa-t-il, et il était impossible de le classer sans établir un rapport.

Esther avait jadis travaillé dans un cabinet d'avocats, et ces gens-là, bien sûr, comme aussi les ecclésiastiques et les assistantes sociales, résident dans ce clair-obscur où nos incorrigibles « moi » s'enchevêtrent aux disciplines tatillonnes de la société. La Commission que représentait l'assistante de Verna, à l'instar de ce Conseil nicéen qu'en *ces* siècles imparfaits représentait le prêtre ivrogne aux pieds nus, avait recommandé que Verna aille consulter un psychiatre accompagnée par ses parents. Esther fit observer que lesdits parents étaient séparés de leur fille par de nombreux Etats et que, d'autre part, le père, en chrétien convaincu, lui avait tourné le dos.

A ce point je gloussai, personne d'autre n'eut le moindre sourire ; personne ne vit là aucun paradoxe. Pas plus que n'en avait vu notre Sauveur : *Celui qui aime son fils ou sa fille plus que moi, n'est pas digne de moi.*

Il y avait aussi un fait embarrassant du point de vue de l'ordre social et que se chargea également de souligner Esther, nul n'avait reconnu ou n'était en mesure de prouver que Verna avait maltraité son enfant. Paula en personne, pièce à conviction numéro un, était assise sur les genoux de sa mère, la jambe prise dans un plâtre sur lequel Verna avait peint à l'aquarelle quelques fleurs réalistes et cœurs stylisés. Peut-être ces cœurs attendrirent-ils les gens de l'Assistance ; ou peut-être fut-ce la suggestion émise avec conviction par Esther que Verna s'engagerait de son plein gré à consulter un psychiatre. Par ailleurs, nous, en d'autres termes elle et moi, proposa-t-elle à ma grande surprise, nous engagerions à partager avec la mère la responsabilité de l'enfant ; la crèche en assumait déjà *de facto* la garde durant la plus grande partie de la plupart des journées, et nous serions disposés à héberger Paula la nuit aussi longtemps que Verna le jugerait nécessaire pour retrouver son équilibre et prendre sa vie en charge. Les jolies formules de cette envolée nous laissèrent tous pantois, et parèrent d'une sorte de cadre étincelant ce qui jusqu'alors était resté un tableau plutôt moche.

En définitive, prudemment, pesamment, les assurances d'Esther l'emportèrent, dûment assorties d'annotations agrafées au formulaire 5IA, comme constituant la meilleure solution dont était capable d'accoucher le système, du moins tant que l'autre jambe de Paula n'aurait pas été brisée, ce qui eût autorisé l'Etat à intervenir en toute légalité pour assumer la garde de l'enfant et la placer dans une famille adoptive officielle. Cette dernière menace fut formulée par l'assistant, dont les traits brouillés avaient une mobilité irréelle : sa lèvre inférieure ne cessait de déraper et de se gonfler avec une complaisance caoutchouteuse tandis qu'il mâchouillait ses admonestations mélancoliques.

J'ouvrais l'œil pour voir si, à un moment quelconque de ces transactions, Verna et Esther se consulteraient du regard. Les atomes qui circulent entre deux femmes que l'on a toutes deux baisées nous fascinent, peut-être par l'espoir que s'établisse une collusion qui garantirait notre absolu, notre perpétuel bien-être. Or si, dans ses gesticulations animées, Esther se pencha à diverses reprises pour toucher Verna à titre de deuxième pièce à conviction, je ne constatai aucun véritable contact ; au contraire, les doigts aux ongles effilés d'Esther se figèrent deux bons centimètres au-dessus de l'avant-bras de Verna, dont par réaction les petits poils se dressèrent avec empressement, brusquement hérissés. La jeune fille gardait Paula sur ses genoux avec l'obstination hébétée de quelqu'un qui, malgré la douleur, refuse de se laisser arracher une dent. Entre ses cils courts, ses yeux légèrement en amande viraient par moments au rose sous l'afflux des larmes, pour aussitôt sécher, se vidant le long de ses joues, qu'elle tamponnait sans succès du dos de la main. Dans le creux de ses genoux, Paula — plus claire de trois tons que l'assistante de Verna, mais avec le même nez épaté, au dessin identique — gazouillait, roucoulait, contemplait la scène d'un regard solennel comme pour singer nos regards solennels d'adultes, et gratifiait de petites tapes amicales le genou de son plâtre, où la tige d'un iris pourpre, plutôt habilement rendu, s'incurvait pour se fondre au plâtre. Les cours de dessins de Verna commençaient à porter leurs fruits.

Ce fut donc ainsi que certains après-midi, certains soirs et certaines nuits, Paula vint s'installer chez nous à Malvin Lane tandis que Verna exerçait ailleurs son droit constitutionnel au bonheur. Ma jalousie sexuelle ne se réveillait que passé minuit, dans ce petit coffret d'heures, au point du jour, où, pantins de plus en plus rabougris par la fuite du temps, nous avions, elle et moi, copulé. Esther, droguée par sa dose de maternité synthétique et bruyamment convertie à la respiration buccale par l'offensive du pollen en ce mois de mai, ronflait sereine contre mon flanc. Même alors, je revoyais se déroulant le corps blanc de ma nièce, grassouillet, et pourtant doté de valvules serrées, avec plus de crainte que de désir ; deux semaines s'étaient écoulées et soir et matin, sous l'éclairage cru de la salle de bains, je m'examinais pour déceler les symptômes d'une de ces maladies vénériennes dernier cri qui ont, virtuellement, étouffé dans l'œuf la révolution sexuelle. Aucun bouton intime ni furtive brûlure urinaire n'avaient encore fait leur apparition, mais je ne me sentais pas hors d'affaire pour autant, jamais ne me sentirais hors d'affaire. J'avais été contaminé, sinon par l'herpès ou le SIDA, par l'Assistance Publique ; de mes pénates universitaires à encorbellements et en pierre de taille, j'avais été entraîné dans cette fuligineuse paroisse de brique incurablement marquée par la banalité du désordre et du malheur que, par deux fois déjà, j'avais fuie, en quittant Cleveland et en quittant le ministère. Je me retrouvais maintenant avec une enfant illégitime sous mon toit, en même temps qu'avec une épouse adultère et un fils affligé de problèmes scolaires. L'outil impose l'usage, *per carnem.* J'ai classé à titre de simples données psychologiques l'allégresse sublime, l'ineffable sentiment de libération avec lesquels en quittant Verna j'étais rentré chez moi par cette brumeuse nuit sans lune, à travers les champs de blé peuplés de squelettes oscillants, tandis que, depuis longtemps mort pourtant, Scarlatti jubilait inlassablement.

En vérité, l'idée m'est venue que dans cette sensation de paix *post coïtum*, de douce certitude théiste ressentie sous le plafond lointain et flou, de *preuve* vivante contre le flanc de Verna, j'avais été coupable d'hérésie, cette même hérésie dont il y a si longtemps, au milieu des foudres de l'anathème, avaient été accusés les Cathares et Fraticelli — l'hérésie d'abominations délibérément perpétrées dans le dessein d'élargir et d'approfondir le champ où le pardon de Dieu peut dans toute sa splendeur s'exercer. *Mas, mas. Mais tu ne tenteras point le Seigneur ton Dieu.*

2

A la soirée vinrent Closson, en compagnie de sa jolie petite femme flétrie, Prudence, ses limpides yeux bleus aussi durs et intenses que des perles d'émail cuites et recuites dans son sempiternel régime, nourritures diététiques, eau de source, pacifisme militant et charité blasée ; les Vanderluyten, pour donner à notre assemblée le plaisant petit panache racial artificiel d'une pub télévisée pour Coca-Cola, et Edna Snea qui ces derniers temps s'évertuait à trouver un modus vivendi avec Mrs. Snea, et avait amené à sa place une fille aux cheveux filasse et au regard ingénu, désespérément plate de hanches, une étudiante en problématique avec laquelle ses rapports avaient manifestement cessé d'être purement consultatifs. Rebecca Abrams était flanquée d'une de ses amantes, une robuste Anglaise aux joues roses incollable sur le chapitre des tessons de poterie Mochica et Nazca, et Mrs. Ellicot d'un fils quadragénaire fruit d'un de ses nombreux et catastrophiques mariages, un grand chauve affligé d'un rapide clignement de paupières et d'un tic qui, toutes les minutes environ, lui étirait la bouche vers l'une de ses oreilles. Bien que sa conversation fût fort plaisante, on ne pouvait se défaire de l'impression bizarre qu'il ne s'était pas habillé seul, que d'autres mains avaient fixé ses boutons. La compagne de Rebecca, par ailleurs, endossait manifestement tous les jours le même impénétrable tailleur à carreaux, également approprié pour participer à des fouilles ou à des soirées, un tissu de laine bourru et enchevêtré, à faire pâlir d'envie un fana du tweed dans mon genre.

Quelques-uns de mes étudiants étaient également présents, mais on ne m'imagine quand même pas m'offrant une aventure avec Corliss Henderson ; elle manœuvra sur-le-champ pour se rapprocher de l'Anglaise broussailleuse qu'elle accabla illico de questions pour déterminer si, dans les cultures précolombiennes, la poterie était le fruit du travail de l'homme (comme le soutenait la théorie patriarcale — ou (comme elle-même le croyait fermement) de la femme. L'Anglaise, jupe-sac et souliers plats couleur bistre, annonça avec une délectation sonore que la femme inca n'était rien d'autre qu'une bête de somme. L'épouse d'un économiste, un grand type célèbre pour son empressement à participer aux débats télévisés, se permit de la contredire sur la foi de son récent voyage au Machupicchu l'hiver précédent. Le mari d'une certaine poétesse bolivienne, persona non grata aux yeux de l'actuel régime, avait lui aussi son opinion sur le sujet, le problème de la femme en Amérique latine. L'Amérique du Nord, si fière de ses plébiscites, pouvait-elle se vanter d'avoir jamais eu une héroïne de la stature d'Eva Perón ? ou de Gabriela Mistral ? Et ainsi de suite. L'assemblée regorgeait d'invités destinés à demeurer anonymes dans ce récit, et qui tous pourtant pouvaient, par la beauté, l'intelligence ou la naissance, prétendre à passer pour exceptionnels, à compter parmi ceux qu'en d'autres temps en Nouvelle-Angleterre on eût appelé les élus.

De tous côtés, tandis que j'accueillais et introduisais les invités, en gloussant absurdement et m'efforçant de retrouver, histoire de papoter, les noms de leurs enfants et de leurs animaux familiers, et que, dans un cliquetis affairé de talons, Esther faisait la navette entre la pièce et la cuisine, où boudaient les deux jeunes Irlandaises pathologiquement timides embauchées pour passer les hors-d'œuvre à la ronde, jaillissait unanime et virulente la condamnation de la dernière en date des gaffes du président, pire qu'une gaffe, l'abomination pure et simple que constituait de sa part le dépôt d'une couronne dans un cimetière allemand. L'assistance ruminait, ruminait, ruminait sur le cadavre absent de Reagan ; chaque président se voit à tour de rôle livré en pâture à la conviction des universitaires, d'autant plus vigoureuse que jamais encore testée, qu'ils seraient plus aptes à diriger le pays que les autorités dûment élues qui en ont la charge. Pourtant, il me semblait que nous existions tous à l'intérieur de la tête placide et creuse de Reagan comme à l'intérieur d'une bulle géante, et qu'un jour viendrait peut-être où cette bulle exploserait, et où ceux d'entre nous qui aurions survécu, repenserions à cette Amérique d'aujourd'hui comme à un paradis.

Je tenais à ce que Dale fasse la connaissance des Kriegman, et par bonheur ils arrivèrent tous ensemble — Dale, en costume gris, cravate agressive, le teint terreux et l'air hagard, mais les Kriegman, tous les cinq, rayonnant de santé et de jovialité. Myron et Sue n'ont pas leur pareil pour donner un petit plus à une soirée : dans nos arrière-cours adjacentes, forsythias et magnolias s'étaient effacés devant les cornouillers et les azalées et, toujours amusants, les Kriegman avaient coupé leurs azalées rose vif *en fleur** et tressé des guirlandes assorties pour en ceindre leurs têtes. Les trois filles s'étaient contentées de simples fleurs glissées dans leurs coiffures vaguement punks. Ces *jeunes filles* *, dix-neuf, dix-sept et quinze ans, se suivaient de façon charmante et leurs noms — Florence, Miriam, et Cora — étaient faciles à retenir grâce à leur consonance heureuse avec Flopsy, Mopsy et Cottontail. Je les présentai tour à tour à Dale, et j'ajoutai :

— Et Myron, il faut à tout prix que vous lui parliez de vos théories. Il n'est pas comme moi, c'est un vrai savant, lui, je parie qu'il aura des réactions intelligentes.

— Quelles théories ? demanda Myron avec avidité.

Son appétit intellectuel est aussi insatiable que sa soif de bons vins et de bonne vie ; au fil des années, à force de consommer, il a raccourci la distance qui sépare sa tête de sa poitrine, de sorte que son grand visage basané paraît enraciné plus bas que ses épaules, ses mentons en gradins engouffrant le nœud de sa cravate. Ses trois filles, en débardeur pastel à motif et salopette avachie de peintre, chacune avec sa nuance de beauté, jaugèrent Dale du regard et conclurent que mieux valait se faufiler plus avant dans l'assistance. A dire vrai, il avait une vraie tête de cauchemar, un cauchemar intérieur : le ver intérieur rongeait avec ardeur.

— Je reviens vous voir bientôt, jeune homme, promit Myron. Sans un verre à la main, toutes les théories me paraissent indigestes.

Les Kriegman s'avancèrent dans le couloir pour se livrer à l'étreinte théâtrale d'Esther, et les yeux bleus de Dale (leur froide sérénité un rien nuancée depuis notre première rencontre) eurent beau filer par-dessus mon épaule pour fondre sur l'image de sa maîtresse affublée des fanfreluches de l'épouse, je le retins là un instant, comme par sollicitude, à côté du banc où s'empile le varech des ouvrages théologiques que la marée d'une foi inquète vient déposer sur mon seuil.

— Alors comment ça va ? lui demandai-je, avec ce murmure pressant et conspirateur que nous prenons pour parler aux malades.

— Quoi donc ?

Ses yeux se ternirent, de sorte que, sans même tourner la tête, je vis, comme dans un rétroviseur, Esther sortir de son champ visuel.

— Le projet, insistai-je.

— Oh, pas mal. Je commence à trouver des choses intéressantes. Je n'ai pas encore mis tout à fait la méthodologie au point, mais disons que c'est l'affaire d'une semaine ou deux, dès qu'on pourra souffler un peu avec le train-train habituel, l'animation graphique.

— En principe vous devez aboutir à quelque chose d'original d'ici à juin, lui rappelai-je, si vous voulez que la bourse soit renouvelée.

Détachant son regard des lointains où Esther risquait de resurgir, Dale fit un effort pour se concentrer sur moi, son ami et son ennemi. Je crus le sentir, au prix d'un petit sursaut de volonté, se jurer d'être honnête.

— Renouvelée, peut-être vaudrait-il mieux qu'elle ne le soit pas, professeur Lambert. Peut-être ai-je eu les yeux plus grands que le ventre.

— Foutaises, protestai-je. Vous m'avez convaincu, moi, et pourtant, depuis l'âge de quinze ans, je suis un incorrigible dévot. Au fait, les petites Kriegman, comment les trouvez-vous ? Un peu jeunettes peut-être — mais mon intuition me souffle que vous les aimez jeunes.

C'était de la vulgarité, mais recevoir nous contraint à incarner une multiplicité de personnages, aucun d'eux jamais totalement sympathique.

— Je ne pense pas leur avoir prêté tellement attention. Elles m'ont paru plutôt typées, dit Dale.

De nouveau ce petit sursaut, cette volonté de franchise :

— A propos, je ne tiens pas du tout à discuter mes théories avec leur père. Pour le moment, mes théories, elles me paraissent, disons, plutôt bizarres.

Incroyable mais vrai, dans sa crinière brune hirsute et vaguement bouclée que, peut-être pour masquer qu'elle se clairsemait sur les tempes, il laissait retomber sur son front, quelques cheveux blancs avaient fait leur apparition, d'autant plus incongrus qu'ils étaient, pour le moment encore, très rares.

— Foutaises, répétai-je, dans mon numéro bourru de professeur-hôte qui ne craint pas les redondances. Kriegman a l'esprit ouvert. Il en restera sidéré.

Pauvre Dale. Il se sent malade. Il s'assoit sur le canapé de soie rouge. Dans son estomac le ver intérieur ronge très haut, à la jonction de l'œsophage, là où naissent les ulcères. Le spectacle d'Esther, qui cliquette et virevolte à travers le champ clos de sa party où le tapage bat son plein, l'accable sous le poids d'une injustice si profonde et fondamentale, que jamais il ne pourra la concilier avec sa propre *Gesetz* intérieure. Pour la circonstance, ma femme porte non comme à Thanksgiving son suave velours vert iridescent, mais une pimpante petite robe jaune pollen, aux manches et à l'ourlet bordés d'une ruche froncée et rayée de noir sur les hanches, qui lui donne l'aspect d'un frelon géant. Que cette présence femelle fringante, hyperactive et quasi officielle, se soit jadis allongée nue sur sa couche étroite dans la chambre aux relents de chaussures et de sauce au soja ; que ces mêmes hanches gainées de rayures noires aient pu s'ouvrir pour lui dans les contorsions de l'amour et lui révéler la bosselure rose brun de son anus, et que cette bouche peinte et jacassante ait pu se distendre pour engloutir son membre en feu aux veines gonflées, tout cela paraît maintenant un rêve, une vision boschienne figée sur une toile craquelée, un vieil Enfer sans prix accroché aux murs de son musée à l'épreuve des cambrioleurs. Il éprouve, mon pauvre Dale, une possessivité dérisoire et féroce, un désir impuissant de revendiquer Esther, de l'arracher à la solide matrice sociale, débordante de vie, à laquelle je l'ai incrustée, et de transformer en une vie entière ces quelques heures d'extase qu'avec tant d'impudeur elle lui a octroyées, pour des raisons bien à elle qui, comme toutes choses en ce monde sublunaire, ne sont nullement immuables. Au cours des deux semaines écoulées depuis que Paula est devenue notre hôte épisodique, les rendez-vous des amants dans le grenier se sont raréfiés ; la dernière fois, ils se sont séparés sans prévoir de nouvelle rencontre. Un néant sans Esther le confronte, et les coups d'œil qu'elle lui décoche maintenant ne lui transmettent rien sinon son irritation de le voir la contempler avec ce regard à ce point éloquent en un lieu où la fine fleur de notre université risque de les épier et de prendre note.

Flairant un autre orphelin, Richie vient s'asseoir à côté de lui, près de la table basse. Dans la cheminée, les cendres ont été balayées en même temps que l'hiver et un gros vase duveteux rempli de pivoines occupe la cavité noire. Quelques pétales jonchent les briques de l'âtre et virent au marron sur les bords.

— Ça va, Rich, demande bravement Dale. Alors, ces bases, ça rentre ?

Depuis les vacances de Pâques, leurs séances de travail n'ont pas repris, encore un signal de passion languissante venu de sa maîtresse.

— J'ai raté les deux dernières interros, avoue l'enfant, déjà trop endurci à l'échec pour manifester du regret. Pourtant, je croyais bien avoir pigé la théorie, mais faut croire que non. Faut multiplier quelque chose par autre chose, mais voilà j'avais oublié quoi, tout à coup on dirait que tout s'embrouille dans ma tête. Ma mère pense que je suis dyslexique.

— Vraiment ?

— Et ta petite amie, où est-elle ?

— Ma petite amie ?

— Tu sais, Verna, maintenant des fois elle nous colle sa gosse à garder. Je l'aime bien, Verna. Elle est marrante.

— Marrante, comment ça ?

— Elle taquine papa. Et lui la plupart du temps, c'est clair, il s'en rend même pas compte.

— Elle n'a jamais été ma petite amie, simplement une amie. Qui sait, si elle n'a pas été invitée, c'est peut-être qu'elle taquine trop ton papa.

— Non, c'est parce que maman l'aime pas.

— Elle ne l'aime pas ?

A la simple irruption du nom d'Esther dans la conversation, le cœur de Dale fait un bond. Tumescent dans la moindre de ses cellules, l'amour déferle à travers sa peau, comme une feuille perforée qui se déploie sur l'écran, de gauche à droite, de haut en bas.

— Et pourquoi pas, à ton avis ?

— Elle pense que c'est une traînée. Elle me défend de lui parler. Ce qui m'empêche pas de le faire quand elle nous amène Paula ou vient la rechercher. Une fois, je lui ai montré mes *Club* et elle s'est marrée. A ce qu'elle dit, ces filles-là sont pas tellement excitées, elles jouent la comédie, c'est tout. Tout ça c'est du chiqué.

Dale réfléchit, la comédie, ainsi les femmes jouent la comédie. Et lui, Esther lui avait-elle joué la comédie ? *Impossible**, estime-t-il. Mais à cette idée, son corps flambe de honte sous ses vêtements. Ce gosse, il a envie de lui poser mille questions au sujet de sa mère — quelle tête fait-elle le matin, que prend-elle au petit déjeuner — mais il se contient, ce serait de l'abus de pouvoir, et il change de sujet.

— T'es content que Paula soit souvent fourrée ici ?

— Elle est pénible, dit mon fils, mais faut croire qu'elle y peut rien. Et puis, elle a une drôle de couleur, mais ça non plus sans doute, elle y peut rien. Je lui apprends plein de trucs, par exemple comment utiliser la télécommande sur le VCR. Elle est futée, elle y arrive.

Dale se demande si Richie, qui n'a pas l'étoffe d'un

mathématicien, pourrait par contre devenir professeur ou ecclésiastique. Le gosse a ses défauts, mais il est bienveillant. Il y a des gens qui aiment les gens et des gens qui aiment les choses. Dale réfléchit, et décide finalement que lui est une personne à choses, ça remonte à l'histoire de son train Lionel. Personnifier les choses est peut-être une erreur aussi grave que de réifier les gens. Assurément, une erreur a été commise.

Esther s'approche et se dirige vers eux, toujours assis sur le canapé. Ses rayures se plaquent comme des barres brillantes sur les yeux de Dale. Il n'ose pas lever les yeux sur son visage, le bourrelet agressif de la lèvre supérieure et la mâchoire gracile qui commence à se relâcher avec l'âge. Sa voix plane, maternelle, s'adressant à Richie :

— Mon chéri, voudrais-tu *s'il te plaît* aller aider les filles à passer les hors-d'œuvre. La seule chose qui les intéresse, c'est de rester cachées dans la cuisine pour ricaner et, à moins d'être servis chaud, les foies de volaille au bacon deviennent tout graisseux et pâteux.

Ces dernières remarques paraissent s'adresser à un adulte, et, envahi d'espoir, Dale lève les yeux. Mais le visage qui si loin et de si haut le contemple garde une expression neutre, perplexe, comme s'il n'était lui qu'un lambeau de papier soie sur une lamelle de verre, dont la pathologie reste à élucider.

— Vous ne vous amusez guère, remarque-t-elle.

— Mais si. Au contraire. Formidable, cette soirée. C'est sympa de voir la maison pleine.

Une évocation de ces autres fois où ils l'ont eue pour eux seuls, comme Adam et Eve avaient eu le désert.

Une moue comprime la bouche d'Esther, un cercle, la bosselure d'un petit bourgeon, un bourgeon de chair.

— Je la préfère avec une assistance plus choisie, dit-elle toujours sur le ton de la conversation, mais d'une voix soudain si basse que lui seul peut l'entendre.

Elle l'aime toujours, le veut. Galvanisé par un regain de foi, il se lève, une erreur ; ce grand corps efflanqué, cette silhouette osseuse et inutilisable, brusquement elle s'inquiète, le couple qu'ils forment ne peut qu'attirer les regards.

— Ainsi, Richie s'est encore fait coller, dit Dale. Peut-être quelques leçons lui feraient-elles du bien, et moi bien sûr, ... l'argent ne me ferait pas de mal.

Esther écoute, l'air distrait, jetant des coups d'œil à la ronde pour voir qui se trouve à proximité. Elle fume une cigarette.

— Si près de la fin de l'année, dit-elle. Est-ce bien la peine, je me demande. En réalité, ni Roger ni moi ne savons trop quoi faire de Richie ; qui sait, Pilgrim est peut-être trop conventionnel. Tous ces petits Juifs surdoués, et maintenant ces petits Asiatiques épouvantablement motivés.

Elle souffle sa fumée d'un air excédé, écrase sa cigarette dans notre cendrier en argent, ouvre machinalement l'étui, constate qu'hormis quelques bribes de tabac, il est vide, et laisse retomber le couvercle avec un claquement sec.

— C'est vous qui décidez, dit Dale.

Là au milieu de mes invités, le sentiment de son incapacité lui fait l'effet d'une défroque avilissante, des hardes souillées de fumier. Si seulement ils étaient nus ! Elle ne pourrait s'empêcher de se remettre à adorer sa belle bite dardée. Il la titillerait, la torturerait avec ; quand là-haut dans le grenier elle s'ouvrait sur le matelas souillé pour l'inviter à s'enfouir entre ses cuisses écartées, il préférait, lui, se traîner à genoux jusqu'à son petit visage et se frotter, frotter sa bite sur ses lèvres, pour la forcer à l'embrasser des couilles au gland, ses traits crispés, absents, comme éperdus de soumission et de reconnaissance dans l'assouvissement béat de sa concupiscence.

— Tu connais mon numéro, fait-il.

Il capte comme une petite lueur, à travers l'image mentale qu'il garde de leurs ébats amoureux, la possibilité que les femmes soient poussées à ce genre de prouesses par la sensation de leur pouvoir, par la joie du pouvoir, et qu'à peine se sont-elles prouvé ce pouvoir, leur intérêt s'amoindrit ; et en outre, que tenir le rôle d'hôtesse dans une soirée de ce genre, dans une maison à ce point substantielle et bourgeoise, prouve un pouvoir d'une autre sorte, et engendre une autre sensation agréable.

Pour Dale en cet instant, ces théories sont tout aussi odieusement absurdes et nébuleuses que les paroles précises qui s'entrecroisent dans la cacophonie joyeuse de ma maison aux multiples pièces, où le mot « Bitburg » retentit sans cesse comme un pépiement d'oiseau. La proximité d'Esther, et aussi l'ambiguïté de leur conversation, l'ont mis au supplice ; d'avoir une nouvelle fois entrevu et flairé la femme-amante, ce fauve rayonnant tapi au sommet de l'escalier, au bout de ces labyrinthes bruyants et engorgés de mondanités, il demeure hébété. Son esprit souffre comme un corps surentraîné. Pourtant poliment il offre, tels à l'autre bout du monde ces prêtres qui colportent des cierges dans la clameur des lieux saints et stagnants, les arguments cosmiques : l'écrasante improbabilité qui s'opposait à ce qu'en définitive le Big Bang aboutisse si bien, les problèmes de l'horizon, de l'homogénéité et de la courbure spatiale, l'incroyable et indispensable précision des constantes des interactions faible et forte, sans parler de la constante de couplage, de la gravitation et de la masse du neutron, à supposer qu'un seul de ces facteurs eût été différent de quelque dix millièmes à peine, l'univers eût été trop explosif ou diffus, trop éphémère ou trop intégralement homogène pour contenir des galaxies, des étoiles, des planètes, la vie, et l'Homme.

Kriegman l'écoute jusqu'au bout, avec des rafales de hochements de tête rapides qui font rebondir ses mentons sur le nœud de sa cravate et osciller les azalées de la guirlande qu'il s'obstine à porter. Comme pour mieux comprendre, il a chaussé de grosses lunettes d'écaille, vaguement carrées, des triple foyer ; derrière les lentilles, entre les gorgées de vin blanc qu'il puise dans son gobelet en plastique mou (Almaden Mountain Rhine, 8 dollars 87 la flasque de trois litres, au Boulevard Bottle) ses petits yeux sautent et changent de dimension au gré de leurs batifolages parmi les trois plans de la distance focale.

— Ma foi, dit-il enfin, avec le sourire de quelqu'un qui, tout en parlant, ne cesse de prêter l'oreille à une musique de fond riche d'associations sentimentales, personne ne le nie, le Big Bang comporte certaines astuces qui nous échappent encore, nous échapperont d'ailleurs peut-être toujours ; par exemple, je lisais l'autre jour que même les plus vieux amas d'étoiles révèlent des traces d'éléments lourds, et c'est bizarre, car bien sûr il n'existe aucune génération antérieure d'étoiles susceptible de les avoir concoctés, et vous le savez, la mécanique des particules du Big Bang n'aurait pu donner que l'hélium et l'hydrogène, d'accord ?

Dale se demande s'il est censé dire « d'accord ». Mais, il le pressent, il n'aura pas la peine de dire grand-chose.

— Ecoutez, des astuces, il y en aura toujours, poursuit maintenant Kriegman avec une rondeur toute paternelle. La boule de feu originelle, etc., et aussi toute cette théorie des champs sur les premières fractions de seconde, il s'agit là d'événements quasi incompréhensibles, qui remontent à un passé absurdement lointain. Ces sacrés astrophysiciens, les trois quarts du temps, ils se foutent du monde.

— D'accord, fait Dale. C'est aussi mon opinion.

— Ouais, mais, par ailleurs, ce n'est pas une raison pour tomber dans l'obscurantisme. Tenez, laissez-moi vous proposer un petit devoir à faire chez vous. D'accord pour un petit devoir ?

Dale hoche la tête, il se sent faible, la faiblesse mêlée de soulagement d'un enfant qui s'entend dire qu'il est malade et doit garder le lit.

— Cherchez donc dans *Sky and Telescope*, un numéro de l'été dernier je crois, un truc sacrément marrant sur ce sujet et tiré d'un bouquin quelconque, eh bien une bande de rotifères — les rotifères, vous connaissez, pas vrai — de microscopiques trucmuches aquatiques pourvus d'un disque antérieur rétractile composé de cils vibratiles, de sorte qu'on pourrait croire que leurs têtes pivotent — bien sûr elles ne pivotent pas vraiment, pas plus que la tête du hibou ne décrit un cercle complet, c'est une simple illusion d'optique — bref, une bande de ces rotifères est prétendument plongée dans un docte débat visant à expliquer pourquoi leur petite flaque ne pouvait être en rien différente de ce qu'elle était — température, alcanilité, fond de boue pour protéger les bactéries sources de méthane, et j'en passe — je vous l'ai dit, astucieux en diable — et considérant que, la moindre de ces choses eût-elle été un rien différente — la température indispensable pour vaporiser l'eau un rien plus basse, par exemple, ou le point de congélation de l'eau un rien plus élevé —, cette petite Société Philosophique de la Flaque, comme on l'appelait je crois, vous pourrez toujours vérifier, en a déduit que toute l'opération était providentielle, et que manifestement l'univers n'avait eu d'autre raison d'être que d'engendrer leur petite flaque, et du même coup bien sûr, *eux* ! Ça revient plus ou moins à ce que vous voulez me faire avaler, jeune homme, sauf que vous, vous n'avez rien d'un rotifère !

L'immuable sourire bonasse de Kriegman s'élargit, ponctué par un gloussement nettement audible. Il a des lèvres bizarres, en ce sens qu'elles sont exactement du même bistre que son visage, comme des muscles dans un diagramme anatomique en sépia. Alors qu'il porte son verre à ces lèvres exemplaires, Dale intervient :

— A mon avis, monsieur...

— Y en a marre de votre foutu « monsieur ». Mon nom, c'est Myron ! Pas Ron, attention. Myron.

— A mon avis, quand même, il y a autre chose dans ce que j'essaie de dire ; l'analogie de la flaque, en fait ça revient à vouloir débattre du principe anthropique en opposant la Terre aux autres planètes, qui bien sûr comme on le constate maintenant, à supposer que l'on en ait jamais douté, ne sont pas propices à la vie ; en ce sens, nous sommes ici parce que nous sommes ici. Mais dans le cas de l'univers, où il n'en existe qu'un seul, pourquoi, disons, la vitesse d'éloignement observée égalerait-elle avec cette précision l'indispensable vitesse de libération ?

— Comment savez-vous qu'il n'existe qu'un seul univers ? Pourquoi n'y en aurait-il pas des millions ? Aucune raison logique ne permet d'affirmer que l'univers que nous pouvons observer est le seul.

— De raison *logique*, oui je le sais, il n'en existe pas...

— Parlons-nous logique, oui ou non ? N'essayez pas de me faire le coup de l'intuition ni de la subjectivité, mon vieux, parce que sur certains plans, vous savez, je suis plutôt pragmatique. Si de croire que la Lune est un morceau de Roquefort doit vous aider à passer une bonne nuit...

— Je ne...

— Le crois pas ? Tant mieux pour vous. Moi non plus. Toutes ces roches qu'ils nous ont rapportées de là-bas, aucune n'a été identifiée comme du Roquefort. Mais ma fille Florence, elle, elle le croit ; une espèce de punk aux cheveux écarlates, complètement givré le mec, lui affirme que si quand ils flippent tous les deux. Elle se prend pour une bouddhiste tibétaine, sauf pendant le week-end. Quant à sa sœur Miriam, elle parle d'entrer dans une espèce de commune soufie, je ne sais où dans l'Etat de New York. Je refuse de me faire du mouron, c'est leurs vies. Mais vous, si je vous jauge bien, mon petit vieux, vous vous payez ma tête.

— Je...

— En fait, la cosmologie, vous vous en battez l'œil ; je vais vous dire, moi, ce qui est le travail intéressant en ce moment : c'est d'expliquer comment les choses ont surgi du néant. Le tableau est en train de se compléter à partir d'un certain nombre de directions, aussi clair que cette main, là devant votre visage. — Il renversa la tête en arrière pour mieux voir Dale et ses yeux parurent se multiplier dans les triples foyers. — Comme vous le savez, dit-il, à l'intérieur de la longueur de Planck et du temps de Planck, il y a cette nébuleuse écume de l'Espace-Temps où les fluctuations quantiques entre la matière et la non-matière n'ont en réalité que fort peu de sens, mathématiquement parlant. Il y a un champ de Higgs qui par effet tunnel dans une fluctuation quantique passe à travers la barrière d'énergie dans un état de faux vide, et ça donne cette bulle de symétrie brisée qui par pression négative se dilate exponentiellement, et il est possible qu'en deux ou trois microsecondes, quelque chose passe pratiquement du néant à la taille et la masse de l'univers tel que l'on peut l'observer aujourd'hui. Que diriez-vous d'un verre ? Vous avez l'air drôlement sec, planté là.

Kriegman rafle un autre gobelet rempli de vin blanc sur le plateau que promène de mauvaise grâce une des petites Irlandaises, et Dale secoue la tête, il refuse. Son estomac a été fragile tout au long du printemps. Salami et lait, le mélange ne vaut rien.

Mon cher ami et voisin Myron Kriegman s'octroie une robuste rasade, lèche ses lèvres souriantes et, de sa voix précipitée et râpeuse, enchaîne :

— Bon d'accord ; pourtant, dites-vous, il faut commencer par *quelque chose* avant d'avoir un champ de Higgs ; comment aboutir à presque rien à partir d'*absolument* rien ? Eh bien, la réponse est simple, la bonne vieille géométrie. Vous êtes mathématicien, vous pigez. Que savons-nous des structures les plus simples connues à ce jour, les quarks ? Nous savons — allons, mon petit vieux, *réfléchissez.*

Dale tâtonne. Le bruit de la réception a augmenté, et là tout en haut de son estomac quelque chose lui élance, Esther s'esclaffe à l'autre bout du séjour, sous la moulure à cartouche de l'arche, ses narines exhalant un panache de fumée, son petit visage crânement rejeté en arrière.

— Il y en a de toutes sortes, dit-il, et ils portent des charges positives ou négatives multiples d'un tiers de...

Kriegman bondit :

— Vous y êtes ! Et ils se manifestent invariablement par trois, et il est impossible de les dissocier. Alors, ça vous suggère quoi ? Réfléchissez. Trois choses, inséparables.

Le Père, le Fils, et le Saint-Esprit, la pensée traverse le champ visuel intérieur de Dale, mais sans parvenir à ses lèvres. Il en est de même du Ça, du Moi et du Surmoi. Et aussi des trois filles de Kriegman.

— Les trois dimensions de l'espace, clame Kriegman. Impossibles à dissocier elles non plus. Bon et maintenant, demandons-nous un peu, ces trois dimensions, qu'ont-elles de si extraordinaire ? Pourquoi ne vivons-nous pas en deux, ou quatre, ou vingt-quatre dimensions ?

Bizarre que cet homme mentionne précisément ces nombres quasi magiques, quasi révélateurs, que Dale entourait avec tant d'application au feutre rouge ; avec le recul, il les voit maintenant comme des illusions, des vaguelettes dans le néant pareilles à celles qui plongent Kriegman dans l'enthousiasme.

— Vous ne réfléchissez pas. Parce que, jubile-t-il, il faut ni plus ni moins trois dimensions pour faire un *nœud,* un nœud qui se resserre sur lui-même et que jamais rien ne pourra défaire, et c'est là précisément ce que sont les ultimes particules — des nœuds dans l'Espace-Temps. S'il est impossible de faire un nœud en deux dimensions, c'est qu'il n'y a ni dessus ni dessous, et — voici la chose fascinante, essayez un peu de vous la représenter — s'il est possible de faire un écheveau en quatre dimensions, jamais ça ne donnera un nœud, il ne tiendra pas, il se défera, tout simplement, il ne *persistera* pas. Hé, allez-vous me demander — je le lis sur votre visage —, mais qu'est-ce que c'est que ce concept, la persistance ? La persistance exige le temps, d'accord ? Et là est la clef, précisément : faute de temps il n'existe rien, et si le temps était à deux dimensions au lieu d'une, il n'existerait rien non plus, dans la mesure où il serait impossible de faire demi-tour et où il ne pourrait y avoir causalité. Et sans causalité, il n'y aurait pas d'univers, il ne cesserait pas de faire marche arrière. Je sais, ces trucs, vous devez trouver ça passablement élémentaire, je le vois rien qu'à la façon dont votre regard file sans cesse pardessus mon épaule.

— Non, seulement c'est que —

— Vous avez changé d'avis, vous voulez un verre, pas vrai ? Eh bien ne comptez pas sur Esther pour vous l'apporter, demandez plutôt à l'une des filles.

Dale pique un fard et essaie de se concentrer sur cet inlassable exposé, alors qu'il se sent pareil à un nœud en quatre dimensions, en train de se défaire.

— Pardonnez-moi, dit-il, mais comment disiez-vous que l'on passe de rien à quelque chose ?

Kriegman se tapote d'une main légère le dessus du crâne pour s'assurer que la couronne est toujours en place.

— D'accord. Excellente question. Je me bornais à une petite mise au point pour vous faire comprendre pourquoi il est indispensable que l'Espace-Temps soit ce qu'il est, et n'allez pas me faire le coup de la téléologie. Un nombre moindre de dimensions spatiales, eh oui, c'est ainsi, ne pourrait fournir assez de juxtapositions pour engendrer des molécules d'une complexité suffisante, sans parler, disons, des cellules cérabrales. Plus de quatre, autrement dit ce que l'on a dans l'Espace-Temps, la complexité augmente, mais pas de façon déterminante : quatre c'est beaucoup, suffisant. D'accord ?

Dale hoche la tête ; il pense à Esther et à moi-même, à lui et à Verna. Des juxtapositions.

— Bon, reprend Kriegman, imaginons le néant, un vide absolu. Mais attention ! Dedans il y a quelque chose. Des points, une géométrie *potentielle.* Une espèce de poussière de points dépourvus de structures. Ou, si ça vous paraît trop nébuleux, que pensez-vous de ça ! « Un ensemble de Borel de points non encore arrangés en une variété d'une dimensionnalité spécifique quelconque. » Représentez-vous cette poussière comme tourbillonnante ; dans la mesure où il n'existe toujours pas de dimension, ni proximité ni éloignement, il ne s'agit pas d'un tourbillon au sens où vous et moi concevons le terme, mais, n'empêche, certains sont projetés sous forme de lignes droites et disparaissent aussitôt, dans la mesure où rien n'existe pour maintenir la structure. Même chose s'ils se trouvent, par hasard — tout ça c'est le hasard, un hasard aveugle bien sûr, grand Dieu — Kriegman se ratatine, il se voûte, ses mentons se fondent plus massivement à sa poitrine, il dodeline comme un homme qui encaisse des coups répétés sur ıa nuque —, s'ils se configurent sur deux dimensions, sur trois, et même sur quatre, la quatrième n'étant pas le temps ; ils disparaissent tous, de simples accidents dans cette poussière de points, impossible de dire que quelque chose existe jusqu'à... — même le mot « jusqu'à » est trompeur, dans la mesure où il implique la durée, qui n'existe pas encore — jusqu'à, et voilà c'est gagné ! L'Espace-Temps. Trois dimensions spatiales, plus le temps. Ça se noue. Ça gèle. La semence de l'univers est née. Du néant. Du néant et de la géométrie brute, de lois qui ne peuvent être autres, personne ne les a transmises à Moïse, personne n'avait besoin de le faire. Dès l'instant où il y a cette graine, cette mini-mini-graine de moutarde — *boum !* Le Big Bang n'est pas loin.

— Mais...

Dale est impressionné, moins par ce que dit l'autre que par sa ferveur, la lueur de la foi dans ses petites lunettes tripartites, le bronzage uniforme de son visage et ses cascades de plis, ses cheveux souples qui commencent à se clairsemer, ses épais sourcils qui pointent et dardent comme de minuscules cornes de rhinocéros. Il vit, cet homme, il est maître de sa vie, la vie ne lui est pas un fardeau. Sous le regard désinvolte, vif et joyeux de ses petits yeux de fouine, Dale se sent écrasé.

— Mais, objecte-t-il mollement, « poussière de points », « gèle », « graine » — tout ça ce sont des métaphores.

— Existe-t-il autre chose ? fait Kriegman. Comme dit Platon : des ombres tapies au fond de la caverne. Pourtant, impossible de se passer de la raison ; sinon on se retrouve avec, à la barre, quelqu'un comme Hitler ou le pote à Bonzo. Ecoutez. Les ordinateurs, ça vous connaît, d'accord. Pensez binaire. Quand la matière rencontre l'antimatière, l'une et l'autre disparaissent, se muent en énergie pure. Mais l'une et l'autre existaient ; je veux dire, il y avait un état que nous appelons « existence ». Pensez à un et moins un. Ensemble ils équivalent à zéro, rien, *nada, niente,* d'accord ? Représentez-vous-les ensemble, puis représentez-vous-les en train de se *séparer* — de se décoller.

Il passe son verre à Dale, ses deux grosses mains poilues se plaquent paume contre paume, puis glissent vers le haut et se séparent, pour mimer le processus de séparation.

— Pigé ? — Il porte ses deux poings au niveau de ses épaules. — Maintenant, on a quelque chose, on a *deux* quelque chose, là où avant on n'avait rien.

— Mais dans le système binaire, objecte Dale, lui rendant le gobelet, l'alternative à un n'est pas moins un, c'est zéro. Et, justement c'est ça la beauté de la chose, du point de vue mécanique.

— D'accord. Pigé. Vous me demandez : ce moins un, c'est quoi ? Je vais vous le dire. C'est un *plus un qui recule dans le temps.* Et tout ça dans la nébuleuse écume de l'Espace-Temps, à l'intérieur du temps de Planck, n'oubliez pas. La poussière de points donne naissance au temps, et le temps donne naissance à la poussière de points. Astucieux, hein ? Il *faut* que ça soit ainsi. Un hasard aveugle, *plus* des maths pures. Et c'est prouvé, chaque jour. L'astronomie, la physique des particules, tout concorde. Laissez-vous donc aller, jeune homme, c'est formidable. L'écume de l'Espace-Temps.

Kriegman plaisante ; Dale le préfère zélé, évangélique au nom de l'incrédulité. Esther a disparu du porche. De nouveaux invités ne cessent d'arriver : Noreen Davis, la jeune Noire de l'accueil qui, avec un grand sourire, lui a, voici sept mois déjà, remis les formulaires, accompagnée de son collègue, le chauve du secrétariat de la faculté, et quelqu'un qui ressemble à Amy Eubank mais bien sûr ne l'est pas, son système d'identification est sûrement déglingué. Masochistement, il demande à Kriegman :

— Mais, et l'origine de la vie ? Ces probabilités sont pratiquement invraisemblables, elles aussi. Je veux dire, pour obtenir un organisme autoreproducteur doté de son propre système d'énergie.

Kriegman s'ébroue ; tordu par un rictus, son visage s'allonge comme soudain très timide ; sous sa guirlande, dans sa veste de velours sale aux coudes rapiécés et aux boutons mal cousus, tout son corps paraît fondre puis de nouveau se redresse en une posture presque martiale.

— Eh bien, ça c'est justement mon rayon, dit-il à Dale. Tout le reste, ce n'était que baratin pompeux, aucun rapport avec mon domaine, je n'ai pas la moindre idée de ce qu'est un ensemble Borel. Par contre, il se trouve que je sais exactement comment est apparue la vie ; et ça c'est de l'inédit, du moins pour le profane moyen dans votre genre. L'argile. La réponse, c'est l'argile. La formation de cristaux dans les argiles fines a fourni le patron, l'échafaudage, pour les composés organiques et les formes de vie primitives. La vie vous comprenez, la vie n'a fait que prendre le relais et s'emparer du phénotype que les argiles cristallines avaient conçu d'elles-mêmes, le facteur de transmission génétique étant intégralement contrôlé par la croissance et l'épitaxie des cristaux, et le facteur de mutation dérivant des défauts cristallins, qui engendrent, inutile de vous le dire, les configurations alternatives stables nécessaires à l'archivage de l'information. Mais alors, demandez-vous, et l'évolution ? Représentez-vous la porosité d'un morceau de grès, mon jeune ami. A chaque orage, toutes sortes de solutions minérales s'infiltrent dedans. Diverses espèces de cristaux reproductibles sont présentes, chacune reproduisant ses défauts spécifiques. Certains s'ajustent si étroitement qu'ils forment un bouchon étanche : ça ne vaut rien. D'autres sont si friables qu'aux premières pluies ils se désagrègent : pareil, ça ne vaut rien. Mais il existe un troisième type qui à la fois tient le coup et se laisse irriguer par les solutions géochimiques, pourquoi ne pas dire les éléments nutritifs, et ça c'est bien. Ce type de cristaux se multiplient et croissent. Ils croissent. Et maintenant, dans ce grès poreux, il y a une pâte poisseuse, perméable et capable de se reproduire. Un prototype de la vie.

Kriegman s'octroie une longue rasade de mon Amalden et claque des lèvres. Un verre à demi vide trône abandonne sur la petite table en noyer près du canapé rouge, et prestement mon voisin bien-aimé le troque contre le sien, vide.

— Mais... risque Dale, résigné à être interrompu.

— Mais, alliez-vous dire, et *nous,* là-dedans ? Comment les molécules organiques ont-elles été introduites ? Et pourquoi. Eh bien, je ne tiens pas à être trop technique, alors disons que certains acides aminés, les acides di- et tricarboxyliques, rendent plus solubles certains ions métalliques, l'aluminium entre autres. Ce qui nous donne un proto enzyme. D'autres, les polyphosphates, sont particulièrement adhésifs, ce qui, je le répète, est un gage de survie dans cet univers prézoïque que nous essayons de nous représenter. Des bases hétérocycliques telles que l'adénine ont tendance à se coincer entre les couches d'argile ; très bientôt, relativement parlant, on aura des polymères du genre ARN, avec une épine dorsale à charge négative, en interaction avec les arêtes des particules d'argile, qui ont tendance à porter une charge positive. Alors — écoutez, je sais que je vous emmerde à mourir, je vois ça à vos yeux, vous brûlez d'envie d'aller faire ami-ami avec quelqu'un que vous reluquez pardessus mon épaule, une de mes filles, qui sait. Celle qui pourrait vous plaire, c'est Miriam, si vous êtes capable de supporter un peu de propagande soufie ; moi c'est leur baratin antialcool que j'ai pas pu avaler. Ensuite, disais-je, du moment où l'on a un truc comme le ARN dans, cette fois, *non pas* la soupe originelle — parmi les types dans le coup, personne n'a jamais vraiment encaissé cette théorie dingue : trop... quel est le mot ?... pâteuse — mais dans une jolie pâte croustillante faite de gènes d'argile, le phénomène de reproduction organique est là sur le point de se manifester, d'abord comme un sous-système, une espèce d'extra optionnel parallèle à la croissance des cristaux, qui bientôt prend le relais de cette permutation de gènes dont je vous parlais, et puis les gènes d'argile disparaissent, dans la mesure où les molécules organiques, surtout les molécules de carbone, sont plus aptes à faire le boulot, à partir du moment où elles sont en selle. Croyez-moi, mon petit vieux, ça bouche un tas de trous théoriques. Du néant à la matière, de la matière morte à la vie, c'est du billard. Dieu ? Oublions-le, Dieu le vieux bluffleur.

Esther est de retour dans le living, tout à l'autre bout, plongée en grande conversation avec un jeune homme que Dale n'a encore jamais vu, le chouchou d'un prof sans doute, un joli page de harem aux longs cheveux mal soignés que ses doigts ne cessent de rabattre en arrière ; la petite tête d'Esther, son grand front luisant et les coques de ses cheveux roux bien roulées, se penche selon un angle amusé comme à Thanksgiving l'an dernier quand elle bavardait avec Dale.

— Et de la vie à l'esprit ? demande-t-il à Kriegman.

Au milieu des os de sa tête, sa propre voix résonne lointaine.

Kriegman s'ébroue.

— Inutile d'essayer d'insulter mon intelligence, dit-il.

Son sourire s'est flétri. C'est lui qui, brusquement, s'emmerde à mourir.

— L'esprit n'est qu'une métamorphose. Ce qui compte, c'est ce que l'esprit *fait*. L'esprit, c'est ce qui a évolué pour actionner nos mains, avant tout. Si vos théories se limitent à ce que vous m'avez servi, jeune homme, vous avez encore du chemin à faire.

— Je sais, fait humblement Dale.

Avec son misérabilisme bien chrétien, il savoure le goût de cendres qui lui monte à la bouche, la sensation de s'être laissé intellectuellement écraser.

— Vous avez une petite amie ?

La question est abrupte, rogue ; Dale en reste pantois.

— Devriez vous en dégoter une, lui conseille Kriegman. Qui sait, ça éliminerait peut-être les toiles d'araignées.

Comme Kriegman, épaules voûtées sous le gros velours de sa veste, pivote et plonge au plus épais de la foule, Dale fait instinctivement un pas pour le suivre, avide de prolonger leur joute, d'en apprendre davantage. L'aîné des deux hommes s'éloigne d'une démarche pesante, comme ivre, tel un Minotaure repu, sa tête au cou tronqué toujours ceinte de la guirlande qui se flétrit. Dale se retrouve seul. Tout autour de lui, les autres échangent des propos enjoués, un magma de gènes sous pression. Même la benjamine des filles Kriegman, Cora, quinze ans, appareil dentaire et queue de cheval, régale avec animation un cercle d'admirateurs — Jeremy Vanderluyten qui solennel opine du chef, vêtu d'un trois-pièces auquel rien ne manque, pas même le gousset ; le fils vaguement débile de Mrs. Ellicott, qui poliment, vaguement, sourit ; et Richie Lambert qui, avec une stupéfaction mêlée de dégoût, observe l'ardeur candide et pourtant confiante que déploie Cora à jouer les coquettes. Esther a de nouveau disparu. Tout ce qui au fil de l'hiver et de ce début de printemps n'a cessé de tourmenter Dale, gonflant douloureusement son cerveau, s'est révélé illusoire. Verna lui manque, Verna une perdante elle aussi. Il se demande pourquoi elle n'est pas ici ce soir. Soudain s'approche un homme qui lui devrait savoir : son hôte, œil gris, cheveux gris, opaque comme un bloc de pierre. Plein d'humour, j'exsude une fausse sollicitude.

— Mon pauvre vieux, dis-je. Alors Kriegman vous a pressé comme un citron, pas vrai ?

— Il a une foule de choses à dire.

— Sur tous les sujets. Un vieux hâbleur, ne le prenez pas au sérieux. Vous avez l'air ravagé.

— Je me demandais, où est donc Verna ?

— Esther et moi avons pensé qu'elle risquait de ne pas se sentir dans le coup.

— Comment va-t-elle, au fait ? J'ai perdu le contact ces derniers temps.

— Elle va bien. Elle se bat contre l'Assistance Publique qui essaie de lui retirer Paula.

Je racontai toute l'histoire à Dale, tout hormis le morceau de choix, notre fornication. Il parut soulagé de transférer son attention sur des sujets autres que cosmiques.

— Elle a besoin qu'on l'aide, dit-il. Je devrais reprendre contact avec elle.

— C'est bien ce que je pense, acquiesçai-je.

Esther nous rejoignit. Elle fit semblant de ne pas me voir.

— Dale, accusa-t-elle, vous ne vous amusez *pas du tout.* Venez goûter mon chili et bavarder un peu.

Elle le tiraillait par la manche de sa veste. Sa lèvre supérieure transpirait, ombrée d'un léger duvet. Posté comme je l'étais à côté et légèrement en surplomb de son visage, je le voyais nettement, et aussi le bombement de ses cornées aux iris vert pâle ; je le sentais, le malheureux Dale s'imaginait qu'un mystérieux message intime, prisonnier de cet écran bombé et humide, s'élançait vers lui, quelque fatal secret cellulaire, par exemple qu'elle se mourait de leucémie ou se trouvait enceinte.

— Mais si, il s'amuse *beaucoup,* intervins-je. Il teste son projet théologique sur Kriegman.

— Je trouve cruel de ta part, dit Esther, exprès pour que Dale entende, d'avoir lâché sur lui ce super-emmerdeur de Myron. Ce sont les filles de Myron qu'il devrait rencontrer.

— C'est fait, dit Dale, Flopsy, Mopsy et Cottontail.

Nous nous esclaffâmes tous les trois, nous adorant à notre façon pitoyable.

3

Le lendemain, comme pour faire amende honorable de ne pas l'avoir conviée à notre soirée, je téléphonai à Verna et l'invitai à déjeuner au restaurant. Je le savais, l'idée de se retrouver coincée chez elle en tête à tête avec moi l'effarouchait. Une encombrante éthique de l'amour physique dicte à la femme que, du jour où la glace a été rompue, un refus devient trop blessant pour l'homme ; dès lors ses sentiments maternels et protecteurs nuancent ses désirs sexuels. Mon intuition me soufflait que Verna ne souhaitait pas davantage se trouver dans l'obligation de m'accepter ou de me refuser, que je ne souhaitais moi-même me trouver dans l'obligation — devant le *problème,* comme autrefois au lycée disaient nos manuels de physique, en l'occurrence hisser des cubes parfaits au sommet de rampes sans frottement — de suggérer la chose. Car me serais-je dispensé de lui faire des avances, c'était, là encore, blessant. Nous étions devenus, l'un pour l'autre, des obligations.

Je l'emmenai dans un restaurant tape-à-l'œil et vulgaire, appelé le 360 car, situé au dernier étage du gratte-ciel le plus élevé de la ville, lentement, avec un bourdonnement à peine audible d'engrenages, il effectue une révolution complète toutes les heures et demie — façon de signifier avec tact combien de temps devrait en théorie se prolonger un repas.

J'avais lu dans le journal du matin — en face de moi le visage bouffi et maussade d'Esther assise candide à l'autre bout de la table, surchargée par le petit Sony de Richie débordant du babillage discordant et strident de vieux dessins animés — que l'on évalue en Amérique à trois cent mille le nombre d'enfants impliqués dans la production de pornographie enfantine. Le chiffre paraissait absurdement élevé, comme cette autre statistique bizarrement similaire que j'avais lue quelques jours plus tôt dans le même journal (une feuille libérale pompeuse qui essaie d'assaisonner son élitisme fadasse en versant des larmes de crocodile sur le « déclin » de nos « quartiers ») : l'évaluation à cent cinquante hectares de forêt de ce que consomme la fabrication d'une seule édition dominicale d'un journal de grande ville. Se peut-il que ces chiffres énormes soient exacts, ou un rédacteur en chef dément serait-il tombé amoureux du nombre 300 ? La plupart des nombres, bien sûr, paraissent toujours beaucoup plus élevés que, strictement parlant, il serait nécessaire qu'ils ne soient, y compris soixante-dix. Quant à la banque des gènes, nous imprimons nos traces beaucoup plus tôt que nous ne le souhaiterions.

Verna m'attendait, devant la cité, assise au soleil presque estival sur un des bancs du terrain de jeux. Du jour au lendemain les arbres s'étaient couverts de feuilles, et le quartier paraissait plus sombre et compartimenté, chaque zone délimitée par les murs de feuillage, une version étriquée des « bosquets » généreusement taillés du parc de Versailles. Sans doute une sensation analogue d'être à la fois dehors et dedans batifolait-elle dans l'esprit du violeur de la fille Ellicott le jour où il avait abusé d'elle derrière les rhododendrons avant de l'étrangler comme s'il chiffonnait une serviette souillée. Quand, se levant, Verna se dirigea vers mon Audi à la couleur ambiguë, quelques jeunes Noirs qui traînaient là poussèrent des huées admiratives. Talons hauts, tailleur de lin blanc cassé, cheveux rebelles épinglés sur la nuque par des barrettes en écaille. Seules les mèches blondes qui pointaient de sa crinière comme des fusées hirsutes et une profusion de bracelets en caoutchouc à ses poignets rappelaient encore la rebelle affublée de hardes ajustées à la diable.

Bonté divine, je l'aimais, pourtant ne m'y attendais pas. Son large visage têtu, sa poitrine ample sous le lin de ses revers et le strict chemisier beige, ses hanches larges qui se prolongeaient en fuseau jusqu'aux mollets et chevilles gainés de nylon luisant, les talons acérés de ses souliers deux tons : une jeune femme. Mon rendez-vous de midi. Paula était à la crèche et il était convenu, aujourd'hui, qu'Esther la ramènerait directement chez nous, où elle passait une partie de plus en plus grande de son temps. Verna, juchée sur ses fringants talons aiguilles, avait échappé au carcan de la maternité.

— Une dame, et jusqu'au bout des ongles, fis-je, comme elle insinuait sa croupe sur le velours du siège voisin.

— Un salaud, jusqu'au bout des ongles, me renvoya-t-elle.

Je me sentis sincèrement blessé.

— Pourquoi dis-tu ça ?

— Comme ça, sans raison, Tonton. Ça rimait plus ou moins, disons. Une assonance, ou alors l'autre truc.

Elle regardait droit en avant à travers le pare-brise, repoussant le moment de notre inévitable querelle. Son nez, mais peut-être l'ai-je déjà écrit, a quelque chose d'inachevé, un peu massif et grossier ; mais de profil relativement droit. Pour une femme, un nez droit est un don de Dieu ; quasiment tout le reste peut se trafiquer.

Je démarrai et mis le cap sur le centre. Nous franchîmes le fleuve sur le vieux pont en meulière. Traversâmes les quartiers plus anciens aux constructions de brique, en proie à un perpétuel embouteillage dont les gaz d'échappement teintent d'une brume bleuâtre les rangées de maisons jadis élégantes, petits immeubles de quatre étages depuis longtemps recyclés en résidences pour étudiants et impitoyablement vendus en copropriété. Les fenêtres des étages vomissaient les vieux plâtras et lambris par le canal de toboggans en bois dans des bacs rouillés qui aggravaient l'engorgement de la circulation. Peut-être la brume émanait-elle aussi des arbres qui bordaient la chaussée — sycomores, marronniers, ormes aux troncs affublés de boîtes à transfusion peintes en vert comme autant de malades affublés de cœurs artificiels se traînant à petits pas vers leur mort — ou encore des voitures en panne ; en mai, une effrayante frénésie de pollinisation, une pluie de chatons filandreux et de duvets fertiles à la dérive, submergent le monde sylvestre. Comme notre président transcendant se vit un jour injustement blâmé pour l'avoir souligné, il n'est pour la Nature pire polluant qu'elle-même. Les croyances se succèdent ; jamais nos libéraux sans Dieu n'accepteront de voir blasphémer la Nature, ils lanceront des pétitions et renverseront des sénateurs pour sauver jusqu'au marécage le plus immonde de notre chrétienté.

Emergeant de ce quartier rougeâtre et jadis prospère, nous nous traînâmes en cahotant, malgré une nuée d'oxyde de carbone et la torture optique du soleil radieux reflété par les courbes du métal, pour pénétrer dans le centre proprement dit où, comme une épidémie, la pratique insolente du parking en double file réduit les rues à d'étroits sens uniques. Dans un louable effort pour venir à bout de l'embouteillage chronique, la police a imaginé d'utiliser des chevaux — énormes animaux incongrus et archaïques circulant comme sur la pointe des pieds au milieu du métal frappé de paralysie tandis que des cavaliers en uniforme bleu, des hommes mais aussi des femmes, souvent plus noirs d'ailleurs que leurs montures, et tout aussi nerveux, contemplent la scène avec une impérieuse inefficacité. D'imposants immeubles de verre, des hectares de transparence et de reflets, flottent au-dessus de magasins qui offrent des marchandises à l'étrange humilité — doughnuts, fournitures pour artistes, cartes de vœux, disques (là le stationnement en double file était particulièrement insolent) — comme si toute cette grandeur architecturale et économique dépendait de notre empressement à consommer toujours plus de cartes d'anniversaire humoristiques et semi-libidineuses.

Nous nous engageâmes, Verna et moi, sur une rampe courbe (objectif atteint en marche arrière ; mais dans les manuels de physique, les rampes n'étaient jamais courbes) et nous nous garâmes dans le parking en sous-sol du gratte-ciel, imprégné d'une vague odeur d'humidité qui me rappela une maison bâtie au bord d'un ruisseau située non loin de Chagrin Falls, où mon père, Veronica, Edna et moi nous nous rendions parfois jadis. Le fermier vendait des œufs à coquille brune et, à la saison, du maïs sucré, et il ne manquait jamais de nous convier, tel un sommelier à rouflaquettes recommandant un grand cru à des connaisseurs, à goûter une gorgée de son eau de source, puisée dans une louche en fer-blanc toute cabossée dont l'arôme fragile, un arôme glacé de fer-blanc, se retrouvait ici dans cet entrepôt souterrain pour voitures, grosses coques vides au métal teinté pour l'instant abandonnées comme autant d'encombrants manteaux. Le garage comportait de nombreux niveaux, numérotés et codés par une couleur, chacun d'eux étayé par des piliers de béton s'évasant en cône au sommet. Dans un angle humide, orné de flaques d'urine et de flasques de whisky au rebut, s'ouvrait une porte rébarbative sur un ascenseur tapissé de vinyle qui nous catapulta sans secousse vers les hauteurs. Un orchestre désincarné se frayait pizzicato un chemin à travers un vieux morceau des Beatles. L'ascenseur amorça un piqué et s'arrêta pile pour prendre d'autres usagers au rez-de-chaussée — touristes cramponnés à leurs guides et appareils photos et équipés de chaussures de jogging, en route pour la terrasse panoramique ; hommes d'affaires déjà vêtus de costumes d'été gris et mastic, en route pour un déjeuner aux frais de l'entreprise — puis se remit à grimper avec une telle ardeur que le sang afflua aux extrémités de nos doigts et que nos genoux menacèrent de ployer. Les numéros des étages défilaient en vacillant au-dessus de nos têtes dans ces voyants électroniques composés de minuscules ampoules pareilles à des bacilles filiformes, de plus en plus vite, puis de nouveau lentement, puis enfin nous descendîmes, les touristes se dirigeant d'un côté vers la terrasse plein ciel, ses boutiques de souvenirs et la cassette qui en permanence débitait l'histoire de la ville psalmodiée semblait-il par un entrepreneur de pompes funèbres, et nous de l'autre pour fouler le douillet tapis feutré bleu acier qui menait au Restaurant 360, ses cordons de velours, ses fougères luxuriantes, son cliquetis étouffé d'argenterie, ses immenses baies surplombant les blocs d'immeuble et les parkings soixante étages en contrebas. Vue d'en haut notre vieille cité est à dominante rouge, et la vue est saisissante, une immense tannerie ou salle d'opération.

Guidés vers notre table par un maître d'hôtel aux joues creuses, nous progressâmes sur un épais tapis moelleux à travers de vertigineux et étincelants volumes de stratosphère, et je me sentis là en compagnie de Verna aussi visible que sur une photo. Des regards voletaient jusqu'à nous, certains s'attardaient. Des années plus tôt, peut-être nous eût-on pris pour un homme accompagné de sa fille, ou, ce qui était le cas, de sa nièce ; maintenant, les regards identifieraient une jeunesse accompagnée de son amant grisonnant et chenu, ce qui, en un sens, était également le cas. Par contraste avec la jeunesse de Verna et son lustre moiré d'ondine, sans doute devais-je dans cette lumière radieuse apparaître comme un vieux loup de mer au visage taillé à coups de serpe, le moindre pinçon laissé par la concupiscence et l'amertume, en un demi-siècle d'égoïsme, comme mémorisé dans la texture veule et crevassée de mon visage rusé, prudent ; pourtant et bizarrement, je ne me sentais nullement gêné d'être vu en compagnie de Verna.

Aucun risque que quelqu'un de ma connaissance, ni de la faculté ni de ses alentours, se soit aventuré dans ce céleste piège à touristes ; de modestes mais précieux restaurants — sept tables et un patio fuligineux coincés entre une blanchisserie automatique et un magasin diététique, avec pour chef un ancien étudiant et en guise de menu un simple tableau noir — tel était notre style, à nous de l'université. Verna se déplaçait sans la moindre gêne entre les tables hérissées de regards, avec un merveilleux je-m'en-foutisme arrogant (sa jeune vie, si pauvre à tant d'égards, a été riche en dîners au restaurant) et, à l'exception de ses bracelets en caoutchouc et de ses boucles d'oreilles plutôt brinquebalantes, sa tenue n'avait rien de déplacé. Elle n'était pas, pour la première fois l'idée m'en effleura, une honte pour sa/notre famille, mais en faisait partie au même titre que les autres, avec ce même dos patient, voûté, presque bossu qu'avait Edna autrefois, et avant elle Veronica, du jour où la garce avait pris de l'embonpoint. Chaque génération est un bâton planté dans l'eau du temps, et en apparence seulement tordu.

Notre table se trouvait au bord du cercle pivotant, et donc jouissait de la vue. Comme nous nous asseyions, je sentis le parquet nous entraîner à petites secousses en avant, de membrure d'acier en membrure d'acier le long des hautes baies panoramiques, tandis que les perspectives des toits obliques et des lointains fuyants se fondaient les unes aux autres, notre ville étalée jusqu'à l'horizon indéchiffrable noyé dans la brume.

Sans doute eut-elle l'intuition que je l'avais amenée ici pour négocier car, sans attendre, elle prit l'offensive.

— Qu'est-ce que tu lui as fait à Dale, Tonton ? demanda-t-elle, se penchant au-dessus de son assiette vide, du verre rempli d'eau à ras bord, de la serviette pliée, des couteaux et fourchettes scintillant d'éraflures minuscules. Il est dans un état affreux.

Dans cette lumière intense, je remarquai quelques taches de rousseur écloses sur son front et son nez ; Edna, je m'en souvenais, s'offrait une moisson de taches de rousseur, à force de jouer au tennis, de nager et de traîner au club tout au long de ces précieux étés monotones.

— Comment ça !

— Il dit qu'il a perdu la foi. Il a discuté avec un type qu'il a rencontré à cette soirée où tu m'as pas invité, et il a compris à quel point tout ça c'est stupide. Et aussi, je crois pas que son truc avec l'ordinateur aboutisse à grand-chose. On dirait qu'il espérait un miracle qui s'est pas produit.

— Tu ne te serais pas sentie bien à cette soirée. C'est quelque chose que nous faisons tous les ans pour nous débarrasser de nos obligations, c'est tout. Le truc avec l'ordinateur, comme tu dis, était censé apporter la preuve de l'existence de Dieu. S'il y était arrivé, le monde n'aurait eu d'autre choix que de mourir. Le salaud essayait de faire mourir le monde à notre place. Il a intérêt à avoir quelque chose à soumettre d'ici le 1er juin, sinon il peut faire son deuil de sa bourse, on ne la lui renouvellera pas.

— Je crois pas qu'il souhaite qu'on la lui renouvelle. A ce qu'il dit, il veut tout plaquer ici pour rentrer chez lui. Il dit qu'il y a comme ça des gens qui peuvent pas supporter l'Est, et que c'est son cas. Il pense que c'est aussi le mien.

Pour le moment nous avions la vue vers l'est, vers le port : les entrelacs des vieux quais, les longs entrepôts de granit aux toits en mansarde couverts de lourdes ardoises ourlés de reflets de cuivre vert pâle, quelques grands immeubles sur le port aux angles arrondis comme des cartes à jouer, avec, à leur pied, de vieux bâtiments de commerce délabrés, brique et goudron, et une autoroute urbaine fatiguée dans les affres de l'élargissement. Les nouvelles voies dessinaient une marge, grouillante de silhouettes et d'engins minuscules, de déblais rouge orange. Qui pourrait croire qu'elle est si mince, la couche de terre dont une ville, toutes les villes, recouvrent la terre et le roc ? Au-delà des quais, il y avait l'eau, zébrée de bleu et de gris, piquetée çà et là de bateaux-jouets et d'îlots miteux prisonniers de la baie, des bancs de sable dessinés comme des touches de peinture, dont l'un hébergeait une prison et l'autre une usine d'engrais. Au ras de l'horizon, le long nuage bleu d'une péninsule, de plus en plus pâle avec l'éloignement, était coiffé par la silhouette d'un phare. La frange sud de notre panorama incluait un fragment plat d'aéroport, avec une piste raccourcie et, juchée sur deux échasses blanches, la tour de contrôle, ses fenêtres vertes pareilles à de minuscules émeraudes. Et encore, au-dessus, plus haut que nous ne la voyons d'ordinaire, sereine, la limite de l'horizon, plate comme l'oscillographe de la mort cérébrale. Le serveur en smoking s'approcha, je commandai pour moi un Martini et un Black Russian pour Verna.

— Ça l'affecte comment à part ça, cette prétendue perte de la foi ? demandai-je.

— Pas « prétendue ». C'est vrai, il est en train de piquer une espèce de dépression nerveuse.

Une exagération typique de femme, et non de petite fille.

— Les hommes ont un immense besoin de compassion, signalai-je.

— A ce qu'il dit, il n'arrive plus à fermer l'œil, tu comprends, avant il priait et il finissait par s'endormir. Il dit que chaque fois qu'il se remet à travailler, tu sais sur ces drôles de dessins animés, c'est tellement stupide, ça le rend malade. Et il dit aussi — sa voix se para de ce nasillement, ce timbre de petit instrument rigide mal adapté à la parole — que par moments, quand il travaille là devant son écran, il est submergé par une véritable vague de nausée et qu'il a l'impression qu'il faut absolument qu'il vomisse.

— Et ?

— Eh bien, ça il me l'a pas dit.

— Eh bien, tu vois. C'est clair. Il vivra. Il y a foi et foi, ce que nous nous imaginons croire est en réalité une partie infime de ce qu'en fait nous croyons.

— On dirait que t'es ravi. Qu'est-ce qu'il t'a donc fait, Dale ?

Je répondis du tac au tac, et du fond du cœur :

— Il m'a exaspéré. Il a fait irruption un jour dans mon bureau en clamant sa certitude de parvenir à coincer Dieu et il m'a fait perdre mon temps. Quand on arrive à mon âge, Verna, le temps est ce que l'on n'a surtout pas les moyens de perdre. Et non seulement il a essayé de me tyranniser, mais, m'a-t-il semblé, il essayait de tyranniser Dieu. La plupart des gens « de bien », si j'en crois mon expérience limitée, sont des tyrans.

Le Martini commençait à me travailler ; tout me paraissait enduit d'un léger poli. Le plancher circulaire nous entraînait et notre table avec nous par imperceptibles secousses. La joue lisse de Verna arborait sa fossette.

— C'est sans doute pour ça que tu m'aimes bien ? J' suis mauvaise.

— Mauvaise seulement au sens moral du terme, clarifiai-je, *mauvaise.* C'est-à-dire, bonne. Je t'adore dans ce joli tailleur sage, m'enhardis-je, tu es tout à fait dans le ton.

— Je m'efforce de faire ce que les autres attendent de moi, Tonton, dit-elle. Mais...

— *Mais « girls they want to have their fun »*, complétai-je.

Un jeune serveur de second rang en veste de smoking blanche nous apporta notre premier plat : consommé à la viande pour moi, un cocktail de crevettes pour Verna, sur glace pilée. Les crevettes étaient accrochées par la queue au rebord d'un verre à sorbet, comme des créatures vivantes dépourvues de visage qui se seraient hissées là pour se désaltérer dans la mare de sauce écarlate. Mon consommé était trop chaud ; comme ma compagne approchait de sa nourriture son visage plein, je me tournai de nouveau vers le panorama. Cette fois il donnait vers le sud. Un gratte-ciel voisin, une trame de verre pareille à une grille de mots croisés remplie d'employés saisis dans tout un alphabet de postures, assis, debout, penchés, se profilait tout proche ; derrière son épaule, un quartier de brique aux maisons basses, joliment dessiné il y avait bien longtemps avec des parcs ovales, des rues en croissant et une ou deux églises à flèche blanche, luttait vaillamment pour se remettre au goût du jour, au terme d'un siècle d'exil. Au-delà, des quartiers trop excentriques pour être déjà ainsi réhabilités se fondaient dans une gamme fumeuse de roses, gris et verts, dans l'axe d'une souillure blanchâtre de réservoirs à gaz, flanquée par la rouille d'un pont de chemin de fer aux hautes arches. Pareil à des souches géantes, l'amas d'un grand ensemble résidentiel jaillissait des collines dénudées qui, sur les cartes, marquaient les limites de la ville ; en réalité, la ville s'étendait toujours plus loin, bordant l'autoroute et la côte vers le sud, engloutissant dans son orbite villages, fermes et champs, au point que, pratiquement, elle ne s'arrêtait que là où commençait la lointaine banlieue de la prochaine ville côtière.

— Elle est *passé* *, Tonton, me renvoya Verna, en essuyant d'un doigt enfantin à l'ongle rongé l'ultime trace de sauce cocktail accrochée au coin de sa bouche. Cyndi Lauper.

— Déjà ?

— Toutes les filles s'habillent maintenant comme Madonna. Regarde.

Elle tendit les bras et, provocante, fit tinter ses bracelets.

— Madonna, c'est ça. Et puis ça.

Elle avança son visage et, d'un index glissé sous chacun de ses lobes, souleva pour mieux les exhiber les croix en faux or qui pendaient à ses oreilles.

— Un tas de filles sont furieuses de s'être fait raser les côtés de la tête au temps où Cyndi était à la mode, m'expliqua-t-elle. C'est comme les mèches violettes et tous ces autres trucs bizarres, en fait c'est de l'automutilation. J'en discutais l'autre jour avec mon assistante. Cyndi, tu comprends, c'était la victime-née. Tu te souviens quand on lui a refusé tous ces prix qu'auraient dû lui revenir à l'Oscar du Disque, et qu'elle arrêtait pas de sourire, alors que pourtant c'était sa grande année. Tandis que Madonna, c'est une coriace. Elle sait ce qu'elle veut et elle y met le paquet.

— Et toi ? Tu sais ce que tu veux maintenant ?

Il y avait une certaine orientation que je souhaitais que prenne cette conversation, mais peut-être était-il trop tôt pour lui donner un coup de pouce.

— Mon assistante prétend qu'en fait, je demande qu'à

être comme tout le monde, dit Verna. C'est pour ça que j'en voulais tellement à Poopsie : rien que de la regarder, ça me rappelait que je l'étais pas. Tu comprends, toutes ces conneries avec les Noirs, histoire de faire râler mon père sans doute...

— Ça veut dire quoi, être comme tout le monde ? — Je me rappelais sa définition, et lui fis écho : — Tortiller du cul aux cocktails de Shaker Heights ?

— En partie peut-être. Mais en partie seulement. Je veux quelque chose qui me *structure,* Tonton.

Le barthien s'insurgea en moi : quel droit avons-nous, nous créatures déchues qui de notre propre volonté nous sommes abandonnées au chaos, de revendiquer une structure ? Qui est le garant de cet ordre purement humain ?

— Parle-moi de ton assistante, dis-je.

— Elle est chouette. Je l'aime.

Un éclair de jalousie me transperça.

— Elle est jeune ?

— Vieille. Encore plus vieille que toi. En fait, je crois que je ferais mieux de pas trop parler de tout ça.

Elle plongea son regard dans le verre vide de son cocktail de crevettes, le creux de glace pilée qui achevait de fondre dans le bol en argent. Le serveur s'approcha pour la débarrasser ; mais je sentis que, de toute façon, elle n'en aurait pas dit davantage.

Au fil de ses pensées, elle passa à un nouveau sujet, un sujet qui du moins pouvait paraître nouveau.

— Un autre truc qui emmerde Dale, me dit-elle, parlant de tortiller du cul, c'est qu'il a une histoire avec une bonne femme plus vieille que lui, une femme mariée et, à ce que j'ai cru comprendre, un sacré bon coup.

— Oh, fis-je, sentant le parquet nous entraîner dans le sens des aiguilles d'une montre.

— Ouais, en fait c est ça qui le ronge, d'abord parce qu'il sait qu'ils devraient pas faire ça, et que malgré tout il continue, et aussi parce qu'il a pas envie que ça finisse et que c'est en train de finir.

— Qu'est-ce qu'il en sait ?

— Je crois que la bonne femme lui a transmis le message. Encore une raison qui le pousse à vouloir rentrer dans l'Ohio, pour s'éloigner d'elle. Une nuit, on a partagé un carton de bière dans ma piaule lui et moi — pour ce qui est de picoler et du reste, il s'est drôlement décoincé — et il s'est mis à me raconter le genre de trucs qu'ils faisaient ensemble, et à ce qu'il dit, elle s'éclatait drôlement. Dans le cul et tout. A croire qu'elle *voulait* le rendre dingue. Elle habite une grande maison vraiment rupin, m'a raconté Dale. Quelque part dans ton quartier, à ce qu'il me semble.

— C'est un grand quartier, fis-je. Et quand on arrive à l'âge de cette dame, il n'y a guère de raisons pour ne pas s'éclater. A ton âge à toi, la mis-je en garde, rivalisant avec mon invisible rival le conseiller, on doit prendre garde à ne pas se gaspiller.

— Quel âge j'ai, selon toi ?

— Dix-neuf ans.

— Eh bien, j'ai une nouvelle pour toi, Tonton. J'ai eu vingt ans la semaine dernière.

A en juger par le ton de sa voix, cette nouvelle devait signifier pour moi une défaite. Au contraire, je sentis la petite secousse du parquet, une petite secousse de soulagement : en un sens, j'avais le sentiment qu'à cet âge, elle était moins à ma charge, à notre charge à tous.

— Joyeux anniversaire, chère Verna.

Le garçon s'approcha pour nous servir, moi mon filet de sole, elle sa côtelette d'agneau. Il ne parut nullement surpris quand je commandai une bouteille de champagne. Il avait les cheveux coupés très court, le genre de coupe impeccable que tout le monde portait au temps de ma jeunesse, mais qui désormais identifie exclusivement les homosexuels — et aussi, encore une caste marginale, considérée avec méfiance, comme un terrain potentiellement riche de catastrophes — les militaires.

Le panorama, vers l'ouest, révélait comment s'était développée la ville, au début du siècle, quand la terre était bon marché. Elle avait alors acquis ses édifices municipaux : la bibliothèque publique et le musée des Beaux-Arts, tous deux style pseudo-Renaissance, avec cour intérieure et toit de tuiles rouges ; la profonde cuvette verte au dessin irrégulier qui contenait notre terrain de base-ball pour matches de première division, ceinte de batteries de projecteurs pareilles à des tue-mouches géants et garnie de sièges où alternaient deux couleurs, cerise et myrtille ; le long miroir du plan d'eau et du dôme couleur massepain de la cathédrale des scientistes chrétiens (science chrétienne ! comme si cela pouvait exister !). Parmi les demeures plus anciennes plantées sur leurs terrains entourés de grilles, beaucoup avaient été rasées pour faire place à de nouvelles constructions — des parkings publics dont les toits arboraient de joyeux systèmes de flèches, et un complexe hôtel-centre commercial sur plusieurs niveaux dont la géométrie irrégulière, vue en surplomb, évoquait un Lego. Les perspectives de cette structure flambant neuve plongeaient en zigzags jusqu'à des entrées dont les marquises bleu vif se détachaient à peine plus grosses que les index d'un fichier. Ne nous parvenait à cette altitude, à travers l'épaisse paroi de verre, que l'unique voix de la ville anesthésiée, le hoquet impérieux d'une sirène de police.

Le champagne arriva et, de son âcreté pétillante, je portai un toast à ma compagne.

— Ton agneau, ça te plaît ? lui demandai-je.

— Ça va. C'est excellent, je veux dire. Vraiment chouette ce déjeuner, et drôlement cher. Tonton ?

— Oui, Verna ?

— Dis-moi, tu regrettes de m'avoir baisée, c'est ça que t'essaies de me dire ?

— Bonté divine, ma chère enfant, mais non. Je suis tellement content au contraire, c'était charmant. Et comme tu l'avais prédit, je me suis senti soulagé. Ça m'a aidé à me préparer à la mort.

Le moment était venu ; elle m'y avait conduit.

— Mais il n'est pas indispensable que cela se renouvelle,

peut-être, et puis une chose qui par contre ne me fait nullement plaisir...

— C'est Paula.

— Non, Paula n'est pas tellement un problème. Ce qui ne me fait nullement plaisir, ce sont les attentions que me prodigue l'Assistance Publique : savoir que mon nom figure dans leurs minables dossiers. Avec mon poste à la faculté...

— Tu dois garder les mains propres.

— Propres d'une certaine façon, ou, disons plutôt, veiller à ne pas les salir d'une façon que mes collègues jugeraient absurde. Nous sommes capables de tolérer la saleté, chez nous, « la nature humaine est faillible » comme nous disons, mais à condition que cela garde certaines formes traditionnelles. Cette histoire de Paula, sa blessure et le reste, c'est pire que mal, c'est *gauche* *.

Brusquement, elle se jeta à l'eau :

— Dale veut que je rentre avec lui à Cleveland ; peut-être que je l'ai déjà dit.

— Pourquoi, non. Je ne crois pas en tout cas. Et ça remonte à quand, tout ça — après le carton de bière ?

— Tu continues à te faire des idées sur lui et moi. Il s'est mis en tête que je devrais essayer de faire la paix avec maman, c'est tout. Et puis il dit que si seulement je décrochais mon certificat, à Case Western y a des cours du soir formidables.

— N'y retourne pas, Verna, dis-je, au mépris de mes propres intérêts. Ils sont affreux là-bas tous ces gens.

— D'après mon assistante, il n'y a que pour ces gens que j'ai vraiment de l'affection.

— Ma foi, voilà du Freud plutôt inoffensif. — Je poussai un soupir de reddition reconnaissante. — Ça te ferait plaisir que je t'offre ton billet ?

— Hé, bien sûr, si à toi ça te fait plaisir, ça serait super.

Ses yeux, souvent plutôt mornes dans les gaines légèrement bridées de leurs paupières, brillaient ; peut-être était-ce le champagne, ou l'intensité de la lumière à cette hauteur, qui faisaient scintiller les plus infimes éraflures de l'argenterie. Elle eut un sourire, ses dents aussi petites et rondes que des perles :

— Et puis, je voulais te demander encore un service ?

— Oui, ma chérie ?

J'essayais de comprendre pourquoi les croix accrochées à ses oreilles me semblaient si répugnantes : à cause du culte barbare de la flagellation dont elles étaient le symbole, ou de quelque scrupule en moi, superstition ou atavisme, à les voir porter avec tant de frivolité ? Pourtant il y a des siècles que les croix brinquebalent dans ce sillon moite de sueur entre les seins des femmes. Qui a fait le corps de la femme ? Dieu, nous devons nous le rappeler, sans cesse.

— Ce serait formidable si tu passais un coup de fil à maman, pour voir comment elle prend l'idée de mon retour. Moi j'ai pas le courage.

— Moi non plus.

— Mais pourquoi, Tonton ? C'est ta sœur. Ta demi-sœur. Oh. Je sais pourquoi.

Ses fossettes se creusèrent.

— En fait, t'as peur qu'elle devine, rien qu'au son de ta voix.

Ma sole était un peu sèche, et lente à quitter la bouche. J'avalai avec un peu trop de précipitation, ce qui me fit mal.

— Devine quoi ?

— Que tu m'as baisée, fit-elle distinctement, s'étant éclairci la gorge.

Aux tables voisines, des têtes au brushing impeccable se tournèrent de notre côté.

— Pas si fort, implorai-je.

Ses yeux, leur ambre saupoudré d'or dans la lumière intense, se plissèrent de joie à l'idée qui soudain lui traversait l'esprit.

— C'est pour ça que t'as envie de te débarrasser de moi, vieux salaud. Je suis une pièce à conviction. L'envie pourrait me venir d'être collante et de te foutre dans la merde, pas seulement dans ton boulot, mais aussi dans ta vie avec ta connasse de petite épouse. C'est elle qu'a le fric, pas vrai, qu'a payé tous ces jolis trucs dans votre maison ? C'est pas avec ton salaire de prof que tu t'es offert tout ça. Dale m'a raconté que son père était une espèce de gros ponte.

Calmement, sincèrement, j'expliquai à mon accusatrice :

— Esther fait partie de ma vie. Je me suis donné un mal fou autrefois pour qu'elle en fasse partie, et je suis trop vieux pour recommencer à changer les choses.

Pour dessert, Verna choisit un baba au rhum arrosé d'un Irish Coffee, tandis que, gonflé par le champagne, je me contentai d'un espresso sirupeux comme du goudron ; une pile de brochures d'examens sur l'hérésie m'attendait dans mon bureau.

Nous avions maintenant vue vers le nord. D'en haut, le fleuve paraissait beaucoup plus large — plus imposant, plus primitif — que lorsqu'on traversait en vitesse l'un des ponts. L'université, qui occupait tant de place dans ma vie et mon esprit, disparaissait presque dans les lointains de cette partie de l'agglomération ; les laboratoires coiffés de leur dôme, le Cube, les flèches des divers campus dévolus aux sciences humaines et aux foyers d'étudiants, attiraient moins l'œil que certaines usines en bordure du fleuve dont jamais je n'avais remarqué la présence, avec leurs hectares de toits gravillonnés en terrasses et leurs cheminées rébarbatives. Sur cette face de la ville, comme sur un étang à l'aube, s'accrochait une brume, une brume qui m'empêchait de localiser les bâtiments en pierre de taille de la faculté de Théologie. Mais mon œil parvint à repérer la coulée rectiligne de Sumner Boulevard qui partait du fleuve, et à déceler la verdure plus fournie, les hêtres et chênes en feuilles de mon quartier ; je me persuadai même que je distinguais la tache verdoyante du parc Dorothea Ellicott, et le toit de ma maison, les fenêtres du deuxième étage. Là, dans cette tache obscure d'écume sur l'étang brumeux, j'avais ma vie ; cette vie, pour elle, ici, je venais de me battre, et avec succès. En poussant Verna à quitter la ville, je me donnais du champ, et aux forfaits perpétrés dans le noir le temps de s'effacer d'eux-mêmes. Pourtant le découragement accablait mon cœur tandis que je me la représentais s'enfonçant dans cette confusion du Midwest, cet enchevêtrement d'odeurs corporelles et de piétés rances, de malédictions familiales et de médiocrité béate ; sa vie, parée de tant de flamme à mes yeux dans son moment de floraison et d'insolence, semblait vouée au gâchis, qu'elle soit vécue là-bas à Cleveland en compagnie d'Edna et de Paul qui de nouveau tenteraient de la ligoter à la planche pourrie des vieux interdits, ou ici parmi nous, parmi nos libertés sans Dieu qui deviennent, à l'épreuve du quotidien, d'une étrange vulgarité. Je ne parvenais pas à empêcher mon moral de sombrer, comme si c'était moi qui avais condamné cette enfant à la vie.

— Quoi que tu fasses, dis-je, de nouveau implorant, tu dois décrocher ton certificat.

— C'est aussi ce qu'elle dit. Mon assistante. Mais pourquoi ? Pour devenir idiote comme vous tous ?

Dans le lointain, vers le nord, la ville, ses toits pointus se détachant sur l'asphalte et le cuivre, se fondait dans une sorte de forêt, des crêtes vertes de plus en plus chichement mouchetées de brique qui s'élevaient pour se perdre dans des collines bleues, crête après crête, du vert au bleu à un gris intangible comme un brouillard. Cette ville qui s'étalait si vaste et multiforme tout autour et au-dessous de nous : c'était plus que l'esprit ne pouvait embrasser, plus que l'œil ne pouvait contenir ; mais était-ce bien tout ? Etait-ce assez ? Il ne le semblait pas.

En bas, dans l'immense hall néo-Art Déco en faux onyx, nous essayâmes d'évaluer le prix d'un billet aller simple.

— Et aussi, risqua-t-elle timidement, il y a les frais de voyage.

— Pourquoi faut-il toujours que je te soudoie pour t'amener à faire ce qui de toute manière est dans ton intérêt ?

— Parce que tu me trouves chouette, tu te souviens ?

Je lui avais donné trois cents dollars pour l'avortement, cela valait certainement moins. Dans son esprit, cela valait davantage, dans la mesure où d'une certaine façon l'investissement etait à plus long terme et l'impliquait, elle, directement, non pas une petite chose embryonnaire de la taille d'une sardine. Par bonheur, ma banque avait installé une caisse automatique dans le hall du gratte-ciel ; et le maximum comptant était de trois cents dollars. Nous transigeâmes pour ce chiffre. La machine, avec un bourdonnement et quelques cliquetis, accepta ma carte, identifia mon nom de code (AGNUS) et débita avec un grondement interne rythmé les billets nécessaires. VOULEZ-VOUS FAIRE D'AUTRES OPÉRATIONS ? J'appuyai sur le bouton NON.

— Un jour, dis-je à Verna en lui tendant la liasse (des billets si neufs qu'ils en paraissaient râpeux, une toile émeri très fine), il te faudra peut-être apprendre à te débrouiller sans un gentil tonton pour te faire des cadeaux.

Comme elle s'emparait de l'argent, je sentis qu'elle avait envie d'éclater de rire — ces billets tout neufs tout propres vomis par la machine, une aubaine, car vierges encore de tout contact humain — mais refrénait aussitôt une réaction si primaire, si puérile. Elle me taquina :

— T'as l'air cafardeux Tonton ? Qu'est-ce qui va pas ? Tout se passe donc pas tout à fait comme tu le souhaitais ?

— Promets-moi une chose, bafouillai-je lamentablement. Tu ne feras pas l'amour avec Dale.

— Avec Bozo ?

Cette fois, oui elle se permit de rire. Un rire dont les murs d'onyx renvoyèrent l'écho, tandis qu'entre les croix son large visage chatoyait de malice.

— T'as trop de fantasmes, dit-elle. Tu sais le genre de mecs qui m'excitent. Dale, c'est un vrai remède à l'amour. Il est même pas pervers, comme toi.

Cédant à un mouvement de compassion, Verna me planta un baiser sur la joue ; une goutte de pluie dans le désert.

4

Depuis près de quatre semaines déjà, je me réveille dans ma maison au bruit du plâtre de la petite Paula qui racle et cogne contre nos parquets tandis qu'intrépide elle se traîne de pièce en pièce. Maintes fois, tandis qu'assis dans mon bureau je tentais de contraindre mon esprit à suivre les faux-fuyants et hypocrites boucles de la théologie, notre petite invitée s'est manifestée par un fracas de rocher dégringolant l'escalier, ponctué pourtant d'un babil signifiant qu'aucune catastrophe n'était, pour ainsi dire, imminente. Maintenant, on lui a enlevé son plâtre, à l'hôpital — Esther fraîche et convenable comme toujours m'avait accompagné à la place de la frénétique et suspecte Verna, et aux urgences le personnel avait changé — et l'innocente enfant déambule en pleurnichant avec l'impression d'avoir perdu un morceau d'elle-même.

Ce matin, elle pleurnichait près de moi dans mon lit, où Esther l'avait déposée comme par ironie, en lieu et place de son propre corps. Paula, ses iris noir d'encre et luisants, et le blanc de ses yeux d'un bleu très net, explorait de ses petits doigts enduits de bave et de ses ongles miniature effilés mon visage hérissé de chaume.

— Pa ?

Dans les convexités parfaites de ses cornées, s'encadraient de minuscules images carrées de la fenêtre située près de mon lit, et du vitrail de son imposte.

— Pa bien réveillé ?

Nous étions dimanche ; la lumière du dimanche matin a une qualité maléfique et, en l'absence de l'habituelle circulation, règne un silence accusateur. On distingue les chants codés des oiseaux dans les arbres. Les cloches des églises lancent leurs pathétiques appels.

— Pa debout debout, ordonna Paula.

Une douleur douceâtre me perça les lobes frontaux ;

invités hier soir à une petite soirée, nous étions rentrés tard. Ed Snea, dans son logement de célibataire, célébrait la bonne volonté de sa femme, disposée, enfin, à lui accorder le divorce. La fille aux hanches plates et aux cheveux à la Rapunzel qu'il avait entraînée à notre soirée était elle aussi présente, une fiancée officieuse. Qui les épouserait ? J'avais trop bu et m'étais salement engueulé avec Ed au sujet de la démythologisation, et avec un Nigérien candidat à un doctorat en théologie, au sujet de l'efficacité de la politique de spoliation en Afrique du Sud. Tous les mouvements de protestation en Amérique, m'entendais-je encore brailler à travers le tumulte de l'alcool lentement distillé dans mon flux sanguin, ne sont pour les jeunes Blancs petits-bourgeois que des prétextes pour se réunir, fumer de l'herbe et se croire moralement supérieurs à leurs parents. Moi et mes opinions fanatiques — d'où me viennent-elles ? Quand je les vomis, elles paraissent tout à fait sincères.

Paula dégageait un délicat arôme de poudre, tandis que près de moi elle réchauffait le lit. J'avançai la main et touchai la jambe, souple et menue, si émouvante, maintenant entourée d'un bandage couleur chair (rose), et délicatement refermai mes doigts, pour lui rappeler le plâtre disparu. Une convulsion angoissée crispa son visage, sa bouche s'affaissant et la lèvre inférieure saillant, révélant la muqueuse mauve. Heureux présage, elle se mit à pleurnicher ; mon pyjama gris était tortillé en gros plis par une nuit de sommeil houleux. Il était temps de remettre les couvertures d'été. Soulevant dans mes bras l'enfant angoissée, je la portai dans la chambre d'amis, autrefois une chambre de bonne, où nous l'avions installée. Je changeai sa couche ; sa peau était délicieuse au toucher, une peau au grain fin dépourvu du moindre défaut, de la soie sans les vermicules. Jamais je n'avais vu encore d'organes génitaux femelles aussi neufs. Doux au toucher — deux petits biscuits d'un brun délicat sortis tout frais et soufflés du four. Je lui passai une salopette en velours côtelé, au bavoir orné d'un lapin hilare. Esther avait déniché au troisième des cartons bourrés de vieux vêtements de Richie, derrière ses toiles abandonnées.

Où était-elle, Esther ? Je ressentais son absence comme une présence, une charge électrique de silence dans la maison.

La douche coulait derrière la porte de la salle de bains. Je descendis et utilisai les toilettes nichées sous l'escalier. Je déposai Paula dans un coin, où elle s'empressa de dérouler tout le rouleau de papier hygiénique. Richie regardait des dessins animés dans la cuisine, une expression idiote sur son visage extatique baigné par la lueur vacillante de l'écran. Je posai Paula sur ses genoux et lui fourrai une moitié de doughnut au sucre dans la main ; sur-le-champ, le bas de son visage se retrouva enfariné et le sucre en poudre imbiba le velours.

Richie l'accepta sur ses genoux sans protester. Depuis qu'elle est là, il est devenu plus viril, protecteur, directif ; il n'est plus le bébé de la maison. Leurs deux visages se tournaient vers l'écran comme des fleurs vers le soleil. Trois visages, en comptant celui qui ornait le bavoir.

Par la fenêtre de la cuisine, j'apercevais les Kriegman en train de faire leur aérobic sur leur terrasse d'acajou. Myron, en sous-vêtements semblait-il, présidait au rituel ; Sue et les filles étaient affublées de tenues clownesques, tuniques et bas de grosse laine aux couleurs atroces. Ils exécutaient des pas de disco et des rotations pelviennes, dans l'ombre printanière pommelée, sur l'une des fugues les plus allègres de Bach. Civilisation et santé, c'était donc cela. Néanmoins, la bedaine et les pseudo-mamelles de Kriegman oscillaient de façon très visible. Il n'avait pas l'air bien en forme. Il souffre, je crois, d'une déviation de la colonne vertébrale, à force de se pencher sur son microscope. Il me surprit en train de les épier et me gratifia d'un petit geste de la main, à contre-rythme.

Que pouvait éprouver Esther, à exhumer du deuxième des vêtements de bébé ? Quand avaient-ils fait l'amour pour la dernière fois, elle et Dale, et que s'étaient-ils dit en se séparant ? Elle se serait chargée de rendre l'occasion moins pesante ; plus âgée et donc plus accoutumée à la finitude, elle aurait tenté en le titillant de l'arracher par l'érectitude à l'affreux fardeau de sa défaite. Son corps nu luit aux endroits où de l'intérieur les os pressent la chair ; sa langue et ses mains quêtent un peu de gaieté dans l'horrible ardeur claustrale de l'étreinte désespérée qui l'écrase. Il ne veut pas la lâcher. Baissant les yeux, elle aperçoit ses pieds nus sur le matelas sale, leurs veines plus visibles, plus jaunes plus bleues, que ne le seraient celles d'une des petites Kriegman (ou d'Amy Eubank) ; ainsi ne peut-elle s'empêcher d'être consciente de son propre corps, déguisement fragile et complexe voué un jour à être rejeté dans la douleur, alors qu'elle s'occupe de celui de Dale, sa maigreur dégingandée, sa peau cireuse, la toison qui couvre ses fesses et ses cuisses, et le creux des reins vulnérable comme un ventre de chiot, l'émouvant nœud des tendons à la charnière des bras et des épaules, l'acné pareille sur sa mâchoire à une plaie mal cicatrisée, et sur le long cou la tête courbée sous le poids de la décision qu'elle lui inflige. Elle caresse de sa main droite la longue ligne droite du cou, et de la gauche, magnifiques, périssables, la roideur et la longueur du membre là tout en bas, tandis que, derrière le fouillis de ses larmes, son visage sourit, une impossible promesse comme implicite dans son sourire... Je n'arrivais pas à me représenter la scène, pas tout à fait.

D'essayer de me la représenter, d'ailleurs, me déprimait.

Un de ces jours, Edna va forcément appeler, pour discuter d'un tas de choses. Son enfant, sa petite-fille. Je lui ai dépêché Verna, un message auquel elle est tenue de répondre. Sa voix sera durcie par les ans, mais nullement changée en essence : vulgaire, prétentieuse, banale, coquette. Agréablement caustique, comme une odeur de corps. Insipide au goût mais bizarrement délicieuse, comme les repas que dans notre solitude me servait jadis ma mère sevrée d'amour, Alma. La certitude de ce contact, entre l'instant présent et la certitude de la mort, me donnait l'illusion d'avoir de l'argent à la banque, une promesse de profit. Edna finirait forcément par téléphoner, et on nous enlèverait Paula. A vrai dire, tout s'était étonnamment bien passé. Quelqu'un me l'avait dit, tout récemment. Qui ?

Je me versai un deuxième jus d'orange et m'efforçai de choisir, pour plus tard, entre des corn-flakes et un œuf. Les Kriegman quittaient leur terrasse, en file indienne, les femmes aussi criardes que des perruches dans leurs défroques d'Arlequin. Dans le jardin d'Esther, les azalées étaient pour la plupart passées, dépouillées de leurs pétales rose chaud qui se dissolvaient dans l'herbe, mais les iris pointaient. Elle se montre irritable et distraite ces temps-ci, se lève la nuit pour manger et dort plus que de coutume. Plus étrange encore, elle a cessé de surveiller son poids ; j'en suis sûr, elle dépasse maintenant les cinquante kilos. Elle a fait son entrée dans la cuisine vêtue d'un impeccable tailleur sombre, très chic, l'encolure ornée de dentelle. Ses cheveux etaient remontés en un chignon plutôt triomphant.

— Ma parole, mais ou diable vas-tu ? lui demandai-je.

— Ça se voit, non, à l'église.

— Quelle idée ridicule, mais pourquoi ?

— Oh...

Ses yeux vert pâle me jaugèrent. Je ne sais quelles émotions les avaient irrigués, en tout cas, elles avaient laissé une lueur amusée, une trace ou une semence. De sa voix de femme, pleine, épanouie, somptueuse, elle déclara en souriant :

— Pour t'embêter.

Composition Bussière
et impression S.E.P.C.
à Saint-Amand (Cher), le 15 janvier 1988.
Dépôt légal : janvier 1988.
Numéro d'imprimeur : 2494-1892.

ISBN 2-07-071207-9./Imprimé en France.

42366